Robert Stone

UNTER TEUFELN

Roman

Deutsch von
Benjamin Schwarz

rororo

Rowohlt

Die Originalausgabe erschien 1974
unter dem Titel «Dog Soldiers»
bei Houghton Mifflin Company, Boston

Veröffentlicht im Rowohlt Taschenbuch Verlag GmbH,
Reinbek bei Hamburg, Februar 1994

Umschlaggestaltung Walter Hellmann
(Foto aus der Verfilmung des Romans unter dem Titel
«Dreckige Hunde» / Archiv E. O. Jauch)
Gesamtherstellung Clausen & Bosse, Leck
Printed in Germany
1290-ISBN 3 499 13386 5

*Dem Committee
of Responsibility*

Ich habe den Teufel der Gewalttätigkeit und den Teufel der Habsucht und den Teufel heißer Begierde kennengelernt; doch, weiß der Himmel!, das waren stämmige, rüstige Teufel mit blutunterlaufenen Augen, die den Stock schwangen und Menschen schindeten – Menschen, sage ich. Doch als ich da in dieser Hügellandschaft stand, begriff ich, daß ich unter dem blendenden Sonnenschein dieses Landes Bekanntschaft mit einem schlappen, eingebildeten, kurzsichtigen Teufel raubgierigen und erbarmungslosen Wahnsinns machen würde.

Joseph Conrad, Herz der Finsternis

Nur eine Bank lag im Schatten, und Converse ging hin, obwohl schon jemand auf ihr saß. Er inspizierte die steinerne Sitzfläche, fand nichts Unangenehmes und setzte sich. Seine auffallend große Aktentasche stellte er neben sich; ihr Griff glänzte vom Schweiß seiner Hand. Er saß gegenüber der Tu Do-Straße, eine Hand ruhte auf der Tasche und die andere hob er an seine Stirn, um zu prüfen, wie sich sein Fieber entwickelte.

Die andere Person auf der Bank war eine Amerikanerin mittleren Alters.

Mittag war vorüber, und der Park lag leer in der Hitze. Die Kinder, die sonst Fußball auf den Rasenflächen spielten, schliefen im Schatten der Verkaufsbuden ihrer Mütter auf der anderen Straßenseite. Die Tu Do-Nutten hatten sich in die Arkaden der Eden-Passage zurückgezogen, wo sie mit schläfrigen Augen herumlungerten und sich nur hin und wieder aufrichteten, um einem schwitzenden Amerikaner hinterherzuzischeln. Der Himmel war fast wolkenlos. Der Regen ließ auf sich warten. Es wehte kein Wind, und die Palmwipfel und die Flamboyantblüten der Parkbäume regten sich nicht.

Converse warf einen verstohlenen Blick auf die Frau neben sich. Sie trug ein grünes Kattunkleid und eine Schirmmütze aus Segeltuch. Als er sich setzte, hatte sie ihm müde zugelächelt, und er fragte sich, ob es zu einem kleinen Plausch unter Landsleuten kommen würde. Ihr Gesicht war glatt wie das eines jungen Mädchens, aber grau und farblos, so daß man nicht sagen konnte, ob sie jung geblieben oder vorzeitig gealtert war. Ihre wächserne Gesichtsfarbe glich der eines Opiumrauchers, aber ansonsten machte sie einen biederen Eindruck. Sie las *Die Zitadelle* von A. J. Cronin.

Die Frau blickte plötzlich von ihrem Buch auf und ertappte Converse mitten in seiner Beobachtung. Sie war bestimmt keine Opiumraucherin. Ihre braunen Augen waren klar und warm. Converse, mit seinem ausgefallenen Geschmack, fand sie attraktiv.

«Na», sagte er in seinem jovialen, nachgeahmten Army-Tonfall, «da kommt wohl bald ein Wetterchen auf uns zu.»

Aus Höflichkeit sah sie zum Himmel.

«Es wird sicher regnen», versicherte sie ihm. «Aber nicht gleich.»

«Wahrscheinlich nicht», sagte Converse nachdenklich. Als er wegblickte, las sie wieder in ihrem Buch.

Converse war in den Park gekommen, um die kühle Brise abzupassen, die immer vor dem Regen aufkam, und um seine Post zu lesen. Er wollte die Zeit vor seiner Verabredung totschlagen und versuchte, seine Nerven in den Griff zu bekommen. Er hatte keine Lust, zu so früher Stunde auf der Terrasse des Continental aufzukreuzen.

Er nahm einen kleinen Stapel Briefe aus seiner Aktentasche und sah sie durch. Einer kam von einer holländischen, in englischer Sprache erscheinenden Untergrundzeitung, die ihn um einen Saigon-Artikel bat. Außerdem waren zwei Schecks angekommen, einer von seinem Schwiegervater und einer von einer Zeitung in Irland. Es war auch ein Brief von seiner Frau in Berkeley dabei. Er zog ein Taschentuch aus seiner Brusttasche, wischte sich den Schweiß aus den Augen und begann zu lesen.

«Ich bin doch noch nach New York gefahren», schrieb seine Frau, «und neunzehn Tage dageblieben. Hatte Janey mit, und sie machte wirklich nicht viel Mühe. Jetzt bin ich wieder zurück im Kino, rechtzeitig zu einem brandneuen Fotzen-Report, der deprimierendste Streifen, den dies Theater je im Programm hatte. Jeder hier sagt hallo und paß auf dich auf.

New York war ziemlich schaurig. Die 42nd Street ist mittlerweile unglaublich. Dagegen kommt einem die Three Street nett und anheimelnd vor. Dir wird's lange nicht mehr so gefallen, wenn du dir das nächste Mal in dem Laden am Broadway, in den du sonst immer gegangen bist, einen Hot dog kaufst. Ich bin rein aus Trotz reingegangen – dieser Mist stört mich nicht so wie dich. Bin auch U-Bahn gefahren, was du, da wette ich, nicht riskieren würdest.

Nahm Janey mit nach Croton zu einem Besuch bei Onkel Jay und seinen Hudson-Bolschewiken. Wir gingen auf eine National Guardian-Party, und das erinnerte mich mit all den Folksängern und friedlichen Schwarzen total an früher. Das Essen sollte mexikanisch sein, Mariachis aus den puertoricanischen Alpen spielten auf, und die Leute erzählten Geschichten darüber, was für ein Kumpel Sequeiros für sie gewesen sei. Diesmal keine pikanten Stories für dich, denn ich hab's mit niemandem getrieben. Wenn Gallagher da gewesen wäre, hätte ich vielleicht mit ihm gefickt, aber er war nicht da. Alle dort sind stocksauer auf ihn.»

Als er aufblickte, sah Converse einen Straßenfotografen in einem Hawaiihemd auf die Bank zusteuern. Er hob die Hand zum Zeichen der Ablehnung, und der Mann kehrte zur Eden-Passage zurück. Die Tu Do-Rowdies kamen von dort hervorgekrochen, wo auch immer sie ihre Siesta verbracht haben mochten, und jagten die Motoren ihrer Hondas hoch. Es war immer noch kein Wind aufgekommen.

Converse las weiter:

«Die irrste Sache, die uns in New York passierte, war die Parade, die *für* den Krieg stattfand. Wir waren zu dritt – ich sah verhältnismäßig ordentlich aus, und Don und Cathy waren gemäßigt ausgeflippt. Wir wurden nicht besonders freundlich empfangen. Du hättest es sehen müssen, um es zu glauben. Acht Millionen Fahnen und dicke, polnische Priester, die mit ihren fanfarenblasenden Jungengruppen herummarschierten, Ukrainer mit Säbeln und Pelzmützen, deutsche Veteranen der

Schlacht gegen das Warschauer Getto, die Bruderschaft Ehemaliger KZ-Kapos, die Söhne Mussolinis, die Gorilla-Gewerkschaft. Unglaublich. Ich hatte das Gefühl, diese Leute sind abgedrehter, als wir das jemals sein könnten. Sie werden immer für spießig und normal gehalten, aber wenn du sie siehst, sind sie völlig unwirklich. Laberte mich so ein schweinsgesichtiger Fleischhaufen an: ‹Die Ratten kommen aus ihren Löchern.› Darauf ich: ‹Hör zu, Tussi, mein Mann ist in Vietnam.›»

Converse blickte wieder von dem Brief auf und starrte geistesabwesend auf die Frau neben sich.

Sie lächelte.

«Post von zu Hause?»

«Ja», sagte Converse.

«Als ich in Croton war, fragte mich Jay, ob ich wüßte, was vor sich ginge. Mit *allem*. Er sagte, er begreife überhaupt nichts von dem, was passiere. Er sagte, vielleicht sollte er Drogen nehmen. Sarkastisch. Ich sagte zu ihm, er hätte verdammt recht, das sollte er. Er meinte, Drogen programmieren den Verstand auf Faschismus, und dann kam er auf Charlie Manson zu sprechen und daß er eher sterben wolle, als auf seinen Verstand zu verzichten. Er sagte auch, er brauche kein Dope, was lächerlich ist, denn wenn es jemals einen Menschen gegeben hat, der's *dringend* braucht, dann er. Ich sagte zu ihm, wenn er sich angetörnt hätte, wäre er nie Stalinist geworden. Er bringt in mir die Sadistin zum Vorschein. Was verrückt ist, denn er ist wirklich ein netter Kerl. Unsere Diskussion erinnerte mich an die Zeit, als ich klein war und ich und Dodie mit ihm spazierengingen und an einem schwarzweißen Paar vorbeikamen. Jay machte natürlich wer weiß was aus der Sache, weil es so progressiv war, und er möchte's uns zeigen. ‹Ist das nicht schön?› fragt er. Dodie, die nicht älter als zehn gewesen sein kann, sagt: ‹Ich finde es widerlich.› Dodie konnte jederzeit mit ihm spielen wie mit einem Flipperautomaten.»

Converse faltete den Brief zusammen und sah auf seine Uhr. Die Frau neben ihm hatte ihren A. J. Cronin weggelegt.

«Alles in Ordnung zu Hause?»

«O ja», sagte Converse, «prima. Familienbesuche und so weiter.»

«Ihr Burschen könnt eure Aufgabe hier leichter erledigen, wenn ihr wißt, daß zu Hause alles in Ordnung ist.»

«Ganz meine Meinung», sagte Converse.

«Sie sind nicht beim AID, oder?»

«Nein.» Er suchte nach einem Wort. *«Bao chi.»*

Bao chi nannten die Vietnamesen die Journalisten. Converse war so was Ähnliches wie ein Journalist.

«O ja», sagte die Frau. «Schon lange hier?»

«Achtzehn Monate. Und Sie? Sind Sie schon lange hier?»

«Vierzehn Jahre.»

Converse war außerstande, seinen Schreck zu verbergen.

In der grauen Haut unter ihren Augen waren blasse Sommersprossen zu erkennen. Sie schien über ihn zu lachen.

«Mögen Sie das Land etwa nicht?»

«Doch», antwortete Converse wahrheitsgemäß. «Ich mag es.»

«Wo ich wohne», erzählte sie Converse, «ist es nicht annähernd so heiß wie hier. Bei uns wachsen Kiefern. Die Leute sagen, es ist wie in Nordkalifornien, aber ich bin nie dort gewesen.»

«Das muß da oben in der Gegend von Kontum sein.»

«Südlich davon. Provinz Ngoc Linh.»

Converse war nie in der Provinz Ngoc Linh gewesen; er kannte nur sehr wenige Leute, die dort gewesen waren. Er war drüber weggeflogen, und aus der Luft sah die Gegend absolut furchterregend aus, ein dunkelgrüner Wirrwarr mitleidloser Berggrate. Die Wolken waren voller Felsklippen. Niemand begab sich dorthin, nicht mal um das Land zu bombardieren, seit die Green Berets weg waren.

«Wir nennen es Gottes Land», sagte die Frau. «Das soll ein Witz sein», erklärte sie.

«Aha.» Converse überlegte, ob ihr ganzer Körper von dem

gleichen schmutzigen Grau wäre wie ihre Gesichtshaut und ob es dort noch mehr ausgeblichene Sommersprossen gäbe. «Was machen Sie denn da oben?»

«Nun», sagte die Frau, «die Eingeborenen bei uns sprechen fünf verschiedene Sprachen. Wir betreiben Sprachforschungen.»

Converse blickte in ihre sanften Augen.

Natürlich.

«Sie sind Missionarin.»

«Wir nennen uns nicht so. Einige Leute tun's wohl.»

Er nickte teilnahmsvoll. Diese Bezeichnung behagte ihnen nie. Sie klang nach Imperialismus und Aufgefressenwerden.

«Es ist sicher...» Converse überlegte, was es sicher wäre, «... sehr befriedigend.»

«Wir sind nie zufrieden», sagte die Frau heiter. «Wir möchten immer noch mehr tun. Ich glaube, unsere Arbeit ist gesegnet, obwohl wir gewiß auch unsere Heimsuchungen hatten.»

«Das gehört doch dazu, nicht wahr?»

«Ja», sagte die Frau, «es gehört alles dazu.»

«Ich bin in Nordkalifornien gewesen», erzählte Converse, «aber noch nie in Ngoc Linh.»

«Manchen Leuten gefällt's dort nicht. Wir haben es immer gemocht. Ich bin erst einen Tag weg, und schon vermisse ich es sehr.»

«Fahren Sie in die Staaten?»

«Ja», sagte sie. «Nur für drei Wochen. Es ist meine erste Heimreise.»

Ihr Lächeln war sanft, aber entschlossen.

«Mein Mann war letztes Jahr dort, kurz bevor er uns genommen wurde. Er sagte, es wäre alles so merkwürdig. Man trüge breite, bunte Schlipse.»

«Viele tragen sie», sagte Converse. Genommen wurde? «Vor allem in den Großstädten.»

Plötzlich spürte er eine bemerkenswerte Kraft in der Haltung der Frau. Sie hielt im wahrsten Sinne des Wortes den

Kopf hoch. Sanftheit in den Augen, aber welche Tiefen? Welche Heimsuchungen?

«Was heißt das», fragte er, «Ihr Mann wurde Ihnen genommen?»

«Das heißt, daß er tot ist.» Klare Stimme, klare Augen. «Sie hatten uns ziemlich in Ruhe gelassen. Eines Nachts kamen sie in unser Dorf und nahmen Bill und einen prächtigen Burschen namens Jim Hatley mit, sie banden ihnen einfach die Hände zusammen, brachten sie weg und töteten sie.»

«Gott. Das tut mir leid.»

Converse erinnerte sich an eine Geschichte, die man ihm von der Provinz Ngoc Linh erzählt hatte. Sie waren eines Nachts in eine Montagnardhütte gekommen, hatten einen Missionar rausgeholt und ihn in einem Bergunterstand gefesselt. An seinem Kopf befestigten sie einen Käfig, in dem eine Ratte saß. Als die Ratte Hunger bekam, fraß sie sich Stück für Stück zum Hirn des Missionars durch.

«Er war sein Leben lang ein glücklicher Mensch. Ganz gleich, wie groß der Verlust auch ist, man hat Gottes Willen anbetungsvoll hinzunehmen.»

«Gott donnert mit seinem Donner», sagte Converse.

Sie sah ihn einen Moment verständnislos an, verblüfft. Dann erhellte sich ihr Blick.

«Herrje, ja», sagte sie. «Gottes Majestät. Hiob siebenunddreißig. Sie kennen Ihre Bibel.»

«Eigentlich nicht», sagte Converse.

«Die Zeit ist kurz.» Stimme und Äußeres verloren ihre Mattigkeit, doch bei aller zunehmender Lebhaftigkeit trat keine Farbe in ihr Gesicht. «Wir erleben jetzt die letzten Tage. Wenn Sie wirklich Ihre Bibel kennen, werden Sie bemerken, daß sich alle Zeichen der Offenbarung erfüllt haben. Der Aufstieg des Kommunismus, die Rückkehr Israels …»

«Manchmal sieht's wohl ganz so aus.» Er spürte den Wunsch, ihr zu gefallen.

«Jetzt oder nie», sagte sie. «Deswegen bedaure ich, drei Wochen zu verlieren, selbst für Bills Eltern. Gott hat uns die Erlösung vom Bösen versprochen, wenn wir an Sein Evangelium glauben. Er möchte, daß wir alle Sein Wort kennen.»

Converse bemerkte, daß er auf der Bank näher an sie herangerückt war. Eine kleine Anwandlung von Bewunderung, Begehren und apokalyptischer Frömmigkeit brachte seinen gesunden Menschenverstand ins Wanken. Er war drauf und dran, sie einzuladen... einzuladen wozu? Zu einem Gin Tonic? Einem Joint? Es mußte wohl teilweise am Fieber liegen, dachte er und faßte sich an die Stirn.

«Die Erlösung vom Bösen wäre schön.»

Converse hatte den Eindruck, als beuge sie sich zu ihm herüber.

«Ja», sagte sie lächelnd, «das wäre es bestimmt. Und Gott hat es uns versprochen.»

Converse zog sein Taschentuch heraus und rieb sich wieder die Augen.

«Was für eine Religion haben sie dort oben in Ngoc Linh? Die Eingeborenen, meine ich.»

Sie schien verärgert.

«Keine Religion», sagte sie. «Sie beten Satan an.»

Converse lächelte und schüttelte den Kopf.

«Sie glauben nicht an Satan?» Sie schien nicht überrascht zu sein.

Converse, noch immer begierig zu gefallen, dachte darüber nach.

«Nein.»

«Es hat mich immer schon erstaunt», sagte sie sanft, «so wie die Dinge liegen und alles, daß es den Menschen so schwer fällt, an den Teufel zu glauben.»

«Ich nehme an», sagte Converse, «die Menschen wollen es einfach nicht. Ich meine, es ist so schrecklich. Es ist zu schaurig für die Leute.»

«Die Leute werden sich noch wundern.» Sie sagte es ohne Bosheit, als täte es ihr wirklich leid.

Eine Brise kam vom Fluß herüber, sie brachte den Geruch von Regen mit und bewegte die Palmwedel, die Blüten und die reglose Luft. Converse und die Frau neben ihm entspannten sich und nahmen den Wind wie einen kühlenden Trank entgegen. Monsunwolken überzogen den Himmel. Converse blickte auf seine Uhr und stand auf.

«Es war schön, mit Ihnen zu sprechen», sagte er. «Aber jetzt muß ich weiter.»

Die Frau sah zu ihm hoch und hielt ihn mit ihrem Willen fest.

«Gott hat uns gesagt», erklärte sie gleichmütig, «wenn wir an Ihn glauben, können wir das ewige Leben erhalten.»

Er fühlte, wie er zitterte. Sein Fieber beunruhigte ihn ein bißchen. Außerdem bemerkte er ein Pochen rechts unter den Rippen. Es gab eine Menge Hepatitisfälle. Mehrere von seinen Freunden waren daran erkrankt.

«Haben Sie was dagegen», sagte er und räusperte sich, «falls Sie morgen noch hier sind, mit mir zu Abend zu essen?»

Ihr Erstaunen war etwas verwirrend. Es wäre besser gewesen, überlegte er, wenn sie rot geworden wäre. Vielleicht konnte sie nicht erröten. Kreislauf.

«Ich fliege heute abend. Und ich glaube, ich wäre wirklich nicht die Art Gesellschaft, an der Sie Spaß hätten. Sie sind sicherlich sehr einsam. Aber ich glaube, ich bin viel älter als Sie.»

Converse blinzelte. Ein Funken des heiligen Zorns.

«Es wäre doch interessant, meinen Sie nicht auch?»

«Wir brauchen nichts Interessantes», sagte die Frau. «Das ist es nicht, was wir brauchen.»

«Gute Reise», sagte Converse und wandte sich zur Straße. Zwei Geldwechsler kamen aus der Eden-Passage auf ihn zu. Die Frau stand auf. Er sah ihre Handbewegung zu den Geldwechslern, den Arkaden und der Terrasse des Hotels Continental hin. Es war eine vietnamesische Geste.

«Satan», rief sie ihm nach, «ist hier sehr mächtig.»

«Ja», sagte Converse. «Das paßt zu ihm.»

Er ging an den Geldwechslern vorbei zum schmierigen Bürgersteig der Tu Do-Straße. Nachmittägliche Motorrad-Schwärme drängten sich auf dem engen Fahrdamm, auf denen ARVNs mit roten Baretts, geschminkte Barmädchen, Mönche in safrangelben Kutten und Priester in steifen, schwarzen Soutanen saßen. Die Clique, die früh den Aperitif auf der Terrasse zu nehmen pflegte, traf ein; eine alte Flüchtlingsfrau führte über die eingetopften Sträucher hinweg ihren blöden Sohn einer Gruppe rotnackiger Unternehmer vor, die an einem Tisch saßen, der die Straße überblickte.

Der Terrasse gegenüber, auf der anderen Seite des Platzes, stand das Denkmal zweier vietnamesischer Soldaten in Kampfpose, das wegen der Haltung, in der die Figuren dargestellt waren, in der Stadt als der Nationale Schwulengedenkstein bekannt war. Dieses Denkmal war, als Converse daran vorbeiging, von grau uniformierten Polizisten umringt, die zwischen dem Monument und der danebenliegenden Nationalversammlung Barrikaden errichteten. Man erwartete eine Demonstration. Schon seit Wochen erwartete man eine.

Converse lief die paar Blocks bis zur Pasteurstraße und hielt ein Taxi an, wobei er darauf achtete, nicht die beleidigende Handbewegung zu machen. Als er sich in den glühendheißen Fond des kleinen Citroën zwängte, fing der Regen an.

«Nguyen Thong», sagte er zu dem Fahrer.

Der Monsun peitschte gegen sie an, während sie in Richtung Tan Son Nhut fuhren; der Regen tönte die ockerfarbenen Mauern der bröckelnden Villen dunkler und glitzerte auf Stacheldrahtballen entlang den Bordsteinen. Die vietnamesischen Militärposten vor den Politikerhäusern verzogen sich in ihre Zeltunterstände.

Die Fahrt bis Nguyen Thong dauerte ungefähr fünfzehn Minuten, und als sie fast am Ende der Gasse anhielten, wo Charmian wohnte, waren die Schlaglöcher zum Überlaufen voll.

Vom Regen behindert, watete Converse durch die tiefen

Fahrspuren, bis er vor Charmians Gartenpforte stand und mit dem Schnappriegel kämpfte. Drinnen angelangt, sah er, daß sie auf der Veranda saß und ihn beobachtete. Die strahlend weiße Dschellaba, die sie trug, und ihr glattes, blondes Haar, das hinten über die Kapuze herabhing, ließen sie wie eine religiöse Gestalt erscheinen, so als säße sie dort, um geopfert oder getauft zu werden. Er war froh, sie lächeln zu sehen. Als er auf die Veranda trat, erhob sie sich von ihrem Korbsessel und küßte ihn auf die Wange. Sie war eben aus der Dusche gekommen; ihr Körper roch nach parfümierter chinesischer Seife.

«Hi», sagte Converse. «War der Mann da?»

«Sicher doch», sagte sie. Sie führte ihn in den riesigen Raum, in dem sie schlief und der mit Buddhas, Tempelschmuck und Messingtieren vollgestopft war, die sie in Phnom Penh gekauft hatte. Ihr Haus war die Hälfte einer Villa, die in der Kolonialzeit einem französischen Bierbrauer gehört hatte. Ständig fand sie an den seltsamsten Stellen des Hauses alte Familienfotos und Andachtsbildchen.

«Der Mann war da», sagte sie. Sie zündete ein Räucherstäbchen an, schwenkte es hin und her und legte es in einen Aschenbecher. Man hörte ihre Waschfrau im Waschhaus am Ende des Gartens hinter dem Haus zum Radio singen.

«Du bist high», sagte Converse.

«Bloß ein bißchen Hasch mit Tho. Möchtest du was?»

Converse schüttelte den Kopf.

«Komische Zeit, um high zu sein.»

«John», sagte Charmian, «du bist der ängstlichste Mensch auf der Welt. Ich weiß nicht, wie du's mit dir aushältst.»

Sie war vor einen Metallschrank getreten, der an der einen Wand stand, und kniete sich hin, um das Kombinationsschloß an der untersten Schublade zu öffnen. Dann nahm sie ein großes, viereckiges, in Zeitungspapier eingeschlagenes Paket heraus und streckte es ihm entgegen. Die Packpapier-Zeitung war die liberal-katholische, sofort erkennbar an den leeren

Spalten, die lediglich eingerückt wurden, um die Beamten der Zensurbehörde zu ärgern.

«Wie wär's hiermit, um Angst zu bekommen?»

Sie stellte das Paket auf ein Pult neben dem schwelenden Räucherstäbchen und faltete das Zeitungspapier auseinander. Es lagen zwei schneeweiße Baumwollbeutel darin, deren Schnüre zu hübschen Schleifen gebunden waren. Jeder Beutel war gefüttert mit mehreren Schichten schwarzer Plastikbeutel für die Geheimdokumente der amerikanischen Regierung, und diese waren mit Kreppband zugeklebt. Charmian löste das Klebeband, um Converse zu zeigen, daß die Beutel mit Heroin gefüllt waren.

«Sieh doch», sagte sie, «wie es mit bösem Glühen brennt.»

Converse sah sich das Heroin an.

«Es ist total verklumpt.»

«Na und? Das ist die Feuchtigkeit.»

Er steckte vorsichtig einen Finger in das Pulver und schob sich eine winzige Menge auf den Fingernagel.

«Wollen mal sehen, ob's echter Stoff ist», sagte er und schnupperte dran.

Sie beobachtete ihn amüsiert.

«Glaub bloß nicht, du hebst davon nicht ab. Das ist fast reiner Stoff. Kannst du dir das vorstellen?»

Sie stand auf den Zehenspitzen, die Hände in den Falten ihrer weißen Dschellaba versteckt. Converse rieb sich die Nase und sah sie an.

«Du nimmst diesen Scheiß ja wohl hoffentlich nicht.»

«Meine Droge», sagte Charmian, «ist Opium. Aber bekanntlich nehme ich ab und zu meinen kleinen Sonntagssnief. Wie alle andern auch. Wie du.»

«Ich nicht», sagte Converse. «Keine Sonntagssniefs mehr.»

Er meinte, eine leichte Kälte zu verspüren, die sich von seinen Nebenhöhlen nach unten ausbreitete, die sein Fieber kühlte, seine Angst betäubte. Er setzte sich auf ein Kissen und wischte sich den Schweiß aus den Augen.

«Heroin ist nichts für mich», sagte Charmian.

Charmians Vater war Richter in Nordflorida. Vor ein paar Jahren war sie die Sekretärin und Freundin eines Ein-Mann-Ameisenheers namens Irvine Vibert gewesen, der eines Morgens aus dem Louisianer Röhricht hervorgebrochen war – jung, gerissener als der Teufel, verrückt vor Machtgier. Die Zeitungen beschrieben ihn als einen Interessenhändler, manchmal als undurchsichtigen Geschäftemacher. Er hatte viele Freunde in der Regierung, und alle Freunde waren nett zu Charmian. Sie waren weiterhin nett zu ihr, als der unvermeidliche Skandal losbrach, und selbst noch nach Viberts Tod bei einem merkwürdigen Flugzeugabsturz. Je weiter sie von Washington weg war, desto netter waren sie. Eine Zeitlang hatte Charmian für den US-Nachrichtendienst gearbeitet, jetzt war sie Korrespondentin eines in Atlanta ansässigen Rundfunkkonsortiums. So stand es auf ihrer Visitenkarte. Saigon gefiel ihr. Es war ein bißchen wie Washington. Die Leute waren nett.

Converse bemerkte plötzlich, daß er nicht mehr schwitzte. Er schluckte, um einen Anfall von Übelkeit zu überwinden.

«Himmel, das ist ja ein nettes Stöffchen.»

«Tho sagt, das Zeug sei phantastisch.»

«Woher will er das wissen?»

Charmian klebte die Beutel wieder zu und packte sie ein. Etwas mühsam hob sie das Paket hoch und reichte es Converse. Der nahm es und stemmte das Gewicht auf seinen Unterarmen. Es fühlte sich absurd schwer an. Drei Kilo.

«Du mußt auf dein Gleichgewicht achten, wenn du mit dem Zeug in der Tasche rumläufst. Sonst sieht's komisch aus.»

Converse steckte das Paket in die Aktentasche und zog den Reißverschluß zu.

«Hast du's gewogen?»

Sie ging in die Küche und nahm eine Flasche abgekochtes Wasser aus dem Kühlschrank.

«Natürlich hab ich's gewogen. Bei Heroin wirst du nicht

durch zu geringes Gewicht beschissen. Du bekommst gestrecktes.»

«Und das hier ist nicht gestreckt?»

«Mensch. Kein Stück. Ich weiß 'ne Menge mehr über Heroin als Tho, und der hätte 'ne Heidenangst, mich beim erstenmal zu bescheißen. Ich besitze 'n Hygrometer.»

Converse legte sich auf dem Kissen zurück, stützte die Ellbogen auf den Fliesenboden und blickte zur weißgetünchten Decke hoch.

«O Mann», sagte er.

«Das wird dich lehren, mit reinem Heroin rumzumachen. Kotz bloß nicht auf mein Kissen.»

Converse setzte sich auf.

«Deine Freunde können es bei meiner Frau am Zwanzigsten in Berkeley abholen. Sie ist bestimmt den ganzen Tag zu Hause. Wenn sie nicht da ist, sollen sie im Kino anrufen, wo sie arbeitet. Es heißt Odeon – in der Stadt, nicht weit von der Mission Avenue. Sie hinterläßt 'ne Nachricht.»

«Sie sollte besser persönlich da sein.»

«Wir haben schon darüber geredet.»

«Vielleicht gibt's eine Seite an ihrem Charakter, von der du nichts weißt.»

«Bei aller Bescheidenheit», sagte Converse, «die gibt's nicht.»

«Scheint ja ein nettes Mädchen zu sein. Du solltest mehr Zeit mit ihr verbringen.»

Charmian setzte sich neben ihn auf das Kissen und rieb an einem Moskitostich über ihrer Achillessehne.

«Wer weiß, ob sie während deiner Abwesenheit nicht in schlechte Gesellschaft geraten ist. Treibt sich vielleicht mit irgendwelchen ausgeflippten Hippies rum oder irgend jemandem, der sie zu Verrücktheiten anstiftet.»

«Wenn du uns nicht traust», sagte Converse, «zahl mich aus und schick einen anderen.»

Sie schloß ihre Augen.

«Entschuldige, John. Ich kann's einfach nicht lassen.»

«Verstehe. Ist sicher sehr professionell von dir. Kannst trotzdem damit aufhören.»

«Verdammt», sagte sie, «ich möchte meine Kohle ums Verrecken nicht auf diese Art verdienen.»

Charmian goß ihnen zwei Gläser von dem kalten Wasser ein.

«Was glaubst du, wieviel deine Freunde in den Staaten dran verdienen?» fragte Converse.

«Hängt davon ab, wie sehr sie's strecken. Es ist so gut, daß sie's bis zu neunzig Prozent strecken können. Sie könnten 'n paar Hunderttausend damit machen.»

«Wer sind sie? Ich meine, was für Typen?»

«Nicht die Art, wie du vielleicht denkst.»

Sie stand auf und rüttelte an der Kapuze ihres Kleides, um ihr Haar daraus zu lösen.

«Was sie tun, interessiert mich nicht. Ich will ihre Probleme nicht haben.»

«Nein», sagte Converse. Sie musterte ihn mit landesüblicher Skepsis; ihr Blick enthielt teils Verachtung, teils Argwohn.

«Was wirst du mit deinem Geld anstellen, John? So ein überzeugter Langweiler wie du.»

«Ich weiß nicht», sagte Converse.

Sie lachte ihn an. Ihr Lachen klang nachgiebig und befriedigend, es hörte sich gut an.

«Scheiße, du *weißt* es nicht, he? Aber du weißt, daß du es trotzdem willst, stimmt's?»

«Mein Wunsch ist es, Gott zu dienen», sagte Converse und lachte selbst. «Und reich zu werden wie alle Menschen.» Sein Lachen hörte sich ein bißchen zu locker an, um zu ihm zu passen.

«Wer hat das gesagt? Irgendein großer historischer Gauner?»

«Ich bin nicht sicher», sagte Converse. «Ich glaube, es war Cortez. Vielleicht war's auch Pizarro.»

«Klingt ein bißchen nach Irvine», sagte Charmian.

Sie goß Wasser nach, und sie gingen hinaus auf die Veranda, um es dort zu trinken. Der Regen ließ für wenige Augenblicke nach, dann fiel er wieder stärker. Es war ein zerstörender, kein heilsamer Regen. Die glänzenden, fleischigen Pflanzen im Garten rollten sich zusammen, um ihn zu überstehen.

«Wie geht's meinem Colonel Tho?» fragte Converse.

«Heute ist er ziemlich milde gestimmt. Er hat ein neues Geschäft aufgetan. Er handelt jetzt mit Zimt. He, kennst du dich mit Tonbandgeräten aus?»

«Nein», sagte Converse. «Wieso?»

«Tho will von mir wissen, welches das beste Tonbandgerät ist. Das ist im Augenblick seine fixe Idee. Er möchte rausfinden, welches die besten Dinge in der ganzen Welt sind, und dann will er von jedem eins haben.»

Zwei alte Frauen in Ao Dais liefen graziös durch den Matsch hinter der Gartenpforte, beide unter einem einzigen weißen Regenschirm.

«Was will er denn aufnehmen?» fragte Converse.

«Wer zum Teufel weiß das? Mich, nehme ich an.»

«Freut mich, daß wenigstens einer hier weiß, was er will.»

«Ja, Tho weiß es ganz gut. Dann gibt's da noch Victor Charles. Victor Charles weiß es auch.»

«Vielleicht», sagte Converse.

«Bestimmt», sagte Charmian entschieden. Für den Vietcong fühlte sie eine an Verehrung grenzende Hochachtung, und sie hörte es nicht gern, wenn dessen Entschlossenheit in Zweifel gezogen wurde. «Selbst Tho ist 'ne Art Idealist. Früher war er der völlige Super-Soldat.»

Sie lehnte sich in ihrem Sessel zurück, streckte ihre langen, sonnengebräunten Beine aus und legte die Fersen auf das Verandageländer.

«Er redet dauernd davon, wie ihn das Schmieren und Betrügen ankotzt. Einmal hat er zu mir gesagt, was sein Land braucht, ist ein Hitler.»

«Die Vietnamesen haben einen herrlichen Sinn für Humor», sagte Converse. «Das allein hält sie am Leben.»

«Er sagt, wenn ihm jemand die Chance gäbe, würde er seinem Land gern so dienen, wie er dazu ausgebildet wurde. Er glaubt, wir hätten ihn korrumpiert.»

«Tho sagt immer idiotische Dinge, wenn er mit Amerikanern redet. Er versucht nur, sympathisch zu wirken.»

Charmian zuckte die Schultern. «Menschen können korrumpiert werden.»

Converse stand von seinem Sessel auf und ging ins Haus zurück. Charmian folgte ihm. Er nahm die Aktentasche hoch.

«Laß dich bloß nicht beklauen», sagte Charmian.

Er öffnete die Tasche, nahm seinen Plastikanorak raus und zog ihn über.

«Ich gehe. Ich esse heute abend mit den Percys und muß mir noch für morgen einen Flug nach Süden besorgen.»

«Grüß sie von mir. Und mach nicht so ein verdammt ängstliches Gesicht.» Sie trat zu ihm, als er in der Tür stand, und tat so, als striche sie die Falten in seiner Regenjacke glatt. «Wenn wir das hinter uns haben, trommeln wir 'ne Clique von uns zusammen, fliegen rüber nach Phnom Penh, dröhnen uns voll und lassen uns massieren.»

«Das wäre schön», sagte Converse. Er hatte seit Monaten nicht mehr mit ihr geschlafen. Das letzte Mal nach seiner Rückkehr aus Kambodscha, schlimme Dinge waren dort geschehen, und er war nicht darüber weggekommen.

Es gelang ihm, sich um ihren Abschiedskuß zu drücken. Als er die Gasse nach Nguyen Thong hochlief, spannte er den freien Arm an, um seinen Rücken trotz des Gewichts der Aktentasche geradezuhalten. Um nicht komisch auszusehen.

Wegen des Regens dauerte es lange, bis er ein Taxi fand.

«Jeden Tag», sagte Sergeant Janeway, «müssen wir uns hier

mit Sonderlingen, Ausnahmen und Verrückten herumschlagen.»

Sie saßen in dem klimatisierten Büro des JUSPAO, des Büros für öffentliche Angelegenheiten. Die Wände waren behördengrau gestrichen; es gab keine Fenster. Die Aktentasche lag neben Converses Stuhl; Regenwasser lief von ihr herab auf die Plastikfliesen wie ein verräterischer Ausfluß. Wie Blut.

«Wenn ich irgendwas zu sagen hätte», fuhr der Sergeant fort, «würden wir unser Akkreditierungsverfahren ernsthaft verschärfen. Wir haben hier Leute mit *bao chi*-Ausweisen, die Devisenschwindler, Rauschgiftschmuggler, weiß Gott was sind. Hier gibt's Hippies aus Katmandu, die sich für ihre nächste Mahlzeit auf MACV verlassen. Manchmal komme ich mir vor wie bei der Fürsorge.»

Sergeant Janeway war der mundfertigste Angehörige der amerikanischen Streitkräfte und wurde deshalb gelegentlich als eine Art *idiot savant* angesehen. Er genoß das Vertrauen und das Wohlwollen der Prominenz des internationalen Pressekorps und war in der Lage, ihnen gegenüber eine außerordentliche Vielfalt an gewinnenden Umgangsformen an den Tag zu legen. Je nach Geschmack seines Gesprächspartners wechselte er in seiner Ehrerbietigkeit vom ernsten Anstand eines Samurais bis zur proletenhaften Servilität eines Kabinenstewards der alten Cunard Line. Für die Notabeln und die Geschäftswelt war Sergeant Janeway ein pittoresker Lakai im Vorhof geheimer Informationen. Converses Verhältnis zu ihm war etwas anders. Von Converses Standpunkt aus gesehen war Sergeant Janeway verantwortlich für den Krieg.

«Ich verstehe nicht, was Sie in My Lat wollen. Da unten passiert doch nichts.»

«Zufällig glaube ich, daß es bei den Zivilisten 'ne Story gibt», sagte Converse. «Die Handelsmarine und so weiter.»

Sergeant Janeway saß auf einer Ecke seines Schreibtischs und trommelte mit einer zusammengerollten Nummer von

The Nation auf ein Weidenkörbchen. Sein Haarschnitt, überlegte Converse, sah aus wie das Werk eines Theaterfriseurs.

«Hört sich ziemlich langweilig an», sagte der Sergeant. «Aber ich bin natürlich kein Journalist. Welcher Ihrer vielen Arbeitgeber würde Ihrer Meinung nach darauf scharf sein?»

«Alle, hoffe ich», sagte Converse. «Wie dem auch sei, es geht Sie nichts an. Sie sind kein Journalist, und Sie sind kein Kritiker.»

Sergeant Janeway lächelte.

«Wissen Sie, was Sie für mich sind, Mr. Converse, Sir? Bei allem gebührenden Respekt? Sie sind nichts als ein Briefkopf. Vielleicht leisten Sie einem informierten Publikum einen wertvollen Beitrag, aber ich sehe keinerlei Belege.»

«Ich hatte vor zwei Wochen einen Artikel im *Irish Messenger*. Wenn Sie rausfinden wollen, was wir vorhaben, bringen Sie Ihren Ausschnittdienst auf Vordermann.»

Er langte nach unten und zog die Aktentasche etwas näher an seinen Stuhl.

«Ich bin hier bei dieser Kommandobehörde akkreditiert. Mein Presseausweis ist so gut wie der von *Time*, und ich habe das Recht auf dieselbe höfliche Behandlung.»

Sergeant Janeway griff zu seinem Telefon.

«Tut mir leid, daß Sie mit uns nicht zufrieden sind», sagte er. «Ich persönlich bin mit Ihnen auch nicht allzu zufrieden. Angesichts dieser ganzen Unzufriedenheit sollten Sie und ich vielleicht mit dem Colonel über Ihre Akkreditierung reden.»

Aber der Sergeant rief nicht den Colonel an. Er wies die Einsatzplanung an, Converse für die Frühmaschine nach My Lat zu notieren. Als er den Flug eingetragen hatte, erinnerte er Converse daran, seine Mitgliedschaft im Offiziersklub zu erneuern.

«Man sagt, der Strand dort unten ist sehr schön. Ich bin überzeugt, Sie werden sich phantastisch amüsieren. Aber Sie nehmen besser 'n paar Malariatabletten mit.»

«Verdammt», sagte Converse. Er hatte vergessen, in Tan Son

Nhut welche zu bestellen. Er sah auf seine Uhr; es war vier durch. Die Krankenreviere hatten das Wochenende über geschlossen, und ohne Genehmigung des MACV würden die Diensttuenden keine Pillen rausrücken.

Sergeant Janeway machte ein besorgtes Gesicht. «Ich wette, Sie haben sie vergessen.» Sergeant Janeway hatte einen Vorrat an Tabletten in seinem Büro, die er aus Gefälligkeit an seine berühmten Kunden verteilte.

«Sie sollten sich besser irgendwo noch welche besorgen», teilte er Converse mit. «Alle dort unten haben dieses ekelhafte Fieber.»

Als es dunkel wurde, regnete es zeitweise nur leicht, ein Sprühregen zwischen den Fluten am Nachmittag und in der Nacht. Converse schleppte die Aktentasche durch die abendliche Menge, die sich eilig über die Le Loi schob, und versuchte, sich so lässig wie möglich zu bewegen. Durch das Gewicht der Tasche schwitzte er noch unmäßiger als sonst, und seine Schulter schmerzte von der Anstrengung, seine Körperhaltung entsprechend einzustellen.

Es war eine Stadt genauer Beobachter. Die Nutten saßen in ihren offenen Cafés und nahmen ihn unter die Lupe, wobei sie seine Aktentasche scharf ins Auge faßten. Sie machten sich nicht die Mühe, ihn anzuquatschen; sein Gesicht war in der Innenstadt allmählich vertraut. Seine billige japanische Uhr kannte man in der ganzen Stadt, und Schuhputzerjungen, außerstande, rundäugige Gesichter auseinanderzuhalten, erkannten ihn an dem blankgewetzten Metallarmband. Der letzte Dreck. Weil ihr alle Unterscheidungsmerkmale abgingen, wurde er manchmal auf der Straße angepöbelt, aber niemand machte jemals den Versuch, sie ihm zu entreißen.

Die Uhr war sein Talisman gegen Straßendiebe. Während seiner ganzen Zeit in Saigon hatte man ihn nur einmal auf der Straße bestohlen. Er kannte allerdings Leute, die mindestens zweimal die Woche überfallen wurden. Vor fast einem Jahr hatte er eine Aktentasche an einen Koreaner in einem vorbeifahrenden Jeep verloren, und der Koreaner war dadurch in den Besitz der Gesammelten Werke von Saint-Exupéry und eines Zap-Comics gelangt. In Converses Augen war die Vorstellung, daß ein koreanischer Soldat einen Zap-Comic las, den Verlust der Tasche wert.

Gegenüber vom Blumenmarkt mischte er sich in den irrsinnigen Le Loi-Verkehr, wobei er Gleichgültigkeit und Unbekümmertheit zur Schau zu stellen versuchte. Es war wichtig, so zu erscheinen, als mache einen das angeborene Glück unantastbar. Im Laufe der Geschichte hatten die Einwohner Saigons gelernt, fest ans Glück zu glauben. Unglücklich aussehende Menschen verursachten ihnen Unbehagen und verleiteten einige Leute sogar dazu, die Rolle des Unglückstifters selbst zu übernehmen. Es war genauso schlimm, wie komisch auszusehen.

Auf der anderen Straßenseite waren ein Radfahrer und ein Feldwebel in irgendeinen Streit verwickelt. Der Feldwebel rieb Daumen und Zeigefinger unter der Nase des Radfahrers und fluchte auf italienisch. Der Radler führte, mit rollenden Augen auf der Straße herumtänzelnd, *t'ai chi*-Boxhiebe vor. Er kam bei der Menge großartig an. Die Leute lachten und klatschten Beifall. Die Übung, die er pantomimisch vorführte, hieß «Den Affen vertreiben».

Das Hotel Coligny, in dem Converse wohnte, lag gleich hinter dem Blumenmarkt, was einigen frohgesinnten Gästen erlaubte, jeden Morgen nach unten zu eilen und sich Flamboyantzweige und frische Rosen zum Schmuck ihrer Zimmer zu kaufen. Ein holländischer Korrespondent im Zimmer neben Converse machte das regelmäßig. Der Holländer war ein großer Kiffer und so versessen auf Blumen, daß er einmal sogar dazu übergegangen war, Ringelblumenkränze in seinen langen blonden Haaren zu tragen. Eines Tages schmissen irgendwelche Straßenrowdies zum Spaß eine Handgranate nach ihm. Die Blumen hatten ihm ein unglückliches Aussehen verliehen.

Als Converse das kleine, dunkle Foyer betrat, sah ihn Madame Colletti, die *patronnesse*, eine junge und außerordentlich hübsche vietnamesische Lady, mit Argwohn und Abscheu an. So sah sie jeden an.

Converse zog es vor, sich mit Monsieur auseinanderzusetzen, aber er nahm Madames Verhalten nicht persönlich. Er schlenderte an der Rezeption vorbei und warf ihr ein forsches «*Bon soir*» hin. Die Nonnen hatten Madame Colletti gelehrt, alle Menschen zu verabscheuen, die mit der Sprache der Klarheit Schindluder trieben. Sie starrte ihn mit einem Unverständnis an, das an Entsetzen grenzte.

«*Bon soir*», sagte sie, als sei sein Genuschel menschliche Rede gewesen.

Converse hatte von den Collettis einen Hotelsafe gemietet, in dem er Schecks, Notizen und Sachen wie Zap-Comics und die Werke von Saint-Exupéry aufbewahrte. Im peinlichen Bewußtsein der gespannten Aufmerksamkeit der *patronnesse* stopfte er die Aktentasche hinein. Es gab Handelsspekulanten in Saigon, die indische Devisenhaie dafür bezahlten, daß sie ihre Konterbande in sicheren Banktresoren aufbewahrten. Aber Converse hatte Angst vor den indischen Devisenhaien; er hatte beschlossen, den Hotelsafe zu riskieren. Die Aktentasche war ein sperriges Ding, aber sie paßte hinein.

Als er sich umdrehte, blickte Madame auf die geschlossene Tür des Safes. Er ging an ihr vorbei in die kleine Bar gleich neben dem Foyer; sie folgte ihm, um ihm eine gestohlene Flasche PX Sprite aus der gestohlenen Army-Kühltruhe zu verkaufen.

«*Beaucoup de travail demain*», sagte Converse, der begeisterte Zufriedenheit mit seinem Beruf zu vermitteln versuchte.

Madame Colletti schnitt eine Grimasse.

Sie benutzt denselben Ausdruck nie zweimal, dachte Converse. Eine Unterhaltung mit ihr glich einer Reihe kleiner unerfreulicher Überraschungen.

Anfang des Frühjahrs war Converse im Delta gewesen, und

Madame hatte Zimmer Nummer 16 in seiner Abwesenheit weitervermietet. Der Mensch, der es genommen hatte, litt offenbar unter dem Zwang, Geckos zerquetschen zu müssen. Als Converse zurückkam, fand er ungefähr ein Dutzend davon an die Wände und die Fußbodenfliesen gematscht. Es hatte ihn gestört. Wie die meisten Menschen mochte er diese Hausechsen recht gern. Sie fraßen Insekten, und es war lustig, ihnen zuzusehen, wenn man high war.

Die Direktion hatte zwar ein paar vage Versuche zur Tilgung der Spuren dieses Blutbades unternommen, aber es waren immer noch Blutflecken und Überreste winziger Dinosaurierskelette vorhanden. Im Zimmer weste Mord.

Wer immer es auch gewesen war, er hatte Stunden damit zugebracht, in dem verdreckten grauen Hotelzimmer herumzutrampeln und mit der gerahmten Ferrotypie der heiligen Jungfrau aus Lourdes, die auf dem Nachttisch stand, Geckos zu erschlagen.

Converse setzte sich an seinen Schreibtisch, trank Sprite und betrachtete die schmierigen Geckoflecken. Es war nutzlos, nach Gründen zu fragen. Das half nie etwas. Vielleicht hatte der Mann geglaubt, sie würden ihn beißen. Oder vielleicht hatten sie ihn nachts aufgeweckt, indem sie miteinander flüsterten. Der Mann hatte auch alle seine verbrauchten Batterien sorgfältig plattgetreten, so daß das Hotelpersonal sie nicht wieder über den grauen Markt in Umlauf bringen konnte.

Ein extrovertierter Mensch.

Neben Converse stand eine Thermosflasche mit kaltem Wasser auf dem Schreibtisch. Angeblich war es umgefülltes Wasser aus Flaschen, aber Converse wußte ganz sicher, daß der Zimmerkellner es aus dem Hahn zapfte. Jeden Tag goß Converse es in den Duschabfluß. Jeden Tag füllte der Zimmerkellner die Flasche von neuem aus dem Wasserhahn. Jeden Tag hatte Converse ein schlechteres Gewissen, weil er das Wasser nicht trank.

Ich bin ein scheiß Liberaler, dachte er. Eines Tages würde er sich vielleicht dazu gezwungen sehen, das Wasser zu trinken, aus Nachsicht.

Die Thermosflasche war in ihrer Art originell, ein durch und durch vietnamesisches Produkt, und Converse wollte sie mitnehmen, wenn er abreiste. Quer über ihren Bauch war in leuchtenden Farben eine Fledermaus mit weit ausgespannten Flügeln gedruckt, auf deren Brust der Markenname stand – LUCKY.

Er erhob sich und ging mit der Thermosflasche am zementierten Luftschacht vorbei in das Badezimmer. Als er die Tür verriegelt hatte, stellte er die kalte Dusche an und goß den Inhalt der Thermosflasche in den Abfluß.

Verdammt, dachte er, warum gerade ich?

Es gab doch so viele andere Amerikaner in der Gegend.

Converse war Schriftsteller von Beruf. Vor zehn Jahren hatte er ein Theaterstück über die Marineinfanterie geschrieben, das aufgeführt und bewundert worden war. Seit der Inszenierung seines Stücks aber waren die einzigen beruflichen Erfolge, die er zu verzeichnen hatte, auf seine Ehe mit der Tochter eines Herausgebers und Verlegers zurückzuführen.

Elmer Bender, Converses Schwiegervater, verlegte Imitationen anderer Zeitschriften. Der Name jeder Bender-Publikation war so gewählt, daß der unaufmerksame und überreizte Käufer den Eindruck hatte, er kaufe die populärere Zeitschrift, die jene imitierte. Gab es zum Beispiel eine Zeitschrift namens *Collier's*, brachte Elmer eine Zeitschrift heraus, die *Shmollier's* hieß.

«Meine sind besser», pflegte Elmer stets zu sagen. Er war ein Veteran der *New Masses* und der Abraham-Lincoln-Brigade, die in Spanien gekämpft hatte.

Sieben Ehejahre lang hatte Converse als Elmers Hauptautor

für *Nightbeat* gearbeitet; die Anwälte Benders nannten das Blatt eine «wöchentlich erscheinende Boulevardzeitung mit starker Betonung auf Sex». Er leitete einen Redaktionsstab, der aus zwei Leuten bestand – Douglas Dalton, ein ergrauter Zeitungsalkoholiker mit wunderbaren Umgangsformen, und Mike Wu, ein chinesischer Kommunist, der einmal die Verbreitung marxistischer Mehrwerttheorie im Wochenhoroskop versucht hatte. «Haben Sie keine Angst, eine Lohnerhöhung zu fordern, Schütze. Ihr Chef zahlt Ihnen immer *weniger*, als Ihre Arbeit *tatsächlich wert* ist!»

Fünf Tage pro Woche bereicherte Converse die Nation um Nachrichten von prügelnden Richtern und lesbischen Motorradfahrerinnen.

Am Ende des siebten Jahres hatte er unter dem Pseudonym Carmen Guittarez eine nostalgische Geschichte über den verstorbenen Porfirio Rubirosa mit dem Titel «Rubirosa war eine Niete in meinem Bett» geschrieben. Dazu war er in die Rolle eines aufreizenden lateinamerikanischen Showgirls geschlüpft, das vom Höhepunkt ihres heimlichen Rendezvous mit dem «weltberühmten Playboy und Lebemann» tief enttäuscht war. Die Geschichte hatte bei Converse eine schizophrene Phase ausgelöst.

Mehrere Tage lang hatte er sich vorgestellt, eine Bande gelangweilter und korrupter Prominenter könnte über sein Haus in Berkeley herfallen und im Namen ihres geliebten Rubi eine bizarre Rache an ihm veruben.

Seine Schwierigkeiten mit der Realität nahmen zu.

Nach einer qualvollen Nacht war er zu Elmer gegangen und hatte ihn gebeten, ihm bei einer Presseakkreditierung als Korrespondent in Saigon zu helfen.

Bender hatte widerstrebend eingewilligt. Er glaubte, wenn seine Tochter Marge und Converse sich vorübergehend trennten, könnte ihre Ehe etwas von ihrem alten Schwung zurückerhalten. Marges Mutter war eine linksradikale irische Vegetarierin gewesen, die in der McCarthy-Ära mit ihrem Geliebten

Selbstmord begangen hatte. Es wurde oft bemerkt, daß Marge ihr sehr ähnlich sei.

Converse gab zu verstehen, daß sich etwas Lohnendes aus einer solchen Expedition ergeben könne, vielleicht ein Buch oder ein Theaterstück. Vor allem dieses Argument überzeugte Elmer, der selbst ein geborener Schriftsteller war – eine seiner frühen Kurzgeschichten hatte ihm ein begeistertes Anerkennungsschreiben von Whittaker Chambers eingetragen. Marge, die alles Schicksalhafte liebte, hatte schweren Herzens zugestimmt.

Er flog am Morgen nach dem zweiten Geburtstag seiner Tochter von Oakland ab. In Saigon gelang es Converse, seinen Aufgabenbereich zu vergrößern, indem er Aufträge von abreisenden freien Mitarbeitern übernahm und selbst ein paar weitere ergatterte. Und ganz sicher wurden die Schwierigkeiten, die er mit der Realität gehabt hatte, mit der Zeit behoben. Eines strahlenden Nachmittags hatte Converse in der Nähe eines Orts namens Krek beobachtet, wie die Welt der Dinge sich in einen einzigen, alles überwältigenden Mord verwandelte. Er hatte sozusagen sich selbst entdeckt. Er selbst, das war ein weiches, schutzloses, zitterndes Etwas, eingeschlossen in hundertfünfundvierzig Pfund rosafarbenes, schwitzendes Fleisch. Es war real genug. Es versuchte, sich in die Erde zu verkriechen. Es weinte.

Nach seinem Training in Sachen Wirklichkeit war Converse zufällig Charmian und den Drogenleuten begegnet; er wurde einer von den Dauerbekifften. Charmian war durch und durch emotionslos, cool und steckte voller Pläne. Sie hatte in einer Weise Abschied vom Leben genommen, die er unwiderstehlich fand.

Als sie ihm nach leichtem Zögern den Plan anvertraute, hatte er festgestellt, daß er, mitten zwischen seiner eigenen verzweifelten Leere und ihrer Faszination für ihn, außerstande war, das Angebot zurückzuweisen. Sie hatte Kontaktleute in den Staaten, sie konnte gerade ein paar Tausend investieren und kannte Colonel Tho, dessen Heroinraffinerie das viertgrößte Gebäude in Saigon war. Converse hatte fünfzehntausend Dollar auf einer Bank in Berkeley, Reste einer Summe, die er für eine nie produzierte Filmfassung seines Stücks erhalten hatte. Für zehntausend Dollar konnte Converse einen Dreiviertelanteil an drei Kilo der Spezialmixtur des Colonel erwerben, und sein Anteil am Verkauf in den Staaten würde vierzigtausend betragen. Mißverständnisse wären ausgeschlossen, denn alle Leute waren Freunde. Wie er vorausgesehen hatte, war Marge einverstanden gewesen. Die Sache würde klappen.

Seine eigenen Gründe, in den Deal einzusteigen, wechselten von einer Stunde zur anderen. Geld in großen Mengen hatte ihm nie besonders viel bedeutet. Aber er war mittlerweile achtzehn Monate in Vietnam, und trotz aller Entdeckungen und Erfahrungen war ihm klargeworden, daß es kein Buch, kein Theaterstück geben würde. Er hielt es aber für notwendig, daß irgend etwas dabei herauskäme.

Als er geduscht unter dem Deckenventilator seines Zimmers im Coligny lag, wurde Converse vom Telefon geweckt. Jill Percy war dran, um ihm zu sagen, daß sie und ihr Mann sich mit ihm im Crazy Horse treffen würden, einer Nuttenbar in einer Seitenstraße der Tu Do.

Jill wollte internationale Sozialarbeiterin werden, und sie hatte ein berufliches Interesse an Nuttenbars. Ständig versuchte sie Leute zu überreden, mit ihr dort hinzugehen.

Converse kleidete sich an, zog sich seinen Plastikanorak über und ging auf die Straße hinunter. Es hatte wieder zu regnen begonnen. Während er auf die Tu Do zusteuerte, kramte er in seinen Taschen nach zwanzig Piastern.

Auf halbem Weg, in der Mitte zwischen dem Markt und der Tu Do hockte immer ein beinloser Mann auf einer Türschwelle. Jedesmal, wenn Converse vorbeiging, warf er dem Mann zwanzig Piaster in seinen umgedrehten Tropenhelm. Das machte er nun schon länger als ein Jahr, so daß der Mann jedesmal lächelte, wenn er Converse näherkommen sah. Ganz so, als wären sie Freunde. Oft quälte Converse der plötzliche Wunsch, ihm die zwanzig Piaster vorzuenthalten, um zu sehen, wie der andere reagieren würde, aber er hatte nie den Mut dazu gehabt.

Nachdem er die zwanzig Piaster in den Hut geworfen und seinem Freund ein Lächeln geschenkt hatte, schlenderte Converse die Tu Do zum Crazy Horse hinunter. Das Crazy Horse war eine von den Tu Do-Bars, in denen Gerüchten zufolge der erfahrene Kunde eine stärkende Prise Heroin zu – manche sagten sogar *in* – seinem Bier kaufen konnte. Deshalb war die Bar für Militärs verboten, und an diesem Abend war Converse der einzige Kunde. Ihm gegenüber, auf der anderen Seite der Bar, saßen fünfzehn hübsche vietnamesische Mädchen in grellem Make-up. Er setzte sich auf einen Hocker, lächelte freundlich und bestellte sich ein Bier. Das Mädchen ihm gegenüber begann Spielkarten auszuteilen.

Das Bier kostete im Crazy Horse 250 Piaster ohne Heroin, und Converse war nicht zum Kartenspielen aufgelegt. Er sah auf das Pokerblatt vor sich auf dem Chromtresen, als wäre es ein kleines, auf seine Weise amüsantes Tier, und tat so, als streife er die Mädchen mit einem interessierten Blick. Trotz der eisigen Klimatisierung und obwohl er eben erst geduscht hatte, war sein Gesicht schweißüberströmt. Die fünfzehn Mädchen hinter der Bar warfen ihm Blicke mit dem unverstellten Ausdruck kühler, abgrundtiefer Verachtung zu.

Converse trank sein Bier, und seine Kieferhöhlen taten ihm weh. Er hegte keinen Groll; er war ein Humanist, und es war ihr Land. Sie waren Kriegerwitwen oder Flüchtlingsmädchen vom Lande oder arbeiteten für Offiziere des Vietcong. Und auf der anderen Seite war er, ein Amerikaner mit stupidem Gesichtsausdruck und Taschen voller grüner Geldscheine, und es gab keine andere Möglichkeit, sie ihm wegzunehmen, als ihn auf den Kopf zu stellen und zu schütteln. Es muß ihnen die Tränen in die Augen treiben, dachte er. Er fühlte Mitleid.

Er durchstöberte gerade sein vietnamesisches Repertoire

nach einem Ausdruck für Mitleid, als Jill und Ian Percy ankamen. Jill sah die Mädchen hinter der Bar mit einem breiten, weißen Lächeln an und setzte sich neben Converse. Ian stellte sich hinter sie, gebeugt und müde.

«Na», sagte Jill Percy. «Hier sieht's ja ganz nach Stimmung aus.»

Ein Stück die Bar runter putzte sich ein Mädchen die Nase und schaute in ihr Taschentuch.

«Dazu sind wir doch hier», sagte Converse.

Die Percys bestellten sich zwei Flaschen von einem Bier, das «33» hieß; es wurde «bami-bam» ausgesprochen und angeblich mit Formaldehyd hergestellt. Ian ging zur Jukebox und drückte «Let It Be».

«Bleibst du den ganzen Sommer?» fragte Jill.

«Wahrscheinlich. Bis zur Wahl. Vielleicht länger. Und ihr?»

«Wir bleiben für immer hier. Stimmt's, Ian?»

«Klar bleiben wir hier», sagte Ian. Etwas Bier rann ihm aus dem Mund in den schütteren, rotblonden Bart. Er wischte sich das Kinn mit dem Handrücken. «Wir warten hier so lange, bis wir alles verstanden haben.»

Ian Percy war ein australischer Diplomlandwirt. Er war außerdem ein *engagé*, einer der wenigen – außer den Quäkern –, die man hier zu Gesicht bekam. Er war schon seit fünfzehn Jahren im Land – bei der UNRRA, bei der WHO, bei jedem, der ihn anheuerte, weshalb er schließlich bei der vietnamesischen Regierung gelandet war, die ihn sich vom australischen Landwirtschaftsministerium ausgeliehen hatte. Ein Provinzboss oben im Norden hatte für seine Entlassung gesorgt, und er hatte sich bei einer australischen Tageszeitung akkreditieren lassen, die eigentlich eher eine Pferdesportgazette als eine Zeitung war. Als *engagé* haßte er den Vietcong. Er haßte auch die südvietnamesische Regierung und ihre Streitkräfte, die Amerikaner und vor allem die Zivilisten, die buddhistischen Mönche, die Katholiken, die Cao-Daisten, die Franzosen, besonders die Korsen, das ausländische Pressekorps, die australische

Regierung und seine früheren und – am allermeisten – seine derzeitigen Arbeitgeber. Angeblich liebte er Kinder, aber die Percys hatten selber keine. Sie hatten sich in Vietnam kennengelernt, und das war kein Land, in dem sich die Menschen dazu ermutigt fühlten, Kinder in die Welt zu setzen.

«Verdammt viele Leute hauen ab», sagte Jill. «Wir werden richtig besitzergreifend, was Freunde angeht.»

«Keiner will die letzte Ratte sein», sagte Converse.

Ian bestellte sich noch ein «33». Er trank «33» ununterbrochen von etwa vier Uhr nachmittags bis spät in die Nacht.

«Die arme letzte Ratte», sagte Ian. «Gott helfe ihr.»

Jill trug ihr Bier die Bar entlang und fing eine Unterhaltung auf vietnamesisch mit einem Barmädchen an. Die anderen Mädchen lehnten sich, von der Neugier besänftigt, herüber und lauschten.

«Was sagt sie?» fragte Converse.

«Sie erzählt ihnen ihre Probleme.» Die Mädchen gegenüber von Jill hatten sich Ian und Converse zugewandt und nickten mitleidig. «Später kommt sie wieder hierher und will, daß die Mädchen ihre Probleme erzählen. Sie schreibt einen Bericht über Saigoner Barmädchen.»

«Wozu?»

«Ach, zur Information für die zivilisierte Welt», sagte Ian. «Nicht, daß die zivilisierte Welt auch nur 'n Furz drauf gäbe.»

Eine Weile tranken sie schweigend weiter, während Jill den Barmädchen ihre Probleme erzählte.

«Eins muß man sagen», stellte Converse fest, «dieser Krieg wird dereinst bestens dokumentiert sein. Es stehen mehr Informationen zur Verfügung, als an wissenswerter Scheiße passiert.»

Converse mußte an all die Blätter denken, auf die Drucker nützliche Informationen zur Kriegführung druckten. Die schönsten waren diejenigen, auf denen die Loyalitäten und politischen Zugehörigkeiten von Dörfern analysiert wurden – sie hießen mit seltsam shakespearischem Unterton «Hamlet

Evaluation Reports», Dorfbeurteilungen. Der Gedanke an die Hamlet Evaluation Reports machte Converse hungrig. Jeden Freitag benutzten die Vietnamesen sie dazu, Lebensmittel darin einzuwickeln.

«Gehn wir essen», sagte er, «ehe es wieder regnet.»

Sie spazierten die Tu Do in Richtung Fluß hinunter. An der ersten Ecke, die sie erreichten, hatten MPs einen Soldaten in Arbeitsdrillich gezwungen, sich mit erhobenen Händen gegen eine Mauer zu stellen. Sie durchsuchten gerade die vielen Taschen seiner Khakiuniform, während eine Menge schweigender Passanten zusah. Converse kaufte bei einem verschlafenen, jungen Blumenverkäufer am Rande der Menge für Jill eine Ringelblumenkette. Frische Ringelblumen dufteten wundervoll in heißen Nächten; sie erinnerten Converse an Charmian.

«Okay», sagte Jill. «Ins Guillaume Tell, ins Tempura oder ins schwimmende Restaurant?»

Das schwimmende Restaurant würde zu voll sein, und Ian erzählte, der Küchenchef vom Guillaume Tell sei weggelaufen, weil jemand gedroht hatte, ihm die Hände abzuhacken. Sie machten sich auf den langen Weg zum Tempura, vorbei an den laternengeschmückten Flußkähnen des Hafenviertels. Moskitos trieben sie voran und erinnerten Converse an sein Fieber. Beim Gehen rauchten sie *Park Lane*-Zigaretten, fabrikmäßig verpackte Joints mit glänzenden Filterstücken. Die *Park Lane*-Zigaretten wurden angeblich von Leprakranken gedreht. Das Gras war nach vietnamesischen Maßstäben nicht besonders gut, aber wenn man eine ganze Zigarette rauchte, wurde man high. Kleine Hafenkinder liefen ihnen entgegen, fummelten an ihren Armen herum, um ihre Uhren zu sehen, und riefen *bao chi, bao chi* hinter ihnen her.

Das Tempura House betraten sie fröhlich und auf *Park Lane*-Wolken schwebend. Sie zogen sich die Schuhe aus und machten es sich zwischen eleganten Honda-Verkäufern bequem. Ian bestellte sich ein neues «33».

«Hast du Charmian gesehen?» fragte er Converse.

«Bin grade bei ihr gewesen. Immer dieselbe.»

«Jemand hat mir erzählt», sagte Jill Percy, «daß Charmian süchtig ist.»

Converse versuchte zu lächeln.

«Quatsch», sagte er.

«Oder daß sie dealt. Ich weiß nicht mehr, was von beidem.»

«Man weiß nie, womit Charmian gerade beschäftigt ist. Aber wenn sie süchtig wäre, wüßte ich's.»

«Sehr oft siehst du sie aber auch nicht mehr, oder?» fragte Jill.

Converse schüttelte den Kopf.

«Charmian», sagte Ian, «hat einen Freund namens Tho. Er ist Colonel bei der Luftwaffe. Und im Zimthandel.»

«Du solltest dir Tho mal näher ansehen», sagte Jill zu ihrem Mann. «Er muß ein großer Fisch sein, wenn Charmian ihn bemerkt hat.»

«Ich glaube nicht, daß bei Tho was zu holen ist», sagte Converse.

Die Kellnerin, die zumindest teilweise Japanerin war, brachte ihnen einen Teller roter Pfefferschoten. Sie erfrischten ihre geröteten Gesichter mit kalten Handtüchern.

«Hast du mal Charmians Geschichten aus Washington gehört?» fragte Jill Percy. «Sie erzählt tolle Geschichten aus Washington.»

«Charmian gehört in eine vergangene Epoche der amerikanischen Geschichte», sagte Converse. «Nicht viele Leute können im Alter von fünfundzwanzig Jahren diesen Rang in Anspruch nehmen.»

«Gespenster», sagte Ian. «Das Land ist inzwischen voller Gespenster.»

Jill Percy nahm mit ihren Stäbchen eine Pfefferschote von dem Teller und aß sie, ohne mit der Wimper zu zucken.

«Charmian kann man kaum ein Gespenst nennen. Es gibt viele Gespenster hier, aber das sind richtige.»

«Wo's viele unglückliche Menschen gibt, die jung sterben», sagte Converse, während er seine Hände an dem kalten Handtuch abwischte, «da gibt's auch viele Gespenster.»

«Wir hatten ein richtiges Miststück von Gespenst unten in unserem Dorf», sagte Ian Percy. «Eins von der Sorte, die hier *Ma* heißen. Es wohnte unter einem Banyanbaum und kam zur Siestazeit raus, um den Kindern angst zu machen.»

«Wenn der Krieg vorbei ist», sagte Converse, «sollte man über das Ia Drang-Tal fliegen und Comics und French Dip-Sandwiches für all die GI-*Mas* abwerfen. Es muß doch wirklich langweilig für sie sein.»

Ian trank das nächste Bier, das Essen vor sich würdigte er keines Blickes.

«Ich bin nicht sicher, ob du schon lange genug hier bist», sagte er zu Converse, «um so zu reden.»

«Wie ich die Sache sehe, habe ich das Recht, jeden Scheiß zu äußern, den ich will. Ich hab meinen Arsch aufs Spiel gesetzt. Ich war im Krieg.» Er wandte sich an Jill, die Ian mißbilligend ansah. «Stimmt's nicht, Jill? Ich war auf der Walstatt.»

«Ich war dabei», sagte sie. «Ich hab's gesehen, Kumpel.»

«Wir sind in den Krieg gezogen, Jill und ich», teilte Converse Ian mit. «Und was haben wir da gemacht, Jill?»

«Wir haben geweint», sagte Jill.

«Wir haben geweint», sagte Converse, «genau das haben wir getan. Wir weinten die Tränen der empörten menschlichen Vernunft, und wir haben das Recht, jeden Scheiß zu sagen, den wir sagen wollen.»

Jill und Converse waren nach Kambodscha gegangen, um sich die Invasion anzusehen, und beide hatten Dinge erlebt, die sie zum Weinen gebracht hatten. Aber Converses Tränen waren nicht die der empörten menschlichen Vernunft gewesen.

«Du bist 'n unterhaltsamer Bursche», sagte Ian. «Aber im Grunde bin ich dagegen, daß du hier bist.»

Hinter ihrem Porzellanlächeln verschanzt, stellte die Kellnerin Schüsseln mit Fisch und Reis auf die Theke. Eine Gruppe amerikanischer Reporter kam herein, gefolgt von vier philippinischen Rockmusikern mit *pachuco*-Frisuren. Die Honda-Verkäufer und ihre japanischen Freundinnen wurden fröhlicher.

«Ich liebe dieses Land», sagte Ian. «Für mich ist es nicht das Arschloch der Welt. Ich bin hier alt geworden, Mann. Wenn ich jetzt von hier weggehe, kann ich an nichts anderes zurückdenken als an Scheißkerle wie dich an Orten wie diesem.»

«Manchmal», sagte Jill, «benimmst du dich, als hättest du das Land erfunden.»

«Sie sind eine Bande Perverser», sagte Ian. «Ihr seid eine Bande Perverser. Warum geht ihr nicht in ein anderes Land, um es sterben zu sehen? In Bangladesch gibt es ganze Flüsse voller Leichen. Warum geht ihr nicht dahin?»

«Da gibt's nichts zu saufen», sagte Converse.

Ein vietnamesischer Soldat mit dunkler Brille und weißem Stock war von einem kleinen, ungefähr achtjährigen Jungen hereingeführt worden; sie gingen von Tisch zu Tisch und verkauften den Saigoner *Herald*. Die amerikanischen Reporter, die am Tisch hinter Converse saßen, beobachteten sie.

«Wißt ihr was?» sagte einer der Reporter gerade. «Der kann genauso gut sehen wie ihr. Der Kerl benutzt ungefähr sechs verschiedene Kinder. Er mietet sie sich auf dem Markt.»

«Wirklich?» sagte ein anderer Reporter. «Ich glaube, er ist blind.»

«Er hat jeden Tag frische ARVN-Klamotten an», beharrte der erste Reporter. «Und wißt ihr, warum er frische ARVN-Klamotten anhat? Weil er bei der ARVN ist. Und selbst die ARVN nimmt keine Blinden.»

Als der Soldat und der Junge an den Tisch kamen, kauften Converse und Ian sich den Saigoner *Herald* und legten ihn beiseite, ohne einen Blick drauf zu werfen.

«Ich bin gestern einer Dame begegnet», erzählte Converse, «die sagte mir, Satan sei hier sehr mächtig.»

«Geh der Sache nach», sagte Ian. «Betrachte nichts, was du hörst, auf Anhieb als unwichtig.»

Jill versuchte, die amerikanischen Reporter heimlich zu beobachten.

«Die sollten's wissen», sagte sie mit einer Kopfbewegung zu deren Tisch. «Wir könnten sie fragen.»

Converse drehte sich um und warf einen Blick auf die Reporter; sie waren sonnengebräunt, hatten imposante mexikanische Schnurrbärte und benutzten die Eßstäbchen mit Geschick.

«Das würde die nicht interessieren», sagte er. «Der Teufel wäre vielleicht für die Montagnards 'n heißes Thema, aber für diese Burschen ist er nur noch so ein Heiliger von der Kokospalme.»

Sie aßen das Fleisch und den Reis auf und bestellten sich noch mal «33». Die Kellnerin brachte ihnen Erdnüsse, zwischen denen winzige, spinnenartige Insekten saßen.

«Satan?» fragte Jill. «Was glaubst du, was sie gemeint hat?»

«Sie war Missionarin», sagte Converse.

Die Percys aßen ihre Erdnüsse, wobei sie geduldig die Insekten zerdrückten. Converse verzichtete.

«Ich wüßte gern, wer dieser Tho ist», sagte Jill nach einer Weile. «Ich frage mich, was Charmian an ihm hat.»

«Er fickt phantastisch», sagte Ian.

Converse sagte nichts.

«Ein ARVN-Colonel.» Jill saugte gedankenverloren an einer Erdnuß. «Wie mag das bloß sein, frage ich mich.»

«Köstlich», sagte Ian.

«Meinst du wirklich?»

«Der beste Fick östlich von Suez», versicherte ihr Ian. «Ich hab's aus sicherer Quelle.»

«Ich hab's aus sicherer Quelle», sagte Jill, «daß es in Kuwait den besten Fick östlich von Suez gibt.»

«Wenn man Araber mag. Manche mögen sie, manche nicht.»

«Es gibt einen arabischen Segensspruch», sagte Converse, «‹Möge die Poesie deiner Liebe nie zu Prosa werden.›»

«Da hast du's», sagte Jill. «Ich bin für Kuwait.»

«Ich kenne einen Parsen in Karatschi», sagte Converse, «der kennt den Sultan von Kuwait sehr gut. Er ist Delikatessenlieferant. Wenn der Sultan auf Beizjagd geht, liefert er ihm alles, was er braucht. Der könnte es arrangieren.»

«Mann!» sagte Jill. «Wir würden unter dem gnadenlosen Himmel auf Falkenjagd gehen. Und wenn ich schlafe in der Nacht – schleicht er in mein Zelt ganz sacht.»

«Genau», sagte Converse, «und du kitzelst seinen Schwanz mit einer Straußenfeder.»

Jill tat so, als seufze sie. «Mit einem Pfauenschwanz.»

Ian hatte sich umgedreht und beobachtete die Kellnerin, die sich über ihren *hibashi* beugte.

«Das ist der pure Rassismus», sagte er.

«Na ja», sagte Converse, «so ist das Ficken. Östlich von Suez.»

Der Stoß traf sie von unten, vom Fußboden her; Converse erlebte einen Augenblick grauenhaften Wiedererkennens. Als der Knall vorbei war, blickten sie nicht einander an, sondern sahen zur Straße, und da bemerkten sie, daß die Glasscheibe fehlte und daß sie direkt auf ein Metallgitter schauten, das davor gestanden hatte. Alle hatten Speisereste auf dem Schoß.

«Kam von draußen», sagte Jill Percy. In der Küche fluchte jemand schrill, verbrüht.

Sie knieten auf der teefleckigen Matte und versuchten, ihre Schuhe zu finden. Der Besitzer, ein Mann von sanfter, gelehrtenhafter Erscheinung, bahnte sich in äußerster Wut den Weg zur Tür: Leute brachen auf, ohne zu zahlen. Durch die leere Öffnung, in der das Fenster gewesen war, sah Converse, wie sich eine dünne, trockene, weiße Staubschicht auf das nasse Pflaster senkte.

Die Straße draußen schien merkwürdig still, als habe die Explosion ein Loch des Schweigens in das Getöse der Stadt gesprengt, das erst allmählich von Schmerzensschreien und Polizeisirenen geschlossen wurde.

Converse und die Percys gingen auf den Fluß zu; sie sahen die vier amerikanischen Reporter an der nächsten Straßenecke vor sich. Alle schienen sich davor zu hüten loszurennen. Auf halbem Weg bis zur Ecke kamen sie an dem blinden ARVN-Zeitungsverkäufer und seinem gemieteten kleinen Jungen vorbei; beide standen sie regungslos auf dem Bürgersteig, das Gesicht zur Straße gedreht. Der Blinde hatte seine Brille noch auf, der Junge sah sie ohne jeden Gefühlsausdruck vorbeigehen, die Hand des Soldaten hielt er noch immer fest. Wie ein Mensch, der nichts Böses hören will, stand direkt an der Ecke eine alte Frau, die Hände auf die Ohren gepreßt.

«Das Finanzamt», sagte Ian. Und als sie um die nächste Ecke bogen, sahen sie, daß es tatsächlich das Finanzamt gewesen war. Die Straße davor lag unter Schutt; ein Teil der Betondecke war weggesprengt und die schwarze Erde war bloßgelegt, auf der die Stadt errichtet war. Die Lampen der nahegelegenen Häuser waren zerstört, so daß es eine ganze Zeit dauerte, bis sie irgend etwas deutlich erkennen konnten. Mittlerweile hörte man viele Sirenen.

Das Finanzamt war eine Posse der Dritten Republik gewesen, Barbar der Elefant im Kolonialstil, und die Bombe hatte Zahnstocher aus seiner schmiedeeisernen Umzäunung gemacht.

Einer der Balkons lag zertrümmert im Vorgarten, umgeben von den zerfetzten Sinnbildern der Rechtschaffenheit, der Bürgerlichen Tugend und der *Mission Civilatrice*. Während sie noch dastanden und starrten, schoß ein Jeep mit vier ARVN-MPs an ihnen vorbei und hielt auf dem Bürgersteig.

Im Schein der Taschenlampen der MPs sahen sie, daß Menschen auf der Straße saßen, die versuchten, sich die Betonsplitter aus ihrem Fleisch zu ziehen. Vor den Verkaufsständen hatten sehr viele Passanten gestanden. Flüchtlingsfamilien pflegten Fischhäppchen und Nudeln an die Bittsteller zu verkaufen, die den ganzen Tag vor dem Gebäude standen, und nachts legten sie sich zwischen ihren Waren schlafen. Da das Gebäude leer war, als die Bombe hochging, hatten die Obdachlosen die meisten Opfer zu beklagen.

Converse und die Percys traten an die eisernen Rolläden eines Gebäudes auf der gegenüberliegenden Straßenseite zurück, als ARVN-Fallschirmjäger in Lkw mit Planverdecken anrollten, um die Straße für den Verkehr zu sperren. Die Soldaten bahnten sich nervös wie Ratten ihren Weg durch die Trümmer und stießen die Leute mit den Läufen ihrer M-16 zur Seite.

Wenige Minuten später traf der Stacheldraht ein. Die Hilfsdienste in Vietnam führten stets enorme Mengen Stacheldraht zur Verwendung in jeder denkbaren Lage mit sich. Von einem Krankenwagen war immer noch nichts zu sehen. Sie rollten die Drahtballen am Ende jedes Blocks auseinander. Polizisten stocherten im Licht von Sturmlaternen in den Trümmern am Zaun herum. Ab und zu konnte Converse unglaublich helle Blutpfützen sehen.

Als der Krankenwagen eintraf, stiegen affektierte Typen in weißen Kitteln aus und gingen vorsichtig auf den Trümmerhaufen zu; als sie mit ihren Sachen am Stacheldraht hängenblieben, befreiten sie sich mit raschen, graziösen Bewegungen. Jill Percy folgte ihnen über die Straße und spähte über ihre Schultern und über die Schultern der Nationalgardisten, indem sie an deren Reihe entlang einen kurzen Erkundungsgang unternahm. Converse versuchte, im Schein der Lampen ihr Gesicht zu erkennen.

An der Art, wie sie über die Straße zurückkam, merkten Converse und Ian, was sie gesehen hatte. Ihre Schritte waren langsam und bedächtig, und sie schien verwirrt. Wenn man lange genug in dem Land blieb, sah man viele Menschen so herumlaufen.

«Mann», sagte sie. Sie machte eine kleine, flatternde Geste mit den Händen. «Kinder und … alles.»

Ian Percy hatte seine Bierflasche vom Tempura mitgenommen; er ließ sie fallen, so daß sie auf der Straße zersprang. Die

Vietnamesen in der Nähe drehten sich auf dieses Geräusch hin schnell um und starrten ihn ausdruckslos an.

«Irgend jemand sollte mal in der Londoner School of Economics einen Sprengsatz zünden», sagte er. «Oder in Greenwich Village. Alle diese Arschlöcher, die meinen, die Front ist das reinste Zuckerschlecken – *ihren* Kindern sollten mal die Därme aus dem Leib geblasen werden.»

«Es könnte jeder gewesen sein», sagte Converse. «Vielleicht ein wütender Steuerzahler. Jeder kann eine Bombe basteln.»

«Willst du damit sagen, es war die Front?» fragte Jill ihren Mann. «Denn vielleicht war sie's nicht, verstehst du?»

«Nein», sagte Ian. «Ich würde sagen, sie war's wohl nicht. Es könnte jeder gewesen sein.»

Er fing an, auf vietnamesisch zu fluchen. Die Leute rückten von ihm weg.

Converse ging über die Straße und sah den Sanitätern zu, die Leichensäcke über die Trümmer zerrten. Tote und andere, die tot zu sein schienen, hatte man auf die nackte Erde gelegt, wo der Beton weggesprengt war. Blut sickerte in den schwarzen Boden. Eßstäbchen, Topfscherben und Schöpflöffel lagen herum, und bei näherem Hinsehen erkannte Converse, daß wohl zumindest einiges von dem, was wie Leichenteile ausgesehen hatte, Huhn oder Fisch war. Einige Leichen waren über und über mit gekochten Nudeln bedeckt.

Als er dorthin zurückging, wo die Percys standen, kamen vier Männer mit Gummihandschuhen, die große Aluminiumeimer schleppten. Als sie den Trümmerhaufen erreichten, drehten sie die Eimer um und kippten ein weißes Pulver darüber.

«Was ist das?» fragte Converse.

«Chlorkalk», sagte Ian.

Jill Percy stand mit hochgezogenen Schultern und verschränkten Armen da.

«Wenn du auf der Straße überfahren wirst», sagte sie, «kommen sie und errichten Stacheldraht um dich herum. Und wenn du nicht schnell genug aufstehst, bestreuen sie dich mit Chlorkalk.»

Sie gingen ein paar Meter die Straße hinunter, bis sie vor den scheibenlosen Fenstern der Toyota-Niederlassung standen. Im grellen Licht der Lampen sahen sie das Innere des Büros mit seinen Schautafeln und Wandkalendern und den kleinen elektrischen Ventilatoren auf jedem Schreibtisch. Bergeweise lag Papier über den Boden verstreut. Das Büro hatte einen Großteil der Druckwelle abgekriegt. Eine der Innenwände war mit Blut bespritzt, das aussah, als wäre es mit einem Pinsel gegen die Wand geschleudert worden. Converse blieb einen Augenblick stehen und sah es sich an.

«Was ist?» fragte Jill Percy.

«Nichts. Ich habe versucht, eine Moral zu erkennen.»

Er konnte keine Moral erkennen. Das Blut erinnerte ihn an die zerquetschten Geckos an den Wänden in seinem Hotelzimmer.

In seinem Büro gleich neben dem winzigen Foyer des Hotels Coligny sah sich Monsieur Colletti im Militärfernsehen «Bonanza» an. Monsieur hatte im Laufe des Nachmittags acht Pfeifen Opium geraucht; acht Pfeifen Opium pro Nachmittag rauchte er seit vierzig Jahren. Als Converse hereinkam, wandte er sich mit einem Lächeln von dem Gerät ab. Er war der höflichste Mensch, den man sich vorstellen konnte. Converse und Monsieur Colletti sahen sich eine Zeitlang «Bonanza» an.

Auf der Mattscheibe schossen zwei Cowboys aus einer Distanz von ungefähr dreißig Metern mit Gewehren aufeinander. Sie kämpften zwischen gewaltigen runden Felsen, und soweit man erkennen konnte, versuchte jeder, so nahe an den anderen heranzukommen wie möglich. Ein Cowboy sah gut aus, der andere war häßlich. Man hörte Musik. Endlich überrumpelte der schöne Cowboy den häßlichen, als er gerade nachlud. Der häßliche Cowboy warf sein Gewehr beiseite und versuchte, ein Messer zu ziehen. Der schöne putzte ihn weg.

Monsieur Colletti, der kein Englisch sprach, schlug leise seine Handflächen aneinander.

«Heißa», sagte er.

«In Saigon ist es genauso», meinte Converse. Monsieur Colletti schien Converses Französisch immer zu verstehen.

«Hier, sicher. Überall ist es jetzt genauso.» Monsieur Colletti war überall gewesen. «Überall ist Chicago.»

Er sprach es Schieka-gó aus.

«Heute abend ist eine Bombe hochgegangen», sagte Converse. «Vor dem Finanzamt. Alles Schutt und Asche.»

Monsieur Colletti riß in einem nur äußerlichen Erstaunen die Augen weit auf. Es war nicht leicht, ihm Neuigkeiten aus Saigon zu erzählen.

«Aber nicht doch», protestierte er sanft. «Gab es Tote?»

«Einige sicher. Draußen.»

«Ach», sagte der *patron*, «es ist grausam. Es sind Ungeheuer.»

«Meinen Sie, es war die Front?»

«Heutzutage», sagte Colletti, «könnte es jeder sein.»

Als «Bonanza» zu Ende war, gaben sie sich die Hand, und Converse ging nach oben. In seinem Zimmer stellte er den Dekkenventilator und die Klimaanlage an. Die Klimaanlage funktionierte nicht besonders gut, aber sie machte ein emsiges und für amerikanische Ohren einigermaßen beruhigendes Geräusch, das den Lärm von der Straße übertönte. Der Straßenlärm war für niemandes Ohr beruhigend.

Er knipste die Lampe an seinem Schreibtisch an, um seinem Zimmer die angenehmste Beleuchtung zu geben. Kleine Tricks, überall aufgeschnappt. Er nahm eine Flasche PX Johnnie Walker Black Label aus einem verschlossenen Koffer und trank zwei große Schlucke.

Das ist es, sagte er sich. *This is it*. Es war, was alle sagten – GIs, Reporter, selbst ARVNs und Barmädchen. Das ist es. Es wäre schön gewesen, wenn am Abend keine Bombe explodiert wäre. Wenn er sich mit den Percys einen angetörnt hätte und dann schlafen gegangen wäre. Wegen der Bombe war er durcheinander und benommen, und wenn es auch Situationen gab, in denen benommen zu sein fast genauso nützlich war wie alles andere, befand er sich in keiner derartigen Situation.

Und sich zu besaufen würde auch nichts nützen. Ebensowenig, noch mehr Gras zu rauchen. Besser wäre er unten geblieben und hätte sich mit Monsieur Colletti noch ein paar Western angesehen.

Sich selbst zum Trotz nahm er noch einen Schluck Whisky, zündete sich eine *Park Lane* an und begann, im Zimmer auf und ab zu laufen. Der Blumenfreund im Nachbarzimmer spielte «Highway 61» auf seinem Tonbandgerät. Nach ein paar Zügen kam er zu dem Schluß, daß er nicht mehr als eine vage Gereiztheit durchmachte.

Nichts Ernstes. Erleb ich ständig. Nebenwirkung von leichtem Fieber.

Nach einer Weile hörte er auf, hin und her zu laufen, und ging am Luftschacht vorbei ins Badezimmer, wo er sich über das Loch hockte. Zu beiden Seiten des Loches waren Trittflächen, auf die man die Füße stellte; es war ein Überbleibsel der *Mission Civilatrice*. Im Gegensatz zu einigen amerikanischen Gästen hatte Converse nichts gegen die Benutzung des Loches. Oft, besonders wenn er high war, hatte er das Gefühl, als träte er mit den schmallippigen *durs* des längst untergegangenen *Ultra-Mer* Frankreichs in Verbindung – den Piloten Saint-Exupéry, General Salan, Malraux. Manchmal pfiff er «Non, J'ne regret rien», wenn er von der Toilette kam.

Während er drückte und vom Fieber geschüttelt wurde, das in seinen Eingeweiden rumorte, zog Converse den Brief seiner Frau aus der Hosentasche und begann, ihn noch mal zu lesen.

«Was Cosa Nostra angeht – warum zum Teufel nicht? Ich bin bereit, die Sache zu riskieren, und die moralischen Bedenken gehen mich nichts an. So wie die Dinge liegen, haben die Betroffenen nichts Gutes zu erwarten, und wir nehmen bloß einen Platz ein, den ein anderer schnell genug ausfüllen würde, wenn er die Möglichkeit bekäme. Ich kann mir keinen Weg vorstellen, an Geld zu kommen, über den wir es mühsamer verdienen würden, und ich denke, das gibt uns das Recht dazu.»

Vielleicht, dachte Converse, nachdem es ihm gelungen war, mit dem banknotengroßen Toilettenpapier zu Rande zu kommen, und während er sich die Hände wusch, vielleicht war seine vage Gereiztheit ein moralisches Bedenken. Er ging zurück, verriegelte die Doppelschlösser und nahm noch einen Schluck Scotch. Wenn Converse tiefsinnige Artikel für die kleinen europäischen Zeitschriften verfaßte, die ihn beschäftigten, war er stets darauf bedacht, einen Standpunkt einzunehmen, von dem auf moralische Bedenken geschlossen werden konnte. Er kannte die Sorte Leute, an die er sich wandte, und er kannte die Art moralischer Bedenken, die sie höchst befriedigend fanden. Seit seiner Reise nach Kambodscha hatte er gewisse Schwierigkeiten, auf moralische Bedenken einzugehen, aber er glaubte, eine ganze Menge darüber zu wissen.

Es gab moralische Bedenken dagegen, Kinder auf einer drekkigen Straße aus dem Schlaf in den Tod zu sprengen. Und sie mit geliertem Petroleum zu verbrennen. Es gab moralische Bedenken dagegen, daß harmlose Geckos von Verrückten sinnlos hingemetzelt wurden. Und moralische Bedenken gegen Leute, die ihr Leben damit zubrachten, sich Heroin in die Adern zu schießen.

Er stand vor der Wand, an der das Geckoblut klebte, und rieb sich den Nacken.

Jeder spürte diese Dinge. Jeder mußte das spüren, oder der Wert des menschlichen Lebens würde weniger werden. Es war wichtig, daß der Wert des menschlichen Lebens nicht weniger wurde.

Converse war mit Ian Percy einmal in einen Farbfilm gegangen, den die UN-Bodenerhaltungs-Leute über die Ausrottung von Termiten gedreht hatten. In einem Land, das ungefähr wie

Nam aussah, in dem es Elefantengras, rote Erde und Palmen gab, fuhr das einheimische Militär mit Bulldozern über das Weideland und vernichtete riesige kegelförmige Termitenbauten. Es gab einen Grund dafür, wie er sich erinnerte; die Erdhügel verursachten die Erosion des Bodens, oder die Termiten fraßen den Leuten die Ernte oder die Häuser weg. Die Termiten taten etwas Schlechtes. Wenn die Termitenhügel umgestürzt wurden, kamen die Termiten zu Zehntausenden hektisch aus den Trümmern gekrabbelt und schwenkten ihre Zangen in nutzlosen Verteidigungsgebärden. Soldaten mit Flammenwerfern zogen hinter den Bulldozern her, versengten die Erde und verbrannten die Termiten und ihre Eier zu schwarzer Asche. Beim Betrachten des Films empfand man etwas, das moralischen Bedenken recht ähnlich war. Aber die moralischen Bedenken wurden aufgehoben. Menschen waren wichtiger als Termiten.

Moralische Bedenken wurden also manchmal durch umfassendere und tiefere Interessen aufgehoben. Man mußte weiter blicken. Es stimmte, daß an einem gewissen Punkt der Blick zu weit sein und moralische Bedenken unerheblich erscheinen konnten. Die Dinge allzu weitsichtig zu beurteilen, war also ein Fehler. Der menschliche Bezugspunkt mußte erhalten bleiben.

Wirklich, dachte Converse, ich weiß alles darüber. Er preßte den Daumen gegen die Wand und kratzte ein vertrocknetes Stückchen Reptilienrückgrat von der kühlen Oberfläche. Es war ein Fehler, trotz moralischer Bedenken weitsichtig zu urteilen. Es war aber auch ein Fehler, auf moralischen Bedenken zu beharren, wenn sie sinnlos geworden waren. Nur wer in der Jugend sicher eingebunden ist, Empfänger von Liebe und Sauberkeitstraining, dem wird dies alles zur zweiten Natur.

Als die Splitterbomben im «Roten Gebiet» aus einem Himmel herunterfielen, der vollkommen leer und blau erschien, hatte er überhaupt keine moralischen Bedenken empfunden.

Die letzten moralischen Bedenken, die Converse auf herkömmliche Art erlebte, war seine Reaktion auf das Große Elefantengemetzel im letzten Jahr gewesen. Im Winter hatte das Military Advisory Command Vietnam beschlossen, daß Elefanten feindliche Agenten seien, weil die NVA sie als Transportmittel benutzte, und es folgte ein Schauspiel, wie es im *Ramayana* hätte stehen können. Das waffenstarrende, hundertköpfige MACV hatte stählerne fliegende Insekten ausgesandt, um seine Feinde, die Elefanten, zu vernichten. Im ganzen Land schwebten MG-Schützen, Kriegsschreie ausstoßend und schwitzend, aus der Wolkendecke herab, um die Herden in Panik zu versetzen und mit 7.62-Millimeter-Maschinengewehren niederzumähen.

Das Große Elefantengemetzel war zuviel gewesen, und alle waren angewidert. Selbst die Helikoptermannschaften, die sich an die Jagd wie an einen Tag wahnsinniger Erheiterung erinnerten, waren später irgendwie entsetzt gewesen. Man hatte das Gefühl, daß es Grenzen gäbe.

Und was Drogen angeht, dachte Converse, und Süchtige – wenn es auf der Welt Elefanten gibt, die von fliegenden Menschen verfolgt werden, werden die Leute verständlicherweise high werden wollen.

Also, dachte Converse, genauso läuft es. Er war auf ein moralisches Bedenken gestoßen und hatte es aufgehoben. Er konnte mit solchen Sachen genausogut umgehen wie jeder andere.

Aber die vage Gereiztheit blieb, und das war in Wirklichkeit nicht Einsamkeit oder ein moralisches Bedenken; es war natürlich Angst. Angst war für Converse außerordentlich wichtig, moralisch gesprochen war sie die Grundlage seines Lebens. Sie war das Medium, durch das er seine Seele wahrnahm, die Formel, durch die er sich seine Existenz beweisen konnte. Ich habe Angst, argumentierte Converse, also bin ich.

Es war immer noch dunkel in Tan Son Nhut, als Converse dort ankam. Die Maschine, mit der er fliegen sollte, war eine alte Caribou mit braungrünem Tarnanstrich. Während sie aufgetankt wurde, wartete er mit der Aktentasche in der Hand neben der Startbahn, seinen Anorak hatte er zu einem ordentlichen Päckchen zusammengefaltet und an seinem Gürtel befestigt.

Mit ihm warteten drei junge Männer in bunten indischen Baumwollhemden. Es waren Harvard-Juristen vom Military Legal Defense Committee, und ihrer Unterhaltung entnahm er, daß sie auf dem Weg nach My Lat waren, um am Kriegsgerichtsprozeß gegen einen schwarzen Marineinfanteristen teilzunehmen, der seinen Vorgesetzten mit einer Splittergranate ins Jenseits befördert hatte. Es waren Movement-Leute; sie hatten Movement-Koteletten und Movement-Stimmen. Converse hielt Abstand von ihnen, obwohl sie ganz und gar nicht unglücklich aussahen.

Die Caribou hob beim ersten Lichtschein ab. Als sie in der Luft war, schnallte Converse seine Aktentasche an den Metallsitz neben sich und beobachtete durch die Luke, wie die Artillerie ihre Morgensalven gegen den grün gefärbten Horizont abschoß. Als es heller wurde, erkannte man zwischen den Leuchtbögen der Granaten und dem Morgenstern dunkle Formationen plumper Dragon-Kampfhubschrauber, die von der Front heimkehrten.

Es herrschte viel zu großer Lärm, als daß jemand sprechen und gehört werden konnte. Converse schlief ein.

Als er aufwachte, schien ihm die Sonne heiß in die Augen. Er schaute durch die hintere Ladetür nach draußen und sah den Schatten des Flugzeugs über das blaßgrüne Meer huschen. Sie waren etwa zweihundert Yards vom Ufer entfernt. Unter ihnen lag ein von Kokospalmen gesäumter weißer Sandstrand, und hinter dem Strand sah man Blechdächer, die im reflektierten Licht des Himmels funkelten.

My Lat war eine Anhäufung verbogenen Metalls; die scharlachroten Feuerbäume ragten zwischen den Dächern auf wie leuchtendes Unkraut zwischen Blechdosen. Neben dem Hafen standen die ziegelgedeckten Gebäude des alten französischen Forts, das als Hauptquartier diente. Im Stadtzentrum sah man zwei niedrige, mit grünspanigem Kupfer behelmte Kirchtürme, die von zwei gleichen Kreuzen gekrönt waren.

Auf der Hafenseite sah Converse die Schiffe liegen – schiefergraue AKAs und AKs, gespickt mit Aufbauten und Winschen. In der Mitte der Reihe lag, von Tauchpionieren auf zwei Patrouillenbooten bewacht, die *Koral Sea*. Die Skyhawks auf ihrem Flugdeck lagen unter Persenningen fest.

Die Caribou setzte abrupt auf, schepperte eine Rollbahn aus Lochstahl hinunter und hielt zwischen Sandsäcken in einer Wolke aus weißem Staub. Converse trat in den heißen Wind hinaus, der mit stechenden Sandkörnern durchsetzt war. Es war niemand da, um sie abzuholen. Er und die Anwälte machten sich auf den Weg, vorbei an den unbemannten Geschützstellungen, in Richtung einiger farbloser Holzgebäude mit schablonierten Zahlen.

Der Teil des Stützpunktes, auf dem sie gelandet waren, wirkte wie eine Totenstadt; kein einziger Mensch war zu sehen. Der Boden unter ihren Füßen bestand aus Kies und zerkleinerten Muschelschalen, öde und unfruchtbar, als sei er mit Salz bestreut. Converse hatte keinen Hut mit, und als er schließlich das Public Affairs-Büro entdeckte, fühlte sein Haar sich an wie heißer Draht.

Drinnen fand er einen schläfrigen Verwaltungsunteroffizier und einen Getränkekühler, aus dem man aus den Staaten importiertes Wasser zapfen konnte. Er trank ziemlich viel. Der Unteroffizier unterrichtete ihn, daß der Public Information Officer gleichzeitig auch der First Lieutenant des Stützpunkts sei und woanders dringend zu tun habe. Er habe ihn schon eine Woche lang nicht mehr gesehen. Und der Journalist vom Dienst sei essen.

Converse setzte sich auf eine Fahrerbank und las in einer *Time*. Das Büro roch nach Bohnerwachs und Stempelkissen, amerikanische Herrschaftsgerüche.

Nach einer halben Stunde traf Journalist First Class Mac Lean ein und stellte sich vor. Journalist First Class Mac Lean war klein, mit rundem Bauch und trug Teile einer Marinepionieruniform, an deren Gürtel eine .45er im Halfter hing. Seine Arme waren sommersprossig und über und über tätowiert; er hatte das rosafarbene Gesicht eines Säufers, das ein unschöner Spitzbart und eine Sportbrille zierten. Converse hatte den Eindruck, sie seien sich schon einmal begegnet, und zwar in einer Bar in der Nähe des Strandes von Santa Monica. Aber damals hatte Mac Lean Sandalen angehabt und Bongotrommeln in der Hand.

«Wollen Sie sich den Strand ansehn?» fragte Mac Lean. «Den Strand müssen Sie sehn. Er ist der beste im ganzen Land.»

Converse hatte sich angewöhnt, vietnamesische Strände wegen der Bettler am Kap St. Jacques mit Lepra in Verbindung zu bringen; er lehnte taktvoll ab. Statt an den Strand gingen sie zum Lazarett, wo Converse seine Malariapillen erhielt und seine Temperatur gemessen bekam. Sie betrug etwas über 38 Grad.

Im weiteren Verlauf des Nachmittags wurde es Converse klar, daß der Public Information Officer an seiner Existenz absolut uninteressiert war. Daher bestand keine Notwendigkeit, sich der ermüdenden Pflicht zu unterziehen, einer Nicht-Geschichte nachzujagen, um seine Anwesenheit zu rechtfertigen. Aber es war schwierig, Mac Lean loszuwerden, den es nach Neuigkeiten aus der Großen Welt dürstete.

Eine Weile, die Converse sehr lang erschien, quatschten sie über Musik, Literatur, Filme und die Annehmlichkeiten Kaliforniens. Mac Lean zeigte Converse die neuesten Nummern der Golf-*Gazette*, deren Redakteur er war.

«Ich versuche, sie *hip* zu halten», erklärte er.

Er zeigte Converse auch den Aktenschrank, in dem er seine Pornosammlung und die Filmbüchse aufbewahrte, die mit rotem Laoten gefüllt war. Converse versprach, am nächsten Tag wiederzukommen und mit ihm zu kiffen. Als er hinausging, machte Mac Lean das Friedenszeichen.

Draußen wetterleuchtete es, und vom Meer kam eine Brise, die ein Labsal für die Seele war. Er schlenderte an dem Hubschrauberlandeplatz vorbei eine sandige Straße hinunter, die auf die Kirchtürme zuführte. Weit weg zu seiner Rechten lagen die niedrigen grauen Gebäude der Kaianlagen, links von ihm standen in dichten Gruppen Bäume hinter dem Drahtzaun. Der Boden innerhalb der Umzäunung hatte die Farbe von Asche und wirkte ebenso unfruchtbar.

Er bewegte sich müde weiter, wobei er ständig die Aktentasche von einer Hand in die andere wechselte. Nach ein paar Minuten hielt ein Jeep mit zwei Marine-MPs neben ihm.

«Steig ein, Kumpel.»

Converse stellte seine Tasche hinter den Rücksitz und kletterte hinein. Der Fahrer fragte ihn, woher er stamme. Converse sagte: «Kalifornien», was sie zum Lachen brachte.

Er fragte sie nach den Minenlegern.

«O Mann», sagte einer von den Marines. «Phantastisch. Unglaublich.» Der andere stimmte zu.

«Sie setzen Mädchen zum Minenlegen ein, die nur mit Schnorchel tauchen, wissen Sie das? Sie kommen mit Sprengladungen zwischen den Zähnen vom Strand rübergeschwommen. Sie setzen den dicken AKs Haftminen an den Rumpf und – plomm!»

Er öffnete seine Hände, um eine Explosion anzudeuten.

Die beiden Marinesoldaten waren tief gebräunt und sahen einander unter ihren grünen Tarnhelmen sehr ähnlich. Sie lächelten unentwegt und hatten die irren Augen von Dope-Freaks.

«Ich möchte mir mal eins von diesen Mädchen schnappen und zu Tode ficken», sagte einer von ihnen. «Ich bin 'n verdammt bösartiger Typ.»

«Wissen Sie, was die noch haben? Die haben Delphine da draußen. Die haben Delphine drauf abgerichtet, Schlitzaugen zu töten. Fänden Sie's nicht irre, 'n Foto davon zu erwischen?»

Converse nickte. Er stellte sich die stillen Tiefen der Bucht vor, navy-graue Delphine mit Stachelhalsbändern, in einen Nahkampf mit messerschwingenden, dunkeläugigen Tauchermädchen verbissen. Die Unterwasserschlacht in der Bucht von My Lat.

«Das ist ein sehr seltsamer Krieg», sagte er zu den Marines.

«Ja, er ist merkwürdig, Mann. Wir dürfen eigentlich nicht drüber reden.»

Hinter dem Haupttor lag ein freier Platz. Die Stadt My Lat war versetzt worden, damit ein angemessener Abstand zum Drahtzaun gewahrt bliebe. Die Seite der Stadt, an der die Kaserne lag, war während der Tet-Offensive 1968 in Grund und Boden geschossen worden. Was davon noch übrig war, begann mit einer Straße voller Kioske, die mit gestohlenen Navy-Stühlen und Kühlschränken voller «33»-Bier ausgestattet waren. Die Straße führte auf eine größere Verkehrsader, die ihrerseits in einen Platz vor der doppeltürmigen Kirche mündete. Es war ein angenehmer Platz mit Tamarindenbäumen, einer Eisdiele und einem Café, das von kunstvollen Eisenverzierungen eingefaßt war. Vor langer Zeit war My Lat einmal ein beliebter Erholungsort gewesen.

Converse überquerte den Platz und entdeckte einen Markt im Schatten der Kirche. Ihm gegenüber lag der Busbahnhof und dahinter eine enge Straße mit chinesischen Nudelrestaurants. Dazwischen, in einem kastigen Zementgebäude, war das Hotel Oscar.

Das Oscar war ein Haus im neo-orientalischen Stil – es bestand aus Zellen, die durch Bambuswände voneinander getrennt wurden, Matten lagen auf dem Fußboden, ein eiserner Teekessel stand in einer Ecke. Converse schleppte seine Tasche selbst nach oben. Im Nachbarzimmer war ein Kartenspiel im Gange; Converse konnte das Eau de Cologne der

Spieler und den brutalen Alkoholdunst des einheimischen Whiskys riechen, den sie tranken.

Er hockte sich auf eine Matte, lehnte den Rücken gegen die Aktentasche und fand sich einem der Typen von nebenan Auge in Auge gegenüber, der zwischen zwei Bambusstäben hindurch auf ihn starrte. Der Mann war ein dunkelhäutiger Asiate von unbestimmter Nationalität; vielleicht, dachte Converse, ein malaiischer Seemann. Er hatte sich auf alle viere gehockt, um Converse genau zu betrachten, und sie wechselten feindselige Blicke, bis der Mann angewidert schnaubte und sich zurückzog. Es hieß, Asiaten nähmen die Anwesenheit von Europäern daran wahr, daß diesen ein Geruch wie nach ranziger Butter entströme; Converse fragte sich, ob der Mann ihn habe riechen können. Er stand auf und zog die Jalousien hoch. In dem Moment prasselten die Regentropfen wie Geschosse auf die Straße.

Er war beinahe ein bißchen eingenickt, als er aufblickte und ein junges Mädchen in der Tür stehen sah, das einen Packen Kissen wie einen übergroßen Blumenstrauß im Arm hielt. Er stand auf und beobachtete sie beim Hereinkommen.

Das Mädchen ließ die Kissen auf die Erde fallen und blickte Converse an, als wäre er irgendwie begehrenswert. Sie trug westliche Kleider, die sie wahrscheinlich selbst genäht hatte, und sah einfach wundervoll aus. Es war merkwürdig, wie häufig einem in Nam schöne Mädchen begegneten.

«Kennst du Ray?» fragte Converse. Ihm kam der Gedanke, daß sie auf irgendeine Weise mit Hicks zusammenhängen könnte. Sie schüttelte verständnislos den Kopf und kam, die Kissen vor sich, auf ihn zu.

Das Mädchen hätte in der Gegend des Caravalle in Saigon nicht deplaziert gewirkt; sie trug dasselbe Augen-Make-up, das die Caravalle-Mädchen benutzten, um ihre Augen runder erscheinen zu lassen. Pariser Chic war im Caravalle nicht gefragt – entsprechend den Wünschen der Kundschaft waren die Saigoner Mädchen dazu übergegangen, den Stil, ja selbst den Akzent der Delta Airlines-Stewardessen nachzuahmen.

«Ficken», sagte das Mädchen.

Converse versuchte, ein belustigtes Gesicht zu machen. Sie kam näher.

«Sehr gut ficken.»

Er streckte den Arm aus und legte eine Hand auf ihren Hintern. Es war immer ein erregendes Gefühl; ihre Gesichter ließen sie so ätherisch erscheinen, und dann bemerkte man, daß ihr Hinterteil unverhältnismäßig üppig war. Sie schmiegte eine Brust in seine Ellbogenbeuge. Genauso hoch reichte sie mit ihren Brüsten. Als Converse an ihr vorbeiblickte, stellte er fest, daß er die nach oben gedrehte Kreppsohle eines der Kartenspieler sehen konnte, die im Nachbarzimmer saßen. Die Sohle war neu, ein Preisschild klebte daran.

«Später», sagte er zu dem Mädchen.

Sie langte nach unten und berührte seinen Gürtel.

«Nein», sagte er. «Nicht jetzt. Später.»

Der Ausdruck im Gesicht des Mädchens sah aus wie ein Lächeln, war es aber nicht.

«Nicht ficken?»

«Nicht ficken», sagte Converse.

Sie hob einen Finger zur Nase und blies Luft durch das offene Nasenloch. Einen Moment dachte Converse, sie wollte ihn anschneuzen. Es war wohl eine ihrer Gesten, vermutete er. Er hatte diese Gebärde noch nie gesehen. Sie bückte sich, hob die Kissen zum größten Teil wieder auf und sah ihm ins Gesicht. Er zog seine Brieftasche und gab ihr zweihundert Piaster.

«Mehr grün», sagte sie.

«Nein», erwiderte Converse.

«Ja!» In dem schrillen vietnamesischen Tonfall. Einige Leute behaupteten, es sei eine schöne Sprache. Converse war nie dieser Meinung gewesen. Mit dem Kopf machte er eine ruckartige Bewegung zur offenen Tür.

Sie bückte sich nach den übrigen Kissen, wobei sie ihn mit ihrem Nicht-Lächeln anstarrte. Es sah unangenehm aus.

«Du ficken kleine Jungs?»

Converse hob das letzte Kissen auf und gab es ihr.

«*Diddy mao*», sagte er zu ihr. «Verpiß dich.» *Diddy mao* hatte er noch nie zu einem Vietnamesen gesagt.

Er blieb in dem Zimmer, so lange er es ertragen konnte, und wartete, ob Ray vorbeikommen würde. Aber nach halb sechs hatte er genug. Er nahm seine Tasche und ging nach unten, wo er den Besitzer fand, der unter einem Foto von Tschiang Kaischek Suppe aß. Das Mädchen von vorhin stand mit ängstlichem Gesicht neben ihm. Als Converse die Treppe herunterkam, begann sie, rasch zu reden und auf ihn zu zeigen. Der Besitzer hob die Hand, um sie zum Schweigen zu bringen, und aß weiter.

«Du gefickt haben?» fragte er zwischen zwei Löffeln.

«Nein», antwortete Converse.

«Du sicher?»

«Ich bin sicher», sagte Converse. «Das weiß ich immer.»

«Du kennen Ray?» fragte der Chinese.

Converse nickte.

«Ray in Marineklub. Du kennen Marineklub?»

«Ich werde ihn schon finden.»

Er ging denselben Weg durch die nassen Straßen zurück; die Basisposten ließen ihn auf seine Pressepapiere hin wieder rein. Müde wandte er sich in Richtung Hafen. Der Regen hatte aufgehört, aber beunruhigende Mengen von Moskitos schwirrten umher, und es kam kein Jeep, mit dem er mitfahren konnte. An der Basisumzäunung wurden die Scheinwerfer für die hereinbrechende Nacht ausprobiert. Kleine Patrouillenhubschrauber kreisten über den Baumwipfeln jenseits des Stacheldrahts.

Der Teil der Basis um das alte Fort herum war ansprechender als der Rest. Dort wuchsen Königspalmen und Banyanbäume, und mit Muscheln und Kies gepflasterte Wege führten über schattige Rasenflächen. Vor dem Mannschaftsklub saßen Matrosen und Marinepioniere im schummrigen Dämmerlicht und tranken Bier aus Krügen, während drinnen die Jukebox in voller Lautstärke Johnny Cash spielte. Ein Kino gab es, das *Der*

Marschall zeigte, und eine Sperrholzkirche mit Rasensprengern drumherum. An den Rasensprengern waren Schilder befestigt, auf denen KEIN TRINKWASSER stand.

Der Vereinigte Marinesoldatenklub nahm einen Flügel der alten Legionskaserne ein. Converse machte die Bar ausfindig, die groß, angenehm und fast leer war, und bestellte sich für den Rest seines Armee-Ersatzgeldes einen Gin Tonic. Von Hicks war nichts zu sehen.

Er wartete an der Bar, bis es vollkommen dunkel war, dann hob er mühsam seine Aktentasche hoch und ging nach draußen, um die Tische hinter dem Haus zu inspizieren. Arm und Schulter waren von dem Gewicht völlig taub – er schleppte die Tasche durch die Hitze wie einen faulenden Körperteil, jederzeit gewärtig, daß sich irgendein Vorbeigehender über dessen Geruch oder Häßlichkeit beschweren könnte. Converse war fast zu müde, um Angst zu haben.

Als Hicks kurz nach Einbruch der Dunkelheit sein zweites Bier ausgetrunken hatte, schaute er hinaus und sah Converse unten in dem kleinen Garten stehen. Er knipste die Leselampe an seinem Tisch an, Converse blickte hoch und sah ihn.

Converse stieg langsam die Treppe hinauf und trug eine große, altmodische Aktentasche. Er ließ die Tasche auf den Fußboden fallen und setzte sich schwerfällig in einen Bambussessel.

«Ich schleppe das Ding schon seit Ewigkeiten rum», sagte er.

Er langte rüber, griff nach dem Taschen-Nietzsche, den Hicks neben sich auf einen Stuhl gelegt hatte, und studierte die Buchdeckel. In der Art, wie er das Buch musterte, lag etwas leicht Verächtliches.

«Stehst du immer noch drauf?»

«Klar», sagte Hicks.

Converse lachte. Er wirkte ausgelaugt und erhitzt; in seinen Augen lag eine aus Suff, Fieber und Angst gemischte Qual.

«Mein Gott», sagte er. «Das ist ja wirklich pikant.»

«Ich hab keine Ahnung, was du meinst», sagte Hicks.

Converse hob die Hand an die Stirn. Hicks nahm ihm das Buch wieder weg.

«Tut mir leid, daß ich dich nicht am Strand treffen konnte. Wie gefällt dir das Oscar?»

«Gibt schlechtere Hotels.»

«Hast du 'ne Nummer geschoben?»

«Alle fragen mich das», sagte Converse. «Nein. Mir war nicht danach.»

«Du hattest wohl zuviel Schiß.»

«Kann sein.»

Hicks zündete sich eine Zigarre an.

«Schade. Hätte dir sicher gefallen.»

«Ich hätte schon dreißigmal ausgenommen werden müssen. Ein Wunder, daß ich mit dem Scheiß überhaupt bis hierhergekommen bin.»

Hicks sah auf die Tasche runter und schüttelte den Kopf.

«Das ist so ungefähr die jämmerlichste Verpackung, die ich je in meinem Leben gesehen habe. Sieht aus wie aus dem Haus an der 92nd Street.»

«Ich habe gehofft, du könntest mir dabei behilflich sein.»

Hicks lächelte. «Okay», sagte er. «Was hast du da drin?»

Converse sah sich um.

«Laß das», sagte Hicks.

«Drei Kilo H.»

Hicks hatte gelernt, daß die Leute es nicht mochten, wenn er sie direkt anschaute, und aus Höflichkeit ließ er es oft bleiben. Er blickte Converse in die Augen und hakte sich an der Angst fest, die er dort sah.

«Ich wußte nicht, daß wir uns darauf verständigt hatten. Ich dachte, du brächtest mir was anderes.»

Converse starrte zurück.

«Wir haben uns darauf verständigt.»

Hicks sah finster auf den Tisch.

«Das ist schlechtes Karma.»

«Sieh es als Geschäft. Du bringst es zu Marge nach Berkeley. Wir zahlen dir 2500.»

«Du und Marge? Wer ist *wir*?»

«Das ist 'ne Geschichte für sich», sagte Converse. «Wenn dein Versteck so gut ist, wie du sagst, wird's leichter sein, als Gras zu transportieren.»

«Es ist nicht zu machen. Ich bin praktisch allein auf 'nem Flugzeugträger.»

«Wann kommst du in Oakland an?»

«In siebzehn Tagen, wenn wir in Subic Bay haltmachen.»

«Dann ist doch alles in Ordnung. Du lieferst am neunzehnten. Wir sorgen dafür, daß Marge den ganzen Tag zu Hause ist. Wenn's Ärger gibt, kannst du sie in dem Kino anrufen, in dem sie ab neun arbeitet. Es heißt Odeon. Third Street in Frisco.»

«Tatsache ist», sagte Hicks, «du verschwendest nur dein Geld. Du solltest es selber rüberschaffen.»

Converse schüttelte müde den Kopf.

«Ich bin auf allen schwarzen Listen. MACV weiß nicht, ob ich ein Vietcong-Spion oder eine Giftkröte bin. Ich würde nicht mal einen Joint rüberbringen wollen.»

Hicks lächelte und legte seine Zigarre auf dem Taschen-Nietzsche ab.

«Erzähl mir, was *wir* heißt. Ich wette, du bist es ganz allein, du Mistkerl.»

«Wie sollte ich das denn anstellen?» fragte Converse. «Wie?» Er wollte sich eben wieder umdrehen. Hicks hielt ihn mit einer Geste zurück.

«Ich habe Grund zu der Annahme», sagte Converse, «daß dieses Unternehmen die CIA interessiert.»

Hicks lachte ihm ins Gesicht. Höflich stimmte Converse in das Lachen ein.

«Das ist doch 'n Märchen», sagte Hicks.

«Bestimmte Leute.»

Hicks versuchte, ihn mit seinem Blick aus der Fassung zu bringen. Es war nicht undenkbar.

«Du solltest noch etwas erfahren», fuhr Converse fort. «Sie wissen über dich Bescheid. Sie wissen, daß du schmuggelst. Dein Name fiel sofort.»

«Nein», sagte Hicks nach einer Weile. «Du verarschst mich.»

«Okay», sagte Converse. «Sie wissen von dir, weil ich's ihnen gesagt habe. Bei so 'ner Sache müssen sie's wissen.»

«Ah, klar», sagte Hicks. «Verstehe.» Er sah hinaus auf die dunkle Bucht und nagte an seiner Lippe. «So was müssen sie wissen.» Er blickte wieder Converse an und sah, daß der seine Stirn befühlte. «Was tust du mir da an?»

«Sieh mal», sagte Converse rasch, «sie werden dich völlig in Ruhe lassen. Du hast nichts über sie zu wissen, und sie werden dir nicht in die Suppe spucken, wenn du lieferst. Marge hat die fünfundzwanzig Scheine für dich. So einfach ist das.»

Hicks lächelte wieder.

«Wenn ich liefere, richtig? Aber wenn ich nicht liefere – wenn ich dich bescheiße, weil ich zufällig weiß, daß du ein Arschloch bist –, dann bricht das Kartenhaus zusammen, stimmt's? Auftritt CIA.»

«Genau», sagte Converse.

«Wenn ich an deiner Stelle wäre und einen Kurier bei der Stange halten wollte, würde ich mir vielleicht auch eine Räuberpistole über die CIA ausdenken. Aber ich würde nicht versuchen, sie einem Kumpel aufs Auge zu drücken.»

Converse schien mittlerweile leicht verstimmt.

«Mein Gott, Ray, was sollte ich bei einer Zeche wie der auf eigene Faust machen? Wo sollte ich denn das Geld hernehmen?»

Hicks kam der Gedanke, daß es absolut nicht verdammenswert wäre, Converse auszunehmen. Er würde sich's selber zuschreiben müssen. Vielleicht fände er es ja pikant.

«Du bist klasse», sagte Hicks. «Ich kann wirklich nicht sagen, ob du lügst oder nicht.»

«Ist doch egal, ob ich lüge oder nicht», sagte Converse. «Das ist das Schöne daran. Zufällig sag ich aber die Wahrheit.»

Hicks rutschte nervös auf seinem Stuhl herum.

«Das ist eine idiotisch teure Methode, Stoff zu transportieren. Wenn die CIA Leute wie dich und mich nötig hat, ist sie auch nicht das, wofür man sie hält.»

«Wer ist das schon heutzutage?» Converse beugte sich in seinem Sessel vor; er wirkte arglos. «Sieh mal, Ray – es sind gewisse Leute. Gewisse habgierige Leute mit CIA-Beziehungen. Die sind scharf drauf, einen Wahnsinnsprofit zu machen, und sie können ihre gewohnten Kanäle nicht benutzen. Die können sich Sicherheit leisten. Aber sie müssen vorher wissen, wer für sie transportiert.»

«Hält man dich für sicher?»

«Nein, nein», sagte Converse. «Aber dich.»

Hicks schwieg eine Zeitlang.

«Ich glaube, die Sache stinkt», sagte er schließlich. «Als ich dich das letzte Mal sah, hast du gebibbert wie 'ne Fotze, und jetzt arbeitest du für die CIA.»

«Du wolltest Stoff transportieren», sagte Converse. «Und ich hab dir Stoff beschafft.»

«Vielleicht muß ich dir ganz einfach nein sagen, Freundchen.»

Converse zitterte, und Hicks beobachtete ihn besorgt.

«Dann sind wir beide hinüber», sagte Converse leise. «Dazu ist es zu spät.»

Hicks wedelte den blauen Rauch seiner Zigarre fort und hatte plötzlich das Gefühl, er versuche mehr als nur den Zigarrenrauch zu vertreiben. Converses Angst war fast mit Händen zu greifen. Hicks war beeindruckt.

«Du lieferst», insistierte Converse, «und haust ab. Du wartest kein Treffen ab. Du nimmst einfach dein Geld.»

Hicks wartete darauf, daß er weiterredete.

«Ich bin ein sehr ängstlicher Mensch. Ich bin vorsichtig. Ich bin geradezu paranoid. Ich bin hier lange genug herumgekommen und weiß, wie die Scheiße läuft. Wenn's nicht wirklich 'ne ganz coole Sache wäre, würde ich mich nicht ranwagen.»

«Ich wußte gar nicht, daß du so geldgeil bist.»

Converse hob die Schultern.

«So sind wir wohl erzogen worden.»

«Ich dachte, du wärst 'n Moralist. Du und deine Alte – ich dachte, ihr wärt Weltverbesserer. Wie steht's denn um all die Teenies, die sich auf 'nem Dach den goldenen Schuß setzen? Stört euch das nicht?»

«Wir haben uns mit den moralischen Bedenken auseinandergesetzt», sagte Converse.

Hicks ließ sich auf seinem Stuhl zusammensacken, stützte das Kinn auf die Faust und beobachtete Converse.

«Ich will dir mal was Komisches erzählen», sagte er. «Ich habe letztes Jahr in Frisco Mary getroffen.»

Mary war eine alte Freundin von Converse. Sie hatten sich voll Bitterkeit getrennt.

«Weißt du, was sie mir erzählt hat? Sie hat mir erzählt, du hättest gesagt, ich wär ein Psychopath.»

Converse machte ein betroffenes Gesicht.

«Das war wohl in 'ner besoffenen Laune dahergeredet. Ich weiß es doch besser.»

Hicks lachte.

«Du ziehst über mich her. Du drohst mir mit der scheiß CIA und behauptest, du hättest mich angeschwärzt. Und dann, wenn du Ehrlichkeit und Selbstdisziplin nötig hast, kommst du plötzlich zu mir.»

«Als ich mit Mary zusammen war», sagte Converse, «war ich total runter.»

«Es ist unerhört», sagte Hicks. «Ich war sehr gekränkt.»

Eine Salve aus automatischen Waffen war von der anderen Seite der Bucht zu hören. Suchscheinwerfer funkelten auf dem Wasser. Converse wandte sich träge in die Richtung des Lärms.

«Minenleger?»

«Es gibt keine Minenleger», sagte Hicks. «Das ist alles ein großartiger Schwindel.»

Warum auch nicht, überlegte er. Schließlich lief hier sonst nichts. Er spürte, daß es notwendig wurde, die Ebenen zu wechseln, das Blut mit ein bißchen Adrenalin durchzupusten. Es war interessant und irgendwie unheimlich. Converse und seine Alte würden ein Schauspiel abgeben; er hatte die Frau noch nie gesehen.

«Ich transportiere deine Ware, John. Aber du sorgst besser dafür, daß ich korrekt behandelt werde. Selbstverteidigung ist eine Kunst, die ich beherrsche.»

Converse lächelte.

«Ich glaube, daran hat nie einer gezweifelt.»

«Nein», sagte Hicks.

Converse blickte auf die Aktentasche.

«Wenn du noch irgendwas aus der Tasche haben willst», sagte Hicks, «dann nimm's dir jetzt. Sonst laß sie einfach hier, wie sie ist.»

«Einfach so?»

«Wie sie ist.»

Converse ging nach unten und kam mit zwei Dosen Bier und zwei großen Gin Tonics zurück. Als er einen Schluck von dem kalten Drink genommen hatte, fing er wieder an zu zittern.

«Du bist verrückt», sagte Hicks zu ihm, «ein großer Geist – verschroben – krank.»

Es war ein Satz aus einem alten Film, über den sie vor zwölf Jahren im Marinekorps herumgewitzelt hatten.

Converse schien in Hochstimmung zu sein. Er hob sein Glas.

«Auf Nietzsche.»

Sie tranken auf Nietzsche. Es war die Jugend. Eine Reise durch die Zeit.

Wieder war ein Feuerstoß vom anderen Ufer zu hören.

«Ich mache mich am besten auf ins Oscar», sagte Converse. «Ich verpasse noch die Sperrstunde.»

Hicks stellte seine leere Bierdose ab.

«Weshalb bist du hergekommen? Wenn ich ein Psychopath bin, was bist dann du?»

Converse lächelte immer noch.

«Ich bin Schriftsteller. Ich wollte es mit eigenen Augen sehen.» Seine Blicke folgten den Suchscheinwerfern an der Bucht. «Da waren wohl Schuldgefühle mit im Spiel.»

«Das ist Ironie.»

«Ja», sagte Converse. «Die reine Ironie.»

Sie verstummten eine Weile.

«Ich hab's satt, mich ärgern zu lassen», sagte Converse. Er legte eine Hand auf die Aktentasche. «Ich hab das Gefühl, als wär das die erste reelle Sache, die ich im Leben mache. Ich weiß nicht, was der ganze andere Scheiß sollte.»

«Willst du damit sagen, daß es dir Spaß macht?»

«Nein», sagte Converse. «Absolut nicht.»

«Es ist ein komisches Land», sagte Hicks.

«Laßt das Lächeln schwinden», sagte Converse. «Laßt das Lachen fliehn. Das ist das Land, in dem jeder dahinterkommt, wer er ist.»

Hicks schüttelte den Kopf.

«Was für 'ne Pleite für die Schlitzaugen.»

Converse sah auf die Uhr, dann rieb er sich die Schultern, als wolle er sie wärmen.

«Man kann uns nicht allzuviel Schuld dran geben. Wir wußten nicht, wer wir sind, ehe wir herkamen. Wir dachten, wir wären anders.» Er trank einen großen Schluck Gin Tonic. «Sag mal, hast du das von den Elefanten gehört?»

Hicks lächelte. «Tja», sagte er. «Die armen Elefanten.»

«Die armen Elefanten», sagte Converse. Sie lachten gemeinsam im Dunkeln.

Converses Gesicht war so feucht, als hätte man ihn ins Wasser getaucht. Der Drink brachte ihn ins Schwitzen.

«Es ist ein buddhistisches Land. Sie müssen einen Irrsinnsbetrieb bei der Seelenwanderung haben. Elefanten und Missionare. Delphine, Minenleger, Geckos. Hör mal», sagte er plötzlich. «Mir ist kalt. Ist es kalt?»

«Das ist dein Fieber. Geh zum diensttuenden Profos drüben auf der anderen Straßenseite. Vielleicht kann er dir einen Lift zum Tor besorgen.»

Converse stand auf und drehte der Aktentasche den Rükken zu.

«Sei lieber vorsichtig», sagte Hicks zu ihm. «In den Staaten ist es komisch geworden.»

«Komischer als hier kann's nicht sein.»

«Hier ist alles einfach», sagte Hicks. «Drüben ist es komischer. Ich weiß nicht, mit wem du zu tun hast, aber ich wette, die haben keinen Sinn für Ironie.»

Converse stand vor ihm und wankte ein wenig. Er schwenkte den Arm in einer ausladenden Gebärde.

«Jetzt kann's Blut und Scheiße regnen», sagte er. «Ich hab kein Zuhause.»

Vorsichtig stieg er die Holztreppe hinunter. Sein schmerzender rechter Arm schwang befreit hin und her; Converse fühlte sich herrlich frei. Als er auf die unterste Stufe trat, schoß ihm durch den Kopf, daß Hicks möglicherweise doch ein Psychopath sei.

Der letzte Mann stand vor der Scheibe der Kinokasse und blinzelte, als erkenne er in weiter Ferne, in Licht getaucht, die Antwort auf sein Leben. Als die Eintrittskarte rausgeschossen kam, streckte er die dicken Finger über die glatte Metalloberfläche des Kartenspenders und grapschte danach, ohne hinzusehen.

Ein echter Grapscher, dachte Marge. Seine Finger suchten nach der rosa Eintrittskarte wie blinde gefräßige Würmer; als sie die Karte fanden, drückten sie sie zusammen, bogen sie nach unten und glitten aus dem Blickfeld. Marge identifizierte sich mit der Karte.

Von Zeit zu Zeit warf Marge einen raschen Blick auf die Gesichter ihrer Kunden, aber meistens beobachtete sie nur das Spiel der Finger.

Der letzte Mann blieb einen Augenblick an der Rückseite der Kabine stehen und spähte durch das Glas nach unten. Er hatte die Karte von der rechten in die linke Hand genommen; die begabte Rechte war bereits in der Hosentasche. Marge beunruhigte das nicht. Ihr war klar, daß der Mann ihren Hintern sehen wollte. Aber Marge hatte ihre Strickjacke über die Stuhllehne gehängt, so daß nichts zu sehen war. Sie hatte es nicht aus Bosheit getan, sondern aus bloßer Bequemlichkeit.

«Na los, Kumpel», sagte Holy-o zu dem letzten Mann. Holy-o stand neben den Eisentüren und riß die Karten ab. Er nahm dem letzten Mann die Karte aus der Hand, warf den Kontrollabschnitt in eine Holzkiste und schloß die Türen.

Holy-o hatte einen Gummiknüppel, in den er Zeichen geritzt hatte – Tiere und Formen, unter denen er sich die Götter seiner Heimat Samoa vorstellte. Der Knüppel baumelte an einem Lederriemen von einem Haken herab, der in die eichene Abrißkiste geschraubt war. Als er die Tür hinter dem letzten Mann geschlossen hatte, nahm Holy-o seinen Gummiknüppel vom Haken, stellte sich draußen auf den Bürgersteig vor Marges Kabine und schlenkerte den Knüppel wie ein Polizist.

Marge und Holy-o warteten darauf, daß die Typen kämen.

Die Typen erschienen zwei Minuten nach dem letzten Mann. Sie parkten ihren Thunderbird direkt vor Marges Kassenhäuschen und stiegen eilig aus. Es waren gepflegte, glattrasierte junge Männer mit olivfarbenem Teint. Beide hatten khakifarbene, halblange Mäntel an, und einer von ihnen trug eine spitze Regenmütze mit einem Riemen, der hinten mit einer Schnalle geschlossen wurde.

«Hiya, Holy-o.» Sie gingen direkt auf die Tür von Marges Kabine zu.

«Hiya, Leute», sagte Holy-o.

Marge machte auf, während die Typen die Straße im Auge behielten. Manchmal, wenn die Typen kamen, sahen sie Leute, deren Äußeres sie beunruhigte. Wenn die beunruhigenden Leute Weiße waren, nannten die Typen sie Wichser. Wenn es Schwarze waren, nannten sie sie Nigger. Die Typen nannten die normalen Leute von der Third Street und die Besucher des Kinos Luschen oder Lutscher. Marge konnte sich nie merken, was.

«Hiya, Süße.» Es war der mit der Mütze, der die Tasche trug.

Marge zog ihre Kassenschublade heraus und verschloß sie.

«Hi», sagte sie. Im stillen nannte sie ihn Mütze. Einmal, als sie wirklich fertig gewesen war, hatte sie zu ihm «Hi, Mütze» gesagt. Sie war an dem Abend so durch den Wind gewesen, daß sie sich selbst mit dem Wechselgeld beschissen hatte statt die Luschen. Oder Lutscher.

Er hatte sie nur angeschaut. «Oh», hatte er gesagt, «dir gefällt meine Mütze?»

Sie folgte Holy-o und den Typen in das abgedunkelte Kino, dann gingen sie alle zusammen in Holy-os Büro, um Rowena und die Einnahmen vom Süßwarenstand zu holen. Holy-o schloß Rowena und das Bonbongeld immer in sein Büro ein, bis die Typen eintrafen. Bis ungefähr vor einem Jahr hatte er das ganze Süßigkeitenregal ins Damenklo eingeschlossen, während der letzte Film lief, aber dann hatten plötzlich auch Frauen angefangen, das Kino zu besuchen – so wie die Dinge halt lagen –, und er war gezwungen gewesen, das Damenklo offenzulassen.

Rowena stand da, die Bonbonkasse ihr zu Füßen, und zog sich ihren grünen Poncho um die Schultern, als wäre ihr kalt. In Wirklichkeit war es in Holy-os Büro nicht sehr kalt, aber es roch deutlich nach dem Gras, das Rowena geraucht hatte.

«Hiya, Süße», sagte Mütze zu Rowena.

Rowena nagte an ihren Lippen und äugte gedankenverloren durch ihre viereckigen Brillengläser.

«Hiya», sagte sie und brach in Lachen aus. «Hiya, Mütze.»

Rowena war völlig hinüber, und natürlich hatte Marge neulich abend die Geschichte erzählt, die ihr passiert war. Marge schüttelte den Kopf. Rowena, Dummerchen.

Sie breiteten die Tageseinnahmen auf einem Ausziehbrett von Holy-os Schreibtisch aus, und der andere Typ zählte sie.

«Was ist los?» fragte Mütze Holy-o. «Meine Mütze gefällt wohl jedem.»

Holy-o schüttelte mißbilligend den Kopf. Mütze packte das Geld in seine Tasche.

«Es ist bloß 'ne Mütze», sagte er. «Es ist meine Mütze.»

«Astrein», sagte Rowena glücklich.

Mütze sah zu Holy-o auf, blinzelte und starrte dann Rowena an. Die lächelnde Rowena blickte von Mützes verständnislosen Augen zu dem finsteren Gesicht Holy-os und wieder zurück.

«Astrein?» fragte Mütze. «Was ist astrein? Was meinst du mit astrein?»

«Ich meine astrein», sagte Rowena. «Einfach astrein.» Ihr Lächeln wurde breiter, aber weniger fröhlich. «Ich meine gar nichts.»

«Astrein», sang Mütze im Falsett, als er die Tasche aus dem Büro schaffte. Der andere Typ ging mit. «Astrein.» Er äffte Rowena nach.

«G'Nacht, Leute», sagte Holy-o.

«G'Nacht, Holy-o.»

Holy-o war verärgert.

«Was ist los?» fragte er Rowena. «Bist du blöd? Bist du bescheuert?» Er fuchtelte mit den Armen rum, um den Grasgeruch zu zerstreuen. «Und wie's hier aussieht.»

«Es ist bloß Rauch», sagte Rowena.

«Du setzt noch deinen Job aufs Spiel», sagte Holy-o zu ihr.

Während der letzten Minuten des Films standen Marge und Rowena hinter der letzten Sitzreihe. Auf der Leinwand rauchten langhaarige junge Leute Gras und lutschten sich zwischen den Zügen einen. Das Publikum an dem Abend war Gott sei Dank manierlich, still bis auf das heisere Ausatmen und ein ganz bestimmtes Kleidergeraschel. Als die Lichter angingen, zogen sich die beiden Frauen zur Tür von Holy-os Büro zurück; die Luschen kamen im Gänsemarsch den Mittelgang rauf, und die Nähe von jungen Frauen war ihnen manchmal unangenehm. Holy-o überwachte ihren Abmarsch, und sein kompakter Gummiknüppel steckte in seiner Brusttasche wie eine Riesen-Zigarre.

Als der Raum leer war, kontrollierte Holy-o das Damenklo, um sicherzugehen, daß sich dort niemand versteckt hatte. Marge und Rowena schlossen sich ein. Rowena zündete sich einen Joint an.

«Wahnsinnig viele von ihnen sind Chinesen», sagte sie zu Marge. «Hast du das bemerkt?»

Die ethnische Anspielung löste an irgendeinem dunklen Punkt in den Trümmern von Marges progressiver Konditionierung geisterhafte Alarmsirenen aus.

«Klar», sagte sie. «Chinesen sind genauso geil wie alle andern auch.»

Rowena war nachdenklich, als sie Marge den Joint reichte.

«Ich glaube, die Chinesen sind auf was anderes aus. Ich glaube, sie fahren auf die Schönheit der Körper irgendwie ästhetisch ab.»

«Ich glaube, sie holen sich auch nur einen runter.»

«Sie könnten beides tun», beharrte Rowena. «Ich meine, warum sollte Schönheit bloß platonisch sein? Das ist ein Irrtum des Westens. Sie haben nicht diese jüdisch-christliche Macke. Verstehst du?»

Marge kramte ihre schwarze Plastiktasche durch und überprüfte den Inhalt. Sie war zusammen mit Rowena in Holy-os Büro gewesen.

«Klar», sagte sie. «Die jüdisch-christliche Macke.»

«Genau», sagte Rowena. «Wo Sex was Schlechtes ist.»

«Ich hatte hier 'ne Packung Zigaretten drin, als ich sie abstellte», sagte Marge. «Das weiß ich ganz genau.»

«Oh, Scheiße», sagte Rowena und gab die Zigaretten zurück.

«Frag doch», sagte Marge. «Bitte.»

Sie nahm einen Kamm aus der Tasche und kämmte sich, wobei sie sich im Spiegel betrachtete. Obwohl sie erst dreißig war, hatte ihr dunkles Haar bereits graue Strähnen. Es sieht gut aus, dachte sie.

«Kann ja mal sein», sagte sie zu Rowena, «daß du knapp bei Kasse bist, und du bist mit dem Bonbongeld hier drin und könntest in Versuchung geraten. Ich rate dir, nie, niemals was davon zu nehmen. Denn wenn du das auch nur einmal tust, werden die Typen dafür sorgen, daß du's bereust.»

Rowena sah Marge verdutzt an.

«Bloß weil ich mir 'ne Zigarette geborgt habe.» Sie seufzte. «Die Leute sind so reizbar. Es ist seltsam.»

«Merk dir das gefälligst», sagte Marge.

Als sie aus der Toilette kamen, sahen sie Holy-o und Stanley, den Filmvorführer, die leeren Sitzreihen nach verlorenen Gegenständen abgehen. Stanley nahm die linke Seite des Zuschauerraums und Holy-o die rechte. Holy-o hatte seine allabendliche Flasche ‹Christliche Brüder›-Brandy aufgeschraubt und hielt sie zwischen Daumen und Zeigefinger am Hals, während er den zerschlissenen Teppich absuchte. Einen Teil des Wegs kroch er auf Knien und Handballen weiter. Seine Kontrollen waren immer sehr genau, er war geschickt im Aufspüren von Sachen; in der vergangenen Woche hatte er zwei Brieftaschen mit etwas Geld drin und ein sonderbares Paar schwarze Handschuhe gefunden. Stanley war nicht annähernd so gut, und Marge hatte das Gefühl, daß er die ganze Sucherei am liebsten Holy-o überlassen würde. Aber Holy-o beharrte darauf. Marge hatte Stanley sagen hören, daß nach dem Schließen nichts weiter auf dem Boden liege als Flaschenverschlüsse und Sperma.

«Wieso trinkt er?» flüsterte Rowena, während sie zusahen, wie Holy-o weiter über den Teppich kroch. «Ich dachte, er wär 'n Fixer.»

Marge zuckte die Schultern. «Er ist 'n alter Hase. Die sind komisch.»

An dem Abend war für Holy-o nichts Nettes dabei. Er brachte Stanley an die Tür und spähte mit angespanntem Gesicht auf die Straße. Ihn beunruhigte die Gefahr eines Indianerüberfalls.

Mehrere Wochen schon lief etwas zwischen Indianern und Samoanern in den Städten um die Bucht herum, und Holy-o fürchtete, die Indianer würden ihn sich eines Abends schnappen. Er hatte aufgehört, auf dem Weg zu seinem Hotel bei der Third Base Bar vorbeizuschauen, und wartete statt dessen darauf, daß zwei Samoaner, die als Hausmeister beim *Examiner* arbeiteten, vorbeikamen und ihn abholten.

Während Holy-o auf die Samoaner und Rowena auf ihren Freund wartete, ertappte Marge sich dabei, daß sie ebenfalls wartete. Sie saßen im Büro unter den *National Geographic*-Bildern von Amerikanisch-Samoa und Fotos von Holy-o in seiner Küstenwachenuniform. An die Wand über der Tür hatte Holy-o das Porträtfoto einer fröhlichen, rothaarigen Frau mit Elvis Presley-Frisur gehängt – es war eine Fotografie von Miss Dowd, die bis vor einem Jahr die Kassiererin vom Odeon gewesen war. Miss Dowd war in ihrer Kasse von einem ausgeflippten Kunden umgebracht worden, und ihr Foto hatte für Rowena etwas wahnsinnig Faszinierendes.

«Ich wollte, ich wüßte nichts von der Geschichte», sagte sie zu Marge und Holy-o.

Holy-o schloß die Augen. «Dann denk doch einfach nicht drüber nach.»

Aber Rowena schielte weiter zu Miss Dowds rosigen Gesichtszügen hoch.

«Wow», sagte sie, «es sind aber auch fiese Typen unterwegs.»

«Ein Hippie», sagte Holy-o grimmig.

«Na, na», sagte Marge. «War's nicht bloß 'n Typ mit langen Haaren?»

«Es war ein Hippie», sagte Holy-o. «Ich war dabei, da sollte ich's wohl wissen. Sie starb in meinen Armen.»

Holy-os Arme waren kurz, aber kräftig, in glänzende blaue Kunstfaser gehüllt. Marge blickte auf die Arme und überlegte, wie es wohl wäre, dort zu sterben.

«Ein Hippie-Lustmörder», sagte Holy-o, während er den Brandy über seinen Ärger schüttete. «Es war nicht mal 'n Raubüberfall. Es war bloß zum Spaß.»

«Peace und Love», sagte er. «Diese Arschlöcher.»

Rowena zog einen spitzen Mund. «Es war bloß einer, Holy-o.»

«Einer, so 'n Scheiß», sagte Holy-o. «Was war denn mit diesem Irren im Yellowstone Park? Der hatte seine Taschen voll mit menschlichen Fingerknochen. Der fraß seine Opfer, dieser Arschficker.»

«Wie in Samoa», sagte Marge.

Holy-o ließ seine feuchten, vernebelten Augen aufblitzen. «Quatsch», sagte er. «Mann, in Samoa soll sich nur ein einziger Hippie sehen lassen. Nur ein einziger soll sich da mal zeigen. Die polieren ihm den Arsch.»

«Weißt du, Holy-o», sagte Rowena, «bloß weil die Zeitungen irgendwas schreiben und J. Edgar Hoover irgendwas sagt, ist es noch lange nicht wahr. Wie diese ganze Charlie Manson-Geschichte...»

Während sie sprach, schien Holy-o zu zittern. Es war nicht klug, ihn weiter zu reizen.

«Wir hatten uns geeinigt», sagte Marge, «nicht über ihn zu sprechen.»

Rowena stand auf, um sich wieder aufs Klo zu begeben. Holy-o sah ihr voll Abscheu nach.

«Sie geht oft aufs Klo», sagte er. «Glaubst du, sie drückt?»

Marge schüttelte den Kopf.

«Sie hat nicht viel drauf», sagte Holy-o. «Früher waren es die Bohemiens. Oft waren die Bohemiens echt gebildet und Förderer der Kunst. Dann kamen die Beatniks, vielleicht eine niedrigere Art Mensch. Heute haben wir überall diese scheiß Hippies.»

«Holy-o», sagte Marge, «du kennst doch sicher 'n Arzt, der verschreibt, oder?»

Holy-o schüttelte den Kopf, als sage er nein.

«Und?» fragte er.

«Wenn du an Dilaudid kommst, hätt ich gern welches.»

«Wozu? Hast du Schmerzen?»

«Ich will's nur mal ausprobieren.»

«Ausprobieren?» Es nur mal auszuprobieren, schien er für eine sehr merkwürdige Idee zu halten. «Bist du süchtig, Marge?»

«Ich mein bloß, ich würde gern mal abheben», sagte Marge.

«Vergiß es», sagte Holy-o. «Du solltest öfter mal ausgehen. Du brauchst ja deinem Alten nicht alles zu erzählen.»

«Der Gedanke an Dilaudid gefällt mir irgendwie», sagte Marge. «Ich kann 'n bißchen Dolophin kriegen, aber ich dachte, ich steh mehr auf Dilaudid.»

«Dolophin ist sehr schlecht», sagte Holy-o. «Das ist Methadon. Das bringt dich um. Da fährst du besser mit Heroin.»

«Ich möchte diese Leute nicht kennenlernen. Nicht auf eigene Faust.»

Holy-o lächelte. «Das sind auch bloß Menschen», sagte er.

Als Rowena von der Toilette zurückkam, musterten die beiden sie nach verräterischen Spuren.

«He», sagte sie zu Marge, «wie war New York? Erzähl mir was darüber.»

«Ich hab's vergessen», sagte Marge. «Ich hab vergessen, daß ich dort war.»

Jemand war draußen im Foyer und klopfte an die Eisentüren; Holy-o ging hin und machte sie auf, den Gummiknüppel im festen Griff. Es war Rowenas Freund; er und Rowena wohnten in einem Appartement in der Noe Street; sie studierten an der State University. Er hieß Frodo.

«Mensch, riecht das hier drin merkwürdig», sagte Frodo zu Holy-o.

Rowena ging raus, um ihn zu begrüßen.

«Das stimmt», sagte sie. «Ich hab's gleich gemerkt, als ich reinkam.»

Frodo kicherte.

«Es riecht wie im Zoo. Wie das Affenhaus.»

Die braunen Hautfalten glitten langsam über Holy-os Augen.

«Nächstes Mal», sagte er zu Rowena, «sagst du deinem Freund auf der Straße guten Tag.»

«Du warst doch gar nicht gemeint», sagte Frodo.

Als Rowena und Frodo gegangen waren, lief Marge den Mittelgang runter in Richtung Hintertür und Parkplatz. Holy-o rief sie zurück.

«Ich könnte dir 'n paar Pillen geben», sagte er. Er sah sie an, als wäre sie ein Kind. «Wie willste 's denn machen?»

«Ich weiß nicht. Einfach schlucken.»

«Okay, Marge», sagte er sanft.

Sie steckten in seiner Tasche. Er schüttelte vier Tabletten aus einem Plastikröhrchen auf Marges Handteller.

«Zwanzig Eier. Zahl's mir am Freitag.»

Er hatte sie ihr zu teuer verkauft, damit sie ihm was schuldig blieb.

«Dowd liebte sie», sagte er. «Sie liebte sie sehr.»

Seine Stimme wurde undeutlich, während er sprach, seine Augen glänzten. Marge lächelte ihn dankbar an und beobachtete ihn. Es war die reine Verführung. Der Stoff würde irgendeine keusche, klebrige Intimität besiegeln; es würde lange liebevolle Gespräche geben, während ihnen die Nasen liefen und lautlos Glühbirnen in der Dunkelheit des Schädels zerplatzten.

«Mädchen liebte sie auch, stimmt's, Holy-o?»

Holy-o lächelte.

«Yeah, sie liebte Mädchen, aber was sie wirklich liebte, war Dilaudid.»

Einsamkeit. Er wollte, daß es wieder wie mit Dowd wäre.

Sie dankte ihm, und er schärfte ihr ein, nicht alle auf einmal zu nehmen, und die erste nicht schon jetzt, da sie noch fahren müsse. Dann begleitete er sie durch die Hintertür, wie er das immer tat, und wartete, bis sie in ihrem Wagen saß. Jeden Abend vollführte er dieselben Gesten der Wachsamkeit – blickte nach links und nach rechts, auf die Feuerleiter über der Tür und um die Hausecke.

Als sie hinter dem Steuer saß, prüfte er die Durchfahrt für sie und winkte sie zur Straße durch. Als sie an ihm vorbeifuhr, beugte er sich zum offenen Wagenfenster runter.

«Du wirst sehen, es ist guter Stoff», versicherte er ihr. «Die Leute mögen es wirklich, und sie sind nicht bloß verrückt. Es gibt Typen, die sind faule Hunde, und die werden zu Flitzern. Sie sind morgens die ersten auf der Straße, weil sie's haben wollen.»

«Das ist wohl das Risiko, das man eingeht.»

«Yeah», sagte Holy-o. «Absolut.»

«Bei mir», sagte Marge, «ist das 'ne Prinzipienfrage.»

Holy-o stimmte ihr eilfertig zu. Er nickte, während sie losfuhr, und es war, als gäbe es in ganz San Francisco nicht einen Indianer. Sie hatte ihn noch nie so glücklich gesehen.

Sie fuhr über die Mission zu den Brückenauffahrten. Ihr Wagen war ein gelber 64er Ford, und Marge liebte ihn sehr. Ihrer Meinung nach paßte er zu ihr. Motorisiert, das wußte Marge, bot sie einen äußerst respektablen Anblick – sie und ihr Wagen vermittelten etwas Altmodisch-Akademisches, das sogar wehmütige Erinnerungen hervorrufen mochte, wenn einem 1964 gefallen hatte. Polizisten hielten sie fast nie an.

Ihr Haus lag direkt hinter der ersten Ausfahrt Berkeley am Berg, im ersten Block, wo es bergauf ging. Nicht weit von der Ecke entfernt, wo die Polizei von Oakland die Demonstration zum Vietnamtag aufgehalten hatte, und Marge war dabei gewesen, obwohl sie damals noch nicht in Berkeley gewohnt hatte. Der Vietnamtag war acht Jahre her.

Sie betrat das Gebäude und stieg eine schöne, rotholzgetäfelte Treppe zu ihrer Wohnung im zweiten Stockwerk hoch. Ehe sie den Schlüssel ins Schloß steckte, klopfte sie zweimal an die Tür.

«Margie?»

Das war Mrs. Diaz, die Babysitterin.

«Hi», sagte Marge, als sie reinging. «Alles in Ordnung?»

Sie ging an Mrs. Diaz vorbei, direkt in das Zimmer, in dem Janey schlief.

«Klar», sagte Mrs. Diaz. «Ihr Vater hat angerufen.»

Janey hatte sich in ihre gelbe Decke gekuschelt. Ihr Mund stand offen, und ihr Atem ging heiser und röchelnd.

«Verdammt», sagte Marge. Sie nahm noch eine Decke aus dem Schrank und legte sie dem Kind über.

«Wollte er was Bestimmtes?»

«Er hat gesagt, Sie möchten ihn morgen anrufen.»

In der Küche stellte Marge einen Topf Wasser für Pulverkaffee auf.

«Na», fragte Mrs. Diaz, «wie ist das Leben in der Third Street?»

«Ach, Sie wissen ja», sagte Marge. «Mies.»

Die Dilaudid-Tabletten lagen in der Tasche ihrer Strickjacke. Sie nahm eine raus und schluckte sie.

«Man riskiert sein Leben da unten.»

«Das stört mich nicht», sagte Marge. «Nach drei Jahren Arbeit an der Uni kann ich ruhig mein Leben riskieren.»

Sie stand da, horchte, ob das Wasser anfinge zu kochen, und wartete darauf, daß Mrs. Diaz wegging.

«Möchten Sie auf eine Tasse Kaffee bleiben?»

«Nein», sagte Mrs. Diaz. «Ich muß los.»

Während sich Mrs. Diaz ihren Regenmantel anzog, fragte sie Marge, wie es ihrem Mann in Vietnam ginge. Marge sagte, es ginge ihm offenbar gut.

«Sie sollten sich mit meiner Nichte treffen», sagte Mrs. Diaz. «Ihr Mann ist auch drüben.»

«Wirklich?» fragte Marge.

«Haben Sie keine Angst? Wenn's mein Mann wäre, hätte ich Angst.»

«Doch», sagte Marge. «Aber er hat immer Glück gehabt.»

Mrs. Diaz zuckte zusammen.

«Das sollten Sie nicht sagen. Aber er findet sicher vieles, über das er schreiben kann, hm?»

«Das sollte er eigentlich.»

«Haben Sie nicht gesagt, er schreibt darüber ein Buch?»

«Ja, er will darüber schreiben. Ein Buch oder ein Theaterstück oder so was. Deswegen ist er hingefahren.»

«Mann, wenn das nicht verrückt ist», sagte Mrs. Diaz. «Tut mir leid, aber das ist ein solcher Wahnsinn, wenn er doch hier sein könnte. Hier gibt's schließlich auch vieles, über das man schreiben könnte.»

«Er ist ein komischer Kerl», sagte Marge.

Als Mrs. Diaz weg war, ging Marge wieder in Janeys Zimmer und lauschte eine Zeitlang den Atemzügen des Kindes. Dann kehrte sie ins Wohnzimmer zurück und setzte sich vor den Fernseher, ohne ihn einzuschalten.

Sie zündete sich eine Zigarette an und wählte die Nummer ihres Vaters in Atherton.

Die Freundin ihres Vaters, Frances, war am Apparat – Frances mit den Silicontitten.

«Sechs null neun neun», sagte Frances. «Und drei Uhr früh.»

Marge wußte, daß sie noch auf waren, und sie wußte auch, daß ihr Vater am Nebenapparat abgenommen hatte.

«Hallo, Frances. Hallo, Elmer.»

«Hi», sagte Frances und legte auf.

«Geht's dir gut?» fragte Elmer Bender.

Marge warf sich noch eine Kapsel Dilaudid in den Mund und spülte sie mit Kaffee runter.

«Ich hab eben 'ne Tablette genommen», sagte sie zu ihrem Vater.

«Wie schön für dich.»

Sie wartete, dann fragte er: «Hast du vor, dir das Leben zu nehmen?»

«Nein, ich spiel bloß rum. Ich fühle mich irgendwie durcheinander.»

«Komm mich morgen besuchen. Ich würde gerne was von New York hören.»

«Hast du mich deswegen angerufen?»

«Ich wollte wissen, wie's dir geht. Warum gehst du nicht zu Lerner, wenn du dich durcheinander fühlst?»

«Lerner», sagte Marge, «ist ein seniles Wiener Arschloch. Und er ist ein Lüstling.»

«Wenigstens ist er sauber», sagte Elmer Bender.

«Ich komm dich besuchen. Wenn nicht morgen – dann bald.»

«Wirst du immer noch von diesem Kerl aus Santa Rosa belästigt?»

«Nein», sagte Marge. «Der ist weg.»

«Wie sieht's sonst bei dir aus?»

«Wie soll ich dir das sagen? Dein Telefon wird abgehört.»

«Natürlich», sagte Elmer. «Na und?»

«Ich hab den Sex aufgegeben. Sex ist nichts als ein Raum voller Macker, die sich in die Hosen wichsen.»

Elmer Bender schwieg eine Weile. Während einer ihrer Gespräche war Marge dahintergekommen, daß er einen Horror vor lesbischer Liebe hatte und fürchtete, sie könne vielleicht anfangen, mit Frauen zu schlafen. Ihre Mutter war offenbar dafür bekannt gewesen.

«Meinst du nicht, es wäre Zeit, daß John wiederkäme?»

«Das wird merkwürdig werden», sagte Marge. «Wirklich merkwürdig.»

«Ich finde, die ganze Geschichte hat jetzt lange genug gedauert. Es war doch idiotisch, oder? Und was soll es überhaupt bringen?»

Marge spürte, wie sie langsam in dem Sessel versank. Sie hatte das Gefühl, als sinke sie buchstäblich in den blauen

Bezugsstoff hinein. Mit der Linken hielt sie den Telefonhörer an ihr Ohr und reckte den rechten Arm mit ausgestreckten Fingern zum Erkerfenster, das die Straße überblickte. Es war angenehm, den Arm so zu halten. Der Ausschnitt, den das Fenster von ihrem Stuhl aus zeigte, ließ nach und nach an weitere Sphären denken.

«Wie wär's mit weiteren Sphären?» fragte sie ihren Vater.

Elmer seufzte.

«Marge, geh schlafen, meine Kleine. Vergiß nicht, morgen zu mir zu kommen.»

Draußen hatte sich ein kräftiger Wind erhoben und pfiff durch den verrotteten Fensterflügel und die losen Scheiben. Marge saß mit dem Gesicht zum Fenster und lauschte den Böen, bis sie sich in tieferes Schweigen auflösten. Die Stimme ihres Vaters war noch immer bei ihr, und sie hatte das Gefühl, daß etwas Wesentliches von ihm im Zimmer zurückgeblieben sei. Lichtpunkte trafen auf ihr Auge, als seien es Reflexe seiner randlosen Brille.

«Du würdest dich anscheißen, stimmt's?» sagte sie zu ihm.

Sie blieb in dem Sessel sitzen, umgeben von Unermeßlichkeiten schweigender Zeit. In ihrem Inneren, in ihr, stieg eine ehrliche Befriedigung auf. Sie spürte die Welt draußen als eine unendliche Reihe von Räumen mit Fenstern, und sie empfand ein blindes Vertrauen, daß sie nichts enthielten, was sie nicht zu ihrer Zufriedenheit überwinden könnte.

Es war ganz untypisch für Marge, so lange zu sitzen, ohne nervös herumzurutschen, selbst wenn sie allein war. Auf der Straße war ein Geräusch zu hören, und obgleich sie es nicht festmachen konnte, benutzte sie es als Vorwand und zwang sich aufzustehen. Stehend fühlte sie sich matt, aber furchtlos. Vor vielen Jahren hatte sie das letzte Mal ein so befriedigendes Einvernehmen verspürt, wie sie es jetzt mit dem Deal und dem Heroin empfand, das inzwischen auf dem Wasser sein mußte.

«In Ordnung», sagte sie. Es war in Ordnung.

Als sie sich im Spiegel sah, lächelte sie und hob eine Hand

zum Mund. Sie ging vorsichtig, aber voll Würde, auf sich zu und drehte sich vor ihrem sich drehenden Spiegelbild. Als sie ihre Augen näher betrachtete, sah sie, daß die Pupillen winzig klein und von anscheinend riesigen grauen Flächen umgeben waren.

Dilatation. Dilaudid. Gelobt sei dein Name.

«Wir fürchten uns nicht», sagte sie. Altes Lied.

Wir gegen sie, dachte sie. Ich gegen sie. Sexuellem Verlangen nicht unähnlich. Die Regung dieses Gefühls trug sie in andere Räume, und sie sah blitzartig vor sich, wie die Finger der Wichser sich an ihren klebrigen Halbsteifen abmühten, indem sie in den muffigen Untergründen ihrer Hosen wühlten wie Spinnen an einem faulen Stück Holz.

Es brachte sie zum Lachen und ließ sie erschauern.

Auf dem Rotholztisch neben ihr lag ein Brief von ihm, aber sie hütete sich, ihn in die Hand zu nehmen. Er wäre in Saigon, zwölf Stunden entfernt – sicher irgendwie am Leben, wahrscheinlich voller Angst.

Wenn sie an ihn dachte, fragte sie sich oft, ob es nicht eine Möglichkeit gäbe, ihn dafür zu bestrafen, daß er ohne sie dort war oder an Stelle von ihr. Aber jetzt fühlte sie sich mit ihm im Einklang.

Sie trat nahe an den Spiegel heran und betrachtete wieder ihre Augen.

Diluiert.

Als sie merkte, daß sie sich zurückbog, drehte sie sich um und setzte sich halb auf die Kante des Tisches, auf dem sein Brief lag; sie sah sich jetzt im Profil, ihr Körper machte eine Kurve am Hintern, dort, wohin der letzte Wichser mit solchem Interesse geschielt hatte.

«Dein Arsch steht auf dem Spiel», sagte sie laut zu sich selbst.

Und sie hatte den Eindruck, sie sehe verwundbar aus.

Delusion. Dilaudid.

Sie richtete sich auf, ging von einer Lampe zur anderen und machte sie aus. Als das Zimmer dunkel war, bemerkte sie ein

Glimmen von der Straße. Es schien, als habe der Wind sich gelegt, und als sie ans Fenster trat, sah sie, daß die Straße von Nebel verhangen und die Straßenlampen von Regenbogen umgeben waren. Es war alles bestens.

Im Schlafzimmer ging sie an Janeys Kinderbett vorbei und hörte das mühsame Atmen. Verwundbar.

Aber es ist gerecht, dachte sie.

Sie strich dem Kind die Decken glatt und kleidete sich voll Wonne aus. Als sie im Bett lag, dachte sie an ihn, ohne ihn im geringsten kränken zu wollen. Wir gegen sie wäre am besten.

Und als sie die Augen zumachte, war es wunderbar. Sie glitt in einen Teil des Meeres, wo es unendlich viel Raum gab, wo sie mühelos atmen und durch endlose Höhlen schwimmen konnte. Sie bildete sich ein, sie höre Stimmen, und die Stimmen gehörten zu Geschöpfen wie sie.

Es war eine herrliche Überfahrt, wenn man von den Spitzeln an Bord absah. Der Passat wehte sanft, die Nächte waren sternenklar, und Hicks nahm sich jeden Morgen die Zeit, während die Frühstücksbrötchen und Maismuffins abkühlten, auf dem Flugdeck seine Übungen zu machen.

Als sie in Subic Bay anlegten und sich die Männer mit Landurlaub zu den Lichtern von Olongapo aufmachten, blieb Hicks an Bord, um die Spitzel im Auge zu behalten. Es waren drei oder vier, die sich als Hippies verkleidet hatten; sie boten Joints an, kicherten und strichen durch die Reihen beschädigter Flugzeuge, um nach Verstecken zu suchen.

Sein erstes Versteck war das zerfetzte Heckteil eines Seasprite-Helikopters gewesen, aber er hatte es nach einem Tag aufgegeben und das Paket unter schimmelnde Fahnen in einen unbenutzten Flaggenschrank gelegt. Als sie in Subic ablegten, wechselte er von neuem, stopfte das Paket in einen Flaggensack und verbuddelte ihn in einem markierten Maismehlsack, den er zu diesem Zweck beiseite gelegt hatte. Im gleichen Versteck brachte er zwei Ferngläser unter, die er auf der Hinreise gestohlen hatte, und einen Sonntagsgottesdienst-Wimpel als Souvenir.

Jeden Abend spielte er in der Mannschaftslounge mit Gaylord X Schach. Die Zivilmannschaft der *Koral Sea* achtete strikt auf Klassen-Trennung, und so spielten Hicks und Gaylord in fast völliger Stille. Nach jeder Partie sagte Gaylord: «Ah, vielen Dank», und Hicks antwortete: «War mir ein Vergnügen.» Sein Vergnügen war völlig echt, denn auf dieser Reise gewann er jedes Spiel. Es hatte eine Partie gegeben, bei der Gaylord in der Endphase hervorragend aufgeholt hatte – aber in dem Moment kamen ein paar von seinen Freunden vorbeigeschlendert, um zu kiebitzen, und sein Gegenangriff brach unter der Belastung zusammen, für die schwarze Rasse Ehre einlegen zu müssen. Gaylord war der zweite Koch, ein heimlicher Freimaurer.

Nach der Partie machte Hicks sich gewöhnlich eine Kanne Kräutertee und legte sich früh in die Koje.

Er versuchte, wieder Nietzsche zu lesen. Zu seinem Verdruß bemerkte er, daß er damit absolut nicht zu Rande kam.

«Wohin bewegt es sich? Wohin bewegen wir uns?»

«Kreist nicht unablässig der leere Raum um uns? Hat er sich nicht abgekühlt?»

Sein Exemplar stammte aus der Marine-Bibliothek, und der Leser vor ihm hatte viele Absätze mit Unterstreichungen und Ausrufezeichen markiert. Hicks lächelte, als er darauf stieß.

Eine Flasche, dachte er. Wie ich eine war.

Er hatte Nietzsche vor über zwölf Jahren in der Marinekaserne in Yokasuka gelesen – das Buch hatte Converse gehört –, und es hatte ihn überwältigt. Er hatte sich Passagen mit Bleistift angestrichen und Wörter, die er nicht verstand, unterstrichen, damit er sie nachschlagen konnte. Vor seiner Begegnung mit Converse in Yokasuka waren die einzigen Bücher, die er jemals ganz durchgelesen hatte, *Die Mars-Chroniken* und *Ich, der Richter* gewesen.

Hicks kannte sehr wenige Menschen, für die er überhaupt so etwas wie Zuneigung empfand, und Converse – den er in den letzten zehn Jahren keine vierundzwanzig Stunden gesehen hatte – war einer von ihnen. Das Wiedersehen mit ihm hatte Hicks das Gefühl gegeben, auf unkomplizierte Weise wieder gut und jung zu sein, als nähmen alle Pläne und jugendlichen Träume, die sie beim Militär miteinander geteilt hatten, eine Art neu belebter Beinahe-Wirklichkeit an.

Tatsächlich hatte ihre Freundschaft geendet, als Converse entlassen und Hicks, wie er glaubte, auf Lebenszeit Soldat wurde. Einmal, als er noch mit seinem Mädchen aus Yokasuka, Etsuko, verheiratet war, hatte ihn Converse ohne seine Frau in Camp Pendleton besucht, und alle drei hatten miteinander *sushi* gegessen. Sehr selten hatten sie sich getroffen, um in der Stadt einen trinken zu gehen. Aber er war sich darüber klar, daß Converse ihm meistens aus dem Weg ging, und diese Tatsache hatte ihn ziemlich gekränkt.

Er fühlte sich auch gekränkt durch das, was Converse nach Marys Schilderung über ihn gesagt hatte. Und er war überdies gekränkt gewesen von der Art, wie Converse über seinen Nietzsche gefeixt und die Lektüre pikant genannt hatte – wahrscheinlich eher im Sinne von angenehm provozierend, harmlos aufreizend als im Sinne von scharf oder ätzend.

In derselben Zeit, in der Hicks Converse kennengelernt hatte, war er auch Japan begegnet, und Japan – so wie er es begriff – war ungeheuer wichtig für ihn gewesen. Er hatte eine japanische Frau heimgebracht und war während seiner Marinejahre zu der Überzeugung gelangt, er sei eine Art Samurai. Obwohl er sich nie mit *satori* beschäftigt hatte, war er ein Adept des Zen, und er hatte mal einen Meister gehabt, einen Deutschen, der die Texte lesen konnte und angeblich ein *roshi* war. Selbst beim Dealen bemühte er sich darum, ein korrektes Seelenleben zu bewahren.

Im Laufe seiner dritten Militärzeit, nach Jahren des Basis- und Botschaftsdienstes, der glänzenden Schuhe und des Karossensalutierens war er in Da Nang an Land gegangen, um zum erstenmal einem bewaffneten Feind ins Gesicht zu sehen. Sein Drill war ihm gut zustatten gekommen.

Er war älter als alle gewesen – älter als die blutjungen Schützen, älter als der ehemalige Footballspieler aus Princeton, der seine Kompanie befehligte. Sie erwarteten, daß er im Krieg besser und professioneller wäre als sie selber, und das war er. Er hatte sich nie erlaubt, daran zu zweifeln.

Aber es war kein Krieg für einen Mann, der sich ein Seelenleben bewahrte und eine Asiatin geheiratet hatte. Viele Marines dort waren entschiedener dagegen als er; er lehnte es ab, gegen den Krieg, gegen irgendeinen Krieg zu sprechen. Aber Leute an der Front, die das Wesen der ganzen Sache hassen gelernt hatten, zögerten nicht, mit ihm darüber zu reden. Als sich eine der Nachrichtenkompanien des Regiments, von der Drogenspiritualität gepackt, zu einer Kommune formierte und für Joan Baez Partei ergriff, erwarteten die Jungs eine gewisse Fürsprache von seiner Seite.

Eines Tages, als die Kompanie nicht im Einsatz war, hatte er aus einer vagen Verstimmung heraus einer Reihe seiner Leute erlaubt, in die Stadt zu gehen und sich Bob Hope anzusehen, der dort auftrat. Das war unter den Umständen kein ernstes Pflichtversäumnis, aber es rief nach Vergeltung; sie kam in Form einer unerwünschten Patrouille, die in etwas endete, das Hicks hinterher die Bob Hope-Schlacht nannte. Fast jeder Mann in seinem Zug, der sich Bob Hope angesehen hatte, kam dabei um. Er selbst wurde verwundet und nach Okinawa geflogen. Am Ende des Jahres lief seine Militärzeit aus, und er quittierte den Dienst.

Daß er mit der Welt der Gegenstände auf vertrautem Fuße stand, war für Hicks ein Grund, stolz zu sein. Er glaubte, daß seine intensive und respektvolle Beschäftigung mit der japanischen Kultur ihn in die Lage versetzt hatte, die Dinge auf eine simple, disziplinierte Art zu manipulieren, Sachen korrekt zu bewegen. Er glaubte, es sei alles eine Frage des Kopfes.

Als die *Koral Sea* achtzehn Stunden vor der regulären Ankunftszeit in Oakland anlegte, machte er seine Übungen und meditierte kurz über den richtigen Pfeil und die Unvermeidlichkeit seiner Vereinigung mit dem Ziel.

Am frühen Nachmittag karrten die Rekruten Dempsey Dumpsters – riesige fahrbare Müllcontainer – an die Heckgangway der *Koral*. Hicks wartete, bis der letzte Dumpster fast voll war, dann brachte er persönlich zwei Pappbottiche mit Kochabfällen an dessen Schlund. Das Paket steckte in dem Maismehlsack zusammen mit ein paar Hefekartons, den Ferngläsern und dem Souvenirwimpel. An den Sack hatte er ein Stück Wimpelleine geknotet, das er aus dem Öffnungsschacht baumeln ließ. Danach kehrte er an Bord zurück und aß zu Mittag. Inzwischen fuhren die dafür eingesetzten Rekruten die Dumpsters weg und stellten sie neben die anderen vor der Schweißerei am Dock A. Während die Abteilungen mit Landurlaub ihre Ausgehuniformen anzogen, putzte Hicks inbrünstig die Backstube.

Kurz nach vier Uhr ging er wieder zum Pier und kaufte sich an einem Imbißwagen, der ein Stück von der Schweißerei entfernt stand, eine Coke. Um vier Uhr fünfzehn machten die Schweißer Feierabend und wuschen sich die Hände. Um vier Uhr dreißig rückte die Hauptreinigungskolonne an, und ihr erster Halt war die Herrentoilette der Schweißerei. Es waren stille, melancholische Schwarze; einer von ihnen trug den metallenen Abfallbehälter aus der Toilette zu einem Dumpster und schippte den Inhalt hinein – Papierhandtücher, Halbpintflaschen, Zigarettenschachteln. An dieser Stelle brachte Hicks sein einziges Werkzeug ins Spiel, nämlich einen Schlüssel zur Toilette der Schweißerei. Er hatte eine umfangreiche Sammlung von Schlüsseln zu verschiedenen Gebäuden und Büros im Army-Terminal, die er sich im Laufe mehrerer Jahre zugelegt hatte. Als der Reinigungstrupp zur anderen Seite des

Gebäudes herumging, schlüpfte Hicks in die Toilette und wartete, bis niemand mehr in der Nähe war. Sobald es ihm passend erschien, griff er sich den metallenen Abfallbehälter und trug ihn zu der Öffnung des Dumpsters, in dem sein Paket versteckt war. Er hob ihn zum Einfüllschacht des Dumpsters hoch, packte mit der Rechten die Wimpelleine, zog das Paket in die Höhe und schob es in den Blechbehälter. Dann trug er alles zurück in die Schweißereitoilette, wo es die Nacht über bleiben würde. Es gab sehr wenige Vorgesetzte, wie bösartig sie auch immer waren, die sich dazu herablassen würden, die Säuberung von Toiletten zu kontrollieren. Nur Spitzel würden das tun – und obgleich viele von ihnen unterwegs waren, war es dank richtiger Überlegungen und richtigen Handelns möglich, sich unauffällig zu bewegen. Schwarze machten ihm am meisten Sorgen, denn der Anblick eines weißen Arbeiters, der Müllkübel leerte, machte sie mißtrauisch.

Dann zog Hicks sich um, packte seine Tasche und ging zum Lazarett, um für den nächsten Morgen einen Termin für die obligate Lungendurchleuchtung zu vereinbaren. Er hatte vor, am Morgen mit seinem Terminzettel zurückzukommen, sein Paket aus dem Abfallbehälter zu holen, ehe die morgendliche Putzkolonne ihn leerte, und dann durch das Tor, durch das er reingekommen war, wieder hinauszufahren, das Paket unter einem Kotflügel versteckt.

Normalerweise ließ er den Stoff in den Flugzeugteilen an Land schaffen und holte ihn sich dann von dem Rangiergleis, von dem aus die Teile zu den Reparaturwerkstätten verfrachtet wurden. Aber er hatte gehört, daß die Geleise jetzt sorgsam bewacht und die Teile von Hunden durchgeschnüffelt wurden. Sein jetziger Plan erschien ihm zwar gewagt, aber durchführbar.

Die Kontrolle am Tor, durch das er auf dem Weg zum Parkplatz fuhr, war gründlich und geschäftsmäßig, schlimmer, als er es je erlebt hatte. Als sie vorüber war, bekam er seinen Wagen nur mit Mühe in Gang und fuhr stadteinwärts zum Seemanns-YMCA.

Im Y mietete er sich ein Zimmer und legte sich einen Moment lang hin. Als es dunkel wurde, konnte er das Guckloch in der Tür erkennen, durch das die Militärpolizei angeblich die Matrosen bespitzelte, um zu sehen, ob sie miteinander vögelten.

Er war nervös angesichts all der toten Zeit. Stunden unausgefüllter Unruhe mußten verbracht werden, ehe er zurückfahren und sich sein Paket abholen konnte; die Selbstdisziplin erlaubte, oder forderte, leichte unkomplizierte Unterhaltung.

Als er nach unten ging, sah er die Lichter von Oakland leuchten, und der Himmel dahinter glänzte wie dunkelblauer Marmor. Selbst dieses Kneipenviertel roch nach Eukalyptus. Er blieb ungerührt.

An einer Ecke, zwei Straßen vom Y entfernt, war eine Bar namens Golden Gateway. Auf einem Schild über der Seitentür stand: SCHNAPS BIER ESSEN – Haus des Seemanns-Klubs. Ein zweites Schild aus Pappe, das an den Jalousien im Fenster lehnte, verkündete: Sieben Tänzerinnen oben ohne.

Früher gab es im Golden Gateway gutes, billiges italienisches Essen, und im Hinterzimmer hatten Billardtische gestanden. Die Billardtische waren verschwunden, und die Küche mit ihnen; an ihre Stelle war ein großer Käfig aus rosafarbenen Stangen getreten, in dem Mädchen unterschiedlicher Hautfarbe und Verfassung zur Musik aus der Jukebox herumhampelten. Seit es diesen Käfig gab, kamen alle möglichen Leute vorbeigeschneit. Es kamen entlaufene Irre oben von Agnew her, die sich mit Vorstädtern einließen, die wiederum gekommen waren, um sich auf miese Geschäfte einzulassen. Man sah Spitzel, die jede Art von Polizei repräsentierten, und Schwarze aus der Nachbarschaft, die dort ihrem Gewerbe nachgingen und sich offenbar nie amüsierten. Der Finne Alex, vormals Barkeeper, managte jetzt den Schuppen, unterstützt von drei Barmädchen mit Augen wie Haie.

Hicks ging rein, um vielleicht eine Weile mit Alex zu quatschen, aber es war nicht mehr der Ort, um noch viel zu quatschen. Es dauerte nicht lange, und er soff: doppelte Bourbons, auf die er kleine Fläschchen Lucky Lager kippte. Die Go-go-Girls waren eine Beleidigung ihres Geschlechts, und Hicks war ein bißchen schockiert von der Tatsache, daß eine von ihnen offenbar Japanerin war. Sein falscher Eckzahn oben rechts begann zu schmerzen.

Mittlerweile betrunken, ging er aufs Klo, nahm den Zahn raus, ließ kaltes Wasser drüber laufen und rieb ihn mit einem sauberen Taschentuch ab. Es schien ihm eine gute Idee zu sein. Er steckte den Zahn wieder rein, pinkelte, ging raus und im feierlichen Prozessionsschritt auf dic Bar zu. Eine Clique Schwarzer beobachtete ihn von ihrem Tisch aus wie Medizinstudenten einen Fürsorge-Patienten mit einer merkwürdigen neuen Krankheit.

An der Bar kam er zum erstenmal dazu, mit Alex ein paar Worte zu wechseln.

«Ich fühle mich wie zwei Zähne auf Landgang», sagte er.

«Das heißt, du bist betrunken», sagte Alex. Für Alex hatte fast alles diese Bedeutung. «Auf was für'm Trip bist du denn?»

«Gut», sagte Hicks. «Auf'm guten Trip.»

«Habnse da drüben immer noch dies tolle Dope?»

Hicks stützte die Ellbogen auf die Bar und rülpste.

«Yeah», sagte er.

«Wann fährste wieder zurück?»

«Sobald ich wegkomme. Ich will 'n bißchen Geld weglegen und Urlaub machen. Für 'ne Weile nach Mexiko runter.»

«Mexiko, das is 'n gutes Land. Da unten habnse auch prima Stoff.»

Hicks sah hoch zu den Mädchen im Käfig.

«Was für 'ne ungeheure Scheiße dieser Laden jetzt ist», sagte er zu Alex. «Warum muß ich mir diese jämmerlichen Junkies ansehen? Herrgott, da könnte ich mir genausogut auch dich da oben ansehen.»

«Ich hab keinen Badeanzug», sagte Alex.

Hicks streckte den Arm aus und schubste ihn rückwärts gegen den Schnapsschrank.

«Du hast aber dickere Titten.»

Alex stellte ihm noch ein Fläschchen hin.

«Was haste gesagt, wannde nach Mexiko fährst?»

«Ich hab nicht gesagt, ich fahr.»

«Doch, haste. Du hast eben gesagt, du fährst.»

«Das ist ein Traum», sagte Hicks zu ihm. «Ein Traum.»

«Haste Coley gesehen?»

Coley war ein Dealer, der früher auch für das Sea Lift Command gearbeitet und dann aufgehört hatte, als ihn die Paranoia überfiel. Hicks schluckte sein Bier und tippte mit dem Zeigefinger an den Zahn.

«Coley?»

«Du kennst doch Coley», sagte Alex. «Du hast hier immer mit ihm gesoffen.»

«Ah ja», sagte Hicks, während er Alex nicht aus dem Auge ließ. «Klar. Der.»

«Ich hab gehört, der ist nach Mexiko gegangen.»

«Ach?»

«Es heißt, er wär mit 'ner Masse Geld da runtergefahren, um für irgend jemand irgendwas zu kaufen, und er hat alles verpulvert.»

«Alles fürs *Spiel* verpulvert, was?»

«Alles für das prima Dope verpulvert. Die Leute sind echt sauer auf ihn.»

Hicks hätte beinahe gesagt, daß er auch echt sauer gewesen wäre, wenn es sich um sein Geld gehandelt hätte, aber er ließ es bleiben. Er hatte Alex früher nie über Dope reden hören.

Als die Platte in der Jukebox zu Ende war, kamen die Girls aus dem Käfig runtergeklettert und wickelten sich in paillettengeschmückte Lappen. Eins von den Mädchen war eine mokkafarbene Ostindierin mit dem Gesicht einer Brahmanin; sie ging rüber zu einem leicht ramponierten Angestelltentypen an einem der hinteren Tische und setzte sich zu ihm.

«Der Typ ist 'n Verrückter», sagte Alex, während er zu ihnen rübersah. «Er fesselt sie und verdrischt sie. Sie liebt es. Sie sind beide verrückt.»

Hicks stand auf.

«Ich will diese ganze Scheiße nicht hören, Mann», sagte er. «Ich will's nicht wissen.»

Er ging zur Telefonkabine, vorbei an Knäueln trinkender Schwarzer.

Herrgott, hier gibt's aber viele, dachte er.

Beim Gehen versuchte er, sich so geschickt anzustellen, daß niemand seinetwegen zurückrutschen oder er selbst vor jemandem zurücktreten müßte. Er schwankte, eine freundliche Miene an den Tag legend, geübt zwischen den schwarzen Zechern rum, aber sie schienen nichts als Mordlust in seinem Herzen zu sehen. Es waren komische Leute.

In der Kabine blockierte er die Tür mit dem Fuß und blätterte das Telefonbuch durch. Er konnte sich nicht erinnern, daß er beschlossen hatte, sie anzurufen. Es passierte einfach.

Etsukos zweiter Mann hieß Eligio Robles, Doktor der Zahnmedizin. Als sie sich entschlossen hatte, Hicks zu verlassen, hatte sie sich für einen Zahntechnikkurs eingeschrieben. Ihr Englisch war inzwischen gut genug. Dr. Robles war Filipino und ihr allererster Arbeitgeber.

Er summte vor sich hin und wählte Dr. Robles' Nummer. Sie war am Apparat.

«Konibanwa Etsuko? Shitsurayu Mrs. Robles-san.»

«Du bist es», sagte sie.

Es schien ihm, als könne er sich ihr Gesicht genau vorstellen, wie sie in aller Ruhe festzustellen versuchte, was der Anruf bedeuten könnte.

«Wie geht's so?»

«Prima. Und dir?»

«Ich bin grad aus Nam zurück.»

«Wie war's?» Nicht daß sie's einen Furz interessiert, dachte er.

«Beschissen.»

Sie sagte kein Wort, aber das Telefon selbst schien ihre Verärgerung über seine Ausdrucksweise weiterzuleiten.

«Wie geht's dem lieben Doktor?»

«Geht dich nichts an.»

«Ich hab 'n bißchen Kummer mit meinen Zähnen. Meinst du, er könnte mir helfen?»

«Sei nicht blöd.»

«Er ist doch Zahnarzt, oder?»

Er nahm den Zahn wieder raus und legte ihn in sein Taschentuch.

«Ift frecklich.»

«Warum bist du so blöd?» sagte sie. Kalte, beinharte Wut. «Du bist betrunken.»

«Yeah.»

«Ich finde das nicht witzig. Belästige nicht Leute, die dich auch nicht belästigen.»

Er beschloß, eine dumme Frage zu stellen.

«Vermißt du mich, Etsuko? Ich vermisse dich manchmal.»

Er konnte sie sich wieder ganz deutlich vorstellen; ihr Mund würde vor Verlegenheit und leichtem Abscheu ein wenig zittern.

«Gib mir 'ne Chance», sagte sie. «Ruf nicht mehr an.»

«Herrgott, ich habe dich ein Jahr nicht angerufen. Länger.»

«Wenn ich Anrufe von dir kriege», sagte sie, «glaube ich immer, aus dir wird noch ein Penner. Zu schade für einen Mann von deiner Intelligenz.»

«Klar, du Pißnelke», sagte Hicks.

Sie legte auf.

«Intelljenf am Arsch, aber wirklich», sagte Hicks laut. Ihr Englisch hatte sich unglaublich verbessert. «Du Pißnelke.»

Während er nach einem weiteren Dime kramte, ging ein schwarzes Mädchen in einem imitierten Ledermantel an der Kabine vorbei. Hicks lächelte sie geistesabwesend an, wobei er vergaß, daß seinem Lächeln oben rechts die Ecke fehlte. Das

Mädchen starrte ihn an und drehte die Augen nach oben, so daß man das Weiße sah und die Iris unter zuckenden Lidern flatterte. Verpiß dich. Als sie vorbei war, tappte er in den Blickkontakt mit den anderen aus ihrer Gruppe – drei jungen Männern in schwarzen Kunstlederjacken und pastellfarbenen Schlapphüten. Sie wirkten nicht erfreut.

«Arschloch», sagte er sich im stillen.

Er wandte den Blick nicht von ihnen, während er wählte. Als June antwortete, drehte er sich um.

«Hallo, June.»

«Bist du's, Ray?» Sie hörte sich vollgedröhnt an.

«Stimmt», sagte Hicks. «Ich bin hier in Oakland. Ich fühle mich beschissen, und in dem Laden hier ist kein einziges weißes Gesicht zu sehen. Ich möchte mein Testament machen.»

«Dein Testament?»

«Vergiß es», sagte er. Lacher waren schwer zu erzielen.

«Owen ist da», sagte June.

«Owen ist da! Phantastisch. Laß mich mal mit Owen reden. Ich ruf dich morgen an, okay?»

«Hm-hm», sagte June. «Ich möchte nicht, daß du mich anrufst.»

Es war der Abend der dummen Fragen.

«Warum nicht?»

«Owen bringt dich um, wenn er dich sieht. Du weißt, er ist bewaffnet, Mann. Er tobt vor Wut.»

Jemand klopfte mit einer Münze an die Kabinentür.

«Wenn er vor Wut tobt, möchte ich ihn nicht stören. Kann er dich hören?»

«Er ist draußen in der Garage und fummelt am Motor rum. Ich möchte nicht mal, daß er mich am Telefon erwischt.»

«Er würde mich nicht verpfeifen, oder, June? Er würde mich nicht ans Messer liefern?»

«Ich glaube nicht. Aber laß dich nicht hier blicken.»

«Du Miststück», sagte Hicks. «Du hast es ihm gesteckt. Warum hast du's ihm erzählt?»

«Oh, Mann», sagte June. «Wer weiß, warum man den Scheiß macht, den man macht?»

«Die Wünsche des Herzens», sagte Hicks, «sind so verdreht wie ein Korkenzieher.»

«Ungefähr so isses», sagte June.

Er hielt den Hörer in der Hand, in dem die üblichen atmosphärischen Störungen summten. Die Dandys am Tisch sendeten Koks-Schwingungen. Aus seiner Tasche zog er das Stückchen United Seaman's Service-Schreibpapier, auf das er sich Marges Telefonnummer notiert hatte. Dann warf er absolut niemandem an einer Stelle neben der Tür ein schnelles, kleines Handzeichen zu. Einer von den Schwarzen drehte den Kopf, um der Sache nachzugehen.

«Odeon», sagte die Stimme. Hicks lächelte. Collegehaftes Winseln.

«Marge?»

«Ja?»

«Hier ist Ray.»

«Oh», sagte sie. «Hi.»

Es war schön, wichtig zu sein.

«Ich komme zeitig morgen vorbei. Alles okay?»

«Ja. Ja, in Ordnung.»

«Bis dann.»

«Bis dann.»

Er verließ die Telefonkabine und ging rasch auf die Straße hinaus. Eine Weile schlenderte er von der Bucht weg auf die Berge und die Lichter zu. An der ersten Querstraße, zu der er kam, rempelten sich zwei Penner gegenseitig mit den Schultern, um zu sehen, welcher von beiden den anderen zu Boden schicken könnte. Sie unterbrachen das Spiel, als er näherkam, und traten an ihn heran, als wollten sie ihn anschnorren, aber als er vorbeiging, standen sie bloß keuchend da und glotzten.

«Ich bin der in der Mitte», sagte Hicks zu ihnen.

An der nächsten Querstraße saß eine Campingbusladung Freaks auf dem Bürgersteig neben ihrem Wagen und aß Weißbrot und Wurst. Hicks blieb stehen und sah ihnen beim Essen zu. Einer von den Jungs drehte sich um und starrte ihn haßerfüllt an, er fühlte sich beleidigt.

«Euch lege ich alle auf die Matte», erklärte er.

«Oh, wow», sagte eins von den Mädchen durch das Brot und Fleisch in ihrem Mund hindurch. Sie drehten ihm den Rücken zu.

«Ich hab bloß Spaß gemacht», sagte Hicks. «Ich mach's nicht wirklich.»

In einer dritten Straße war eine Bar, auf deren Fenstern Spielkarten und Glücksräder gemalt waren. Die Wände drinnen waren dunkelblau und mit denselben Symbolen geschmückt, aber die Kunden waren hauptsächlich alte Männer. Welche geheimnisvolle Klientel auch immer den Schuppen früher mal frequentiert hatte, sie war weitergezogen. Hicks setzte sich an die Bar und bestellte dasselbe wie vorher.

Allmählich tat ihm der Kopf weh. Die gemalten Karten und dunklen Wände bedrückten ihn. Aufgestautes Gift – von Etsuko, Owen, den Schwarzen im Gateway – verunreinigte sein Blut. Er wurde nicht sehr oft betrunken, und manchmal übersprang er dann eine Kluft, die sich zwischen ihm und den Leuten auftat. Seinen Platz in der Welt drückte die Tätowierung aus, die er am linken Arm trug. Es war ein griechisches Wort: E'σθλός; soweit Hicks wußte, bedeutete es: «Die, die sind.» Wenn Leute ihn fragten, was es bedeutete, erzählte er ihnen oft, es bedeute, er sei paranoid.

Eine wohlvertraute Wut legte sich auf ihn; sie war wie ein Verband, in dem er kaum atmen konnte, und nur Schläge würden ihn lockern können.

Er saß da, trank und suchte, sich loszuwinden. Eine Weile versuchte er, sich abzulenken, indem er darüber nachdachte, was er alles mit dem Geld anstellen könnte, aber das Geld befand sich in den Händen gerissener Idioten, und er wurde noch wütender.

Gerade als er dabei war, genügend Eigeninteresse aufzubringen, um aus der Gegend zu verschwinden, kam, an einem Zahnstocher kauend, ein langhaariger Bursche mit Kaninchenzähnen in den Laden und setzte sich ein kleines Stück von ihm entfernt an die Bar. Hicks kam der Gedanke, der Bursche könnte dem alten Gewerbe nachgehen; er fand die Gegenwart und Nähe des Jungen unverhältnismäßig unangenehm.

Der Bursche bestellte sich mit New Yorker Akzent ein Bier und spülte damit eine Tablette hinunter. Er ließ seinen Zahnstocher auf die Bar fallen. Als er merkte, daß Hicks ihn ansah, sagte er:

«Was meinste, Chef?»

Als Hicks nicht antwortete, warf er ihm rasch von oben bis unten einen zustimmenden Blick zu.

Der Junge war ein Stricher. Hicks glaubte, wenn er noch betrunkener würde und sein Zustand noch einsamer und wütender, käme er vielleicht wirklich irgendwie dazu, es mit ihm probieren zu wollen. Diese Aussicht kotzte ihn an.

«Haste den Kampf gestern abend gesehn? Ein verdammtes Blutbad, was?» Der Junge rückte ein, zwei Schritt näher. «Ich sag dir, 'n Nigger bringste bloß zum Bluten, wennde dir 'n Rasiermesser innen Handschuh steckst.»

Hicks kam zu der Überzeugung, der Junge müsse verrückt sein. Im Prinzip hatte er nichts dagegen, einem Verrückten eins in die Fresse zu hauen.

«Ich bin aus New York», sagte der Junge. «Biste in letzter Zeit mal dagewesen?»

Hicks trank sein Bier aus.

«Dich hat keiner gefragt, woher du kommst. Scher dich um deine eigenen scheiß Angelegenheiten.»

«Klar doch», sagte der Junge. Er schien nicht im geringsten entmutigt zu sein.

Jetzt ist die Sache eingefädelt, dachte Hicks. Er wünschte, daß es endlich losging.

Der Junge betrachtete ihn nachdenklich, als käme er im nächsten Augenblick zu einem Entschluß.

«Du bist 'n richtig toller Scheißkerl, stimmt's?»

Hicks zuckte mit den Achseln und stand auf, seine rechte Schulter hing herab.

«Ich bin was?»

Der Junge fing an, schnell New Yorker Slang zu reden.

«Ich hab gesagt, du wärst 'n richtig doller Scheißkerl, Mann, du wirkst, als hättste dich prima im Griff. Ich würd mich nich mit dir einlassen.» Er hielt die Hand mit der Innenfläche gegen Hicks gekehrt, als wolle er einen Schlag abwehren.

«Ich dachte, du wolltest.»

«Mann Gottes, Chef, bitte um Entschuldigung. Ich würde dir 'n Bier und 'ne Linie spendieren, aber ich hab nich die Kohle dazu. Das hier ist mein letzter Vierteldollar, ich schwör's bei Gott.»

«Ich will dein Bier nicht, Schwuchtel.»

«Na komm. Sag nich so was zu mir.»

«Ich will dein Bier nicht, Schwuchtel.»

«Okay», sagte der Junge, «wennde halt so sein willst.»

Hicks hatte fest vorgehabt, ihm eine reinzuhauen. Aber weil sowohl er als auch der Junge wußten, wie betrunken er war, war Vorsicht angebracht. Das brachte Hicks noch mehr in Rage.

«Ich sag dir was, Chef», meinte der Junge nach einer Weile, «willste mir helfen, 'nen Lackaffen alle zu machen?»

Hicks starrte ihn an.

«Ich hab 'n Treff mit 'm Schwulen. Das is echt 'ne stinkreiche Tussie, Mann, der trägt Fünfhundert-Dollar-Anzüge. Der hat Schmuck und 'ne Rolex und so 'n Scheiß und alle die bunten Kredit-Karten. Willste den nich ausnehmen?»

Der Junge rückte näher.

«Ich könnte's selber machen, aber der Typ ist stark. Wenn's zwei sind, einer mit 'm Messer – kein Problem.»

Hicks blickte ihm in die Augen. Sie waren nahezu himmelblau mit einem Hauch Amphetaminrosa in den Winkeln und langen dunklen Wimpern. Wenn er redete, rieb er sich die

Kinnlade mit dem Daumen, so daß die Finger seinen Mund verdeckten. Er war einer der übelstriechenden Menschen, denen Hicks je begegnet war.

«Er ist 'n Jude aus 'm Fernsehn, eine wahnsinnige Tunte. Wir zeigen ihm das Messer, Mann, und er scheißt sich in die Hosen.»

«Du verarschst mich», sagte Hicks.

Es war beinahe komisch. Vielleicht *war* es sogar komisch.

Der Junge nahm eine Zigarette aus seiner Hemdentasche, ohne das Päckchen rauszuziehen. Er war ein wandelndes Museum für Knastverhalten.

«Ich schwör's bei Gott», sagte der Junge. «Willste eine von meinen?»

Hicks' Wut legte sich. Er sah den Jungen verwundert an.

«Zu zweit, Mann – was meinste?»

«Ich spendier dir 'n Bier», sagte Hicks.

Der Junge lächelte. Wenn er lächelte, senkten sich seine oberen Schneidezähne auf die Unterlippe und er blies Luft durch sie hindurch. Hätte er einen Augenblick früher gelächelt, hätte Hicks ihm den Schädel eingeschlagen. Aber jetzt verspürte Hicks kein Verlangen mehr, ihn zu schlagen. Der Junge war ein einziger Trip, alle Geheimelixiere in einem. Solche Leute konnte man nicht einfach schlagen. Sie waren heilig.

«Du bist der mit dem Messer?» fragte Hicks.

Der Junge blickte runter auf sein Bein, und seine Augen schlossen sich einen Moment lang in animalischer Vorfreude.

Hicks trat ihm ans Schienbein. Sein Fuß stieß an einen großen Gegenstand unter dem Hosenstoff.

«Was zum Teufel ist das?»

Der Junge lächelte zurückhaltend. «Ein Bajonett.»

Hicks lachte und schlug mit der flachen Hand auf die Bar.

«Du hast kein Stück Selbstachtung.»

«So'n Quatsch», sagte der Junge. «Ich bin an den Mann gekommen, weil ich Selbstachtung habe.»

«Hast du 'n Namen?»

«Joey», sagte der Junge. «So 'n Mädchen in Long Island nannte mich immer Broadway Joe, weil ich wie Joe Namath aussehe.»

«Na prima», sagte Hicks. «Kannst einfach Chef zu mir sagen. Mir gefällt das.»

«Gebongt», sagte Joey. «Jetzt muß ich 'n erst mal anrufen. Hat sich im Motel drüben am Jachthafen abgelegt. Ich geh zuerst hoch, verstehste? Dann laß ich dich rein. Verstehste, der Typ ist 'n Säufer, und wir lassen ihm Zeit, sich einen reinzuziehen. Hör mal, ist das sicher, daß du dabei bist?»

«Klar», sagte Hicks. «Ich hasse diese Scheißtypen. Gib mir seine Telefonnummer. Ich ruf ihn an und frag nach dir. Als hätte ich 'ne Nachricht oder so was für dich. Du sagst mir am Telefon, ich soll 'n andermal kommen, aber ich will nichts davon wissen. Sag ihm, es täte dir leid, ich müßte raufkommen, aber du würdest mich ganz schnell abwimmeln. Spiel ihm was vor.»

Broadway Joe schien darüber nachzudenken. «Yeah», sagte er. «Okay.»

Hicks schrieb sich die Nummer auf einen Briefumschlag und trank noch einen, während Joey telefonierte.

«Los, Chef. Gehn wir an die Arbeit.»

«Ich warte hier», sagte Hicks. «Ich ruf dich von hier aus an. Ich hab 'n Auto. Ich kann in 'n paar Minuten drüben sein.»

«Nein», sagte Joey. «Fahr mich hin. Du kannst ja aus irgend'ner Kneipe dort anrufen.»

«Dafür nehm ich meinen Wagen nicht. Du fährst allein rüber, und wir packen das Zeug in seine Karre. Ich möchte da drüben sowieso nicht rumhängen. Gefällt mir nicht.»

«In Ordnung», sagte der Junge. Er schenkte Hicks noch ein Lächeln und stocherte mit dem Finger an seinen Hoden. «Wir sehn uns. Du läßt mich doch nicht hängen, oder?»

«Auf keinen Fall», sagte Hicks.

Als Broadway Joe weg war, ging Hicks aufs Klo. Während er langsam zur Bar zurückkehrte, merkte er deutlich, daß es äußerst schwierig werden könnte, zum Y zurückzukommen.

Nach einer Weile stand er wieder auf und wählte die Nummer auf dem Briefumschlag. Er hörte ein entschlossenes, geschäftsmäßiges Hallo.

«Hi», sagte Hicks.

«Wer ist da?»

«Hier spricht der Chef, Kerlchen. Dein Freund Broadway Joe hat ein Bajonett. Er will dir damit heute abend was Unangenehmes antun. Er ist jetzt gerade auf dem Weg, um dir einen überzupudern.»

«Überzupudern?»

«Es ist nicht so angenehm, wie's klingt», sagte Hicks.

Nach kurzem Nachdenken sagte der Mann am Telefon zu Hicks, daß er eigentlich nicht überrascht sei.

«Und du?» sagte der Mann. «Was ist mit dir?»

Hicks war empört.

«Ich bin 'n netter Kerl», sagte er. «Ich bin ein guter Bürger. Das ist mit mir.»

«Erzähl mir 'n bißchen was von dir», sagte der Mann. «Bist du groß?»

Hicks seufzte. Er war total betrunken.

«Ich bin riesig», sagte er zu dem Mann. «Ich bin dieser Riesenunhold.»

«Weißt du, was lustig wäre», sagte der Mann. «Den Spieß umzudrehen ist nur fair. Warum kommst du nicht rüber, und wir erschrecken den kleinen Joey ein bißchen?»

Hicks legte auf und ging wieder an die Bar. Darüber hing ein Schild, das er vorher nicht bemerkt hatte, auf dem stand: «Heute ist der erste Tag vom Rest deines Lebens.»

«Das ist ganz gut», sagte Hicks zu dem Barkeeper.

Der Barkeeper war ein allmählich gelb werdender alter Mann; er drehte sich um und warf einen mißbilligenden Blick auf das Schild.

«Ich hab's nicht aufgehängt. Es war schon da.»

Als Hicks ging, langte der alte Barkeeper nach oben und nahm das Schild runter. Es war sinnlos, die Leute zu provozieren.

Draußen war es kalt, und die Straße schwamm im Nebel.

«Kein Ort für mich», sagte Hicks.

Im Gehen sah er sich um. Ein paar Türen von der Bar entfernt erblickte er einen Bus, der in seine Richtung fuhr, und er quälte sich einen Spurt bis zur nächsten Ecke ab. Als er hineinsprang, hatte er den Eindruck, daß er irgendwo während seines kurzen Sprints Broadway Joe gesehen hatte, in einer Gasse oder einem Eingang oder einer Seitenstraße. Er war zu betrunken, um sicher zu sein.

Er stand neben dem nervösen Fahrer und suchte nach Kleingeld; als er das Geld in der Hand hatte, merkte er, daß er bereits am Jack London Square war, ein paar Schritte vom YMCA entfernt. Er steckte die Münze ein, wechselte ein paar giftige Blicke mit dem Fahrer und kletterte vorsichtig runter auf die Bordsteinkante.

Als er in seinem Zimmer war, klebte er ein Heftpflaster über das Guckloch und lud seine .38er mit der Munition, die er dafür gekauft hatte. Ehe er alle Kammern füllte, steckte er eine einzelne Patrone rein und ließ die Trommel rasch kreisen. Das machte er dreimal, und jedesmal landete die Kugel genau vor dem Lauf. Er konnte sich nicht entscheiden, ob das ein gutes oder ein schlechtes Omen war.

Als er am nächsten Morgen zerschlagen und mit einem Brummschädel aufwachte, fand er die Pistole auf seinem Nachttisch in einem Durcheinander aus Patronen, Cellophan und der zerrissenen Munitionsverpackung. Er schämte sich sehr. Es war zügellose Blödheit.

Die ganzen letzten Stunden vor dem Hellwerden träumte Marge. Am Schluß jedes Traums wurde sie von einer sonderbaren nervlichen Erschütterung aus dem Schlaf geschreckt, blieb lange genug bei Bewußtsein, um zu merken, daß ihr Kopf schmerzte, und glitt dann wieder in den Schlaf zurück. Aber es war im Grunde alles andere als Schlaf.

Und die Träume, einer nach dem anderen, waren wirklich böse. Janey, die auf einem Fenstersims wippte, eine gewittergraue New Yorker Stadtkulisse hinter sich, Wasserreservoire, rußgeschwärzte Backsteinmauern. Etwas von einem verrückten Mönch und blutbeschmiertem Obst. Etwas Furchtbares unter Bäumen. In jedem Traum kamen ihre Kopfschmerzen vor.

Nach dem Aufstehen war sie nervös, verkrampft, ungeschickt. Der Kaffee kochte über. Eine Untertasse ging zu Bruch. Sie hatte noch zwei Kapseln Dilaudid, aber sie nahm statt dessen etwas Percodan.

Sie trank den siedendheißen Kaffee, während sie darauf wartete, daß das Percodan wirkte. Als sie sich einigermaßen hergerichtet fühlte, las sie Janey ein paar Kinderreime vor. Das Buch mit den Kinderreimen schmückte ein buntes Hochglanzbild von der ‹Alten Frau, die in einem Schuh wohnte›; die vielen Kinder der alten Frau balancierten in den Ösen des Schuhs, schaukelten auf den Schnürsenkeln und schwärmten in leuchtenden Dirndlkleidern und Lederhosen auf dem Bildrand herum. Es waren bestimmt fünfzig. Fünfzig Kinder. Und Janey wollte von jedem den Namen wissen.

«Das ist Linda.»

«Das ist Janey wie du.»

Fritz. Sam. Elisabeth.

Marge war, als müßte sie weinen.

«Ich kenne nicht *alle* ihre Namen, Liebchen. Wie könnte ich *alle* ihre Namen wissen?»

«Oh», sagte Janey.

Als es an der Haustür klingelte, stand Marge abrupt auf, und das Buch fiel zu Boden.

«O mein Gott», sagte sie.

Janey stand da und guckte zu ihr hoch. Marge starrte einen

Moment lang auf die Tür, dann drückte sie auf den Summer, der die Haustür öffnete.

«Janey, geh ein bißchen auf deinem Hoppepferd reiten.»

Janeys Pferd stand in einem abgezäunten Teil des Gartens hinter dem Haus, ein rotes Plastikpferd auf Federn. Manchmal, wenn Janey darauf ritt, fiel sie in eine Art Trance und hopste länger als eine Stunde im immer gleichen Rhythmus, mit einer Ausdruckslosigkeit in den Augen, die Marge beängstigend fand. Aber Janey hatte keine Lust auf Hoppepferdreiten und zog eine Flunsch. Marge hörte Männerschritte im Gang.

«Los», herrschte sie Janey an. «Marsch, runter.» Janey fing an zu weinen.

«Los, los», schrie Marge und scheuchte das Kind weg. Janey lief zum oberen Absatz der Treppe, die von ihrem Schlafzimmer runter in den Garten führte, und blieb gleich vor der Tür stehen, tränenüberströmt und bockig. Marge machte die Schlafzimmertür zu. Der Mann draußen klopfte.

«Ja?» fragte Marge. Sie stand reglos mitten im Zimmer und starrte auf die geschlossene Tür.

«Ich bin's, Ray», sagte der Mann.

Marge zwang sich, ihm die Tür aufzumachen; er ging mit einem kurzen Blick rasch an ihr vorbei. Er war sonnengebräunt und hatte kurzes Haar. Seine Augen waren kalt. Janey hatte sich in das Wohnzimmer zurückgeschlichen, aber als sie den Mann sah, floh sie durch das Schlafzimmer und die Treppe runter in den Garten.

Ray stellte einen graubraunen Seesack auf den Wohnzimmertisch, trat ans Fenster und sah hinaus.

«Ich bin noch nicht soweit», sagte Marge zu ihm.

Er sah sie unfreundlich an.

«Was meinst du damit, du bist noch nicht soweit?»

«Ich hab das Geld nicht», sagte sie. Selbst ihren Ohren tat das Gequengel weh.

«Ach nee, du dämliche Fotze», sagte der Mann leise.

Sie zitterte. Am Morgen hatte sie sich einen dreckigen dunkelroten Pullover und Jeans aus dem Wäschesack angezogen. Sie fühlte sich schmutzig und verachtenswert.

«Ich meine, ich hab es nicht hier», sagte sie zu dem Mann.

Er setzte sich in einen Korbsessel und rieb sich die Augen.

«Hast du Kaffee?»

Marge eilte in die Küche. Sie goß den angebrannten Kaffee in die Spüle und setzte neuen auf. Ray lief im Wohnzimmer hin und her.

«Ich hab dich doch angerufen, oder? Wieso hast du's dann nicht?»

«Ich bin zu spät zur Bank gekommen. Ich war im Aquarium.»

Als sie sich vom Herd umdrehte, stand er mit einem schwachen Lächeln in der Küchentür.

«Am Telefon hast du nichts vom Aquarium gesagt. Du hast gesagt, du wärst bereit.»

«Ich weiß», sagte Marge. «Ich weiß wirklich nicht, warum. Ich wollte es am Telefon nicht sagen. Ich hatte vor, heute zur Bank zu gehen.» Der Mann runzelte in gespielter Aufmerksamkeit die Stirn. «Irgendwie hab ich gedacht, du kämst am Abend.»

«Hoffentlich haben dich die Fische angetörnt», sagte er. «Dope kriegst du erst, wenn ich bezahlt werde.»

«Ganz wie du willst.»

Er warf ihr einen flüchtigen Blick zu, und sie lehnte sich beschämt gegen die halbgeöffnete Küchentür.

«Wann kommen deine Leute das Zeug abholen?»

«Morgen, glaube ich.»

Er drehte ihr den Rücken zu und ging zum Fenster.

«Was soll das heißen, morgen, glaubst du? Was soll der Scheiß?»

«Ja», sagte sie schnell, «ja, es ist morgen. Am Zwanzigsten.»

«Wenn ich dich überfalle und dir dein Smack wegnehme,

hätte ich vollkommen recht», sagte er. «Du kannst mit Leuten nicht auf diese unglaublich beschissene Weise umgehen.»

«Tut mir leid», sagte Marge.

«Die werden mißtrauisch. Die drehen durch.»

«Ich verstehe», sagte sie.

Zu ihrer Überraschung lächelte er wieder.

«Du versuchst doch nicht etwa, mich reinzulegen, Marge? Du und irgendwelche Leute?»

«Nein», sagte Marge. «Ehrlich. Es sind bloß ich und John.»

«Du und John», sagte Ray.

Als der Kaffee kochte, bat er um Whiskey, aber Marge hatte nichts als Cassis im Haus. Er goß sich etwas davon in seinen schwarzen Kaffee.

«Ich hab 'n Kater», erklärte er.

«Ich auch», sagte Marge.

Er blies auf den Kaffee.

«Bist du 'n Junkie, Marge?»

Marge versuchte zu lächeln.

«Mein Gott», sagte sie leichthin. «Sehe ich wie 'n Junkie aus?»

«Das muß man nicht immer.»

«Also, ich bin keiner», sagte sie.

Er stand mit gerunzelter Stirn am Fenster und lauschte auf die Sprungfedern von Janeys Schaukelpferd im Garten.

«Was ist das?»

«Das ist das Spielzeugpferd meiner Tochter.»

Er nickte, setzte sich auf ein Kissen und faltete die Hände zwischen den Knien.

«Hast du John gesehen?» fragte sie ihn.

«Yeah, ich habe John gesehen. Wenn ich John nicht gesehen hätte, wäre ich nicht hier, oder?»

«Wie geht's ihm?»

«Zum Kotzen.»

«Ist er wirklich schlecht dran?»

«Er ist nicht schlechter dran als du.» Er warf ihr wieder

einen ziemlich mürrischen Blick zu. «Besorgt oder bloß neugierig?»

«Besorgt», sagte sie.

«Wer sind die Typen, an die du verkaufst?»

«Freunde von Freunden.»

«Kennst du sie etwa nicht?»

«Solche Leute kenne ich nicht», sagte Marge. «John hat die Sache eingefädelt. Er kennt 'ne Menge komischer Vögel drüben in Nam. Er ist gut in solchen Sachen.»

«Nein, ist er nicht.»

«Ich dachte», sagte Marge.

Er stand rasch auf und trat wieder an das Fenster.

«Du bist leicht reinzulegen, Mäuschen. Die Leute, mit denen du zu tun hast, werden das ganz schnell spitzkriegen. Oder sie sind so unbeleckt wie du.»

Zum erstenmal merkte sie, daß er Angst hatte.

«Die Sache stinkt», sagte er zu ihr.

Er hatte ein hungriges Gesicht; Marge entdeckte darin Zeichen, die ihr bekannt waren. Die Knochen waren stark und die Züge hager, aber die Lippen waren voll und oft in Bewegung, sie verzogen sich, wurden spitz, preßten sich zusammen, wurden benagt.

Mangel – an Liebe, an Muttermilch, an Kalzium, an Gott weiß was. Dieser Typ war braungebrannt, normalerweise waren sie bleich. Immer hatten sie kalte Augen. Sie haßten Frauen.

«Also, was schlägst du vor?» Sie blickte von seinen Augen weg. «Ich meine, was machen wir jetzt?»

«Du bezahlst mich», sagte er. «Und ich gebe dir den Stoff.»

«Ja, natürlich», sagte sie. «Ich muß zur Bank.»

«Natürlich.»

Sie bemerkte, daß er dicht an sie herangetreten war. Er verströmte den halluzinatorischen Zirkusgeruch von Patschuliöl, den Duft von Dope und kaltäugiger Unberechenbarkeit. Ihr schauderte.

«Du bist 'ne Niete.»

Sie hatte fast zu viel Angst vor ihm, um wütend zu sein.

«Hör zu», sagte sie, «wir müssen einfach das Beste draus machen.»

«Und was wäre das deiner Meinung nach?»

Er hatte die Hand ausgestreckt und den Arm hinten über ihre Oberschenkel gelegt; sein Arm rutschte nach oben, bis seine Hand auf ihrem Hintern ruhte. Sie sah ihn nicht an, aber er nahm eine ihrer Brüste in die Hand und hielt sie – streichelte sie nicht, sondern hielt sie –: ein Akt der Inbesitznahme.

Sie wagte nicht, sich zu bewegen. Ihr einziger Widerstand bestand darin, ihn nun doch anzusehen, und was sie sah, stieß jedes Gefühl ab, mit dem Marge ihr Herz in Verbindung brachte. Seine Augen erschienen ihr so ausdruckslos wie die einer Schlange. Es lag eine solche Kälte, eine solche Grausamkeit in seinem Gesicht, daß sie ihn sich überhaupt nicht als Mann vorstellen konnte. Die eine Hand ließ ihre Brust los und glitt über ihren Bauch, die hintere krabbelte vorsichtig an der Naht ihrer Jeans zum Kreuz hoch; zuerst unternahm er nichts, um sie zu küssen.

Als sie seine Lippen, seinen bitteren, gierigen Mund an ihrem Gesicht spürte, wurde ihr schlagartig bewußt, daß es genau das war, was sie wollte. Plötzlich hatte sich das ganze schreckliche Unternehmen zu etwas Konkretem verdichtet – dieser Mann, dieser parfümierte Totenkopfharlekin mit seinen Fingern in ihrem Fleisch war die Verkörperung des Ganzen.

Es war keine Kraft in ihr. Sie suchte seinen schal riechenden Mund, wärmte sich an dem Vorsprung an ihrem Bauch, kuschelte sich in die Angst, die Gefahr, den Tod. In die Sache an sich.

Nach ein paar Minuten ließ er sie los. Janeys Schaukelpferd im Garten hinter dem Haus quietschte unentwegt weiter.

«Scharf wie ’n Rasiermesser», sagte er.

Sie schüttelte den Kopf.

Er ließ die Hand wieder über ihren Hintern gleiten, und sie erschauerte.

«Bist du aber.»

«Ja», sagte sie.

«Mit so einer ist Converse also verheiratet.»

Sie zuckte die Schultern.

«Total abgefahren.»

Allmählich kam er ihr mehr wie ein Mann vor; aus Gewohnheit oder Pflichtgefühl empfand sie eine Spur von Zärtlichkeit.

«Wir könnten das 'n bißchen weiter ausbauen», sagte er.

«Ja», sagte Marge, «bin ich dafür.»

«Aber wir haben Probleme, nicht?»

«Es tut mir leid. Ich gehe zur Bank.»

Er sah sie einen Moment lang an und nickte. «Wo ist die?»

«Ein paar Straßen von hier.»

«Ich fahr dich hin», sagte er.

Sie ging runter in den Garten, um Janey von dem Pferd zu nehmen; es war nicht einfach. Schließlich mußte Marge ihr die Schultern nach unten drücken, um sie am Hüpfen zu hindern.

«Wir fahren mit dem Auto weg, Janey.»

Sie mußte es mehrere Male sagen, ehe Janey sie wahrnahm, und endlich hob sie das Kind von dem roten Plastiksattel. Janey wehrte sich nicht.

Als sie Janey das Gesicht wusch, sah sie sich im Badezimmerspiegel trübe und albern lächeln. Der blanke Wahnsinn.

Mit einem feuchten Tuch wischte sie über Janeys kleines Gesicht, wobei sie Strähnen nassen braunen Haars an den Schläfen festpreßte. Mit jeder Sekunde wurde die Szene, die sich zwischen ihr und dem kaltäugigen Mann abgespielt hatte, entlegener und unmöglicher, ein Hirngespinst, eine Delusion. Dilaudid.

Als Janey vorzeigbar war, gingen sie ins Wohnzimmer; er war weg. Sie eilte in Janeys Schlafzimmer, öffnete die Hintertür und sah, daß er im Garten stand und versuchte, über den Lattenzaun zu spähen, der ihr Stück Rasen von dem des Hauswirts trennte. Sie kehrte eben wieder ins Wohnzimmer zurück, da hörte sie ihn die Hintertreppe raufrennen – und als sie sich noch mal umdrehte, sah sie, daß er durch die Tür auf sie losstürmte, geradewegs aus ihrem Traum in der vorigen Nacht. Seine Augen waren leer.

Instinktiv wollte Marge zu Janey laufen, aber ehe sie sich bewegen konnte, fühlte sie, wie sie rückwärts durch die Wohnzimmertür gestoßen wurde, und erst als sie mit dem Wohnzimmertisch zusammenstieß, der warme Kaffee und der Cassis ihr über das Hosenbein rannen, merkte sie, wie fest er zugeschlagen hatte.

Er stand über sie gebeugt wie ein Tier und starrte auf die Wohnungstür. Jemand kam im Flur die Treppe rauf – ein schwerer, gemächlicher Schritt.

«Sag ihnen, sie sollen 'n Moment warten», sagte Hicks. «Mach die Tür nicht auf.»

Immer noch gebückt, rannte er in Janeys Schlafzimmer zurück. Kurz bevor die Tür hinter ihm zuging, erblickte Marge über seine gebeugten Schultern hinweg einen blonden jungen Mann an der Hintertür. Die Arme des jungen Mannes öffneten sich, als Hicks auf ihn zulief.

Geräusche, die sie nicht deuten konnte, drangen aus dem Schlafzimmer – ein leises Schlurfen, ein paar leichte, dumpfe Schläge, die sich anhörten, als fielen im Schrank Kleiderbügel runter, schließlich ein unterdrücktes Stöhnen.

An die Wohnungstür wurde bestimmt, aber höflich geklopft.

Marge klammerte sich an Janey und starrte voll Entsetzen auf die weiße Tür. Wieder klopfte es.

«Moment», sagte Marge.

Der blonde junge Mann von der Hintertür trat ins Wohnzimmer; seine Nase blutete stark und ununterbrochen. Hicks war hinter ihm und hob seine Hemdschöße hoch, als versuche er, ihn auszuziehen. Der Junge kniete sich auf den Fußboden; Hicks hockte sich über ihn und tastete ihn ab. Wie bei einem Zaubertrick zog er dem jungen Mann ein Stück umwickelte Kette aus der Tasche. Die Kette schwingend richtete er sich auf – und zielte auf sie, wobei er irgendwelche Worte nuschelte.

Marge wich zurück, während sie Janey in ihre Arme schloß,

und als sie gerade den Kopf schüttelte, um ihre ungeheure Verwirrung anzudeuten, ihre Verständnislosigkeit, ihre Unfähigkeit, in irgendeiner Weise behilflich zu sein, ging die Wohnungstür leise auf, und ein bärtiger Mann stand in der Öffnung. Freundlich überrascht blickte er auf Marge hinunter.

Statt reinzukommen, trat der bärtige Mann rasch einen Schritt zurück. Ein wirbelndes graues Etwas zischte an Marges Gesicht vorbei und wickelte sich dem Bärtigen um den Kopf. Hicks hechtete zur Tür. Er und der Bärtige taumelten keuchend in das Appartement.

«Okay, okay», sagte eine Stimme, die nicht Rays war. «Okay, Herrgott noch mal.»

Es war der Bärtige. Hicks hielt ihm eine Pistole ans Ohr.

«Ich leg dich augenblicklich um», sagte Hicks zu dem Bärtigen. Er wickelte die Kette von den Schultern des Mannes und schleuderte sie so, daß sie sich um seinen linken Unterarm wikkelte. Der Schnurrbart des Bärtigen war blutig.

Marge stand auf und trug Janey ins Schlafzimmer. Inzwischen weinten beide.

«Ist ja alles gut», sagte Marge. Der Schrecken in Janeys Augen war so riesig, daß Marge den Anblick nicht ertragen konnte.

«Ist ja alles gut, Schätzchen. Du wartest auf der Hintertreppe. Ja? Bitte, Janey?»

Janey ging zur Hintertreppe, setzte sich auf die oberste Stufe und weinte.

Im Wohnzimmer trat Hicks auf den blonden jungen Mann ein. Der Bärtige, dem die Hände offenbar auf den Rücken gefesselt waren, sah einigermaßen verlegen zu.

«Ich nehm dir nicht übel, daß du das tust», sagte er nach einer Weile zu Hicks.

«Freut mich, daß du verstehst», sagte Hicks. Er hörte auf, nach dem Jungen zu treten, und machte sich daran, die Taschen des Bärtigen zu untersuchen. Das erste, was er hervorholte, war eine goldfarbene Dienstmarke in einem glänzenden

Plastikfutteral. Auf der Dienstmarke stand «Sonderkommando». Hicks sah sie sich an und warf sie auf den Boden.

«Ich bin ein Polizeifan», sagte der Mann.

Hicks sah ihn auf eine Weise an, die nicht völlig unfreundlich war.

«Ich muß wissen», sagte er, «ob du das warst, mit dem ich gestern abend telefoniert habe?»

«Verdirb das Spiel nicht.»

Der Blonde stand langsam auf. Hicks ging rüber zu ihm und gab ihm einen Klaps auf den Hintern.

«Sag hallo, Broadway Joe.» Er zupfte an den runterhängenden Hemdzipfeln des Jungen. «Putz dir die Nase.» Plötzlich trat er dem Jungen ans Schienbein. «Wo hast du heute dein Messer?»

«Leck mich am Arsch», sagte Broadway Joe.

Hicks zuckte die Schultern.

«Ihr seid komisch. Habt ihr wirklich gedacht, ich lasse meine Ware im Stich und gehe auf Schwulenjagd?»

«Ist alles schon vorgekommen», sagte der Bärtige.

Hicks drehte sich zu Marge um, die sich zur Schlafzimmertür zurückgezogen hatte.

«Kennst du die Typen?»

Marge schüttelte den Kopf.

«Wir sind Bundesagenten, Lady», sagte der blonde Junge. «Ihr steckt ganz schön in der Scheiße.»

Marge warf ihm nur einen kurzen Blick zu.

«Stimmt das?» fragte sie Hicks.

«Sie sind begnadete Diebe», sagte Hicks. «Das sind sie.»

Der Bärtige hatte eine geladene Walther Automatik mit einem Reservemagazin bei sich; Walthers waren zur bevorzugten Waffe der Counterculture geworden. In seinen Taschen befanden sich eine Brieftasche mit einem Dutzend Kreditkarten auf verschiedene Namen, ein Schlüsselring mit vielen Schlüsseln, ein mexikanisches Schnappmesser und Kettenhandschellen, die bei der Polizei «Komm-mit» hießen. Hicks benutzte sie, um

Broadway Joes Hände an das Abflußrohr der Küchenspüle zu fesseln. Broadway Joes Taschen enthielten nur sein Besteck – einen Tropfenzähler und eine Spritze, die noch in ihrer Schachtel steckte, direkt aus dem Probenköfferchen eines Arztes.

Der Bärtige folgte Hicks mit auf den Rücken gefesselten Händen wie ein Vertreter durch die Wohnung.

«Du bist doch kein Idiot», sagte er zu Hicks. «Mach dich nicht unglücklich.»

Hicks packte ihn bei den Handschellen und zog ihn rückwärts in Richtung Badezimmer. Der Mann wechselte seine Fußstellung, um das Gleichgewicht zu halten.

«Hicks, hör mir zu. Es gibt keinen Deal. Es gibt bloß uns. Von Anfang an.»

Hicks lehnte ihn gegen die Badezimmertür und ließ ihn reden. Der Mann lächelte, als gefalle ihm die elegante Einfachheit dessen, was er zu sagen hatte, als sei er aber etwas ungeduldig wegen der Begriffsstutzigkeit seines Zuhörers.

«Nur sie und ihr Mann.»

Marge sah ihn erstaunt an.

«Sie und ihr Mann, ein Spießerpaar. Ein Idiotenpaar, Herrgott noch mal. Niemand würde sie bezahlen. Du etwa?»

Hicks stieß den Mann gegen die Badezimmertür, so daß sie hinter ihm aufschwang und er am Klobecken zu Boden ging.

«Das ist Diebstahl», sagte der Mann, als er wieder stand. «Dafür wirst du bezahlen.»

Broadway Joe fing an, aus der Küche zu schreien.

«Du hast verdammt recht, er wird dafür bezahlen, Mann. Er wird dafür sterben.»

Hicks rief Marge in das Badezimmer, gab ihr den Schlüssel zu den Handschellen des Dicken und sagte, sie solle sie aufschließen. Er stand in der Tür, die .38er in seiner Rechten, während er mit seiner Linken sein rechtes Handgelenk umfaßte.

Marge kniete sich hin, so daß sie das Gesicht des Mannes nicht sehen konnte, und drehte den Schlüssel im Schloß, bis sich die Fesseln voneinander lösten. Hicks befahl ihm, sich auf das Toilettenbecken zu setzen, schob seine Pistole über die Badezimmerfliesen zu Marge rüber und machte sich über den Mann her. Er drückte ihm die Arme nach unten, hinter die Kloschüssel, und schloß die Fesseln an seinen Handgelenken unter dem Porzellanrohr, das aus dem Becken in die Wand führte.

Er nahm die Pistole, öffnete dem Mann den Gürtel und zog ihm die Hose runter, so daß es aussah, als verrichte er sein Geschäft.

«Du endest in 'nem Leichensack, du Dummkopf», sagte der Mann.

«Wenn das so ist», antwortete Hicks, «mache ich euch am besten kalt.»

Der Mann schüttelte den Kopf.

«Das würde nichts nützen.»

Hicks lachte.

«Du glaubst, das würde nichts nützen, hä?»

«Was haste denn für den Job gekriegt, Hicks? 'n paar Riesen? Wir verdoppeln. Es ist unser Stoff, Herrgott noch mal.»

«Vielleicht solltest du's tun», sagte Marge.

Hicks sah sie nicht an.

«Vielleicht solltest du's ihnen geben», sagte sie. «Es lohnt doch nicht.»

«Das ist 'ne intelligente junge Dame», sagte der Mann auf dem Klobecken. Er starrte Marge fast leidenschaftlich an; seine braunen Augen waren feucht. «Hicks, hörst du, was sie sagt? Sie will nicht sterben.»

Hicks verließ das Badezimmer. Marge folgte ihm sofort.

«Hör mal», rief der Mann auf dem Klo. «Sie will's rausrükken. Aber er läßt sie nicht.»

«Du blödes Arschloch», schrie Broadway Joe aus der Küche. «Du weißt, was du dafür kriegst?»

Hicks ging in die Küche, beugte sich über Broadway Joe und schlug ihm mit dem Kolben der .38er zweimal übers Gesicht.

«Du kriegst nicht eine müde Maus», sagte Broadway Joe leise und wurde bewußtlos.

«Ich kann einfach nicht von ihm lassen», sagte Hicks. «Ich liebe ihn.»

Sie gingen ins Schlafzimmer und schlossen die Tür.

«Geben wir's ihnen doch», sagte Marge weinend. «Ich übernehme den Verlust. Ich bezahl dich auf jeden Fall.»

«Nimm all deine Briefe», befahl ihr Hicks. «Nimm alles, was verraten kann, wo du hingehen könntest. Vergiß nichts.» Er berührte sie am Arm. «Und mach schnell.»

«Geben wir's ihnen doch», sagte Marge.

«Sie sind nicht so einsichtig wie du. Die würden uns auf jeden Fall umbringen.»

Er ging wieder ins Wohnzimmer und blieb am Fenster stehen. «Beeil dich, Marge.»

Marge griff zu einer ledernen Aktenmappe und begann, Sachen hineinzustopfen.

Briefe von Converse, Aufstellungen von Ferngesprächen, was immer ihr in den Sinn oder in die Hände kam. Eigentlich konzentrierte sie sich nicht richtig darauf. Janey war wieder die Treppe raufgekommen und sah ihr durch die Glastür zu.

Als sie alles zusammengerafft hatte, was ihr einfiel, ging sie ins Wohnzimmer, um einen letzten Blick hineinzuwerfen, und fing plötzlich an zu würgen. Sie brauchte einen Augenblick und ein paar tiefe Atemzüge, um es zu unterdrücken.

«Entschuldigung», sagte sie zu Hicks.

«Du bist dem nicht gewachsen», sagte Hicks.

Sie ging zurück ins Schlafzimmer, ließ Janey rein und führte sie an der Hand an der offenen Badezimmertür vorbei. Sie hielt sich zwischen Janey und der Tür, aber Janey spähte um sie herum und sah den bärtigen Mann auf der Toilette.

«Ich küß dir zum Abschied den Arsch, du Fotze», sagte der Bärtige.

Marge sah ihn nicht an.

Hicks steckte die Kette und die Pistole, die er den Männern abgenommen hatte, in den Seesack und führte Marge und Janey ins Treppenhaus. Sie gingen langsam die zwei Etagen hinunter, Marge schob Janey vor sich her. Als Hicks die Haustür öffnete, ließ das Sonnenlicht, das die weißen und pastellfarbenen Gebäude des Blocks überflutete, die Welt unsagbar hell erscheinen.

Er blieb einen Moment stehen und spähte hinaus.

«Wo steht dein Wagen?» fragte er.

«Neben dem Haus. Links.»

«Geh hin und starte ihn.»

Marge führte Janey zu dem Wagen und drehte den Schlüssel herum. Als der Motor ansprang, kam er rasch die Eingangstreppe runter und stieg ein. Sie setzten aus der Einfahrt heraus und bogen nach rechts, auf die Bucht zu.

«Zur Bank», sagte Hicks.

Sie fuhren eine unbefestigte Straße lang, die sich an einer dunklen Canyonwand hochschlängelte. Über ihnen waren weite Flächen leuchtender Sterne, und in einigen Kurven sah Marge Momente lang das Mondlicht auf rollender Brandung. Der Wind schmeckte nach Jasmin. Auf der anderen Seite des Canyons, in unbestimmter Entfernung, sah man bunte Lichter, die gegen den Horizont zu an Zahl und Helligkeit zunahmen.

Sie fuhren im ersten Gang. Hicks steuerte, und der Ford mühte sich in jede neue Steigung hinein.

«Alles in Ordnung?» fragte Hicks. Sie hatte seit Anbruch der Nacht leise vor sich hingeweint.

«Ich hätte sie selbst hinbringen sollen. Sie muß furchtbare Angst haben.»

«Du hast genau das Richtige gemacht. June kann prima mit Kindern umgehen und ist nicht kleinzukriegen.»

Sie hatten Janey in Mountain View bei June und Owen gelassen. June sollte sie bei der ersten Gelegenheit, die sich unauffällig bieten würde, bei Marges Vater abliefern.

«Ist dir eigentlich klar, was sie heute durchgemacht hat?»

«Ich war ja dabei.»

An der nächsten Kurve bemühte sie sich, einen Blick aufs Meer zu erhaschen, wobei sie mit einer Hand ihren Mund verdeckte.

«Ich war auch mal klein», sagte Hicks. «Ich hab auch Tage wie heute erlebt.»

Sie wandte sich ihm mit einem spöttischen Lächeln zu. Sie konnten sich in der Dunkelheit kaum sehen.

«Nicht wie *den* heute.»

«Schlimmer. Wart's ab, bis ich dir meine Lebensgeschichte erzähle. Die bricht dir das Herz.»

«Wie hast du's überlebt?» fragte sie nach einer Weile.

«Tja, dein Mann behauptet, ich wär ein Psychopath.»

Marge zitterte und sagte nichts.

«Du denkst, er hat möglicherweise recht?»

«Das ist so ein schwammiger Begriff.»

Sie hatte den Eindruck, daß er lachte, aber sie war sich nicht sicher. Nach einer weiteren sich dahinschlängelnden Meile fuhr er an den Rand der Fahrstraße und schaltete die Lichter aus.

«Da ist jemand.»

«Wo?»

«Wo wir hinwollen.»

Sie streckte den Kopf aus dem Fenster, und nachdem sie eine Zeitlang gehorcht hatte, meinte sie, Stimmen und leise Musik zu hören.

Er ließ den Motor wieder an, und sie fuhren mehrere hundert Yards weiter bergauf. Er steuerte den Wagen an die Seite, stieg aus und schlug leise an die Wagentür, damit Marge ihm folgte.

Der Mond war über die Gipfel der Berge gestiegen, ein voller hysterischer Schamanenmond, der den Canyon bis zur halben Tiefe beleuchtete. In seinem Licht glitten sie, Hicks voran, den trockenen, schilferigen Straßenrand hinunter. Am Ende einer halb versteckten Zufahrt stießen sie auf eine fast ganz von Gebüsch zugewucherte Pforte; Hicks riß sie auf, und sie stiegen vorsichtig über ein eisernes Viehgitter und folgten dem Pfad nach unten. Sie konnten die Musik – «Credence Clearwater» – und die Stimmen jetzt deutlich hören. Als die Platte zu Ende war, hörten sie nur noch die Stimmen, und Marge schien es, als wäre an ihrem Klang etwas falsch, irgendeine merkwürdige oder gänzlich fehlende Modulation. Als sie um den nächsten Mesquitstrauch bogen, erblickten sie ein Haus, dessen Fenster von einem Kaminfeuer erleuchtet waren.

Hicks brachte sie mit einer Hand vor ihrer Brust zum Stehen.

«Ich weiß, wer sie sind.»

Er stand da und beobachtete das Haus, als versuche er, einen Entschluß zu fassen.

«Versteck dich», sagte er.

Sie blickte zu dem dunklen Gebüsch.

«Wo denn?»

Schatten näherten sich den erleuchteten Fenstern; Marge war kalt. Sie blieb stehen, wo sie war, und wartete darauf, daß er sie führte. Aber er schaute weiter auf das Haus hinunter.

«Vergiß es. Komm mit mir mit.»

Sie folgte ihm auf einen Abfallplatz, auf dem Reifen und Autoteile herumlagen. Mehrere Wagen waren im Dunkeln hinter dem Haus geparkt, aber sie konnten nicht sehen, wie viele.

Hicks hatte eine Pistole in der Hand. Als sie sich den Fenstern näherten, sah sie, daß er die Waffe in seine Gesäßtasche gleiten ließ; der Griff war vor dem Gürtel sichtbar. Sie zog ihn am Arm.

«Man kann sie sehen», sagte Marge.

Hicks nickte bloß. Er schlich in den Schatten des Hauses, dicht am Fenster entlang.

Von seiner Warte aus konnte er den größten Teil des einzigen Raums der Hütte übersehen. Ein helles Feuer flackerte in dem Kanonenofen, und eine Petroleumlampe brannte mit hoher Flamme auf einem Tisch in der Ecke. Zwei blonde Mädchen in

Jeans und Flickensachen knieten auf einer Matratze, die in der Mitte auf dem Boden lag. Sie sahen sich sehr ähnlich, und keine schien älter als sechzehn zu sein.

Hinter ihnen, an die Wand gelehnt, saßen lächelnd zwei junge Männer in Jeansjacken. Ihr Lächeln war gleichförmig und leer, und sie lehnten mit den Schultern aneinander. Einen von ihnen kannte Hicks unter dem Namen Shoshone; so stellte er sich immer vor. Er war schmächtig und kupferfarben, ein Indianer oder *pachuco*, der einen unverfälschten Los-Angeles-Slang sprach. Der zweite Mann war ein hochgewachsener Langhaariger mit Tränensäcken, der an die zwanzig Jahre älter als die beiden Mädchen sein mußte. Den Schattenspielen entnahm Hicks, daß außerhalb seines Blickfeldes noch zwei Personen in dem Raum waren. Er hatte das Gefühl, es seien Frauen.

Marge hockte im Dunkeln in der Nähe der Tür, Hicks zog sie hoch.

«Das hier ist dein Haus», sagte er zu ihr. «Du tust am besten eiskalt.»

Jetzt werde ich sehen, wen ich bei mir habe, dachte er. Er klopfte laut an die Tür. Er wollte die Leute nicht allzusehr überraschen. Dann stieß er die Tür auf und trat in den Raum.

Die Männer in den Jeansjacken glotzten mit offenem Mund. Eins von den Mädchen auf der Matte stieß einen erstickten Schrei aus. Auf der anderen Seite des Zimmers starrte ihn ein dickes Mädchen mit buschigen Augenbrauen wütend an. Sie steckte in einem dreckigen Umhang. Noch ein viertes Mädchen stand im Raum, eine magere Rothaarige mit vorstehenden Zähnen und leichenhaftem Teint, die an einer dunklen Perücke herumspielte.

Sie beobachteten ihn, während er den Kassettenrecorder nahm und ausschaltete. Schwierigkeiten kamen, ganz wie er es erwartet hatte, zuerst von der Lady mit den buschigen Augenbrauen.

«Was zum Teufel machen Sie da? Wer sind Sie, Mann?»

«Wenn ich nicht groß, stark und nachsichtig wäre», sagte Hicks, «würde ich dir diese Frage stellen.»

Die blonden Mädchen auf der Matratze blickten mit ängstlichen, wirren Augen zu ihm hoch. Shoshone sprang auf und kam auf ihn zu.

«Ich hab im ersten Moment gar nicht gesehen, wer's ist», sagte er. Er lachte, in seiner Stimme hallten Barbiturate.

Das Augenbrauenmädchen war außer sich vor schwachsinniger Empörung.

«Was *soll* der Scheiß? Wer ist er?»

«Er wohnt hier», sagte Shoshone. Er torkelte nach hinten und legte seine magere, braune Hand seinem Kumpel auf den Kopf. «Er wohnt hier, verstanden?»

Shoshones Freund betrachtete Hicks mit gleichmütigen, schläfrigen Augen.

«Tja, wo bist du eigentlich gewesen?» fragte Shoshone. Im Verlauf des Satzes schien seine Gefühlskurve von verdrogter Gutmütigkeit zu unnatürlicher Gereiztheit und zumindest zum Teil wieder zurückzuschwingen.

«Auf See», sagte Hicks. Er bemerkte, daß die Leute im Raum zur Tür hinter ihm blickten, wo Marge stand. Er guckte rasch zu ihr hin und sah zu seiner Zufriedenheit, daß sie kühl und arrogant wirkte. Er hatte ungefähr den gleichen Ausdruck an ihr wahrgenommen, als sie ihm sein Geld verweigerte. Anfangs hatte er ihr deswegen nicht getraut.

«Du bist Seemann. Er ist Seemann», sagte Shoshone zu seinem Freund. «Ich kenne den Burschen.»

Shoshones Freund stierte auf die Pistole in Hicks' Tasche.

«Was haste'n da für eine?» fragte er in langsamem, schleppendem Oklahoma-Dialekt.

«Achtunddreißiger Spezial», sagte Hicks.

Oklahoma gestattete sich ein kurzes, müdes Gelächter.

«Willste mal 'n paar klasse Waffen sehn?»

Hicks zuckte die Achseln.

«Kannst ja mal vorbeikommen, ehe ich abhaue.»

«Du bist Seemann?» fragte die Rothaarige mit der Perücke.

«Stimmt», sagte Hicks.

Eins von den jungen Mädchen begann still auf die Matratze zu kotzen. Die Dicke fiel über sie her wie eine Bacchantin, wobei sich Wogen von gebatiktem Stoff unter ihrem Umhang hervorbauschten.

«Sieh dir das an, du blödes Miststück. Guck bloß mal, was du hier machst.» Sie hatte eine Weidenrute in der Hand und schlug das Mädchen damit über die Schulter. Die Blonde sank über ihrem eigenen wässerigen Erbrochenen zusammen.

«Bring uns heim», jammerte sie.

«Sind sie nicht von hier?» hörte Hicks Marge fragen. Sie war immer noch kühl und lächelte trocken. Als sie ihn ansah, lächelte er zu ihr zurück, womit er andeuten wollte, sie solle sich aus der Sache raushalten. Aber er sagte nichts.

«Ich wohne Sepulveda Boulevard zweiundzwanzig-einunddreißig», sagte das zweite Mädchen.

Das Mädchen, das die Schläge abbekommen hatte, stöhnte.

«Erzähl mir nicht, wo du wohnst.»

«Habt ihr sie beim Trampen aufgelesen?» fragte Marge.

«Was geht das dich ...?» setzte die Dicke an, brach aber mit einem Achselzucken ab, als stelle sie sich selber eine Frage.

«Sie wollten 'ne Party», sagte Oklahoma.

«Yeah», sagte Shoshone. «Wir dachten, sie hätten was los, aber weißte, sie sind bloß verklemmte Zimtzicken.»

Hicks sah runter auf die Matratze.

«Die haben wohl 'ne Masse Tabletten geschluckt, hm?»

«Sie hatten keine große Wahl», sagte die Rothaarige mit der Perücke.

«Guck dir bloß deine Matratze an», sagte die Dicke. «Guck bloß, was die dämlichen Hühner damit gemacht haben.»

Hicks nahm sich einen Stuhl und setzte sich verkehrt rum drauf, das Gesicht seinen Gästen zugewandt.

«Ich wollte sie sowieso auslüften.» Er sah sich in dem Raum um und wandte sich an Oklahoma.

«Ich krieg vielleicht ziemlich bald gefährlichen Besuch. Ich möchte, daß du die Sippschaft hier in den Canyon runterbringst.»

Der Mann nickte bedächtig. Alle im Raum sahen ihn an. Er stand gemächlich auf und schüttelte sich in einem kleinen Tanz.

«Kann ich verstehn.»

Die Dicke blieb vor den jungen Mädchen stehen, bis sie sich aufrichteten.

«Vielleicht solltet ihr die beiden unten im Park verlieren», sagte Hicks freundlich. «Sie sind doch bestimmt minderjährig.»

Shoshone tätschelte einem der Mädchen den Hintern.

«Wir passen schon auf sie auf.»

Die Dicke keuchte, legte sich die Hand auf den Mund und zuckte die Achseln.

Als die anderen nacheinander rausgegangen waren, blieb Oklahoma in der Tür stehen und sah erst Marge und dann Hicks an.

«Ich komm in 'n paar Tagen wieder, wie du gesagt hast. Hab 'n paar Sachen, die du dir vielleicht ansehen möchtest.»

«Aber sicher», sagte Hicks.

Hicks blieb auf seinem Stuhl sitzen, während sie hörten, wie vor dem Haus ein Motor angelassen wurde. Marge ging nervös auf und ab. Als Shoshones Bus losgefahren war und das Motorengeräusch immer leiser wurde, stand Hicks auf und schleppte die besudelte Matratze nach draußen. Er stand eine Weile da und beobachtete, wie die Scheinwerfer sich die Canyonstraße hinunterschlängelten. Als er wieder reinging, saß Marge auf seinem Stuhl und hatte den Kopf in die Hände gestützt.

«Was zum Teufel war denn das?»

«Willkommen in L. A.» Er berührte ihr Gesicht, als er an ihr vorbeiging. Er hatte einen Schlüssel aus seiner Tasche gezogen und schloß damit ein Schränkchen über dem Ausguß am Ende der Hütte auf. In dem Schränkchen befanden sich eine Flasche verschnittener Whiskey und ein Zündverteiler; Hicks stellte beides neben den Ausguß.

«Das sind halt Leute von hier oben. Hier herrscht noch das alte Canyon-Denken.»

«Was passiert mit den Mädchen?»

«Du denkst wie eine Mutter.»

Sie starrte ihn an; er sah, daß sie nach dem Psychopathen Ausschau hielt.

«Trink einen.»

Sie machte ein skeptisches Gesicht. Sie hatte in ihrer Handtasche nach etwas gekramt und schien nur ungern darauf verzichten zu wollen.

«Okay», sagte sie und stellte die Tasche ab.

Er staubte zwei Marmeladengläser aus und goß Whiskey hinein.

«Kein Wasser hier oben.»

Sie trank und schnitt dabei eine Grimasse.

«Du verstehst», sagte Hicks, «daß wir nicht in der Lage sind, eine große Show über so was wie die Mädchen zu machen. Wenn du in den Canyons hier genügend rumkommst, stößt du immer wieder auf 'n Schlafsack voll Knochen. Ich hab mehrere gesehen, kein Witz. Einmal nicht aufgepaßt, und der nächste Sack voll Knochen bist du.» Er trank seinen Whiskey. «Wir sind jedermanns Beute. Was in dem Sack übrigbleibt, darauf läuft's letztlich hinaus.»

«Was läuft?»

«Alles», sagte Hicks.

«Wieso hast du dich eigentlich auf diese Sache eingelassen?» fragte er sie. «War das deine Idee?»

«Er hat sich's ausgedacht. Meine Idee war, es tatsächlich zu tun.»

Er goß sich noch einen Schluck ein. Marge lehnte ab.

«Nein. Du hattest recht heute morgen», sagte sie. «Die Sache stinkt. Ich würde das Zeug gern zurückgeben.» Sie zitterte. «Egal, wo es zum Teufel noch mal rausgesickert ist.»

«Es sickert nicht raus. Leute machen es.»

Marge trat näher an den Ofen.

«Er kommt bald zurück. Ich frag mich, was er denken wird.»

Hicks lachte.

«Ich weiß ja nicht, was bei euch so läuft, aber ich würde sagen, er denkt, du hast ihn gelinkt. Zuerst wird er das auf jeden Fall denken. Bis er in die Mangel genommen wird.»

Marge biß auf ihren Nägeln rum.

«Wir hätten's ihnen lassen sollen. Wenn ich allein gewesen wäre, hätt ich's gemacht.»

«Es ist nicht mehr deins», sagte er. Er bereute seine Worte im selben Augenblick. Sie hatte Mut und war bestimmt zu Bosheiten fähig. Es war Blödsinn, Ärger heraufzubeschwören.

Sie schien eher beunruhigt als wütend, so als wäre das Problem ein moralisches.

«Wem gehört es denn?»

Er hatte das Gefühl, er würde es ihr philosophisch erklären müssen, oder sie würde sich weigern, es zu begreifen.

«Es gehört dem, der die Kontrolle drüber hat.»

«Also gehört es jetzt dir?»

Er ging wieder an den Ausguß, um sich Whiskey nachzugießen.

«Ich saufe, seit ich an Land gegangen bin. Morgen muß ich damit aufhören, erinner mich dran.»

«Warum hast du mir in Berkeley nichts davon gesagt, wer die Kontrolle drüber hat?»

«Ich hatte anderes im Kopf.»

«Was soll ich denn jetzt machen?» fragte sie schwach lächelnd. «Heimfahren und die Geschichte vergessen? Es sieht nicht danach aus, als wäre das jetzt noch möglich.»

Auf der Fahrt hierher hatte er zeitweise daran gedacht, sie als Köder zu benutzen. Einmal freigesetzt, würde sie bald aufgespürt werden, und während man sie zur Strecke brächte, könnte er vielleicht den Krempel losschlagen und das Weite suchen. Aber er konnte sie nicht so einfach ziehen lassen, denn es bestand die Möglichkeit, daß sie weich würde und zur Polizei liefe. Er hatte sich falsche Botengänge und Verabredungen für sie ausgedacht, die allesamt glaubwürdig klangen.

«Wenn du uns linken wolltest», sagte sie, «hättest du's früher tun sollen. Du hättest gar nicht erst damit aufkreuzen brauchen.»

Er brachte die Flasche rüber zum Ofen und goß sich noch einen Schluck ein.

«Ich merke langsam, wie du einem so richtig auf die Nerven gehen könntest», sagte er.

Es war übertrieben, dachte er, die Genugtuung, die sie darüber empfanden, logisch zu denken.

«Was willst du damit überhaupt sagen? Daß du dein Recht willst? Verklag mich doch.»

Sie sah ihn in selbstgerechtem Schweigen an. Anmaßend.

«In Ordnung – es ist dein Dope. Willst du es zurück? Nimm's dir und mach dich damit auf die Socken. Bring's rüber nach East L. A. und verkauf's an die *pachucos*. Komm, Mädchen, dir geht's beschissen – das ist alles. Du kannst mit dem Scheiß nichts anfangen.»

«Warum schleppst du mich mit, um mir dann das zu sagen?» fragte sie.

«Warum bist du mitgekommen?»

«Um die Wahrheit zu sagen», erklärte Marge, «ich bin dir einfach gefolgt.»

Er stand auf, ging zu dem einzigen kleinen Fenster und besah sich sein Spiegelbild im Lampenlicht.

«Wir sollten's wegschmeißen und abhauen.»

«Jetzt machst du mir aber wirklich angst», sagte Marge.

«Das ist die Wahrheit.» Er begann, zwischen Ausguß und Ofen hin und her zu laufen. «Ich hab wenig Zeit. Mein ganzes Leben habe ich kein Heroin losgeschlagen. Ich kann's nicht, ohne aufzufallen, und wenn ich's tue, steh ich völlig schutzlos da.»

«Was ist mit unseren Freunden von heute morgen?» fragte sie nach einer Weile. «Meinst du, wir könnten doch noch an sie verkaufen? Sie haben dir einen Deal angeboten. Vielleicht könnten wir einen machen.»

«Wer ist wir?» fragte er. Er setzte sich wieder neben sie und lachte leise. «Wenn ich heute morgen nicht so verkatert und sauer gewesen wäre, wäre dieser Scheiß nie passiert.»

Sie rückte ein Stückchen von ihm weg, aufgebracht.

«Was ist mit ihnen?»

«Richtig. Ich hab darüber nachgedacht. Erstens weiß ich nicht, wer sie sind.»

«John muß es wissen. Wir könnten ihn anrufen und vielleicht was auf die Beine stellen.»

Hicks schüttelte den Kopf.

«Du mußt mit Unwägbarkeiten rechnen. Sie wissen, was für Pfuscher wir sind. Sie haben ihren Stolz. Ich glaube nicht, daß wir's schaukeln könnten.»

«Ich glaube, sie sind selber Pfuscher», sagte Marge.

Hicks nickte. «Sie sind Bestien. Ich würde gerne wissen, wer zum Teufel sie sind.»

«John weiß es.»

Er lächelte.

«Du hast keine große Meinung von ihm, stimmt's?»

«Doch», sagte Hicks.

«Warum hast du für ihn den Kurier gespielt?»

«Warum mußt du alles erklärt haben? Ich hab nicht immer einen Grund für jeden Scheiß, den ich mache.» Er griff zu dem Marmeladenglas, aus dem er getrunken hatte. «Trink mit mir.»

Sie ließ ihn das Glas füllen. Als sie es hob, sah er, daß sie in der geschlossenen anderen Hand etwas hielt. Er nahm die Hand, bog die Finger auseinander und nahm eine Percodan von ihrer kalten Handfläche.

«Wieso nimmst du Percodan?»

Sie lehnte sich steif gegen die Wand zurück.

«Schmerzen.»

«Lüg mich nicht an. Ich hab dich gefragt, ob du 'n Junkie bist. Du kannst es nicht vertuschen.»

«Ich hab ’ne Menge Dilaudid geschluckt. Ich wollte damit aufhören. Deshalb nehme ich Percodan.»

Er gab ihr die Tablette zurück, und sie schluckte sie mit Whiskey, wobei sie leicht würgte.

«Wieviel Dilaudid?»

Sie drehte sich weg. Er stellte seinen Drink ab und streckte sich auf dem Fußboden aus. Er hatte die .38er aus seiner Tasche genommen und auf den Boden zwischen sie beide gelegt, und als er sich neben sie niederließ, wurde ihm dies eindringlich bewußt. Sie streckte steif ihre Hand aus und schien untersuchen zu wollen, wie ruhig sie sie halten könne. Die Hand schwebte über seiner Brust, und er dachte, sie müsse ihn jeden Augenblick berühren, aber es war die Pistole, die sie ergriff. Sie drehte sie in ihren Händen herum und besah sie sich. Er beobachtete sie aus den Augenwinkeln, bis sie die Waffe wieder hinlegte.

Der Holzofen brannte runter, das Petroleum in der Lampe war fast alle. Hicks rückte näher an den Ofen und drehte ihr halb den Rücken zu.

Auch so fand er keine Ruhe. Als er sich wieder zu ihr umdrehte, blickte sie ihn mit weitgeöffneten Augen an. Ihr Blick gab ihm das Gefühl von Einsamkeit; er war ohne jede Wärme, ohne jedes Erkennen – Hicks hätte eine Schlange sein können.

«Was tust du?» fragte er, beschämt über die lahme, belanglose Frage. Ihre grauen Augen wirkten in dem schwachen Licht noch blasser. Er hätte sie gern gefragt, was sie da eigentlich sah.

Sie lachte, und ihm fröstelte, und im selben Moment zitterte sie.

Der Augenblick dauerte. Er hielt den Atem an. Teilnahmsloser Zen.

Er fragte sich, ob sie es bemerkt hatte.

Während sie sich auszogen, waren ihre Münder dicht beisammen, kontrolliert. Als sie sich an ihn preßte, hielt er sie einen Moment von sich weg, um sie zu sehen, das Licht auf ihren Brüsten, die grauen Augen, denn er wollte das Leben unter seinen Händen kennen, das er aus ihrem Mund saugen und in sie zurückatmen würde.

Auf den Armeedecken beugte sie sich zu seinem Glied herab, ein entschlossener Harakiri, Rache am eigenen Selbst; er spürte die Selbstverleugnung, den Tod. Er entzog sich ihr nicht, noch deutete er eine Warnung an, als er kam. In sich versunken zog er sie zu sich hoch – sie atmete heftig ein, und er wußte, sie mußte zwischen Begierde und Abscheu gezögert haben, und dieses Wissen erregte ihn von neuem.

Auf Grund seines Wesens und der Umstände war das Befriedigendste an Hicks' Sexualleben die Masturbation geworden – er zog sie Prostituierten vor, weil sie hygienischer war und weniger Zeit in Anspruch nahm. Er nahm es nicht gelassen, wenn ihm, selten genug, eine Frau gefiel, und seine tiefsten Freuden waren intellektuell und emotional. Er wurde ein Sammler, vorsichtig und langsam bis zur Zwanghaftigkeit, ein Grübler.

Er schob sie sachte zum Licht, all seine Kraft in seiner Zunge, mit der er die süßsauren Abgründe und Oberflächen berührte. Als er soweit war, drang er ein und stieß in die tiefsten, dunkelsten Zonen von ihr vor, dann entspannte er sich, von innen heraus sich bewegend, streichelnd. Sie kam und sprach mit ihm; er glaubte, sie hätte «Finde dich» gesagt. Und er verschwendete sich wieder in einem lüstern-glücklichen Chaos.

Er lag neben ihr, versöhnt. Er stemmte den Kopf auf seinen Ellbogen, während Lichter in seinem Gehirn aufblitzten, das Rückgrat geheiligter Lebenssäfte beraubt, und er neigte den Kopf in Dankbarkeit. Er war entschlossen. Er fühlte sich stark und mit dem Glück im Bunde.

Als die Lampe erlosch, fehlten ihm ihre Augen, obwohl sie sich an ihn schmiegte.

Er wollte sich einreden, sie sei während des kurzen, zitternden Fröstelns, von wo aus sie begonnen hatten, schon auf seiner Seite gewesen; es gab aber keine Worte, mit denen er fragen konnte. Es nicht zu wissen, versetzte ihm einen Stich großer Einsamkeit, ehe er einschlief.

Viel später wachte er im Dunkeln auf und meinte, er hätte draußen Schritte gehört. Er erhob sich rasch, stieg über sie hinweg und pirschte sich ans Fenster. Sie war wach, als er zurückkam.

«Was passiert morgen?» fragte sie.

«Schnall's endlich.» Er stieß ihr einen Finger gegen den Bauch und bewegte ihn nach unten, bis die Fingerspitze auf ihre Schamlippen drückte. Sein Mund war dicht an ihrem Ohr. «Wir sind tot.»

An die Wand über Janeys Kinderbett hatte jemand einen Teufel gezeichnet. Er hatte Hörner und Fledermausflügel und einen riesigen erigierten Penis; es gab genügend Merkmale in dem Gesicht, um es ausgesprochen furchterregend erscheinen zu lassen.

Converse hockte in Janeys Schlafzimmer mit dem Rücken zu der Zeichnung. Der Kühlschrank funktionierte, aber das Fleisch darin war schwarz und die Milch war sauer geworden. Es hatte auch eine Flasche Cassis darin gestanden, und Converse trank davon in der Meinung, das Zeug könne ihn vielleicht wachhalten, während er darüber nachdachte, was zu tun sei. Er war fast zu müde, um aufrecht zu sitzen.

Als sie nicht am Flughafen gewesen und niemand ans Telefon gegangen war, hatte er sich ein Taxi von Oakland genommen, das ihn mehr als fünfundzwanzig Dollar gekostet hatte.

Durch die Fenster hinten heraus konnte er sehen, wie der Abend über die Berge gezogen kam. Ab und zu drehte er sich zu der Zeichnung um und spielte mit dem Gedanken, sie könne vielleicht einfach verschwinden, eine Halluzination seiner Übermüdung. Aber sie verschwand nicht, und bald konnte er es überhaupt nicht mehr lassen, sie anzusehen. Manchmal meinte er, er erkenne Leute wieder, die er mal irgendwo gesehen hatte, und er suchte die Züge nach so was wie einem Hinweis ab.

Hier drüben war alles komischer.

Nachdem er eine Stunde rumgesessen hatte, beschloß Converse, ein paar Worte mit Mr. Roche, seinem Hauswirt, zu wechseln. Mr. Roche war ein kurz geratener Mann, der in einem Bungalow hinter dem Mietshaus wohnte. Als Converse über Mr. Roches Rasen lief, ließ ihn der ungewohnte naßkalte Wind frösteln und steigerte noch seine Angst.

Converse brauchte mehrere Minuten, um Mr. Roche aus seiner Festung zu locken. Obwohl Mr. Roche das Haus gehörte, in dem Converse wohnte, tat er gern so, als sei er nur der Verwalter. Von dieser Position aus konnte er sich selbst ehrfurchtsvoll mit «Der Boss» titulieren. Mr. Roche maß wenig mehr als eins-fünfzig und hatte feine, feminine irische Gesichtszüge. Sein Gesicht stammte, ebenso wie das Mietshaus, von seiner verstorbenen Mutter. Converse richtete das Wort über zwei Handbreit Sicherheitskette an ihn.

«Hi», sagte Converse, als versuche er, dem Mann einen Willkommensgruß abzuringen. Mr. Roche empfand gegen Converse und dessen Familie ganz offensichtlich eine starke Abneigung, so daß Converse sich oft fragte, warum er ihnen überhaupt die Wohnung vermietet hatte.

Mr. Roche lächelte ziemlich viel; sein Leben war nicht leicht.

«Ich bin gerade aus Übersee zurück», erklärte Converse. «Meine Frau ist im Augenblick nicht da, und ich wollte Sie fragen, ob sie vielleicht irgendeine Nachricht für mich hinterlassen hat.»

«Nein», sagte Mr. Roche. Sein Lächeln wurde breiter, und seine Augen blitzten schelmisch.

Mr. Roche war Gemeindemitglied der Holy Name Society und gehörte der American Party an. Er hatte mal einen Hund namens MacDuff besessen. Eines Abends, als Mr. Roche

MacDuff auf der Ponderosa Street spazierenführte, war eine Kolonne Gipsy Jokers um die Ecke gebogen, und das Motorrad an der Spitze hatte MacDuff erwischt und ihm das Rückgrat zermalmt. Der Fahrer stürzte. Als sich Mr. Roche in seiner Trauer mit der Gruppe angelegt hatte, war der gestürzte Gipsy Joker über ihn hergefallen und hatte ihm den kleinen Schädel gegen den Bordstein gedonnert, bis er bewußtlos war. Es war eine teure Geschichte gewesen, trotz der Krankenversicherungen. Der Zwischenfall hatte Mr. Roche, der nicht abenteuerlustig war, noch vorsichtiger gemacht. Wenn ein Vertreter der American Party Mr. Roche besuchte, um Spenden zu sammeln und über den Amerikanismus zu diskutieren, leugnete Mr. Roche seine Mitgliedschaft und tat manchmal sogar so, als wäre er ein anderer.

«Also», fragte Converse, «wissen Sie, wann sie weggefahren ist?»

«Vor Tagen», sagte Mr. Roche. *«Vor Tagen.»* Er schüttelte den Kopf, als wolle er eine freundliche Mißbilligung ausdrükken. «Soviel ich weiß, soll es irgendwelche Scherereien gegeben haben», fügte er leise hinzu.

«Was denn für Scherereien? Wo haben Sie was von Scherereien gehört?»

«Ach, ich weiß nicht», sagte Mr. Roche. «Ich glaube, es war einer von den Burschen, die die Lkw fahren.»

«Lkw?» fragte Converse. Er gähnte krampfhaft.

«Sie hat die Miete für den nächsten Monat nicht bezahlt. Der Boss wird Sie raussetzen.»

«Hören Sie, ich schreibe Ihnen morgen einen Scheck. Machen Sie sich wegen der Miete keine Sorgen.»

«Er wird Sie raussetzen. Es haben sich schon Leute für die Wohnung interessiert.»

Mr. Roche schloß die Tür.

Von der Wohnung aus rief Converse im Odeon an. Dort erzählte ihm ein Mädchen, daß Marge sich seit ungefähr einer Woche nicht mehr habe blicken lassen. Er trank noch ein Glas

Cassis, sah sich eine Zeitlang die Teufel-Zeichnung an und griff dann zum Telefon, um Elmer anzurufen.

Aber während er noch wählte, wurde er unsicher, was die Sicherheit seines Telefons betraf. Er legte den Hörer wieder auf und beschloß, das Münztelefon im Schnapsladen an der Ecke zu benutzen.

Er lief schnell den Block entlang. Es war fast dunkel; die leeren Bürgersteige und die Reihen der riesigen, amerikanischen Wagen mit eingeschalteten Scheinwerfern an der Kreuzung schreckten ihn. Er lief unter dem toten Blick der Schnapsverkäufer lang und wählte an einem Telefon neben dem Bierkühler Elmers Geheimnummer. Elmer glaubte mit einiger Berechtigung, daß die Telefone von Pacific Publications angezapft wären und hatte in einem der *Nightbeat*-Zimmer höchstpersönlich ein separates Telefon installiert, um dort privat angerufen werden zu können.

«Herr im Himmel», sagte Elmer. «Von wo rufst du an?»

«Von einem Münztelefon in Berkeley. Hör mal – irgendwas Merkwürdiges geht hier vor.»

Elmer fiel ihm ins Wort. «Ich weiß Bescheid. Komm her.»

«Gleich?»

«Ja, gleich. Weißt du, wer dir folgt?»

«Niemand», sagte Converse und wußte im selben Moment, daß er sich bestimmt irrte.

«Das ist unmöglich. Find raus, wer's ist, und häng sie auf dem Weg hierher ab. Mach keinen Fehler.»

Converses müdes Hirn widersetzte sich den Belehrungen. Er lehnte die Stirn gegen die kalte Metalloberfläche der Kühlbox.

«Ich sitze wohl ziemlich in der Tinte.»

«Sieht ganz so aus», sagte Elmer.

Als er aus dem Laden trat, drängte sich ihm ein eigentümliches Bild vor die Augen. In seiner Erinnerung sah er den Dampf, der aus dem Duschraum des Zuchthauses in Yokasuka aufstieg. Einen Moment lang war ihm das Bild mit äußerster Deutlichkeit gegenwärtig – der Dampf, das Geräusch des Wassers, das auf den grauen Zement prasselte, die Stimmen der Gefangenen. Converse hatte mal außerhalb der Duschen dabeigestanden, als die CMPs, die Gefangenen, einen weißen Spitzel zusammenschlugen. Sie hatten es während Converses Aufsicht gemacht, weil sie wußten, daß er nicht einschreiten würde. Die Erinnerung rief in Converse ein Gefühl äußerster Hoffnungslosigkeit hervor, die er als tröstlich empfand.

Er blieb kurz vor dem Laden stehen und erkundete die Straße mit all der Gleichgültigkeit, die er aufbringen konnte. Die Ecke war menschenleer, und soweit er erkennen konnte, die am Straßenrand geparkten Autos ebenfalls. Er ging zurück in den Schnapsladen und rief ein Taxi.

Es dauerte eine Viertelstunde, bis ein Wagen kam. Converse erstand eine Pintflasche Gold Leaf Cognac, um die Geschäftsleitung bei Laune zu halten. Als das Taxi hielt, glitt er auf den Rücksitz und sagte dem langhaarigen Fahrer, er solle ihn zu Macy's fahren. Kaum bogen sie in den Verkehr ein, bemerkte Converse, daß die Scheinwerfer eines gegenüber von dem Laden geparkten Wagens aufleuchteten. Es war ein ganz normaler, gelblichbrauner Wagen, und Converse, der wenig von Autos verstand, konnte ohne näheres Hinsehen nicht sagen, was für ein Fabrikat es war. Es blieb den ganzen Weg über die Brücke und bis in die Innenstadt von San Francisco mehrere Wagenlängen hinter ihnen. Converse schüttete den Cognac in sich hinein. Er konnte ihn ja kaum zu Macy's reinnehmen.

Beim Eingang in der Grant Avenue ließ er die Flasche auf den Boden gleiten, drückte dem Fahrer einen Zehner in die Hand und rannte, ohne sich umzusehen, in das Kaufhaus. Er lief durch das von Menschen wimmelnde Erdgeschoß mit solcher Hast und offenkundiger Angst, daß Kunden sich umdrehten und ihm hinterherblickten. Macy's war ein Graus. Es roch nach Parfüm und Ausdünstungen, überall bimmelten gräßliche kleine Glöckchen.

Während Converse auf der Rolltreppe nach oben fuhr, beobachtete er die Tür, durch die er reingekommen war. Zu seinem

Schrecken kam ein Mann mit dunklem Bart rasch von der Grant hereingelaufen und sah sich ziemlich aufgebracht in der Menge um. Converse war fast an der ersten Etage angekommen, als der Mann zu ihm hochblickte. Er schaute weg, bevor sich ihre Blicke kreuzen konnten. Der erste Stock war so voll wie das Erdgeschoß. Converse hetzte um die Säulen, um noch eine Etage höher zu fahren. Höher als bis zur zweiten wagte er sich nicht; drüber gäb's bloß menschenleere Einöden mit Möbeln und Teppichen, wo man ihn in die Enge treiben konnte. Er verließ die Rolltreppe und eilte durch die Plattenabteilung zu der anderen rüber. In der Plattenabteilung spielten sie «Age of Aquarius».

Auf der nächsten Rolltreppe beschloß er, bis ganz nach unten zu fahren. Er war in Sekunden wieder im Parterre und begab sich mit geradezu erstaunlicher Selbstbeherrschung zum Ausgang O'Farrell Street. Draußen wäre bestimmt noch einer, dachte er sich, der in dem gelblichbraunen Wagen die Runde machte.

Der Wagen war nicht zu sehen, als Converse sich durch den Verkehr auf der Powell Street drängte. Als er um die Ecke zur O'Farrell bog, erlaubte er sich einen kurzen Sprint, dann zwang er sich, langsamer zu gehen, bis er den Seiteneingang des Mason Hotels erreichte. Er durchquerte das Foyer und stieg die Treppe zum Zwischengeschoß hoch, wo er eine Bar mit Blick auf die Türen entdeckte. Die Bar stand voller Rattanmöbel, und die Wände und Gardinen sollten den Gästen den Orient vorgaukeln. Converse bestellte sich einen Scotch mit Wasser, während er sich vorbeugte, um die ganze Länge des Foyers im Blick zu behalten. In dem Regencyplüsch unten tummelten sich Herren mit Namenskarten an den Jackettaufschlägen und viele blonde Kinder mit Bürstenhaarschnitt und Frackschleifen. Bärtige Männer waren nicht zu sehen.

Er trank seinen verdünnten Drink in langen Zügen; die Müdigkeit schwächte den Alkohol in seinem Blut, und er fühlte sich dem Rausch nicht näher als dem Herzflattern.

Daß er sich für Macy's als Fluchtort entschieden hatte, war keine spontane Idee gewesen; er war schon einmal durch Macy's verfolgt worden und dort entkommen. Während der Weihnachtszeit – das Warenhaus war noch voller und festlich dekoriert gewesen. Sein damaliger Verfolger war ein nicht mehr ganz junger Mann mit einer Hasenscharte gewesen, den Converse unbedachterweise dabei gestört hatte, wie er den Damen im Bus auf der Geary Street die Geschlechtsteile abtastete. Der Mann hatte sich ohne ein Wort nach hinten verdrückt, aber er war Converse am Union Square vom Bus gefolgt. Seine alberne Einmischung verfluchend, hatte Converse sich durch die mittäglichen Massen geschlängelt, aber der hasenschartige Kerl war hartnäckig und flink. An jeder Kreuzung hatte sich Converse, der die Kugel, das Messer, das Beil bereits im voraus spürte, ängstlich geduckt. Zum Schluß war er zu Macy's geflitzt und auf Wegen entkommen, die den eben benutzten sehr ähnlich waren.

Wie merkwürdig und töricht das alles ist, dachte er. In der kurzen Zeit, während er sich zwingen konnte, über die Sache nachzudenken, war er sich sicher, daß es vorzuziehen sei, als Drogen-Geißel der Armen und Kinderschänder durch Macy's gehetzt zu werden, denn als glückloser, halbherzig engagierter Bürger. Es war schicker, möglicherweise sogar vor den Augen Gottes. Er bestellte sich noch einen Drink.

Wäre er in Vietnam nur ein bißchen weniger ängstlich gewesen, dachte er, dann wäre er vielleicht in Ehren gefallen – wie jene Helden, die überall mit Motorrädern hinfuhren und an ihrer eigenen jungen Energie und Lebensfreude starben. Jetzt war es notwendig, dem Tod *hier* ins Auge zu blicken – wo alles komischer war –, und der Tod würde genauso merkwürdig und blödsinnig sein wie überall sonst.

Er zahlte die Drinks und ging ins Foyer hinunter. Als er zum Seitenausgang kam, blieb er nur einen kurzen Moment in der Tür stehen, dann trat er auf den Bürgersteig hinaus. Kein Bart, kein gelblichbraunes Auto.

Als er die Mission überquert hatte, drehte er sich abrupt um und blickte sich um, aber er konnte kein Anzeichen einer Verfolgung entdecken. Er ging bis zur Howard hoch und folgte ihr bis zur Seventh, und als er sich dann wieder zur Mission zurückwandte, machte er sich mindestens soviel Sorgen, nun auch noch beraubt zu werden, wie über die Verfolgung. Er war recht zufrieden mit sich, daß er sie – für den Moment – abgehängt hatte.

Elmers Büro lag über einer zweigeschossigen Hemdenfabrik an der Ecke Seventh und Mission. Converse hatte einen Schlüssel für den Lift.

Neben der Tür, die aus dem dunklen, stinkigen Gang zu den Büros führte, war eine Klingel. Als er schellte, rief Frances von drinnen: «Yeah?»

«Converse.»

Er hörte das gleitende Geräusch eines Sicherheitsschlosses, und Frances stand im Neonlicht des Büros vor ihm und kniff die Augen besorgt zusammen.

«Johnny! Herrgott, Junge!»

Ihre Haut unter den Augen war etwas schwammig geworden, aber ihre Brust hielt durch, fest wie immer.

Pacific Publications war noch genauso, wie er sie verlassen hatte. Über Mike Wus Schreibtisch hing ein Foto von Mao Tsetung mit einer Widmung quer über der zugeknöpften Rocktasche des Großen Vorsitzenden:

«Für Mike Wu
Einem echt klasse Marxisten-Leninisten
und wahnsinnig netten Burschen
Immer Dein Kumpel
Vorsitzender Mao.»

Converse hatte es einen Tag, bevor er nach Vietnam abgefahren war, auf das Foto geschrieben.

R. Douglas Dalton, der farblose, geruchlose Säufer, saß noch an seinem Schreibtisch und tippte die letzte Story der Woche.

Er war blaß und geschniegelt wie immer. Als er Converse sah, stand er langsam auf.

«Großer Gott», sagte er, «der junge John, frisch aus dem brodelnden Kriegsgeschehen.» Seine Lippen teilten sich zu einem Draculalächeln. «Hip-hip», rief er leise aus, «hurra. Hip-hip...»

«Douglas», sagte Frances, «...bitte.» Sie beobachtete Converse mit neugierigen Glupschaugen. «Dein Schwiegervater würde dich sehr gerne sehen.»

«Ganz meinerseits», sagte Converse.

Elmer Bender arbeitete in einem großen, grauen Zimmer. Außer dem Schreibtisch gab es nur einen kunstlederbezogenen Sessel, einen altmodischen Kleiderständer und eine elektrische Kaffeemaschine. Über den ganzen Schreibtisch lagen Fotos von Verstorbenen verteilt, die zur Bebilderung der Geschichten in *Nightbeat* benutzt werden sollten. Tote konnten als alles dargestellt werden – als killende Eremiten, sadistische Richter, nymphomane Teenager –, sie hatten keine rechtliche Handhabe. Nur in Utah konnten im Namen Verstorbener Prozesse angestrengt werden, es war also ausgesprochen wichtig, daß die Toten von anderswoher stammten.

Elmer saß steif hinter den Reihen der Fotos, die Hände neben einem Klebemuster der neuesten Titelseite gefaltet. Die Schlagzeile bestand aus einer fünfundzwanzig Zentimeter breiten blauen Balkenschrift – WAHNSINNIGER ZAHNARZT REISST MÄDCHEN ZUNGE RAUS.

«Setz dich, mein Lieber», sagte Elmer. «Bist du durcheinander?»

Converse sank in den Sessel.

«Ja, das bin ich», sagte er. «Überall an unsere Wände ist perverses Zeug gemalt.»

«Von euren Wänden weiß ich nichts. Marge hält sich irgendwo versteckt. Janey ist in Kanada.»

«In Kanada? Was macht sie denn um Himmels willen in Kanada?»

«Sie ist bei Phyllis und Jay. Wir haben sie aus Kalifornien raus und zu ihnen gebracht.»

«Warum?»

«Warum? Weil ihre Eltern Kriminelle sind. Warum zum Teufel dealst du mit Heroin? Hast du den Verstand verloren?»

Converse schloß die Augen. Wieder sah er den dampfenden Duschraum vor sich.

«Ich vermute», sagte er, «daß man uns erwischt hat.»

Elmer nickte lebhaft.

«Wer ist mir gefolgt?»

«Ich bin nicht sicher. Hast du sie abgehängt?»

«Ja. Bei Macy's.»

«Ich begreife nicht, warum sie dich nicht einfach verhaften.»

«Dann sind sie also hinter mir her. In diesem Moment.»

«Hinter dir her? Mein Lieber – sie haben dich. Weißt *du* wenigstens, wo Marge ist?»

Converse schüttelte den Kopf.

«Vielleicht bei dem Kerl, der's rübergeschafft hat.»

«Vielleicht auch tot.» Elmer stand auf. «Diesmal weiß ich nicht weiter. Sie ist meine Tochter, aber ich kann ihr nicht mehr helfen. Sie ist erwachsen – ich bin ein alter Mann.» Er sah Converse an, und die Deckenlampen spiegelten sich in seinen metallgerahmten Brillengläsern. «Was glaubst du eigentlich, wer du bist? Irgendein großkotziger Gauner? War das ihre Idee?»

«Von uns beiden.»

«Margie kann ich begreifen, sie hat einen Knacks. Von dir bin ich enttäuscht.»

«Es war eine verrückte Idee», sagte Converse. «Man hört halt so Geschichten da drüben. Es heißt, jeder tut's.»

«Das will man uns jedenfalls glauben machen», sagte Elmer. «Mit wem arbeitest du zusammen?»

«Mit so Leuten. Angeblich sind's Freunde von Irvine Vibert.»

Elmer hatte die Eigenheit, scheinbar zu lächeln, wenn man etwas sagte, das er als unangenehm empfand.

«Irvine Vibert! Dieser krumme Hund? Ist das wahr?»

«Ich denke, ja.»

«Hast du etwa geglaubt, du wärst ein zweiter Irvine Vibert, du Dummkopf? Muß ich dir die Lage erklären, in der ihr beide steckt?»

Er nahm eine Karte vom Rand seiner Schreibtischunterlage und reichte sie Converse. «Benjamin Whiteson, Rechtsanwalt», stand auf der Karte, dazu eine Adresse in der Ellis Street.

«Geh zu ihm. Er ist ein Freund.»

Converse steckte die Karte in die Tasche und lehnte den Kopf gegen die Rückenlehne.

«Ich drehe durch», sagte er zu Elmer. «Ich habe Halluzinationen. Ich bin eben erst aus dem Flugzeug gestiegen.»

Elmer spitzte die Lippen und blickte nach oben.

«Es ist unglaublich», beharrte Converse. «Ich kann nicht glauben, daß ich das getan habe.»

Elmer wedelte mit der Hand, als wische er einen unangenehmen Geruch weg.

«Ein Gefühl der Unwirklichkeit ist keine rechtsgültige Verteidigung.»

«Wohl nicht», gab Converse zu.

«Ein Mann namens Antheil war hier, ein FBI-Mann, der wie ein Anwalt redet. Er fragte mich, ob ich wüßte, daß meine Tochter in einen Drogenring verwickelt ist. Ich sagte, so was glaubte ich nicht – sobald er's gesagt hatte, wußte ich natürlich, daß es wahr sein mußte. Du weißt von meinen Schwierigkeiten mit dem FBI?»

«So ziemlich», sagte Converse. Elmer hatte politische Schwierigkeiten gehabt.

«Also, dieser Antheil wußte alles darüber. Er beschuldigte mich, sie zu verstecken, er bedrohte mich mit unterschiedlichen Mitteln. Schließlich habe ich ihn wohl davon überzeugt, daß ich nichts darüber weiß.»

«Beobachten sie dein Büro?»

«Sie beobachten mein Haus, das hier nicht. Und auch beim Haus sind sie diese Woche nicht oft gewesen. Natürlich ist es möglich, schließlich haben sie dich heute abend aus den Augen verloren, daß sie hier mal 'n Blick drauf werfen.»

Converse erhob sich und versuchte, seine Müdigkeit abzuschütteln.

«Bist du sicher, daß sie über mich Bescheid wissen? Vielleicht sind sie den Leuten auf die Schliche gekommen, die das Zeug abholen sollten. Vielleicht verfolgen sie mich nur deshalb.»

Elmer machte ein mürrisches Gesicht und schüttelte den Kopf.

«Ich begreife nicht, was sie machen. Kennst du ein kleines Flittchen namens June? Eine ausgeflippte kleine Blondine?»

«Ich kenne keine Junes», sagte Converse.

«Janey kreuzte mit dieser June auf. Marge hatte sie bei ihr gelassen. Das einzige, was ich von Marge erfuhr, hörte ich durch June, und Junes Verstand ist dermaßen durch, daß es nicht einfach ist, Einzelheiten auszumachen. Offenbar hat Marge dein Heroin noch und ist mit dem Kerl unterwegs, der es rübergebracht hat. Es gab irgendwelche Gewalttätigkeiten mit jemandem.»

«Wie geht's Janey?»

«Sie ist unglücklich und verschreckt – wie sollte es ihr sonst gehen? Noch kann man ihr helfen, aber nicht mehr lange.»

«Ich weiß nicht, was ich machen soll», sagte Converse. «Ich weiß es einfach nicht.»

«Urteilsvermögen war nie deine starke Seite. Du und Marge, ihr seid vielleicht ein Gespann. Am besten redest du mit Ben Whiteson, ehe dir großartige Ideen kommen.»

Converse stand auf wackligen Beinen in der Mitte des Zimmers und fing an zu lachen.

«Ich hab das ganze Leben drauf gewartet, so eine Scheiße zu bauen.»

«Tja», sagte Elmer, «du hast den Vogel abgeschossen. Meinen Glückwunsch.»

«Es stimmt schon», sagte Converse. «Charakter ist Schicksal.»

Elmer zuckte die Achseln. Er mochte Wörter wie «Schicksal» nicht.

Converse lief wieder nervös hin und her.

«Wenn ich einfach wieder rüber nach Nam gehen könnte, wär ich wahrscheinlich aus dem Schneider. Da drüben kann man sich für immer und ewig verkriechen.»

«Für immer verkriechen», sagte Elmer. «Klingt angenehm.»

«Besser dort als im Zuchthaus.»

Elmer nahm zwei Tassen aus der untersten Schublade seines Schreibtisches und goß Kaffee aus dem Automaten ein.

«Das mußt du selbst entscheiden. Aber die Angelegenheit ist verdammt merkwürdig. Wer immer hinter Marge her ist, hört sich June zufolge nicht nach FBI an. Wenn's wirklich eine Verbindung zu Irvine Viberts Freunden gibt, könnte alles sehr kompliziert sein. Und Antheil.» Er nippte gedankenverloren an seinem Kaffee. «Antheil hat... irgendwie was Bohemienhaftes an sich, wenn du weißt, was ich meine. Das ist eine Eigenschaft, die mich bei Polizisten völlig durcheinanderbringt.» Einen Moment lang zog er ein Gesicht, als werde ihm von dem Kaffee schlecht. «Ich habe Erfahrung mit Undercover-Typen.»

«Du warst Spion», sagte Converse. «Das ist was anderes.»

In dem Moment machte Fran die Tür auf und kam mit einem Korb Äpfel herein. Sie funkelte ihn an, und ihm wurde kein Apfel angeboten. Elmer lehnte ab.

«Dein Schwiegervater war kein Spion», sagte Fran streng zu Converse. Sie warf Elmer einen verständnisvollen Blick zu und ging hinaus.

Elmer seufzte.

«Wer sagt, daß ich Spion war?»

«Marge. Sie sagt, deine ganze Familie spionierte.»

«Marge spinnt.»

Sie saßen eine Weile schweigend da. Converse starrte auf den abgetretenen Teppich.

«Ich sollte eigentlich wissen, was ich als nächstes tue», sagte er. «Aber ich habe keinen Schimmer.»

Elmer trug seine leere Kaffeetasse zum Fensterbrett. Sein Fenster gewährte einen Ausblick auf die Feuerschutztüren des angrenzenden Gebäudes.

«Bleib von deinem Haus weg. Schlaf heute nacht hier im Büro. Whiteson kommt etwa um drei zurück, geh dann sofort zu ihm.» Er blickte Converse einen Moment lang an und nahm sein Scheckbuch raus. «Willst du dein Gehalt?»

Converse nickte.

Elmer schrieb ihm einen Scheck über zweihundert Dollar aus.

Im Vorzimmer las Frances Douglas Daltons neueste *Nightbeat*-Story; die Geschichte trug den Titel: «Irrer Einsiedler vergewaltigt Camperpaar». Beim Lesen bewegte Frances die Lippen.

«Na komm schon», sagte sie und schob Dalton den Artikel wieder rüber, «gib noch 'n bißchen Schmackes drauf.»

Dalton kehrte an seine Schreibmaschine zurück; Elmer beobachtete resigniert seine langsamen Bewegungen.

«Er ist eine Katastrophe», flüsterte Elmer. «Er kann Fotos vergrößern – das ist so ungefähr alles.»

Frances sah auf den Scheck, den Converse noch immer in der Hand hielt.

«He, ich hab 'ne Idee», sagte sie spitz. «Wie wär's, wenn Johnny-boy uns 'n paar hübsche Geschichten schreibt, wo er wieder da ist? 'n bißchen was Gepfeffertes.»

«Er hat im Moment zuviel um die Ohren», sagte Elmer.

«Ach ja? Könnte er uns nicht wenigstens 'n paar Überschriften machen?»

Elmer lächelte.

«Das ist eine Idee. Hast du was dagegen? Auch in den schlimmsten Zeiten muß man essen.»

«In den schlimmsten Zeiten ganz besonders», sagte Frances.

«Du wurdest vermißt», sagte Elmer zu Converse. «Uns hat's

an Phantasie gefehlt, seit du uns verlassen hast, um dich ins tätige Leben zu stürzen. Wir bauen inzwischen auf plumpeste Obszönitäten. Wir sind so dreckig, daß man uns in fünf Bundesstaaten auf den Index gesetzt hat.»

Converse steckte den Scheck in seine Tasche.

«Na los, Johnny», sagte Frances. «Gib mir 'ne Überschrift.»

Elmer klatschte leise in die Hände. «Eine ausgeflippte Tiergeschichte – mit fünfhundert Wörtern.»

Converse schüttelte den Kopf.

«Himmel Herrgott!» Er lief zum Fenster und wieder zurück. «Vögel...»

«Paß auf!» sagte Elmer zu Frances. Er legte Converse eine Hand auf die Schulter wie ein Trainer. «Vögel, und?»

Douglas Dalton kam grimmig mit seiner umgearbeiteten Fassung von «Irrer Einsiedler vergewaltigt Camperpaar» anmarschiert. Ungeduldig las Frances die Story. Elmer ließ seine Hand auf Converses Schulter liegen.

«Na, komm schon, Douglas», seufzte Frances. «Schmakkes.»

«Ja», sagte Douglas Dalton. Er trug die Geschichte zurück an seine Schreibmaschine.

«Vögel, und?» fragte Elmer sanft.

«Vögel und nichts!»

Elmer zog die Hand weg. «Vögel hungern sich zu Tode!»

Converse setzte sich auf einen Schreibtisch.

«Verhungernde Vögel», sagte er. «Okay!» Er drehte sich in mattem Zorn zu Elmer um. «Fallschirmspringer von ausgehungerten Vögeln gefressen!»

Frances blickte ihn verdutzt an.

«Ich schnappe langsam über», sagte Converse.

Elmer kritzelte den Titel bereits auf ein Layoutblatt.

«Fabelhaft. Find ich großartig. Nur du kannst so was schreiben. Jetzt noch so 'ne Perle. Was mit Vergewaltigung.»

«Hören wir endlich auf damit, Elmer.»

«Ein Lustmörder», sagte Elmer. «Bitte.»

«Lustmörder», sagte Converse teilnahmslos.

«Lustmörder hungert sich zu Tode.»

«Pussyfressender Lustmörder hungert sich zu Tode!»

Frances zog die Stirn kraus. «Das nenne ich nicht Schmakkes.»

«Unterwasser-Lustmörder?»

Elmer schüttelte den Kopf. «Wir haben schon einen Fallschirmspringer.» Er machte eine nachdenkliche Pause. «Fallschirmspringender Lustmörder?»

«Hausfrau von fallschirmspringendem Lustmörder durchbohrt», sagte Converse.

Frances zuckte die Schultern. «Mein Gott! Das wär's dann wohl.»

«Basta», erklärte Elmer. «Bei ihm ist die Luft raus. Er hat zuviel um die Ohren.»

Als Douglas Dalton mit der letzten Fassung von «Irrer Einsiedler vergewaltigt Camperpaar» angeschlurft kam, machte sich Frances kaum die Mühe, sie zu lesen.

«Das ist bloß Schweinkram», sagte sie zu ihm.

Als Elmer und Frances nach Atherton heimfuhren, setzten sich Converse und Douglas Dalton an dessen Schreibtisch und tranken Bourbon aus der Flasche, die Douglas im untersten Fach aufbewahrte. An diesem Abend war die Reihe an ihm, die fertigen Layouts zur Greyhound-Busstation zu bringen, von wo aus sie zu einem nicht der Gewerkschaft unterstehenden Drucker in San Rafael geschafft wurden. Er war mit den Exzessen des irren Einsiedlers fertig und stärkte sich nun für den Weg die Mission runter und für den noch längeren Fußmarsch zu seinem Hotel in der Sutter Street.

Douglas holte Plastikbecher hervor. Converse hatte sich aus vier Stühlen ein Bett zusammengerückt und darüber einen alten Schlafsack gebreitet, den Elmer Bender zusammen mit seinem illegalen Telefon in einem Schrank aufbewahrte.

«Ich brauche nichts weiter zu wissen», sagte Douglas zum

soundsovielten Male zu Converse, «als daß du in der Klemme bist. Das reicht mir.»

Converse dankte ihm zum wiederholten Male.

«Ist schon lange her, seit ich einem Freund habe helfen können. Bei Gott, man sieht's dir an. Halte ich dich vom Schlafen ab?»

«Ich trink noch einen», sagte Converse.

Douglas nickte erfreut.

«Einem Freund zu helfen, war immer sehr wichtig für uns. Mit ‹uns› meine ich meine Clique. Meinen alten Haufen.» Er goß ein und nahm seinen dritten vollen Becher Bourbon zur Brust. Das Saufen schien ihn noch blasser zu machen.

«Wer ist das?»

«Sie sind alle weg. Tot. In alle Winde verstreut. Bekehrt. Alle bis auf einen Getreuen, mich – den letzten aus der dreckigen Brut von damals. Elmer kann ich nicht mitrechnen. Elmer ist 'n netter Kerl, aber er kann nicht saufen.»

Converse gestattete Douglas, ihm noch einen Schluck einzuschenken.

«‹Wenn du wie sie, o Saki›», sagte Douglas, «‹den wirren Sternenschwall der Gäste auf dem Gras durchschreitest und lustwandelnd jenen Punkt erreichst, wo ich bei einer zum Erfolge kam – kehr um ein leeres Glas!› Weißt du, wer das geschrieben hat?»

«Ja», sagte Converse.

«Es war nicht Lawrence Ferlinghetti.» Er leerte den Becher und goß sich zitternd noch einen ein. Converse legte sich auf seine Reihe Stühle.

«Erzähl mir, wie's war», sagte Douglas plötzlich. «Wie war es?»

«Vietnam?»

Douglas nickte ernst.

Converse setzte sich auf.

«Das solltest du 'nen Kämpfer fragen. Für mich waren es Ausflüge. Die meiste Zeit saß ich in Hotels rum. Manchmal fuhr ich raus an die Front. Nicht oft. Ich hatte zuviel Schiß. Einmal hatte ich solche Angst, daß ich heulte.»

«Ist das ungewöhnlich?»

«Ich denke schon», sagte Converse, «daß es ziemlich ungewöhnlich ist. Ich glaube, es ist normal, daß man heult, wenn man verwundet ist. Aber vorher zu flennen, ist uncool.»

«Immerhin bist du hingefahren», sagte Douglas. «Das ist doch der springende Punkt.»

Converse verstand nicht, inwiefern das der springende Punkt sei, nickte aber trotzdem. Douglas goß sich noch einen Drink ein. Es war nicht angenehm, ihn trinken zu sehen.

«Ich bin auch hingefahren», erklärte Douglas. «Ich war wie du. Aber ich war jünger – du bist fünfundzwanzig?»

«Fünfunddreißig.»

«Ja», sagte Douglas. «Tja, ich war zwanzig. Mein Vater versuchte, mich dran zu hindern, aber ich wollte nicht darauf hören. Kennst du das Biltmore Hotel in New York?»

«Ich glaube schon.»

«Du kennst es bestimmt. Es ist einen Block vom Roosevelt entfernt. Hast du dich nie unter der Uhr am Biltmore verabredet?»

«Nein», sagte Converse.

«Nun, mein Vater und ich, wir trafen uns in der Herrenbar im Biltmore. Es war das erste Mal, daß er und ich zusammen tranken. Soweit ich mich entsinne, war's auch das letzte Mal. Er sagte zu mir – du wirst für den Kommunismus in einem Schützengraben sterben, und es geschieht dir ganz recht. Weißt du, was ich ihm geantwortet habe? – Ich sagte – Vater, wenn das mein bescheidenes Plätzchen in der Weltgeschichte sein sollte, bin ich der stolzeste Mensch hier.»

Converse beobachtete, wie sich Douglas' Gesichtszüge zu einem mürrischen Ausdruck sammelten, der, wie er folgerte, ein lautloses Lachen sein mußte.

«Und das war, wohlgemerkt – das war in der Herrenbar im Biltmore Hotel!» Er schlug Converse aufs Knie.

«Am selben Abend – an eben demselben Abend – fuhr ich an Bord der *Carinthia* nach Le Havre. Drei Tage später war ich in Spanien.»

Er schien einen Moment zu zögern, dann goß er sich noch einen Schluck ein.

«Ich war genau wie du. Ich fuhr hin.»

«Douglas», sagte Converse, «das ist nicht dasselbe. In Saigon rumhängen ist nicht dasselbe wie freiwillig für Spanien kämpfen. Ich meine, im Grunde standen wir auf verschiedenen Seiten.»

«Wer?» fragte Douglas. «Verschiedene Seiten? Du und ich?» Er lachte und fuchtelte mit der Hand herum. «Dann bist du also ein Faschist.»

«Objektiv gesehen ist es wohl so.»

Douglas war begeistert.

«Objektiv gesehen! Objektiv gesehen so und objektiv gesehen anders. Elmer hat immer so geredet. Wußtest du, daß er unser Politoffizier war? Er sagte uns immer, es gäbe keinen Unterschied zwischen Mrs. Roosevelt und Hitler. Objektiv gesehen! Und das war damals nicht der Sprachgebrauch – das war Elmer höchstpersönlich.»

Converse zog den Schlafsack über sich und stützte sich auf einen Ellbogen.

«Ich hatte in Amherst einen Freund namens Andy Stritch. Ich habe immer an Andy denken müssen. Er fiel im Jaramatal. Und dann war da ein Junge von der University of Indiana, dessen Name war Peter Schultz. Und dann war da einer namens Gelb, der war erst achtzehn. Er kam direkt von der High School, kannst du dir das vorstellen? Sie alle fielen im Jaramatal.»

Zu Converses Verwunderung fing er an zu singen.

«In Spanien gibt es ein Tal, das heißt Jarama.» Es war die Melodie von «Red River Valley». Er hörte nach der ersten Zeile auf.

«Ach, sing's doch nicht», sagte er zu irgend jemandem.

«Die Mauren! Sie waren Mauren. Ich dachte – jung, wie ich war –, das ist wie im Rolandslied. Mauren. Sie kamen an den Zaun und taten so, als wollten sie sich ergeben. Einige von ihnen sprachen Englisch. Und wir armen Trottel, wir wollten ihnen glauben. Ein paar von den Jungs ließen sie rüberklettern und kriegten dafür ein Messer in den Bauch.»

«Die Gooks sind genauso», sagte Converse. «Objektiv gesehen.»

«Du solltest sie nicht Gooks nennen», sagte Douglas. «Wir haben das nicht gemacht.»

«Sie nennen uns Thong Miao. Das bedeutet Gooks auf Vietnamesisch.»

«Ich hatte noch einen Freund in Amherst – der hieß Pollard. Sie haben ihn wegen Feigheit erschossen. Mich wollten sie auch erschießen. Wegen Feigheit. Nicht daß ich so feige gewesen wäre, so nun auch wieder nicht. Elmer rettete mir das Leben. Aber es verletzte mich zutiefst, verstehst du? Es verletzte mich sehr, sehr tief. Im Zweiten Weltkrieg war ich nicht im Einsatz.»

Converse knickte der Arm ein.

«Wenn ich dort gewesen wäre, hätten sie mich erschossen. Irgend jemand kann mich immer noch erschießen.»

«Du kannst in San Francisco nicht wegen Feigheit erschossen werden.»

«Doch, das kann man.»

An der Grenze zum Schlaf kam Converse etwas in den Sinn, was ihn sich wieder aufrichten ließ.

«Es war Charmian», sagte er zu Douglas. «Der ganze Scheiß. Es war alles wegen Charmian.»

«Wunderschön», sagte Douglas. «Ein wunderschöner alter Name aus dem Süden.»

«Sie ist das Mädchen. Ihretwegen habe ich all den Ärger.»

«Also», sagte Douglas, «du bist verliebt.»

«Nein. Ganz und gar nicht. Ich war drüben, und da war dieses Mädchen, und ich wollte ihr gefallen.»

Douglas stellte die Flasche weg und stand auf. Er ging erstaunlich sicher.

«Für mich ist das alles vorbei», sagte er fröhlich. «Seit dem Jaramatal.»

An einem makellos schönen Morgen fuhren Marge und Hicks runter an den Strip zum Frühstücken. Es war hell und warm; ein Wind hatte sich von anderswo eingeschlichen, um den Smog zu vertreiben, und die Sonne schien angenehm auf die polierten Autos und die Haut der jungen Leute.

Es war ein schöner Tag für Körper. Eine Ahnung von Sinnlichkeit hing in der Luft, das Versprechen von Wundern, die sich bald zeigen würden. Marge gab sich zusammen mit den anderen der trügerischen Atmosphäre hin.

«Das muß hier mal 'n Paradies gewesen sein», sagte sie zu Hicks, als sie ihren Kaffee austranken. «Wenn sie es doch nur so gelassen hätten.»

Hicks sagte, er hätte den L. A.-Blues.

Sie waren auf dem Weg zu Eddie Peace. Wenn einer Stoff losschlagen könne, sagte Hicks, dann Eddie Peace.

Sein Haus lag in einer Sackgasse im Laurel Canyon. Drei Wagen parkten in der mit Kopfsteinen gepflasterten Einfahrt – eine Bentley-Limousine mit frischen Schweißstellen am Chassis, ein staubiger Maserati und ein Volkswagen. Hicks parkte seinen Wagen bergauf hinter dem Volkswagen, und sie gingen zu der spanischen Doppeltür.

Hicks wartete einen Moment, ehe er klingelte; drinnen hörte man Frauen laut durcheinanderreden. Eine schrie etwas auf spanisch und eine zweite auf englisch. Die Spanischsprechende war besser zu hören.

«*Puta!*» schrie sie. «*Puta! Puta!*» Und sie hörten eine Tür zuschlagen. Hicks drückte auf die wohltönende Klingel.

Eine kleine Frau mit einer großen runden Sonnenbrille beobachtete sie hinter einer Sicherheitskette.

«Hallo?» fragte sie, als hätte sie eben einen Telefonhörer hochgenommen.

«Ich heiße Ray», sagte Hicks. «Ich bin ein alter Freund von Eddie. Das hier ist Marge.» Marge hatte die ganze Strecke den Canyon hoch gelächelt.

Die Frau musterte sie abwechselnd.

«Puta!» schrie jemand von drinnen.

«Woher kennen Sie Eddie?»

«Von Malibu», sagte Hicks.

Die Frau nahm die Sonnenbrille ab; ihre Augen waren ausdruckslos vor Angst.

«Komm schon, Lois», sagte Hicks, «Herrgott noch mal.»

«Ich kann mich nicht an Sie erinnern», sagte Lois. Aber sie öffnete die Tür.

Sie betraten einen großen weißen Raum mit einer Glaswand an einer Seite, die auf eine Sonnenterrasse hinausging. Aus einem unsichtbaren Zimmer drang von neuem ein Ausbruch kreischender spanischer Wut.

«Halt's Maul», schrie Lois – ziemlich ungehobelt, wie Marge fand. «Halt endlich deine Klappe.»

Ein Baby fing an zu schreien. Marge wandte sich rasch dem Geräusch zu.

«Es ist einer von diesen ganz besonderen Tagen», sagte Lois. «Ich feuere gerade die Putzfrau.»

Hicks nickte teilnahmsvoll. «Spricht sie Englisch?»

Lois zuckte die Schultern. «Sicher.»

Ein junges mexikanisches Mädchen war ins Zimmer getreten, bleckte die Zähne und zeigte allen ihren gereckten Mittelfinger. Sie trug eine rosafarbene Kunstlederjacke mit Reißverschlußtaschen.

«Mann», sagte sie, «ihr seid vielleicht 'ne Superclique.» Sie ging mit einem unangenehmen Lachen raus. Das Baby, wo immer es auch war, schrie lauter.

«Bekloppt», sagte Lois, «verstehen Sie! Eine jugendliche Kriminelle.» Sie sah sich in dem Zimmer um, als suche sie Trost. «Sie kommt bestimmt mit ihrem Freund zurück und nimmt die ganze Bude auseinander.»

Sie betrachteten ein riesiges Gemälde über dem Kamin. Es war das Porträt eines Clowns mit tragischem Gesichtsausdruck. Zentimetergroße Acryltränen rannen dem Clown über die geschminkten Wangen.

«Gefällt's Ihnen?» fragte Lois zaghaft. «Manchen Leuten gefällt es nicht.» Plötzlich schien sie beunruhigt zu sein. «Aber *ich* mag es. Für mich ist es Eddie.»

«Eddie, wie er leibt und lebt», sagte Hicks. Er schlenderte zu der Trennwand und blickte auf die Sonnenterrasse hinaus. «Ist er in der Nähe?»

«Er arbeitet.» Sie betrachtete Hicks ohne große Hoffnung. «Was sagten Sie, wie Sie heißen? Ich erinnere mich nämlich nicht an Sie.»

«Ray. Aus Malibu. Wo arbeitet er denn?»

«Er ist nicht mehr in Malibu», sagte Lois. «Seine Malibu-Zeit ist vorbei.»

«Wo finde ich ihn?» Von der Terrasse aus sah man einen Berghang mit Kiefernanpflanzungen und zahlreichen glitzernden, undeutlichen Swimmingpools. Kein Mensch war im Wasser.

«Im Famous», sagte Lois. «Er arbeitet den ganzen Tag.»

Hicks ging zum Telefon und griff zum Hörer. «Darf ich?»

Lois machte eine knappe Bewegung mit der Hand und stampfte leise mit den Hacken auf. Er legte den Hörer wieder zurück.

«Er möchte bestimmt nichts von Ihnen wissen. Er ist fertig mit Malibu.»

«Ich will ihn nicht belästigen», erläuterte Hicks. «Ich habe etwas, das ihn interessiert.»

«Nein, tut es nicht», sagte Lois.

Hicks lächelte und griff wieder zum Telefon.

«Was ist mit ihr?» fragte Marge. Sie meinte das Baby. «Oder ihm. Kann ich Ihnen helfen?»

Lois überhörte sie und beobachtete Hicks, der die Auskunft anrief.

«Er ist nicht dort.»

Hicks sah sie an.

«Es geht mich ja nichts an», sagte Hicks, «aber wenn ich Eddie richtig kenne, ist er stocksauer, wenn wir uns verpassen. Wir sind hier sozusagen nur auf der Durchreise.»

Lois stand einen Augenblick reglos da, dann lief sie rasch nach draußen.

Marge setzte sich, stützte den Kopf in die Hand und hoffte, das Baby würde bald aufhören zu schreien.

«Mein Gott, ist das ein gräßliches Zimmer», sagte sie. «Was für ein grauenhaftes Bild.»

Hicks zuckte die Achseln.

«Wir machen alle Zimmer durch», sagte er und setzte sich neben Marge. «Haken eins nach dem anderen ab.»

«In Ordnung», sagte Marge, schloß ihre Augen und lehnte sich an seine Schulter. «Wir sind nur auf der Durchreise.»

Als Lois zurückkam, hatte das Baby zu schreien aufgehört.

«Wo ist es?» fragte Marge. «Haben Sie es nicht mitgebracht?»

Lois sah sie voll Abscheu an.

«Entschuldigung», sagte Marge. «Ich weiß auch nicht, was mit mir los ist.»

«Ich aber», sagte Lois.

Hicks räusperte sich.

«Wegen Eddie...»

«Er ist in Gardena.» Sie klang bitter und erschöpft. «Sie drehen im Konzertsaal in Gardena, und genau da ist er.»

«Eins noch», sagte Hicks. «Wir würden gern die Dusche benutzen, wenn Sie nichts dagegen haben.»

«Ah, sicher», sagte Lois angewidert. «Alles, was Sie wollen.»

Hicks holte ein paar frische Sachen aus dem Wagen, und sie duschten einer nach dem anderen. Sie achteten darauf, daß das türkisfarbene Badezimmer trocken blieb; sie spülten die Duschkabine nach, als sie fertig waren, und legten die benutzten Handtücher in einen Korb.

Lois war nicht zu sehen, als sie losfuhren, und das Baby war still.

Ehe sie wieder ins Auto stiegen, holte Hicks sein Messer raus und kratzte einen «Dizzy Gillespie for President»-Aufkleber von der hinteren Stoßstange. Der klebte da schon seit Jahren.

Sie fuhren über die Schnellstraße nach Gardena und kurvten rum, um nach dem Konzertsaal zu suchen. Die Straßen waren schnurgerade und die Häuser nicht sehr groß, aber bei den meisten standen zur nächtlichen Beleuchtung kleine Scheinwerfer auf dem Rasen. Es gab viele Pokerkneipen in den Geschäftsgebäuden.

Der Konzertsaal von Gardena war ein stuckverziertes Gebäude neben einem Park, eine Miniaturausgabe der Union Station. Zwei gewaltige Generatorwagen parkten vor der Tür des Kassenhäuschens.

Sie hatten keine Schwierigkeiten reinzukommen. Sie gingen durch das Foyer und kamen in einen großen gefliesten Raum, in dem rundherum Bankreihen standen. In einer der Reihen saß niedergeschlagen eine Gruppe von etwa sechzig gutgekleideten Leuten und lauschte einem Mann mit Megaphon.

«Wir wollen, daß ihr klatscht und jubelt, Leute», sagte der Mann mit dem Megaphon gerade. «Stöhnt oder kreischt bitte nicht. Wenn ihr kreischen wollt, tut das draußen auf der Straße.»

Ein Boxring war gegenüber von der besetzten Bankreihe an die Wand geschoben worden. Leute in heller Freizeitkleidung schlenderten umher und fläzten sich auf den leeren Bänken. In der Mitte des Raumes, wo der Boxring eigentlich hätte stehen sollen, befanden sich zwei Kameratürme, neben denen Techniker herumstanden. Ganz hinten sah man einen Tisch mit gestapelten Paketen, offenbar abgepacktes Essen, und daneben einen abgetrennten Teil mit beleuchteten Spiegeln und Friseurstühlen. Vier oder fünf Wohnanhänger waren neben den Türen zum Foyer aufgereiht.

«Achtung, Leute!» rief der Mann mit dem Megaphon.

Marge und Hicks traten näher an die Gruppe heran.

Der Mann mit dem Megaphon schaute auf einen kleinwüchsigen Mann mit mürrischem Gesicht, der hinter ihm auf einem Klappstuhl saß und die *Daily Variety* las. Nach einer Weile blickte der Kleinwüchsige von seiner Illustrierten hoch, machte eine Bewegung mit der Hand zu der sitzenden Menge rüber und wandte seine Aufmerksamkeit wieder seiner Lektüre zu.

«Okay, Leute», schrie der Mann mit dem Megaphon. «Dann laßt mal hören!»

Die Menge fing an, aus Leibeskräften Beifall zu klatschen und zu jubeln. Eine Kamera fuhr runter auf die dritte Reihe, und Hicks sah, daß Eddie Peace dort saß. Er hatte einen Gangplatz neben zwei unangenehmen Burschen, die ihm vage bekannt vorkamen; Eddie und die beiden Männer neben ihm waren die einzigen in der Menge, die nicht Beifall schrien. Im Gegenteil, sie blickten finster und geringschätzig, als empfänden sie den Anblick der Kamera, so ermunternd er für alle anderen war, als lästige Provokation.

Unter dem ohrenbetäubenden Beifall waren auch deutlich mehrere nervenzerfetzende Kreischer zu hören.

Der Mann in dem Klappstuhl schmiß seine *Daily Variety* auf den Boden. Er blickte die Menge nicht an.

«In Ordnung», rief der Mann durch das Megaphon. Er winkte das Geschrei ab.

«Die Idioten, die kreischen, bitte damit aufhören! Hier wird nicht mehr gekreischt!» Ein kurzes Gekicher ging durch die Menge.

«Ist er da?» fragte Marge.

«Yeah», sagte Hicks, «er ist da.»

Als der Jubel sich wieder erhob, zeigten Eddie Peace und seine Gefährten von neuem ihre Verärgerung und Enttäuschung. Einer von ihnen wandte sich Eddie zu und flüsterte ihm etwas ins Ohr. Eddie nickte entschlossen und ernst, stand auf und ging den Gang hoch, vorbei an der jubelnden Menge. Die Kamera fuhr ihm nach. Er war noch nicht sehr weit, als das Gekreische wieder einsetzte.

«Scheiße noch mal», rief der Mann mit dem Megaphon. Er drehte seinen Rücken der Menge zu und verhandelte mit dem zweiten Mann.

«Na schön», verkündete er. «Ist ein Gewerkschaftsvertreter anwesend?»

Die Menge hörte auf zu jubeln. Eddie Peace drehte sich um und schüttelte in gutgelaunter Enttäuschung den Kopf.

«Gegen euch Kreischer werden wir disziplinarisch vorgehen. Wir bringen das bei der Gewerkschaft zur Sprache.»

Nach einigem weiteren Hin und Her hob er das Megaphon und sagte eine Pause an. Hicks schlenderte auf Eddie zu und winkte. Eddies ausdruckslose Augen wandten sich ihm zu.

«Was sagste dazu?» Er trug einen blauen Blazer und ein weißes Polohemd. Er erhob sich mit einem matten Lächeln, blickte rasch auf die Bankreihen der über ihm sitzenden Statisten und kam argwöhnisch näher. Seine Hand schlüpfte unter Hicks' Arm.

«Wo brennt's?» fragte er.

Typisch Eddie. Marge trat hinzu und sah ihn an.

«Wir dachten, wir sagen dir kurz hallo», sagte Hicks. «Wir haben da was.»

Eddie lachte, als hätte Hicks ihm einen Witz erzählt. «Ach ja?»

«Das hier ist Marge», sagte Hicks. «Ich habe ihr von Malibu erzählt. Von den verrückten Zeiten dort. Wir dachten, so was könnten wir vielleicht mal wieder machen.»

Eddie sah sich noch mal um und fixierte sie mit einem Lächeln von so einzigartiger Strahlkraft, daß er alle Empfindungen getilgt zu haben schien, die ihn von ihrer erfreulichen Anwesenheit ablenken könnten. Hicks merkte, daß Eddie ihn nicht wiedererkannte.

«Lois sagte, du wärst hier. Ich dachte, wir könnten ein Treffen verabreden.»

Eddie schien nicht gehört zu haben.

«Wie geht's dir denn?» Er lächelte unentwegt weiter. «Was machst du denn so?»

«Wir reisen in der Gegend rum, Eddie. Wir wollten hallo sagen.»

«Hallo», sagte Eddie zu Marge. «Du bist stoned, oder?»

Marge trat überrascht einen Schritt zurück. Er sah beide nacheinander mit seinem strahlenden Lächeln an. Jeder prüfende Blick war einen Bruchteil kürzer als der vorangegangene.

«Ray», sagte er plötzlich, «du Mistkerl. Wieso habe ich dich nicht erkannt?»

«Ist 'ne Weile her. Und du bist sicher sehr beschäftigt.»

«Ich fahr jetzt ins Quasi's. Kennst du das Quasi's? Wir sehn uns dort.»

«Großartig, Eddie.»

Als sie sich zur Tür wandten, kam Eddie ihnen nach. Er legte Marge eine Hand um die Schulter und schob sich zwischen die beiden.

«Entschuldige die Ungezogenheit», sagte er. «Willst du einen geblasen kriegen?»

Hicks lächelte. «Ich möchte keine Gefälligkeiten annehmen.»

Eddie machte ein beleidigtes Gesicht. Er neigte den Kopf in Richtung Wohnanhänger. «Da drüben ist 'n kleiner Krautie für dich. *Vos is los?*» Er formte seine Lippen zu einem Kreis. «Süß.»

Hicks schüttelte gutmütig den Kopf.

«Besser nicht.»

«Mistkerl», sagte Eddie – und eilte zurück zu den Tribünen.

Marge und Hicks blickten ihm nach.

«Er ist der totale Kuppler», sagte Hicks. «Er knüpft für sein Leben gern Verbindungen.»

Sie sahen den Statisten noch eine Weile beim Jubeln zu. Es wurde wieder gekreischt, und der Mann mit dem Megaphon ließ wieder Beschuldigungen vom Stapel. Wenig später erschien ein Mann in einem Tennispullover und blieb neben ihnen stehen; in jeder Hand hielt er eine Schere.

«Was ist 'n das für 'n Boxpublikum?» fragte er sie.

Als sie raus zum Wagen gingen, fragte Marge, was das Quasi's wäre.

«Quasi's ist, wo wir jetzt hinfahren. Ich nehme an, es ist eine Bar.»

Auf der Fahrt zurück nach Hollywood bemerkte Marge, Eddie Peace sei ein ungewöhnlicher Bursche.

«Ihr habt was gemeinsam», sagte Hicks. «Willst du raten, was es ist?»

«Ich weiß nicht. Wir sind beide freundlich. Und wir können nicht genug für dich tun.»

«Ihr nehmt beide Dilaudid. Er nimmt mehr als du.»

«Dann geb ich's besser auf. Ich will nicht wie Eddie werden.»

«Probier's.»

«Was macht Eddie eigentlich? Ist er Schauspieler?»

«Eigentlich nicht. Er mischt nur mit. Der ganze krumme Scheiß, der passiert – da hat er die Hände drin. Er tut Leuten einen Gefallen. Er ist nicht dumm. Aber er ist komisch.»

«Haben Leute Angst vor ihm?»

«Einige Leute haben große Angst vor ihm.»

«Haben wir Angst vor ihm?»

«Wir wissen gar nicht, was Angst ist», sagte Hicks.

Sie aßen im Schwab's zu Mittag, und Hicks kaufte sich für fünfzehn Dollar eine Sonnenbrille, von Converses Geld.

Am Strip war es nicht so angenehm wie am Morgen; der Tau auf den eingekübelten Sträuchern war getrocknet, und alles richtete sich auf den Nachmittag ein. Marge und Hicks spazierten herum. Immer wenn sie jemandem begegneten, der so aussah, als könnte er wissen, was das Quasi's sei, fragten sie ihn danach. Wie sich herausstellte, kannten es eine ganze Reihe von Leuten, und es war nicht schwer, den Weg zu erfahren.

Im Quasi's gab es beleuchtete Nischen mit Zerrspiegeln und Wasserskulpturen mit fluoreszierendem Wasser. Es war sehr dunkel, und es schien voll zu sein – obwohl sie neben den farbigen Lichtern wenig mehr als gespensterhafte Umrisse ausmachen konnten. Jede Silhouette war von einer grauen Aura umgeben, dem Nachbild des Sonnenlichts draußen. Uncle John's Band lief in der Jukebox, und es wurde viel gelacht.

Sie tasteten sich zu einem Plastiktisch vor, gegenüber von den schwankenden Schatten an der Bar. Marge hatte den Eindruck, das Gelächter habe einen merkwürdigen Tonfall, langsam und kehlig. Quaalude-Gelächter.

Marge und Hicks warteten lange darauf, daß Eddie Peace endlich auftauche. Sie tranken eine Runde eiskaltes Bier nach der anderen und wechselten, nachdem sich ihre Augen an das Licht gewöhnt hatten, gleichgültige Blicke mit den anderen Gästen. Die taten jugendlich und waren einfallsreich gekleidet. Als sie eine Stunde lang gewartet hatten, griff Marge nach ihrer Tasche und fummelte an dem Pillenröhrchen herum, aber Hicks legte seine Hand auf ihre, um ihr zu verstehen zu geben, daß sie das Röhrchen nicht hervorziehen solle. Es gelang ihr, eine Percodan rauszuschütteln und mit schlechtem Gewissen zu schlucken. Am Ende der zweiten Stunde blickte Hicks auf seine Uhr und sagte, wenn Eddie nicht in der nächsten halben Stunde aufkreuze, würden sie wieder rauf in den Canyon fahren und nach elf Uhr nachts wiederkommen.

Marge war müde und betrunken – selbst mit der Percodan fühlte sie sich, als hätte sie sich eine Erkältung geholt. Als Eddie Peace ein paar Minuten später aus dem Dunkel hervortrat, war sie aufrichtig erfreut, ihn zu sehen.

Er kam rein wie Escamillo, von einem Chor begrüßt. Leute

hoben ihre Gläser. Er hatte eine Blondine bei sich, die ein schweres Augen-Make-up aufgelegt hatte und ein Lederkleid trug. Eddie stellte sie reihum vor.

Hicks wartete ein paar Minuten, dann ging er hinüber und ergriff Eddie am Unterarm. Eddie schüttelte ihn ab. Hicks zuckte die Achseln, kam an den Tisch zurück und trank sein Bier aus.

«Soll er seinen Auftritt haben.»

Als die Vorstellungen und bewundernden Blicke beendet waren, flüsterte Eddie der Blondine etwas ins Ohr und kam an ihren Tisch geschlendert.

«Wo brennt's?»

Hicks zog für Eddie vom Nebentisch einen Stuhl heran.

«Ich hab was für dich, wenn du willst.»

Eddie setzte sich und rief der Kellnerin die Bestellung von Tomatensaft und Bier zu.

«Woher wußtest du, daß ich in Gardena bin?»

«Tja», sagte Hicks, «ich hab Lois gesehen.»

«Du hast Lois gesehen. Und wie war das?»

«Sie war ziemlich nervös. Sie sagte, wir sollten verschwinden.»

Eddie machte ein gequältes Gesicht.

«Eine dämliche Kuh. Was willste mir denn erzählen?»

«Ich möchte 'n bißchen Stoff absetzen. Ich kann dir 'n Kilo für zwanzig verkaufen. Für drei mach ich dir 'n Sonderpreis.»

Eddie sah sich in dem Raum um, als suche er nach jemandem. Er schob zwei Finger unter den Rollkragen seines Polohemds, wie es jemand macht, der unter Hitze leidet. «Du weißt, was ich meine?»

«Ich sehe keine Schwierigkeiten», sagte Hicks.

Eddie widerstrebte es offenbar, ihn anzusehen.

«Ich muß dir sagen, das kommt ziemlich überraschend für mich, mein Junge. Ich hätte das nicht von dir erwartet.»

«Heute hat man 'ne andere Einstellung zu H», sagte Hicks. «Bei der Situation drüben kann jeder schmuggeln, der reist.»

«Da hast du den scheiß Krieg», sagte Eddie. «Er ist idiotisch.»

«Ich bin völlig deiner Meinung. Aber so ist es nun mal.»

Eddie schüttelte in eiserner Mißbilligung den Kopf.

«Ich kenn mich nicht aus», sagte er zu Hicks. «Ist das ein guter Preis?»

«Mein lieber Mann», sagte Hicks, «das kannst du aber annehmen.»

Eddie trank noch eine Weile, in Gedanken versunken.

«Terry und die Seeräuber», sagte er. Er sah Marge an. «Ich wette, du führst 'n interessantes Leben.» Sie zuckte die Schultern und versuchte zu lächeln.

«Der große Dealer und die geheimnisvolle Frau», sagte er und blickte ihr in die Augen. «Gefällt mir.»

Hicks beugte sich vor, um Eddies Aufmerksamkeit auf sich zu lenken.

«Ich denke, mit Ganoven haben wir beide uns lange genug abgegeben, stimmt's? Deswegen komm ich zu dir. Am liebsten würde ich an einen ausgewählten Kreis wichtiger Leute rantreten.»

Eddie wandte sich ihm lächelnd zu.

«Du willst Heroin an die Filmindustrie verkaufen? Willst du das sagen?»

«Mann», sagte Hicks, «ich geh nicht mal ins Kino. Aber ich denke mir, wenn's da 'n schnieken Typen mit 'ner persönlichen Klientel gäbe – dann wär das für ihn perfekt. Billig – kein Risiko – keine Ganoven. Es verkauft sich wie Koks – unter Freunden.»

«Reizvoll, theoretisch gesehen», sagte Eddie.

«Das ist keine Theorie, Eddie.»

Eddie sah Marge in einer Weise an, daß sie sich außerordentlich unbehaglich fühlte.

«Sie ist stoned», sagte er zu Hicks, «deine Marge.»

«Das ist keine Theorie, Eddie. Es ist lupenreiner Stoff, Mann, der kann unendlich verschnitten werden.»

Eddie schien von einem inneren Gelächter zu erglühen.

«Was ist das Leben ohne Traum, nicht wahr, Raymond?»

Hicks lächelte nicht zurück.

«Raymond ist ein Träumer, stimmt's, Marge?»

«Das ist eine Seite an ihm, die ich nie wahrgenommen habe», sagte Marge.

Eddie war entzückt.

«Herr du meine Güte», sagte er. Er beugte sich rüber, um sie sich genauer anzusehen. «Du bist 'ne Lehrerin, oder? Du machst es mündlich.»

Marge starrte ihn ausdruckslos an. Sie wußte nicht, was er damit sagen wollte.

«Lehrerinnen machen es mündlich», erklärte Eddie. «So heißt es jedenfalls.»

Hicks war vom Tisch weggerückt. Er saß aufrecht, mit gefalteten Händen da.

«Heißt das nicht, ein bißchen das Thema wechseln?»

«Ich denke nach», sagte Eddie. «Laß mich nachdenken.» Seine munteren Augen wanderten in dem Raum umher und blieben an der Blondine hängen, die mit ihm reingekommen war. Sie unterhielt sich mit einem grauhaarigen Mann in einem Paisley-Anzug. Eddie stupste Hicks an.

«Was hältst du davon, Raymond? Süß?»

Hicks schüttelte ungeduldig den Kopf.

«Macht sie es mündlich?» fragte Marge. Sie hielt es für eine interessante Redewendung.

«Dir nicht, bestimmt nicht», sagte Eddie. Er stupste Hicks noch mal an. «Ihr Mann ist Spastiker. Ich erzähl euch keinen Scheiß, das ist er wirklich. Er spricht ungefähr so: Da-da-da. Aber du kannst nicht drüber lachen, stimmt's?»

Hicks trank sein Bier aus und blickte in das Glas. Eddie beobachtete die Frau des Spastikers.

«Du hast also diesen ganzen Stoff unter deiner Matratze. Macht da nicht dein Herz bumbum?»

«Nicht im geringsten», sagte Hicks.

«Aha. Du bist jetzt erfahren?»

«Ich mache bloß, was alle machen.»

«Ja aber, Herrgott, Ray», sagte Eddie mit ernster Stimme. «Hier in dieser großen Stadt, mit dem ganzen Stoff. Ich hätte Schiß, Mann.»

Die Augen auf Eddie geheftet, hatte Marge plötzlich den Eindruck, sie habe ihn früher schon mal gesehen. Sie dachte, es könnte in den Ulrich Studios in New York gewesen sein, als sie dort studiert hatte. Er wäre damals fünfzehn Jahre jünger gewesen – ein junger John Garfield. Sie meinte, sie könnte sich erinnern, daß er *Streetcar* fürs Ulrich gemacht hätte.

Sie beschloß, ihn nicht danach zu fragen.

«Ich kann die Zeit nicht mit Angst verplempern, oder?» sagte Hicks.

«Was ich gern wüßte, Raymond: Wo hast du's her?»

«Ich hab's von Übersee. Da drüben ist es praktisch legal.»

Eddie nickte und guckte wieder weg.

«Ich könnte dir Geschichten über dieses Weib erzählen», sagte er. Er gestikulierte zur Frau des Spastikers rüber. «Alles wird so verflucht kompliziert, ich kann's einfach nicht glauben. Verrückt?» Er hob den Blick. «Du würdest nicht die Hälfte von dem Scheiß glauben, der in dieser Stadt passiert. Es ist eine neue Welt, Mann. Ich wollte, ich wäre zehn Jahre jünger.»

«Sag mir eins, Eddie», meinte Hicks. «Ist das 'n Fehler, daß ich mit dir rede? Mach ich was verkehrt?»

Eddie zuckte die Achseln.

«Bin ich Gott, Ray? Woher soll ich das wissen?»

Sie saßen schweigend. «2001» lief in der Jukebox.

«Diese scheiß Leute machen mich krank», sagte Eddie. «Die Spock-Generation. Alles ist 'n Hit. Muß ich haben, muß ich haben.» Er lächelte Marge an und drehte sich den Leuten in der Bar zu. «Ich halte für jeden in der Stadt meinen Arsch hin. Jedermanns Daddy – tu das für mich, Eddie – tu dies für mich, Eddie. Ich könnte manchmal kotzen.» Er stieß plötzlich Hicks einen Finger in die Brust. Hicks blickte darauf runter. «Selbst du, Mann. Ich sitze auf dem ganzen Scheiß, Eddie – bitte, schlag ihn für mich los.»

«Wenn du was willst, sag ja. Wenn nicht, sag nein.»

Eddie beachtete ihn nicht.

«Die Leute hier, Mann – die sind so durch und durch verfault, denen wächst der Scheiß aus dem Leib heraus.» Marge hatte den Eindruck, daß sie es sei, mit der er redete. «Ein Pilz. Du gehst in einen Raum voll mit diesen Leuten, siehst dich um, und einige von ihnen haben's am ganzen Körper. Jeder Zentimeter Haut, bedeckt mit diesem grünen Pilz. Bei anderen – da ist es vielleicht das halbe Gesicht. Wieder andere – vielleicht eine Hand. Oder sie haben Flecken davon, die an ihnen wachsen.»

Er legte ihr die Hand auf den Arm. Sie zog ihn schnell weg.

«Es wächst auf jedem hier.»

«Wie steht's mit dir?» fragte Marge.

Eddies Augen strahlten. Marge spürte darin etwas, das sie erkannte.

«Anwesende ausgeschlossen.»

Hicks sah auf seine Uhr.

«Okay, okay.» Eddie rieb sich die Lider. «Ich kann euch wahrscheinlich helfen.»

«Wirklich?»

«Ich steh mit einem Burschen in Verbindung. Ein Engländer, der früher mal Masseur war. Er hat 'n Rudel Junkies, die für ihn arbeiten – Rammler, Peitschenfreaks, alles so 'n abgefahrener Mist. Er hat 'ne Menge Knete, und er weiß, was die Leute wollen. Er könnte derjenige sein, der's unters Volk bringt.»

«Dein Wort, Eddie.»

«Die einzige Schwierigkeit ist», sagte Eddie lächelnd, «ich kann den Kerl nicht ausstehen.»

Hicks schüttelte den Kopf.

«Ich kann keine Schwierigkeiten brauchen.»

«Was meinst du damit, du kannst keine Schwierigkeiten brauchen?»

«Ich meine, ich will kein doppeltes Spiel oder jemanden verarschen. Ich will mit Schwindel, Raub oder Racheakten absolut nichts zu tun haben. Wenn du mich mit einem verschwiegenen, zivilisierten Menschen zusammenbringen kannst, wunderbar. Keine krummen Touren.»

«Paranoia», sagte Eddie zu Marge.

«Warum nicht?» fragte Marge.

«Ich habe keinen einzigen Feind auf der Welt», sagte Eddie Peace. «Wenn du willst, bring ich euch zusammen.»

«Wie wär's mit morgen?»

«Morgen? Du bist wohl völlig am Ende.»

«Ich seh nicht ein, warum wir's verzögern sollen. Warum nicht morgen?»

Eddie stand auf.

«Ruf meinen Auftragsdienst an – sag ihnen, du wärst Gerson Walter, das beeindruckt sie. Ich hinterlasse dir eine Nachricht.»

Er schärfte ihnen ein, den Glauben nicht zu verlieren, und ging zurück an die Bar. Draußen auf dem Parkplatz verschwand Hicks im Dunkeln, um zu pinkeln, während Marge am Wagen wartete. Es war eine Straße mit kleinen, verschwiegenen, ziegelgedeckten Häusern. Aus dem Quasi's drang nicht ein Laut; die Musik und das nervöse Lachen blieben drinnen eingeschlossen.

Hicks kam mit müden Schritten zurück, und sie stiegen ein.

«Er ist ein Verräter, das weiß ich. Bestimmt betrügt er mich oder zeigt mich an. Es ist ein Witz.»

«Eigentlich», sagte Marge, «finde ich es sehr clever von dir, daß du dich mit ihm getroffen hast.»

«Wenn ich wirklich clever wäre», sagte Hicks, während sie vom Parkplatz fuhren, «würde ich Eddie Peace nicht mal kennen.»

Sie fuhren den Hügel hinauf zum Strip, vorbei am Whiskey à

Go-Go, dem Chateau Marmont, dem kreisenden Elch. An einer Ampel stellte Marge fest, daß sie mit einem Mann Blicke wechselte, der die Mütze eines Luftwaffenoffiziers trug.

«Was meinst du, warum er mich für eine Lehrerin hielt?» fragte Marge, als die Ampel umgeschaltet hatte.

«Weil du so aussiehst», sagte Hicks.

Converse wachte am Morgen gegen sieben auf. Die Sonne fiel durch die Jalousien und funkelte auf den Plastik-Schreibtischplatten; einen Moment glaubte er, er sei im Büro in Saigon.

Er zog sein Hemd aus und wusch sich in Elmers Badezimmer. Er brauchte eine Rasur. Seine Saigoner Khakihosen waren noch sauber. Er trug ein langärmeliges blaues Hemd, das er angezogen hatte, als er vom Flughafen gekommen war – und in dem er eben geschlafen hatte –, und eine graue Windjacke. Relativ unauffällig, falls es notwendig werden sollte.

Die Maschinen auf den Fabriketagen liefen bereits, als er runterging und an kühl blickenden schwarzen Mädchen vorbeikam, die auf dem Weg zu den Nähtischen waren. Draußen überraschte ihn von neuem der Wind aus der Bucht, der Geschmack von Kalifornien in der Luft. Obwohl der Himmel blau war, kam es ihm sehr kalt vor. Er blieb stehen, als er an die erste Straßenecke kam, und schaute sich um, aber er sah keinen gelblichbraunen Wagen, und kein Mensch auf der Mission Street schien sich auch nur im geringsten um ihn zu kümmern. Er lief in die Richtung des Civic Centers und machte bei Foster's an der Ecke Geary und Van Ness auf ein Stück Kuchen und eine Tasse Kaffee halt. Das Essen, die Frische des Tages, das Wissen, einen Anwalt zu haben, stimmten ihn optimistisch. Es war möglich, daß man ihn nicht direkt mit irgendwas in Verbindung brachte. Es war möglich, daß noch alles gutging. Er schlenderte im Vergnügungsviertel eine Weile durch die Straßen, wobei er die Stadt und seine Rückkehr fast schon genoß. Als er das Herumgelaufe leid war, ging er in eine katholische Kirche in der Taylor Street und setzte sich vor das Gipsbildnis des heiligen Antonius von Padua. Er überlegte sogar, ob er nicht eine Kerze anzünden solle.

Es waren die Kirche und die Nähe des heiligen Antonius, die Converse an seine Mutter denken ließen. Eine der spirituellen Eigenschaften des heiligen Antonius war seine Bereitschaft, bei der Suche verlorengegangener Gegenstände behilflich zu sein, und in den Altersjahren ihres Lebens hatte Mrs. Converse eine besonders innige Zuneigung für diesen Heiligen entwickelt. Mehr und mehr Dinge waren verlorengegangen.

Sie wohnte jetzt schon sieben Jahre in einem langsam verrottenden Hotel an der Turk Street, und Converse besuchte sie ungefähr zweimal pro Jahr. Zumindest einmal – gewöhnlich um ihren Geburtstag herum – führte er sie zum Essen aus. Converse hatte es immer besonderen Spaß gemacht, ihr zu verkünden, daß er mit ihr essen gehen werde. Er hatte den Eindruck, daß es ihm das Image herrlich solider Weltläufigkeit verschaffte, die, wie Converse sehr wohl wußte, mit dem wirklichen Anlaß sehr wenig zu tun hatte.

Während er vor dem heiligen Antonius saß und darauf wartete, seinen Anwalt aufsuchen zu können, dachte Converse an sie. Ihm kam der Gedanke, daß vielleicht in eben demselben Moment auch andere junge Männer auf der falschen Seite des Gesetzes – vielleicht andere Heroinschmuggler, die darauf warteten, ihre Anwälte zu sprechen – zu Füßen des heiligen Antonius säßen und an ihre Mütter dächten. Da er noch so viel Zeit zu überbrücken hatte und er ganz in ihrer Nähe war, beschloß Converse, sie zum Essen auszuführen. Es wäre eine Gefälligkeit und würde ihn bis drei Uhr nachmittags beschäftigen.

Das Hotel seiner Mutter hieß Montalvo. Der Mann an der

Rezeption war ein Schwarzer mit einem Schlipshalter, auf dem ein Logenzeichen zu sehen war. Als Converse ihn nach seiner Mutter fragte, deutete er in die Ecke des Foyers, wo der Fernseher stand.

«Die Dame da», sagte der Mann in steifem Kolonialenglisch, «wird für uns alle bald zu einem Problem werden.»

Im Foyer roch es ganz schwach nach Abfall. Den größten Teil des Mobiliars hatte man hinausgeworfen. Das übrige war in einem Eckverschlag vor dem Fernseher aufgestellt, wo es unter den alten Herrschaften, die dort saßen, Splitter auf Splitter, Faden um Faden zerfiel.

Als Converse den fleckigen Boden halb überquert hatte, erblickte er plötzlich seine Mutter und blieb einen Augenblick stehen, um sie sich anzusehen. Sie war von der Unterhaltung auf dem Bildschirm gefesselt – etwas, das sich wie ein Spiel mit Prominenten anhörte. Ihre falschen Zähne umspielte ein leichtes Lächeln, und ihre Brille war ihr tief auf die Nase gerutscht. Dort, in dem Foyer des Montalvo, fühlte sich Converse in eine bestimmte Situation vor fast dreißig Jahren zurückversetzt – er saß neben ihr in einem dunklen Kinosaal und wandte sich ihr zu, um zu ihr hochzublicken, während sie sich den Film auf der Leinwand ansah. Sie lächelte über ihre Brille hinweg über den bitteren Witz von Dan Duryea oder die Zuvorkommenheit von Zachary Scott, hatte das Kind neben sich vergessen, das Kind, das zu ihr aufblickte voller – voller Liebe, wie sich Converse erinnerte. Es erschien ihm sehr merkwürdig, als er sie jetzt vor dem Fernseher im Montalvo betrachtete.

Plötzlich verschwand ihr zufriedener Gesichtsausdruck. Ein alter Mann hatte sich auf den lippenstiftroten Klubsessel neben sie gesetzt. Er war recht gut gekleidet, die Sorte alter Junge, die wie Douglas Dalton ein paar Anzüge und eine Kleiderbürste besitzen. Converses Mutter starrte ihn voll Haß und Schrecken an. Sie begann, in giftigem Schweigen Worte zu mümmeln; sie ballte wütend die Fäuste. Der alte Mann schenkte ihr absolut keine Beachtung.

Converse kam um den Fernseher herum, blieb vor ihr stehen und versuchte zu lächeln. Es dauerte mehrere Sekunden, ehe sie zu ihm aufblickte, und das Lächeln, das sie ihm schenkte, war so freudlos wie seines.

«Bist du es?» fragte sie. Es war keine rhetorische Frage.

«Sicher», sagte Converse. «Natürlich bin ich es.»

Er bückte sich, um sie auf die Wange zu küssen. Das Fleisch, das seine Lippen berührten, war geschwollen und die blauen Flecken darauf fast schwarz, weil sie dauernd daran rumdrückte.

Sie roch nach Tod.

«Du bist es nicht», sagte sie in sonderbarer Überzeugung zu ihm. Einen Augenblick dachte er, sie sei auf irgendeine infantile Weise gehemmt, aber wenig später wurde ihm klar, daß sie wahrscheinlich phantasierte.

«Doch», sagte er. «Ich bin es. John.»

Sie schaute ihn an. Die reptilienhaften Gesichter der anderen Zuschauer wandten sich ihnen zu.

«Komm», sagte Converse. Es gelang ihm, weiter zu lächeln. «Wir gehen essen.»

«Oh», sagte seine Mutter. «Essen?»

Er half ihr auf, und sie gingen langsam aus dem Foyer, am kalten Blick des Angestellten an der Rezeption vorbei.

«Du bist doch in Vietnam», sagte seine Mutter, als sie draußen auf der Straße waren.

«Nicht mehr. Ich bin wieder zurück.»

Nach ein paar unsicheren Schritten brachte er es fertig, daß sie sich bei ihm einhakte, und führte sie über die Turk Street. Er hatte vorgehabt, mit ihr zu Joe's Place zu gehen, wo es große Martinis und gutes Fleisch gab, aber es schien ihm keine sehr gute Idee mehr zu sein.

«Wie geht's dir denn so?»

Sie antwortete ihm mit einem angewiderten Knurren. Sie hatte immer schon ein Talent für dramatische Effekte gehabt; der Ton vermittelte echte und tiefe Bitterkeit.

«... denn so!» Sie erhob die Faust, als ob sie dem alten Mann im Foyer noch einmal drohen wollte.

In Joe's Place empfing sie ein Oberkellner, der offenbar ziemlich erfreut war, sie zu sehen, bis er Converses Mutter etwas näher in Augenschein genommen hatte. Er setzte sie an einen kleinen Tisch im Hinterzimmer, dicht neben zwei sonnengebräunte Ehepaare mit texanischem Akzent.

Converse trank hastig seinen ersten Martini und beeilte sich, einen zweiten zu bestellen. Es war, überlegte er, der einzige Weg, die Sache zu überstehen. Seine Mutter kippte ihren Drink gierig hinunter, und obwohl er sie kein bißchen vorzeigbarer erscheinen ließ, verbesserte er doch offensichtlich ihre Laune.

«Was hältst du von meinem Gesicht?» fragte sie, als sie ihr Glas zu Dreivierteln geleert hatte.

Converse versuchte zwar, aufmerksam zu wirken, hatte es aber dennoch sorgfältig vermieden, ihr ins Gesicht zu sehen.

«Du siehst sehr gut aus.»

«Ich hab's wieder hingekriegt», flüsterte sie glücklich. «Ich habe besondere Übungen gemacht.» Sie zerrte an den Falten ihrer ruinierten Haut. Im selben Augenblick verdüsterte sich ihr Gesichtsausdruck.

«Sie hatten's verfälscht. Sie hatten's völlig kaputtgemacht.» Plötzlich fletschte sie ihre Zähne und starrte ihn aufgeregt an. «Sie haben versucht, mich *schwarz* zu machen!»

Converse blickte sich nervös im Restaurant um.

«Sie haben mit mir durch ein Abflußrohr geredet. Sie haben gesagt, ich sollte Hodges heiraten!»

«Hodges?»

«Ach», rief sie ungeduldig, «den Mann am Empfang!»

Sie fing an, Hodges nachzuahmen, indem sie in kraftlosem Falsett unverständliche Worte piepste und mit den Augen rollte wie ein Bühnen-Othello.

Converse nahm einen kräftigen Schluck von seinem Martini. Eine sommersprossige Blondine aus der Gruppe der Texaner stupste ihren Begleiter gegen den fleischigen Unterarm und nickte zu ihnen herüber.

«Johnny», sagte Converses Mutter gerade, «sie sind hinter deinem Geld her! Du darfst es ihnen nicht geben!»

Converse betrachtete sie unsicher.

«Wer?»

Seine Mutter warf den Kopf wütend herum.

«Die Leute im Hotel!» Sie senkte ihre Stimme und packte ihn am Arm. «Sie sind schwarz, aber sie geben sich als Weiße aus! Bis auf Hodges, denn er kann es nicht. Deshalb wollen sie, daß er mich heiratet. So kommen sie an dein Geld.»

Das Geld, das sie so beschäftigte, war das Geld, das er vor zehn Jahren mit seinem Theaterstück verdient hatte. Geld hatte in ihrem Leben immer die allergrößte Rolle gespielt, und seit dem Stück hatte sie ihn nur noch als arglosen Verschwender betrachtet, der in grenzenlosem Reichtum schwamm.

«Du darfst es ihnen nicht geben!»

«Natürlich nicht», sagte Converse.

«Letzte Nacht sind sie in mein Zimmer gekommen und haben meine Strumpfhosen ausgeleiert!»

Converses Augen begegneten denen der texanischen Blondine. Sie aß Schokoladen- und Vanilleeis, das auf ihrem Löffel durcheinandergematscht war; im Moment des Blickkontakts nahm sie gerade den Löffel mit einem Rest schmelzendem Eis darauf aus dem Mund und tauchte ihn für den nächsten Happen in das Schälchen.

«Sie kamen in mein Zimmer und klauten sie sich und gingen darin im Korridor auf und ab. Jetzt sind sie völlig ausgeleiert und formlos, weil es irgendein fetter Mensch war. Fett!» Angewidert rümpfte sie die Nase. «Eine dicke, fette Frau!» Sie stürzte den Rest ihres Martinis hinunter und ballte die Faust.

Die Texaner warteten schweigend auf ihre Rechnung. Auf Converses Zeichen rollte ein Kellner ein Serviertischchen heran und begann, Roastbeef zu schneiden. Converses Mutter sah ihm mit gespannter Aufmerksamkeit zu, während er die

Portionen aufteilte. Als das Fleisch serviert wurde, bat sie um Meerrettich und schaufelte sich eine gewaltige Menge davon auf ihren Teller.

«Hast du in Vietnam viel Geld verdient?» fragte sie nach ein paar Bissen.

Converse blickte verständnislos.

«Nein», sagte er.

Seine Mutter schien beunruhigt.

«Warum nicht?»

«Das ist kein Land, wo man viel Geld verdient.»

«Doch», beharrte sie. «Das ist es!»

Converse widmete sich dem Roastbeef.

«Hat das Mädchen es gekriegt?»

Sie meinte Marge.

«Hat sie's gekriegt? Oh», jammerte sie verzweifelt, «das Mädchen hat es.»

«Quatsch», sagte Converse rasch und blickte auf seine Uhr.

«Es gibt Geld in Vietnam», sagte seine Mutter. «Wußtest du, daß Ho Tschi-minh früher in den großen Hotels gekocht hat? Gescheite Männer kochen oft gern.»

Die texanischen Touristen bezahlten ihre Rechnung und gingen im Gänsemarsch nach draußen, wobei sie von der Seite auf Converse und seine Mutter blickten. Der letzte war ein kleiner Mann mit verkniffenem Gesicht, der während des Essens mit dem Rücken zu ihnen gesessen hatte. Er hatte zum Essen jede Menge getrunken und blieb jetzt stehen und sah mit einer Mischung aus Biederkeit, Neugier und Argwohn auf sie herunter. Converses Mutter sah ihn ängstlich an.

«Na, geht's Ihn' gut?» fragte er.

«Sie!» rief Converses Mutter. «Sind Sie ein Freund von Johnny?»

«Nein, Ma'am. Ich hab Sie bloß gefragt, ob's Ihn' gut geht.»

«Wissen Sie einen Ort, wo ich bleiben könnte? Wo man mir nicht die Strumpfhosen ausleiert?»

«Vielen Dank», sagte Converse. «Uns geht's prächtig. Viel Spaß noch!»

«Ihre Strumpfhosen ausleiert?» fragte der Texaner. Seine Freunde riefen nach ihm, und er ging mit verdutztem Gesicht nach draußen.

Der Kellner brachte den Kaffee, als ihre Teller noch auf dem Tisch standen. Converse beeilte sich, die Rechnung zu verlangen, aber seine Mutter trödelte noch über ihrem Meerrettich herum.

«Sie sind mir ins türkische Bad gefolgt», sagte seine Mutter. «Sie haben gesagt, ich mache die Handtücher dreckig.»

Als Converse verständnisvoll den Kopf schüttelte, kamen zwei relativ junge, langhaarige Männer herein und setzten sich an den Tisch, wo vorher die Touristen gesessen hatten. Einer von ihnen trug einen Bart. Er sah dem Bärtigen sehr – sehr – ähnlich, dessen Blick Converse in Macy's ausgewichen war. Er sagte sich immer wieder, das sei nicht möglich, aber das Essen gefror in seinen Eingeweiden.

«Als ob ich die Handtücher dreckig mache. Sie sind Teufel, Johnny! Sie sind Teufel!»

Converse blickte rüber zu dem Bärtigen, und der Schauder des Wiedererkennens durchrann ihn spürbar und heftig. Der Mann sah seiner Mutter in einer Weise beim Essen zu, die er als erschreckend unangenehm empfand.

Der zweite Mann war jünger und blond. Als Converse einen Blick riskierte, hob dieser sein Kinn und entblößte seine Zähne zu so was wie einem Lächeln. Converse glaubte zu hören, wie jemand sagte: «Zu alt zum Ficken.»

«Das Mädchen macht schlimme Sachen mit Hodges», sagte Converses Mutter. «Ich höre sie durch das Abflußrohr.»

Der Oberkellner kam an den Tisch, an dem die beiden Männer saßen. Er sagte ihnen, sie könnten dort nicht sitzen, wenn sie nichts zu essen bestellen wollten. Sie kümmerten sich absolut nicht um ihn.

Schließlich drehte Converse sich zu ihnen um. Zunächst versuchte er, Gleichgültigkeit mit einem Schuß Mißbilligung zu demonstrieren. Er und die beiden Männer sahen sich lange an; nachdem der Blickwechsel zu Ende war, erhoben sie sich und gingen hinaus, als wären sie zu keinem anderen Zweck hergekommen, als ihn anzustarren.

Während Converse sie beim Hinausgehen beobachtete, hatte er das Gefühl, daß es ihm nicht gelungen war, Gleichgültigkeit an den Tag zu legen. Es erschien ihm, als hätte sich in der kurzen Zeit, in der sie sich ansahen, ein überraschendes Maß an Vertrautheit eingestellt, als hätten sie Dinge zu bereden und als würde er nicht viel Spaß daran haben.

Im Fernsehen lief «SOS Feuer an Bord.» Schwarzweiß. Converse hatte eben eine Spritze bekommen; auf seinem Unterarm waren Blutflecken, die in Streifen ausliefen. Die Blutspuren waren ihm in gewisser Weise vertraut. Sie hatten ihn sich ausziehen lassen wie Ärzte. Das Gerät war auf volle Lautstärke gedreht.

«Also», sagte eben der Bärtige, der Danskin hieß, «wo ist es?»

«Wo ist was?»

«Wo ist was», äffte ihn der Bärtige nach. Er kniff Converse in die Wange.

Smitty kam aus dem Badezimmer. Die Dusche lief.

Converse kniete auf dem Fußboden. Er war völlig durcheinander. Sein Atem ging schwer, und ihm war sehr heiß.

«Ich krieg kein heißes Wasser aus dieser Dusche», sagte Smitty. Danskin schüttelte den Kopf.

«Was ist denn das für ein Haus?»

Converse hatte das Gefühl zu gleiten. Es war die Spritze. Als es vorüber war, blickte er auf den Fernseher. Er wußte, was dort vor sich ging – er hatte den Film schon mal gesehen. Ein schnurrbärtiger Feigling versuchte, aus seinem angeschossenen Flugzeug mit dem einzigen Fallschirm an Bord abzuspringen.

Auch Danskin guckte zu.

«Wird's mal knapp», sagte er zu Converse, «dann spring ab.»

Als Converse aufzustehen versuchte, schlug Danskin ihn seitlich gegen den Kopf, so daß er auf dem rechten Ohr nichts mehr hörte.

«Wo ist es, Wichser?»

Converse schüttelte den Kopf. Ihm war heiß; er hatte den Eindruck, als drängten sich enorme Schweißmassen gegen seine Poren, außerstande, die Haut zu durchdringen. Überall hatten sie Handtücher ausgebreitet.

«Was war in der Spritze?» fragte er sie. Sie sahen ihm zu, während er sich erhob. Als er stand, wollte er sich auf Smitty stürzen, aber seine Beine ließen ihn im Stich. Er versuchte abzuspringen.

Am Boden liegend, blickte er zu Smittys Gesicht hoch. Es war ein Unterwassergesicht: die Augen waren nur Teil einer prallen Giftblase dahinter. Wenn die Blase vom Kopf entfernt würde, säßen Augen über die ganze Oberfläche verteilt. Schutzfärbung.

Smitty trat ihn, er kippte weg und erbrach sich in die Handtücher. Das Mittagessen war er vor einiger Zeit schon losgeworden.

Im Fernseher wurde Rachmaninoff gespielt. «Die schönsten Melodien der Welt für Sie» hieß die Sendung.

«Die schönsten Melodien der Welt?» fragte Converse. Danskin und Smitty lachten ihn aus.

Sie hatten ihn zwei Blocks vom Montalvo entfernt vor zwanzig Passanten in ihren Wagen gezerrt. Er war mit einer gegen seine Hoden gepreßten Pistole zum Motel gefahren worden.

«Niemand unterwegs, bloß Nigger, Kleiner», hatte Danskin zu ihm gesagt. «Die kümmern sich nicht drum.»

«Wo ist es, Wichser?»

«Ich weiß nicht», sagte Converse. «Was war in der Spritze?»

Danskin verstand sich auf Akzente. «Wier stellän ier die Fraggen», sagte er.

Sie zerrten ihn auf die Füße und führten ihn in eine kleine Kochnische gleich neben dem Schrankbett. Smitty drehte an einer der Kochplatten, und sie beobachteten sie, bis sie hellorange glühte. Beide hielten sie ihn von hinten fest.

«Bitte», sagte Converse.

Smitty stopfte ihm ein Handtuchende in den Mund; Danskin streichelte ihm den Nacken.

Sie werden es tun, dachte Converse. Er preßte sich zurück und hatte solche Angst, daß sie ihn nur mit Mühe festhalten konnten. Irgendwie verbrannte er sich die Hand. Und verbrannte sie sich. Und verbrannte sie sich.

Er schrie auf, und sie ließen ihn auf den Küchenboden fallen. Er rollte sich auf dem Linoleum wie ein Embryo zusammen, die verbrannte Hand zwischen die Schenkel geklemmt.

«Ich werd verrückt», sagte jemand im Fernsehen.

Dann hatten sie ihn wieder auf den Beinen. Wieder das Handtuch. Sie drückten ihm den Kopf nach vorn und runter in Richtung Kochplatte. Er versuchte hochzuspringen, und endlich brach ihm der Schweiß aus.

«Wenn ich frage, wo es ist», sagte Jules, «wovon rede ich dann?»

«Vom Dope», sagte Converse, als ihm Smitty das Handtuch aus dem Mund nahm. Selbst die Angst konnte ihn nicht an einem weiteren Weggleiten hindern, und als er wieder zu sich kam, sah er Danskin in die Augen. Der Ausdruck «hübsche Augen» schoß ihm durch den Kopf.

Danskin umarmte ihn.

«Hurra», rief Danskin. «Hat aber lange gedauert.»

Converse nahm Danskins Umarmung entgegen. Er war dankbar. Seine Hand tat weh.

Einen Augenblick später hatten sie sein Gesicht wieder überder Kochplatte. Als er es davon wegzudrehen versuchte, packten sie ihn bei den Haaren.

«So sieht's aus», sagte Danskin. «Ich gehe die Straße runter. Ich sehe eine Leiter, die an einem Schaufenster lehnt. Ich mach einen Bogen drum.»

Converses Gesichtshaut schmerzte inzwischen fürchterlich. Er wand sich, und sie zerrten ihn zurück. Jules nahm Converses Gesicht zwischen beide Hände.

«Tut's weh?»

Converse nickte. Danskin spitzte die Lippen, als wolle er ihn küssen.

«Ich geh also um die Leiter rum. Plötzlich kommt 'n Typ auf mich zu. Ich sehe, daß eine Kamera auf mich gerichtet ist. Er sagt: Guten Tag, Sir, ich sehe, Sie sind um die Leiter herumgegangen, könnten Sie mir wohl sagen, warum Sie das getan haben? Da fällt mir ein – aha – es ist Freitag, der dreizehnte. Es ist eine Fernsehshow. Es ist die Show ‹Der Mann auf der Straße›. Ich bin im Fernsehen!»

Converse nickte.

«Ich sage – Aberglauben! he-he – was für 'ne klasse Antwort! Was für'n schlauer Bursche ich doch bin! Und der kleine Scheißer mit dem Mikro sagt, könnten Sie uns was über Ihren Aberglauben erzählen. Was meinst du, was dann passierte?»

Smitty begann zu kichern.

«Was denn?» fragte Converse.

«Mir fiel verdammt noch mal nicht ein, was ich sagen sollte. Ich erstarrte. Der Scheißkerl sah mich an, als wär ich 'ne Puppe. Ich fand's grauenhaft.»

Die Erinnerung schien ihn aufzuregen, und er drückte Converses Gesicht wieder zur Kochplatte runter.

Converse begann in seiner Angst zu weinen. «Bitte», sagte er.

Sie rissen seinen Kopf an den Haaren nach oben.

«Ich komm also nach Hause», fuhr Danskin fort, «und

mache den Fernseher an. Was sehe ich? Kluge Arschlöcher, die über ihren Aberglauben reden, und dann komm ich, und mir fällt all der tolle, komische Scheiß ein, den ich über meinen Aberglauben hätte sagen können. Ich war stocksauer.»

«Bitte», sagte Converse. Seine Tränen fielen auf die heiße Platte.

«Ganz wie du willst – das Dope! Wo ist das Dope?»

«Ich schwöre, ich erzähl euch alles, was ich weiß. Aber ich weiß nicht, wo's ist. Alle waren weg, als ich herkam.»

Er hatte den Eindruck, ohnmächtig geworden zu sein. Sie zerrten ihn wieder auf die Füße.

«Das war sein Steak», sagte ein Mädchen im Fernsehen.

«Was soll ich deiner Meinung nach tun», sagte Cary Grant, «es ausstopfen lassen?»

«Gib mir nur nette, einfache Antworten», sagte Danskin.

«Alles.»

«Dein Name ist John Converse, stimmt's?»

«Stimmt», sagte Converse.

«Dein Vater war Kellner, stimmt's?»

«Stimmt», sagte Converse.

«War er ein netter Mensch?»

«Er war ein sehr netter Mensch.»

«War er ein guter Kellner?»

Converse schluckte.

«Er war während des Kriegs Oberkellner. Er hat viel Geld verdient.»

Plötzlich brüllten sie ihn an.

«Was glaubst du eigentlich, wo du bist, du Scheißkerl! Wach auf!»

«Ich weiß nicht, wo ich bin.»

«Du bist hier», sagte Danskin, «und ich werde dir dein Gesicht verbrennen! Sag mir, wo das Heroin ist!»

«Ich schwöre, ich weiß es nicht», schrie Converse. «Meine Frau hat es! Sie war weg, als ich herkam!»

Danskin gab ihm einen Klaps auf den Rücken.

«Du bist fünfunddreißig Jahre alt. Dein Vater war Kellner. Bist du katholisch oder protestantisch?»

«Katholisch.»

«Gehst du in die Kirche?»

«Nein», sagte Converse. «Ich glaub nicht mehr dran.»

«Hältst du was davon, die Wahrheit zu sagen?»

«Ja», sagte Converse. «Ja.»

«Hast du Schiß?» Danskin tätschelte ihm den Hintern, als wäre Converse eine Frau.

«Natürlich», sagte er.

«Wo ist deine Frau?»

Converse wandte sich ihm voll Entsetzen zu.

«Ich schwöre... ich schwöre... ich weiß es nicht. Sie ist weg.» Tränen liefen ihm über die Wangen.

Smitty schien peinlich berührt.

«Wir könnten dir die ganze Woche das Gesicht braten, du Weichei», sagte er.

Danskin hatte offenbar Mitleid.

«Du lügst nicht, oder, John? Du lügst nicht, um ihre Haut zu retten?»

«Glaubst du, das tue ich? Nein. Das könnte ich nicht.»

Danskin nickte.

«Natürlich könntest du das nicht. Und wenn wir dir einen Deal anbieten würden – wenn du uns helfen könntest, dann würdest du's tun, nicht?»

«Ja», sagte Converse.

Sie ließen ihn los. Er schwankte aus der Kochnische zu den ausgebreiteten Handtüchern hinüber.

Danskin zuckte die Schultern. «Nichts zu machen.»

«Du schaffst es nicht, Kleiner», sagte jemand im Fernsehen.

Converse begann eben wieder wegzugleiten, als Smitty durchdrehte. Smitty hieb immer wieder mit den Fäusten auf ihn ein, und es gelang ihm nicht, sich fallen zu lassen. Plötzlich war er im Badezimmer und schlitterte über Erbrochenes; Smitty stieß ihn unter die Dusche und fing an, ihn zu treten, dann die Badewanne, die Wände. Smitty war wütend, daß kein heißes Wasser da war.

Doch für Converse war es heiß genug. Es verbrühte ihm die verbrannte Hand. Er robbte auf allen vieren vor Smittys Schlägen aus der Dusche und brach auf dem vollgekotzten Fliesenboden zusammen.

Als Smitty weg war, begann Converse auf die Badezimmertür zuzukriechen. Sie war offen, und er wollte sie zumachen, damit sie ihn nicht bemerkten.

«Unser Land ist euer Land», hieß es im Fernsehen.

Danskin schaltete es ab. Smitty war am Telefon. Er reichte Jules den Hörer.

«Antheil», sagte er.

Kurz vor Sonnenaufgang sprach sich Hicks neuen Mut zu. In der letzten Dunkelheit dicht an die Hütte gepreßt, sah er Polizeilichter an den Felsenrändern der gegenüberliegenden Canyonwand flackern. Gebückt kroch er aus dem Schatten hervor, um vor dem langsam heller werdenden Himmel nicht gesehen zu werden. Um seinen Hals hing an einem Riemen eins von den Ferngläsern, die er auf der *Koral Sea* gestohlen hatte.

Er ließ sich neben einer Zwergeiche auf einer Erhebung oberhalb des Hauses nieder, wobei er um sich herum auf den Boden schlug, um Schlangen aufzuscheuchen. Über die trockenen Wurzeln der Eiche hinweg konnte er den Canyon in seiner ganzen Länge und Breite übersehen. In der Höhe sammelte sich bleiches Tageslicht, aber in den tiefen Schluchten, wo die Polizei war, herrschte noch die Nacht.

Am Boden des Canyons kreisten die Blaulichter von vier Streifenwagen; ein Krankenwagen und vier Zivilfahrzeuge waren ebenfalls dort, alle balancierten auf dem abschüssigen

Bankett der unteren Zufahrtsstraße zum Canyon. Männer mit Lampen bahnten sich in einer Reihe den Weg über die Talsohle, und ihre Lichtkegel blieben im dornigen Buschwerk an Bierdosen und verrosteten Kotflügeln hängen. Er sah einen Abrichter mit zwei Hunden und eine zweite Reihe von Männern mit Rechen, die auf das Gebüsch einhackten.

Hicks rollte herum und sprintete zur Hütte zurück. Marge schlief noch immer auf dem Stapel Wolldecken am Ofen; er kniete sich hin und versuchte, sie vorsichtig zu wecken. Zarter Schlaf lag auf den müden Flächen ihres Gesichts wie eine dünne Schneeschicht auf Steinen. Sie erwachte augenblicklich.

«Brauchst du was?»

Sie zwinkerte mit den Augen und kratzte sich; sie hatte sich fast die ganze Nacht im Schlaf gekratzt.

«Ich weiß noch nicht.»

Er hielt ihr zwei Ritalin und eine Sopor hin. Sie nahm die Sopor und schloß seine Hand über den Ritalin.

«Wir müssen uns beeilen», sagte er. «Der Canyon ist voller Bullen. Die sind jeden Augenblick hier oben.»

«Hm.»

Er holte einen Spaten und einen sauberen Lappen unter der Spüle hervor und rannte nach draußen, um seinen Schatz auszugraben. Es war ein kalter Morgen, und sein Atem stand weiß in der Luft. Er hatte keine passenden Sachen für das Wetter, aber das Graben wärmte ihn, und als er die Tasche freigeschaufelt hatte, war die Sonne über die Kammlinie gestiegen.

Sein Landrover stand mit ausgebautem Zündverteiler unter einer Persenning im Gebüsch hinter dem Haus. Die Tasche verschwand nach hinten und wurde mit einem Stück Öltuch zugedeckt. Sicherheit.

Ein paar Sekunden ruhte er aus, wobei er die Augen mit der Hand gegen die Sonne schirmte. Dann griff er zu dem Spaten und begann, in der trockenen Erde an der Rückwand der Hütte zu graben. In einer metallenen Feldkiste, mit Schmierfett eingerieben, bewahrte er die vollständigen Einzelteile einer M-16 Halbautomatik zusammen mit einer M-70 Granatwerfer-Ausrüstung auf. Ladestreifen für die M-16 und die mörderischen kleinen 5-Zoll-Granaten lagen in einer versiegelten Plastikhülle gleich unter der Kiste.

Er nahm einen Leinenseesack aus dem Landrover, wischte das Fett von den Waffen ab und steckte alles in den Seesack.

Marge kam aus dem Haus, eine Schachtel Kleenex in der Hand. Er winkte sie vom Canyon weg.

Er ging hinein und brachte alles in Ordnung. Alles, was sie seiner Meinung nach brauchen konnten oder was sie vielleicht verraten würde, stopfte er in einen Rucksack. Es gab keine Möglichkeit zu vertuschen, daß jemand vor kurzem hier gewesen war. Sie würden es am Geruch merken, daß das Haus bewohnt gewesen war. Sie würden die aufgegrabene Erde entdekken, wo er sein Schmuggelgut versteckt hatte, und die bekotzte Matratze hinter der Hütte.

Er belud den Landrover und machte sich daran, den Zündverteiler wieder einzusetzen. Während er arbeitete, erwartete er, daß sie jeden Moment die Straße raufkämen. Rattenhafte Fluchtreflexe. Er bemühte sich, einen klaren Kopf zu behalten, was er tat, planvoll und ruhig zu Ende zu führen.

Der Landrover sprang sofort an. Marge setzte sich neben ihn, die Arme vor der Brust verschränkt, den Kopf von der Sonne abgewandt.

«Auf geht's, Marge.»

Er folgte der Straße ein paar hundert Meter, dann bog er, alles auf eine Karte setzend, in die erste Brandschneise, die sich den Hang hinab zum Meer wand.

«Ich habe sie gesehen», sagte Marge. «Was suchen sie eigentlich?»

«Leichen.» Es war ein Vergnügen, die Kurven der engen Brandschneise zu meistern. Allradantrieb. «Manchmal finden sie ein verlassenes Auto neben der Straße. Da müssen sie nach dem Fahrer suchen.»

Marge nickte.

«Manche von den Freaks hier oben räumen gern Wagen aus. Sie sehen, wie ein Betrunkener seinen Wagen in den Canyon fährt, und dann schleichen sie nachts raus und nehmen dem Kerl die Brieftasche ab. Auf die Kreditkarten sind sie besonders scharf.»

«Gott.»

«Die Großen fressen die Kleinen hier oben», sagte er. Er fuchtelte mit seinem freien Arm zu den hängenden Gärten der Canyon-Hausbesitzer hinüber.

«Den ganzen Sommer warten diese Leute machtlos aufs Feuer, den ganzen Winter auf die Sintflut. Scheiße kriecht aus der Nacht unter diesen Sonnenterrassen hervor, und sie wissen es.» Er schrie es über den Wind und den Motorlärm zu ihr rüber. «Scheiß L. A., Mensch – mach 'nen kleinen Sonntagsausflug, und du bist eine Haaresbreite vom Erwachen der Schöpfung entfernt.»

«Es sind die Mädchen», sagte sie nach einer Weile. «Danach suchen sie.»

«Wenn nicht sie», sagte Hicks, «ist es irgend'ne andere Kreatur.»

Er blickte zu ihr rüber; sie wirkte schlapp und den Tränen nahe, auf dem Trip von Sopor und Entzug.

«Kinder», meinte er sie sagen zu hören.

«Ja. Kinder.»

Kaum eine Meile oberhalb vom Topanga Canyon Drive kamen sie an einem Mann auf einer Buschhäckselmaschine vorbei. Der Mann schenkte ihnen keinen Blick, als sie mit dem Landrover um ihn herumbogen, aber als Hicks in den Rückspiegel guckte, sah er, daß der Mann angestrengt auf das Kennzeichen starrte.

Die Brandschneise mündete in eine Fahrstraße, die auf den Topanga Canyon Boulevard führte; auf dem Schild gegenüber von dem Highway stand «Nur Dienstfahrzeuge». Hicks spähte rechts und links nach Polizeiwagen, dann rammte er den Landrover zwischen den Verkehr in Richtung Westen. Ein Hubschrauber schoß über die Kammlinie und verschwand im Nachbarcanyon.

Sie fuhren die Küstenstraße bis zum Carillo State Park. Gleich hinter dem Eingang zum Park hielt Hicks vor einem Hot-dog-Stand mit einem Dackel mit Kochmütze darüber. Er kaufte drei Hot dogs und zwei Tassen Kaffee. Der junge Mann hinter dem Tresen bedankte sich bei ihm und sagte: «Gelobt sei Jesus Christus.»

«Kannst du was essen?»

Sie versuchte, an dem prallen Fleischknubbel herumzunagen und dann an dem getoasteten Brötchen. Sie hielt sich das Würstchen dicht vor die Augen, um die Morgensonne abzuschirmen; der Seewind blies ihr die Tränen über die Wangenknochen. Sie schluckte ein bißchen und holte Atem.

«Ich krieg's nicht runter.»

Sie schob den Hot dog von sich weg. Ein Gegenstand der Schande.

«Kein Vorwurf», sagte Hicks. Er warf das Ding in einen Abfallkorb. Nachdem er seine Hot dogs verschlungen und den Kaffee runtergestürzt hatte, brachen sie wieder auf.

Der Wind vom Strand her blies so stark, daß es schwierig war, den Landrover in der Spur zu halten. Hicks fuhr fast eine Stunde weiter, bis sie ein Einkaufszentrum sahen, in dem die Läden im Stil von Blockhütten errichtet waren, mit einem kurzen Pfosten zum Anbinden von Pferden vor den Parkbuchten. Auf der anderen Straßenseite, zum Meer hin, stand eine Gruppe pastellfarbener Bungalows um ein Farmhaus mit einem Fahnenmast davor. Er manövrierte den Landrover von der Straße zu dem Farmhaus.

Marge rutschte nervös hin und her und schirmte ihre Augen gegen die Sonne und den Wind.

«Was ist das?»

«Das ist Clark's.»

Sie stiegen aus dem Jeep, und er warf ihr einen prüfenden Blick zu.

«Wie geht's dir?»

«Beschissen», sagte Marge. «Als hätte ich 'ne Erkältung, aber es ist wohl keine. Und...», sie blickte zu ihm hoch, und selbst die Farbe ihrer Augen schien verblichen zu sein; sie sah aus, als wäre sie verletzt. «... mein Kopf ist sehr übel dran.»

«Könnte schlimmer sein, oder?»

Sie fuhr sich mit dem Ärmel über die Nase.

«Denke schon.»

Das Büro befand sich in dem Farmhaus. Hinter der Rezeption stand ein hochgewachsener, sonnengebräunter Mann, der wie ein zum Schauspieler avancierter Footballspieler aussah. Er schien sie absichtlich nicht anzusehen.

«Mit Meerblick?»

«Klar», sagte Hicks.

Er reichte ihnen einen Schlüssel, und Hicks gab ihm fünfzig Dollar. Sie trugen sich unter dem Namen Powers mit einer Adresse in Ojai ein und schleppten ihr Gepäck selber. Marge schloß den Bungalow auf, während Hicks den Jeep auf dem dazugehörenden Einstellplatz parkte. Als er reinkam, hatte sie sich auf dem Bett zusammengekuschelt und sich die baumwollene Überdecke umgewickelt.

Der Meerblick war durch ein halbgeöffnetes, schmieriges Panoramafenster zu genießen, durch das der Seewind ins Zimmer blies. Draußen war es sehr schön. Die Brandung lief hoch, und die Wellen waren mit weißen Schaumkronen verziert, die in der Sonne glitzerten.

«Es ist kalt», sagte Marge.

Er fand einen Heizungsregler neben der Badezimmertür und drehte ihn auf ‹Heiß›. Dann schloß der das Fenster. Am liebsten wollte er nur noch auf die Wellen starren.

«Mein Gott», sagte sie, «dieser verdammte Wind.»

Er setzte sich neben sie aufs Bett und massierte ihre Schultern, aber ihr Körper blieb angespannt. Es gab für ihn keine Möglichkeit dahinterzukommen, wie schlecht es ihr wirklich ging. Er hatte mal eine große Menge Opium geraucht, aber aufzuhören war für ihn kein großes Problem gewesen. Über Dilaudid wußte er nichts.

«Hör dir das an», sagte sie. «Es ist einfach grausam.»

Als er seine Hände wegnahm, legte sie sich auf das Laken zurück, die Überdecke noch immer fest umklammernd. Der Schmerz in ihren Augen freute ihn. Wenn er es fertigbrächte, daß der Schmerz sie verließe, dachte er, und er ihr Schwung und Leben zurückgäbe, würde ihn das auch freuen. Ihm kam der Gedanke, daß er Jahre und Jahre darauf gewartet habe, daß er sie in seine Gewalt bekäme. Er zitterte.

«Du hast zuviel Phantasie für 'ne Drogensüchtige.»

Sie wandte ihr Gesicht ab.

Aus dem Rucksack nahm er eine Flasche Wild Turkey, die er mit Converses Geld gekauft hatte, und eine Flasche mit Sopor-Pillen. Er nahm zwei rasche Schlucke von dem Bourbon und gab Marge noch eine Sopor.

«Willst du 'n bißchen Whiskey dazu?»

«Nein.»

«Mir hat's geholfen. Aber ich war wahrscheinlich nicht so drauf wie du.»

Sie blickte zur Wand, und er meinte, sie weine.

«Mit allem anderen komme ich schon klar», sagte sie. «Aber was in meinem Kopf vorgeht, ist wirklich grauenhaft.»

«Es sind nur die Nerven. Es wird sich schon geben.»

«Wenn's ein Wort gibt, das ich immer schon gehaßt habe», sagte Marge, «dann ist es das Wort ‹Nerven›. Weißt du, welches Bild mir dann immer einfällt?»

«Ich glaube schon.»

«Wirklich?»

«Ja, ich kenne das Bild.»

Am Ende, dachte er, müßten sie auch noch den Heroin-Sack öffnen. Er wartete, bis die Sopor sie in einen flachen Schlaf fallen ließ, dann öffnete er die Tür so leise wie möglich und ging nach draußen.

Sobald er die Sonne spürte, erwachte in ihm der Drang.

Hau ab.

Sein Jeep stand drei Meter entfernt. Er hatte die Schlüssel in seiner Windjacke.

Hau ab.

Er ging zum Jeep, umkreiste ihn und besah sich die Reifenprofile. Die Reifen waren völlig in Ordnung.

Hau ab, Jack. Und komm bloß nicht wieder.

Träume.

Schließlich und endlich gab's nicht viele Dinge, die es wert waren, daß man sie sich wünschte – als ernsthafter Mensch, als Samurai. Aber es gab einige. Und wenn der ernsthafte Mensch immer noch an Illusionen gebunden ist, wählt er sich schließlich die wertvollste Illusion und bekennt sich dazu. Die Illusion könnte sein, darauf zu warten, daß eine bestimmte Frau ihm unter die Hände kommt. Mit ihr zusammenzusein und im selben Augenblick zu zittern.

Wenn ich hier abhaue, dachte er, bin ich ein alter Mann – nur noch Gespenster und Katzenjammer und angenehme Erinnerungen. Scheiß drauf, dachte er, folge dem Blut. Das ist diejenige, welche. Das ist diejenige, mit der man weiterfährt, bis alles zusammenbricht.

Er beobachtete den Nachmittagsverkehr in Richtung Süden.

Hau trotzdem ab!

Der Gedanke brachte ihn zum Lächeln. Guter Zen. Zen war was für alte Männer.

Zwischen den Mauern der Bungalows stand ein rostfarbener Lattenzaun, der die Terrasse vom Strand trennte. Ein erhöhter Gehweg führte durch die Pforte in den Sand. Hicks wanderte mit gesenktem Kopf auf die Brandung zu, um die herumfliegenden Sandkörner nicht in die Augen zu bekommen. Eine Zeitlang stand er auf dem weichen Sand und sah zu, wie sich die Wellen brachen und die Strandläufer darunter auseinanderstoben. Ihm wurde sehr schnell kalt.

Um sich zu wärmen, wandte er sich dem Meer zu und begann, die Bewegungen des *t'ai chi* auszuführen. Seine Hiebe gegen den Seewind fühlten sich schwach und unsicher an. Sein Körper war schlaff, und während er kälter und müder wurde, fühlte er, wie seine Willenskraft abnahm.

Keine Chance. Es gab nicht eine Chance.

Sie war die Droge für irgendeinen Junkie, ein Fallstrick, ein Dummenfang.

Es war Irrsinn. Es hieß verlieren.

Er stemmte dem Wind einen Fuß in die Zähne und schrie los.

Zu unserer Linken, dachte er, Scheiß L. A. Zu unserer Rechten der Wind. Die Übung hieß ‹Weitermachen, bis alles zusammenbricht›.

Als er über den Fußweg schritt, der zur Terrasse führte, sah er, wie ein paar Segelflieger über Point Mugu angeschleppt wurden, und er blieb stehen und sah ihnen eine Weile zu. Er schwitzte; das *t'ai chi* hatte schließlich doch bewirkt, daß er sich besser fühlte.

Die Wahl war getroffen, und von unnützen Spekulationen war nichts zu erhoffen. Die *roshis* hatten recht: Der Verstand ist ein Affe.

Marge wachte im selben Moment auf, als er die Tür schloß. Sie hatte sich in die Lücke zwischen Matratzenrand und Wand geschmiegt.

«Okay», sagte Hicks. «Törnen wir uns einen an.»

Sie setzte sich auf und schirmte mit der Hand ihre Augen ab. «Ist das 'n Witz?»

Er hatte das in Plastik eingeschlagene Paket aus der Reisetasche genommen und auf einen Stuhl gestellt. «Nein, es ist kein Witz.»

Er legte ein Blatt weißes Schreibpapier auf das Telefonbuch und schabte mit einer Ansichtskarte von Marine World ein weißes Klümpchen aus dem Beutel. Sie sah ihm zu, wie er die Postkarte hob und das Pulver auf das Blatt Papier schüttelte, wobei er mit dem Finger gegen die Karte schnippte, um die ersten Flocken loszurütteln. Weiß auf Weiß.

«Wir werden irgend'n Besteck für dich brauchen, wenn du 'n richtiger Junkie sein willst. Vielleicht bringt Eddie Peace was mit.»

Aus der Rückseite eines Streichholzheftchens drehte er einen Trichter, nahm Marge bei ihrer feuchten, zittrigen Hand und führte sie an den Tisch.

Er schabte mit dem Papptrichter ein winziges Häufchen von dem Stoff ab und schob es auf den blauen Hochglanzhimmel der Postkarte hinüber.

«Ich weiß nicht viel über Dilaudid, also weiß ich auch nicht, wieviel du verträgst. Zieh's rein wie Koks und sieh zu, ob du abfährst.»

Er hob den Sack vom Stuhl; Marge setzte sich und sah auf die Postkarte.

«Ganz schön gruselig», sagte sie.

«Red nicht drüber.»

Sie hockte über dem Zeug wie ein Kind und sog es in ihr Nasenloch. Danach richtete sie sich so abrupt auf, daß er fürchtete, sie würde ohnmächtig. Sie schüttelte den Kopf und schniefte.

Er präparierte ein zweites kleines Häufchen für sie.

«Na, komm. Jetzt die andere Seite.»

Sie inhalierte ins andere Nasenloch, dann saß sie regungslos da; Tränen rannen aus ihren geschlossenen Augen. Langsam beugte sie sich vor und lehnte die Stirn gegen den Tisch. Hicks schob das Telefonbuch beiseite, um ihr Platz zu machen.

Nach wenigen Minuten richtete sie sich wieder auf und drehte sich zu ihm um. Sie lächelte. Sie legte ihm den Arm um die Taille; ihre Tränen und die rinnende Nase machten ihm das Hemd naß. Er beugte sich zu ihr runter; sie legte ihm den Kopf auf die Schulter. Die Spannung fiel in kleinen Schluchzern von ihr ab.

«Besser als 'ne Woche auf dem Lande, was?»

Sich an ihn haltend stand sie auf, und er führte sie zum Bett. Sie legte sich quer drüber, bog ihren Rücken und streckte Arme und Beine nach den vier Ecken aus.

«Es ist viel besser als eine Woche auf dem Lande», sagte sie. Sie fing an zu lachen. «Es ist besser als Dilaudid. Es ist gut.»

Sie rollte herum und schlang die Arme um ihren Oberkörper.

«Genau in den Kopf!» Sie formte ihre Hand zu einer Pistole und schoß sich in die Schläfe. «Genau in den Kopf.»

Er setzte sich zu ihr aufs Bett. Die Röte war auf ihre Haut zurückgekehrt, die Anmut und Geschmeidigkeit ihres Körpers strömte wieder. Das Licht kam zurück, das Feuer ihrer Augen. Hicks staunte. Es machte ihn glücklich.

«Es macht komische kleine Dinge in einem. Es schwirrt in einem rum. Es ist unglaublich.»

«Die Leute benutzen es an Stelle von Sex.»

«Es ist einfach Wahnsinn, wie schön das ist», sagte Marge glücklich.

Hicks berührte ihre Brüste.

«*Walking with the King. Big H. If God made anything better he never let on.* Ich kenne alle diese Songs, mein Schatz.»

Marge setzte sich im Bett auf und sah verwundert auf den Himmel vor dem Fenster, der so blau und ebenmäßig war wie der Himmel über Marine World.

«Ich verstehe, wie's läuft. Entweder du hast es, oder du hast es nicht. Hast du's – ist alles okay. Hast du's nicht, ist alles Scheiße. Es ist entweder ja oder nein. An oder aus. Halt oder weiter.»

«Schreib doch 'n Gedicht drüber», sagte Hicks.

Sie stand auf und kam an den Tisch zurück. Sie wandte sich ihm mit einem Blick zu, in dem Übermut aufblitzte. «Bitte, Sir – kann ich noch was haben?»

Er machte eine Geste, die ausdrückte, es ist genug da.

Sie begann, sich noch eine Dosis von dem Stoff auf dem Blatt Papier abzuteilen.

«Die hier ist zum Spaß», sagte sie. «Rein zur Entspannung.»

Er überprüfte die Größe der Dosis und ließ ihr den Spaß.

«Es ist ein Gedicht für sich», sagte sie, als der Kick kam. «Ein sehr ernstes, gekonntes Gedicht.»

«Es ist nur wie alles andere auch», sagte Hicks.

Neben dem Rucksack fand sie eine von seinen Zigaretten und zündete sie an. Er hatte sie noch nie rauchen sehen. Lange stand sie da und sah auf den Strand hinaus. Hicks beobachtete sie und wünschte sich, sie würde noch was zu ihm sagen – aber sie schwieg jetzt, lächelte und blies den Rauch gegen das Panoramafenster.

«Erinnerst du dich an den Abend, als wir die Freaks rausgeschmissen haben?» fragte Hicks. «Hinterher haben wir's getrieben. Weißt du noch?»

Sie wandte ihm ihr erhabenes, leeres Lächeln zu, und er fühlte wieder den Stich der Einsamkeit.

«Ich erinnere mich an alles. Mit absoluter Deutlichkeit. Seit du bei mir reingeschneit bist.» Ihr Ellbogen rutschte vom Fensterbrett, wo sie ihn aufgelehnt hatte, und sie verlor fast das Gleichgewicht. «Jede Zuckung. Jeder Schweißtropfen. Jeder Schauder. Glaub mir.»

«Was soll ich machen», sagte Hicks. «Ich muß dir glauben.»

«Ich bin nur klein und unscheinbar», sagte Marge, «aber durch und durch erste Wahl. Ich führe ein kontrolliertes Leben. Mir entgeht nicht eine komische kleine Einzelheit.»

Er stand auf und trat an den Tisch, wo die Reste von Marges Dosis auf dem Telefonbuch von Los Angeles verstreut lagen.

«Du wärst genau richtig gewesen. Wo warst du?»

«Ich habe 'n Haushalt versorgt. Dort war ich.»

Der Rücken des Streichholzheftchens, den Marge benutzt hatte, war naß. Er riß einen neuen ab.

«Meinst du deinen Alten damit? Ist das 'n Haushalt?»

Marge ließ sich unter dem Fenster auf den Fußboden sinken.

«Mach meinen Alten nicht schlecht», sagte sie. «Mein Mann ist ein subtiler Typ. Er ist 'n schwieriger Fall.»

Hicks sniefte sein Dope und schüttelte heftig den Kopf.

«Das nächste verdammte Mal, wenn er mich einen Psychopathen nennt – erzähle ich ihm, was du gesagt hast.»

Er setzte sich, um auf die Wirkung zu warten; im nächsten

Augenblick war er im Badezimmer und kotzte Bourbonreste aus seinen tiefsten Eingeweiden. Als nichts mehr kam, putzte er sich die Zähne.

Wieder im Schlafzimmer, nahm er an, er sei high. Der Raum bestand aus nichts als einfachen Linien und sanftem Licht, und er ging wie auf Kissen. Er schaltete den Fernseher an, aber er funktionierte nicht. Nur ein paar hübsche Farbstreifen, und so sah er sich die eine Zeitlang an, dann schaltete er den Apparat aus.

«Hast du gedacht, ich laß dich allein?» fragte Marge. «Hast du deswegen geschnupft?»

Hicks zuckte die Schultern.

«Nur im Gedenken an die alten Zeiten.»

Er legte sich neben sie aufs Bett und sah den Staubsäulen zu, die sich vor dem Fenster drehten.

«Ja, es ist angenehm», sagte er und lachte albern. «Ja, es ist gut.»

«Es ist gut, was?» sagte Marge. «Ich meine, hohe Qualität.»

«Das haben sie gesagt.» Er schmiegte sich in die Kissen und atmete tief.

«Das hier ist was ganz anderes», sagte er.

Marge blickte mit einem geradezu ehrfürchtigen Gesichtsausdruck zur Decke hoch.

«Es hat mich total erwischt», sagte sie. «Ich hatte Krämpfe. Meine Nase wollte nicht mehr aufhören zu laufen.»

«Vielleicht war alles bloß in deinem Kopf.»

«Nicht alles.»

Er rutschte näher an sie heran und legte seine Hand unter ihren Nacken.

«Was bist du für ein Dummerchen! Prahl nicht rum damit. So 'n übler Zustand ist es nicht. Es ist nur nicht das, was du möchtest.»

«Vielleicht doch», sagte sie. «Es ist einfacher als das Leben.»

«Ach, komm.» Er schloß die Augen und lachte. «Es ist bloß wie alles andere auch. Das ist das Leben.»

«Wo die Federn nicht nachgeben», sagte Marge.

«Die Federn?»

Sie krümmte den Rücken und ließ sich mit ihrem ganzen Gewicht aufs Bett fallen, so daß der Rahmen quietschte.

«Auf daß die Federn nicht nachgeben», sagte sie. «Es ist ein polnischer Trinkspruch. Er bedeutet ‹Auf das Leben›.»

Hicks lachte leise. «Herrgott.» Er drehte sich auf seinen Bauch und faltete die Hände zwischen ihren Brüsten. «Es ist ein Gedicht, du Fratz. Ich hab's gelesen. Es ist ein Gedicht.»

Sie rückte ihr Gesicht nahe an seines und lachte mit offenem Mund, als wäre sie erstaunt.

«Ja», sagte sie, «es ist ein Dope-Gedicht.»

Er blickte ihr in die Augen und fühlte plötzlich absolutes Vertrauen. Die Abrechnung, wie immer sie aussähe, würde sich von selbst erledigen. Ihn hielt jetzt nichts mehr auf.

Er erhob sich rasch und ging an das Telefontischchen. Dope und aller mögliche Kram lagen darauf herum, der Stoff in dem Plastiksack ruhte neben dem Telefon.

«Das ist Dummheit», sagte er und machte sich daran, alles wegzupacken. «Das ist das, was man im Geschäft ‹offenes Visier› nennt.»

Als der Tisch leer und das Dope verpackt war, setzte er sich neben das Telefon und stützte die Stirn in die Hand.

«Ich weiß nicht, wie unsere Chancen stehen. Ich glaube nicht, daß sie allzu groß sind. Aber ich werde Eddie Peace anrufen.»

«Tu, was du für richtig hältst», sagte Marge.

Der Anwalt konnte Converse keine Hoffnungen machen. Dünnes graues Haar hing ihm vom kahlen Scheitel bis auf die Schulter herunter, was ihm das Aussehen eines verrückten, salonbolschewistischen Professors in einem alten Hearst-Cartoon verlieh. Als Converse seine Erlebnisse in der kleinen Motelküche schilderte, zuckte er die Schultern und lächelte aufreizend. Converse hatte den Eindruck, daß der Anwalt ihn nicht mochte und für seine Sorgen kein Verständnis aufbrachte.

«Das ist üblich», sagte der Anwalt. «So gehen sie immer vor.»

Er meinte, wenn Converse sich mit einer Aussage an die Behörden wenden wolle, könne er das ruhig tun, aber ein Rechtsvertreter mit besseren Kontakten zur Staatsanwaltschaft könne ihm möglicherweise wertvollere Hilfe bieten. Er sagte, daß Converse zweifellos äußerst vorsichtig sein müsse – sich auf keine privaten Zusammenkünfte mit unbekannten Leuten einlassen dürfe und alles Menschenmögliche unternehmen solle, um seine Wohnung und sich selbst zu schützen. Wenn er verhaftet würde, erinnerte ihn der Anwalt, dann habe er das Recht, ein Telefongespräch zu führen.

Anscheinend, so bemerkte der Anwalt, sei Converse ein Anhänger krassesten Individualismus, und das sei auch gut so, denn es sei in der Tat ein sehr krasser Individualismus vonnöten, um ihn über Wasser zu halten.

Der Anwalt benutzte den Ausdruck «über Wasser».

Converse hatte Vaseline auf sein Ohr getan und es mit Watte und Mull verbunden. Er ging die Van Ness Street hinunter, wobei er jeden Blickkontakt vermied. Die Nacht hatte er anfangs im Motel auf dem Fußboden und später in Berkeley verbracht, wo er in Janeys Zimmer unter der Teufelszeichnung geschlafen hatte. Am Morgen war er ins Pacific-Büro gefahren und hatte sich was von dem Thorazine ausgeliehen, das Douglas Dalton gegen Delirium tremens immer zur Hand hatte. Er meinte, es würde helfen.

Dementsprechend gelassen folgte Converse der Straße wie ein Nachtwandler bis zum Aquatic Park und setzte sich auf eine Bank zwischen Rausschmeißern, die sich Bewegung verschafften, und barbusigen Tänzerinnen mit Sonnenreflektoren unterm Kinn. Einige von den Mädchen erregten ihn, und die

Erregung ließ ihn erst an Charmian, dann an Marge denken. Die Stärke des Verlangens überraschte ihn. Nach einer Weile empfand er eine eigentümliche Verachtung für seine eigene Lust und für die Frauen, die sie erregt hatten – aber der Ärger entzog sich ihm. Er hatte keinen Ärger vorzubringen. Irgendwann würde er vermutlich sogar mal die Angst loswerden. Er fand, daß Furchtlosigkeit äußerst schwierig zu erreichen sei, so wie das Jenseits.

Als er sich ungefähr eine Stunde ausgeruht hatte, beschloß er, zu June zu gehen und ein paar Worte mit ihr zu reden.

Das San Franciscan war ein Gebilde aus pastellfarbenen Metallblocks, die in Keilform angeordnet waren, so daß auf beiden Seiten die Gitter der winzigkleinen Fenster auf den Hafen sahen. Der Blick aus dem einen Winkel ging nach Alcatraz, der aus dem anderen zum Coit Tower und der Bay Bridge. Das Personal im Foyer war als Santa-Ana-Husaren kostümiert, und viele waren tatsächlich Mexikaner.

Junes Zimmer lag am Ende eines stickigen, makellos sauberen Korridors; eine hauseigene Fernsehkamera überwachte den Gang von der Tür aus.

Eine ganze Zeit lang weigerte sie sich zu öffnen, aber als er seine rotgelbe Pressekarte aus Vietnam unter der Tür durchgeschoben hatte, ließ sie ihn rein.

«Warum haben Sie nicht angerufen?» fragte sie ihn. Sie war blond, hatte in ihrem verhärteten Babygesicht Sommersprossen und trug enge, ausgeblichene Levis und ein rückenloses Oberteil mit Ankern drauf. Ihre Stimme erinnerte ihn an die Stimmen von Telefonistinnen, die sich aus Bismarck oder Edmonton meldeten, wenn er sich in einer Vorwahlnummer vertan hatte.

«Was haben Sie sonst noch mit Ihrem Namen drauf?»

Er zeigte ihr seinen Paß. In dem Zimmer stand ein Farbfernseher, in dem gerade das Giant-Match lief; der Ton war weggedreht.

«Wie konnte ich mich bloß in diese verrückte Scheiße reinziehen lassen?» Sie nahm eine Zigarette aus einem Päckchen, das auf dem Fernseher lag, und zündete sie an. Sie wirkte leicht betrunken oder erschöpft.

«Ich habe gehört, Sie hatten meine Tochter eine Weile hier.»

«Es geht ihr doch gut, oder?»

«Ich hoffe», sagte Converse. «Ich habe sie nicht gesehen.»

«Na, wir haben aber gut auf sie aufgepaßt. Fragen Sie Bender.»

Converse trat an das blaugetönte Fenster und blickte hinaus auf Treasure Island und die Brücke.

«Wissen Sie, wo Marge ist?»

Sie riß ihre skandinavischen Kornblumenaugen belästigt auf.

«Machen Sie mir bloß nicht das Leben schwer.»

«Sie müssen meine Lage verstehen», sagte Converse.

June schüttelte den Kopf und drehte ihm den Rücken zu. Er sah, daß es noch ein Zimmer mit einem Fernseher gab. Eine blaßblaue Uniform mit dem Abzeichen einer Fluglinie auf der Brusttasche lag noch am Kleiderbügel auf dem Bett ausgebreitet.

«Was haben Sie da drüben gemacht?» fragte sie.

«Geschrieben.»

«Nun sind Sie also wieder da, und Ihre Frau macht inzwischen was anderes. Das kommt öfter vor.»

«Es ist schrecklich für mich.»

Sie ließ ein kurzes, schrilles Lachen hören.

«Ach, sehen Sie's nicht so eng, Mann. Lernen Sie, damit zu leben, es gibt Wichtigeres als die Mann-Frau-Kiste.»

«Die Mann-Frau-Kiste», sagte Converse, «ist nicht das Problem.»

Sie sah auf den Verband an seinem Ohr.

«Nein?»

«Zuerst war da die Enttäuschung. Dann hat mich gestern jemand über eine Herdplatte gehalten.»

Sie drückte ihre Zigarette aus und schüttelte mit geschlossenen Augen rasch ihren Kopf.

«Das sind Ihre Sorgen, John. Machen Sie mir das Leben nicht schwer.»

«Wenn das Ihre Vorstellung von einem schweren Leben ist, sind Ihnen noch nicht die Leute begegnet, die mir begegnet sind.»

«Das ist eine Drohung», sagte sie.

«Nein, ist es nicht.»

Die Wände waren beige, und silberne Bambusblätter waren draufgemalt.

«Sie hatten Janey also hier?» fragte er.

«Ich wohne nicht hier. Wer hat Sie verbrannt?»

«Zwei Typen.»

«Freaks?»

«Mehr oder weniger.»

«Aha», sagte sie. «Ich verstehe.»

Er setzte sich vorsichtig auf die Kante eines Sofas, das zu den Wänden paßte.

«Wenn Sie's verstehen – wo ist dann Marge?»

Ihre Lider flatterten. Ihr Blick verschwamm leicht, als wenn die Anstrengung, lässig zu sein, sie langsam einschläferte.

«Marge ist weg, Mann. Ferien, bezahlter Urlaub. Guaymas. Rosarita, cha cha cha.» Sie schnippte zweimal mit den Fingern. «Sie verstecken sich zum Teufel noch mal. Ich weiß nicht, wo sie sind.»

«Okay», sagte Converse.

Sie setzte sich aufs andere Ende des Sofas und sah auf ihre Uhr.

«Wie ist denn Janey bei Ihnen gelandet?»

«Ich hab 'm Freund 'n Gefallen getan.»

«Ray Hicks?»

«Ja, Ray.» Sie beobachtete ihn schläfrig und zündete sich wieder eine Zigarette an. «Ray und Marge haben Sie nicht reingelegt. Ich meine, soweit ich weiß, haben sie das nicht getan. Sie sind überfallen worden.»

Converse konnte ein Seufzen nicht zurückhalten.

«Das Dope haben sie aber noch. Es ist Ihr Dope, oder?»
Er zuckte die Schultern, ohne zu antworten.
«Also, sie haben's noch. Jedenfalls, soweit ich weiß, haben sie's noch.»
Er nickte gedankenvoll, als wäre die Mitteilung für ihn von irgendeinem Wert.
«Angst?»
«Allerdings», sagte er.
«Sie wirken wie ein ganz normaler Mensch. Warum haben Sie das versucht?»
«Wir sind alle bloß ganz normale Menschen.»
June lachte.
«Das glauben Sie. Kennen Sie ‹Die, die sind›?»
«‹Die, die sind›? Die, die was sind?»
«Vergessen Sie's», sagte June. «Es ist ein Witz.»
«Klingt wirklich komisch», sagte er. Sie sah ihn voll Mitgefühl an.
«Ich, ich mach mich von diesen Leuten frei. Ich bin clean, ich habe die Aussicht, meinen alten Job zurückzukriegen. Hier in dieser Stadt sehen die mich nie wieder.»
«Was ist Ihr alter Job? Sind Sie Stewardess?»
«War ich mal», sagte June. «Werd's wieder 'ne Zeitlang machen. Verstehen Sie, als ich Ray kannte, schmuggelte ich Shit aus Bangkok. Kein Heroin – nur roten Laoten und solches Zeug. Dann fing ich selber an zu dealen, lernte einen Typen names Owen kennen, und dann dealten wir beide.»
«Ich sollte Ihnen wohl dankbar sein», sagte Converse. «Dafür, daß Sie Janey bei sich hatten.»
«Sicher», sagte June und sah auf ihre Uhr.
«Wie ging es Marge?»
«Also, sie war nicht verletzt. Sie war ziemlich durcheinander. Wollen Sie wieder zu ihr zurück?»
«Ich weiß es nicht.»
«Ich hoffe ehrlich, daß jeder durchkommt», sagte June. «Ich hatte mit der Paranoia so vieler Leute zu tun, daß ich absolut

die Nase voll habe. Wenn ich an die Ostküste ziehe, Mann, besorge ich mir irgendeinen Schutz, und dann kommt nichts und niemand mehr an mich ran.» Sie sah dem Fernseher eine Weile lang zu; die Kamera schwenkte über die Tribünen, während die Baseball-Fans im Candlestick Park sich vor dem siebten Inning die Füße vertraten. «Was dies Land braucht, ist Schutz.»

«Sagen Sie», wandte Converse sich an sie, «wer waren Ihrer Meinung nach die Leute, die mir zugesetzt haben?»

«Wer das meiner Meinung nach war? Tja, ich nehme an, es waren die Leute, die Ihre Frau überfallen haben. Sie waren dort, als Ray ankam, also müssen sie auf alle gewartet haben. Sie können sich ausrechnen, daß Ihre Schwierigkeiten drüben in Nam angefangen haben.»

«Ja», sagte Converse. Sie saßen da und sahen zu, wie sich der Werfer von Atlanta aufwärmte. «Kennen Sie einen Bullen namens Antheil?»

«Er ist kein Bulle», sagte June. «Er ist Bundes-Agent im Außendienst. Ich kenne ihn.»

«Er hat meinen Schwiegervater belästigt. Er scheint der Meinung zu sein, Marge sei in einen Drogenring verwickelt.»

«Also, Sie haben alle mein Mitgefühl.» Sie lächelte und erschauerte. «Hat er das gesagt? Ein Drogenring?»

«Das hat man mir erzählt.»

«Es hört sich nach ihm an.»

«Wenn Sie mit Drogen gedealt haben», sagte Converse, «wieso wissen Sie dann, wie er sich anhort?»

«Oh, Mann», sagte June niedergeschlagen, «lassen Sie mich mit Ihrer Paranoia in Ruhe. Ich kenne den Burschen, das ist alles. Der Typ, mit dem ich zusammen war», sagte sie, «der hatte Geschäftsbeziehungen zu Antheil. Antheil hat viele Geschäftsbeziehungen.»

«Warum ist er Agent im Außendienst und nicht Polizist?»

«Weil er für eine Agentur arbeitet. Und so nennt er sich eben.»

«Aha», sagte Converse.

«Er kennt jeden, verstehen Sie? Er hat 'ne Menge Quellen an der Hand. Er bezahlt sie. Ich weiß nicht, ob er stillhält bei ihrer Dealerei. Aber ich denke, er muß wohl.

Ich habe mit Ray geschlafen, okay? Owen war sehr eifersüchtig und kam dahinter. Nachdem sie abgefahren sind, hat sich Owen besoffen und Antheil angerufen. Er hatte 'ne Theorie, wo sie hinwollten.» Sie starrte auf den TV-Schirm. «Ich glaube, er irrt sich. Ich hoffe, er irrt sich.»

«Und wo, glaubte er, gingen sie hin?»

June schüttelte den Kopf.

«Sie würden's alleine nicht finden. Es ist völlig abgelegen. Aber dort sind sie sowieso nicht hin.»

«In Ordnung», sagte Converse.

Sie sahen sich das Spiel an.

«Tut mir leid, daß Antheil hinter Ihnen her ist. Er ist sehr merkwürdig. Er ist nicht der übliche Rauschgiftfahnder.»

«Warum nicht?»

«Er ist Anwalt. Früher arbeitete er im Staatsdienst und für den Fiskus. Dann passierte irgendeine Scheiße, und er wurde versetzt. Er kennt 'ne Menge politisch einflußreiche Leute, sagt Owen.»

Eine Strähne von Converses Haar war unter dem Verband eingeklemmt. Er versuchte vorsichtig, sie rauszuziehen.

«Haben Sie irgendwas zu trinken?»

«Ich trinke nicht. Ich kann Ihnen einen Zug aus 'm Joint anbieten.»

Converse lehnte ab.

«Hat Owen jemals Irvine Vibert erwähnt?»

«Könnte sein. Irgendwo habe ich den Namen schon gehört.»

Ihr blasses, verschlagenes Gesicht zeigte einen Hauch matter Amüsiertheit.

«Sie sehen aus, als wären Sie eben dahintergekommen, wie und warum.»

«Ich habe eben kapiert, wie.»

June hatte aus ihrem Zigarettenpäckchen einen Joint genommen. Sie zündete ihn scheinbar geistesabwesend an. Als sie ihm den Joint reichte, nahm er ihn und rauchte.

«Sie hätten die Sache nie versuchen sollen, mein Lieber. Warum haben Sie's getan?»

«Weil es sonst nichts gab», sagte Converse.

Das Gras brachte ihn zu Charmian zurück. Er hatte die Sache versucht, um mit ihr etwas Gefährliches zu wagen. Wegen seiner Angst war der Sex mit ihr dürftig gewesen. Wenn er sprach, brachte er sie nicht zum Zuhören; jedesmal, wenn er sich bemüht hatte, ihrer leichtlebigen Südstaatenlaune zu gefallen, hatte sie ihn mit solch wissender Berechnung betrachtet, daß er manchmal den Verdacht hatte, sie habe ihn bis in seine Seele durchschaut. Er hatte versucht, über sich hinauszugehen, sie zu überraschen. Als ein Akt des Sich-Mitteilens.

«Sie meinen, Sie waren pleite?»

June hatte es sich auf dem Sofa bequem gemacht und die Beine hochgezogen. Ihr Kopf ruhte auf der Rückenlehne, so daß ihr Oberkörper nach vorn gedrückt wurde und ihre Brüste sich unter dem Oberteil wölbten. Die rosige Haut zwischen dem Ansatz ihrer Brüste und der rasierten Achselhöhle war fest und glatt, ohne eine Falte.

«Nein, ich war nicht pleite.»

Sein Bauch wurde warm, sein Glied regte sich – es ging über Perversität hinaus. Er saß da und begehrte das Mädchen – eine gegen Geschwindigkeit abgehärtete, strohblonde Junkie-Stewardess, eine runtergekommene Augustana-Lutheranerin, die sich aus Flughafen-Musikberieselung und Kosmetikschule zusammensetzte. Ihre Augen waren von Smog und Propanspray verdorben.

Was war er doch für ein schwacher, liederlicher Mensch, wie sehr war er doch den Ereignissen auf Gedeih und Verderb ausgeliefert.

«Es war nur so eine Idee», erklärte er. Er versuchte, sich wieder einmal mitzuteilen.

Und was für Ereignisse. Und wie ausgeliefert.

Er streckte die Hand aus und nahm noch einen Zug von dem Joint, den sie rauchte.

«Ich kann's verstehen. Und, o Mann, ist das eine miese Art zu leben.»

Sie nahm ihm den Joint sanft ab.

«Beim Dealen – vor allem mit Heroin – mußt du bereit sein, Leute auszutricksen. Du mußt es irgendwie mögen. Wenn jemand dir an die Wäsche geht, dich bescheißen will – trampelst du ihnen auf dem Gesicht rum.» Sie stellte die Füße wieder auf den Boden und stützte sich auf ihren Arm, als habe irgendwas sie plötzlich traurig gemacht. «Owen sagte immer, wenn du nicht um dein Leben gekämpft hast für etwas, was du willst, weißt du nicht, worum's im Leben überhaupt geht.»

«Das muß es gewesen sein, was ich gesucht habe», sagte Converse.

«Na, ich hoffe, Sie kommen aus der Sache raus.»

Als sie ihm den Joint reichte, schob er sich neben sie, und sie rutschte nicht weg. Sie war warm, fest, tröstlich. Er hatte das Gefühl, daß ihm Trost fehlte. Sie beobachtete seine Bewegung ohne Reaktion.

«Bist du geil?»

«Ich laß mich einfach treiben», sagte er.

«Quatsch, Mann. Tu dir bloß nicht am Ohr weh.»

Sie gab ein leises Ächzen von sich und kicherte müde.

«Verstehst du», sagte er, «es ist wie in dem orientalischen Sprichwort. Ein Mann hängt am Rand einer Klippe. Über ihm sitzt ein Tiger. Unter ihm fließt ein reißender Fluß.»

June schien zur Decke zu blicken.

«Und neben der Klippe», sagte sie, «da ist Honig. Und der Mann leckt dran.»

«Hat dir Owen den auch erzählt?»

«Laß dir eins sagen», erwiderte sie. «Ich hab schon jeden Scheiß zu hören gekriegt.»

Er legte die Hände unter ihre Brüste und atmete in das trokkene, struppige Haar hinter ihrem Ohr. Als er sie auf den Hals küßte, wechselte sie ihre Haltung und schenkte ihm ein leeres Lächeln.

«Du bist ein komischer kleiner Kerl.»

Converse war über eins-neunundsiebzig groß. Er war mindestens acht Zentimeter größer als June. Noch nie hatte ihn jemand einen komischen kleinen Kerl genannt. Der Ausdruck brachte die Scherben seiner Eitelkeit durcheinander, aber er traf ihn auch auf einer Ebene, die er zuerst nicht festmachen konnte. Er lag regungslos da, den Mund gegen den Frotteestoff über ihrer Brustwarze gedrückt, die Bänder ihres rückenlosen Oberteils zwischen den Fingern. Ein komischer kleiner Kerl war er im Roten Feld gewesen.

Er erstarrte wie damals. Er drückte sich an sie, wie er sich damals an den Boden gepreßt hatte, überwältigt von der Lebhaftigkeit der Erinnerung.

«Wir lesen offenbar verschiedene Anleitungen», sagte sie.

Er setzte sich auf und starrte sie an. Sie lachte leise.

«Faden verloren?»

«Ich weiß nicht...» fing er an. Er hatte etwas Trost schöpfen wollen; Erklärungen war er leid.

«Das war ungefähr die beschissenste Anmache, bei der ich je stillgehalten habe», sagte sie zu ihm.

«War nicht böse gemeint.»

Sie schüttelte freundlich den Kopf, band ihr Oberteil wieder fest und sah auf ihre Uhr.

«Du kennst dein Innenleben nicht, das ist alles.»

«Nein», sagte Converse.

Als er ging, dankte er ihr, daß sie Janey zu sich genommen und mit ihm gesprochen hatte. Dank interessierte sie nicht.

«Wenn du jemals Ray begegnen solltest – sag ihm, es war Owen, der Antheil angerufen hat. Sag ihm, ich war es nicht.»

Converse versicherte ihr, daß er die Botschaft übermitteln werde.

«Paß auf», sagte sie zu ihm, als er in den Korridor trat. «Paß gut auf dich auf.»

Als seine Hand den Knopf für den Fahrstuhl berührte, bekam er einen winzigen Stromschlag versetzt. Er zog die Hand zurück und ballte sie.

Als der Aufzug kam, stieg er ein.

Das Rote Feld lag in Kambodscha in der Nähe einer Ortschaft namens Krek. Es war ungefähr zwei Uhr nachmittags Anfang Mai gewesen, die heißeste Zeit des Jahres. Seit Morgengrauen waren Converse, ein altgedienter Funker und ein junger Fotograf mit einer kambodschanischen Infanteriekompanie auf Patrouille gewesen. Die Khmer hielten sich an den Händen, als sie vorrückten, und manchmal pflückten sie Blumen. Sie machten oft halt, und dann suchte Converse sich irgendwo ein bißchen Schatten, setzte sich hin und las *Nikolaus und Alexandra*, das er sich als Paperback im PX in Long Binh gekauft hatte.

Die Kambodschaner waren ein unmöglicher Haufen, sie drängten sich zusammen, schwatzten und probierten gegenseitig ihre Helme auf. Vor Converse lief ein Männchen, der Caporal genannt wurde und ein mit Hibiskusblüten geschmücktes Browning-Automatikgewehr trug. Die weiße, heiße Sonne und die inhaltslosen Stunden dämpften alle Vorsicht. Es schien, als feite sie die Unschuld ihres Patrouillenganges gegen alle Bedrohung.

Als die lautlosen Jets über das Tal gerast kamen, hoben sie ihre schweißtriefenden Gesichter zum unerträglichen Himmel. Sie waren überrascht – aber nicht beunruhigt. Die Flugzeuge waren freundlich. Sie konnten gar nichts anderes sein.

Im selben Moment, als sie die Maschinen röhren hörten, begannen die Dinger abzugehen.

Das MACV nannte sie «Ausgewähltes Feldzeug», was sich wie gemischter Salat oder wie Shorts erster Wahl anhörte.

Es waren «Elefantenfüße», die gefürchtetsten, scheußlichsten Dinge der Welt.

Die Kambodschaner glotzten immer noch zum Himmel, als Stahlsplitter sie bereits aufschlitzten. Converse sah, wie der Funker sich ins Gras warf, und tat dasselbe.

Nach den ersten Detonationen trat für den Bruchteil einer Sekunde lautloses Erstaunen ein. Die Schreie wurden durch die zweite Angriffswelle erstickt. Männer wälzten sich auf der Straße und riefen Buddha an oder liefen weinend herum und hielten sich aneinander fest, als wäre ihnen ihre eigene Zerstörbarkeit peinlich – bis die Dinger oder die Erschütterungen sie umrissen.

Ein Mann wurde christusartig an einen Baum neben der Straße genagelt, ein Marterkreuz.

Converse lag da und klammerte sich an die Erde und das Leben, im Mund lauter süßes Gras. Um ihn herum steigerten Schreie, Bomben, pfeifende Splitter ihren grauenhaften Lärm, bis sie Verstand und Licht auslöschten. In diesem Moment weinte er, obwohl er es damals nicht bemerkt hatte.

Im Laufe des Splitterbombardements durch die südvietnamesische Luftwaffe hatte Converse mehrere Eingebungen; er sah sie nicht gern, obwohl sie nicht überraschend gekommen waren.

Eine Eingebung lautete, daß die normale Körperwelt, durch die man achtlos und unfähig aufs Nichts zuschlurfte, in der Lage war, sich jeden Augenblick und ohne Warnung in ein gewaltiges Werkzeug eines qualvollen Todes zu verwandeln. Das Dasein war eine Falle; die reizbare Geduld der Dinge, wie sie sind, konnte jeden Augenblick enden.

Eine andere Eingebung war, daß er in dem einen Moment, da die atmende Welt ihm kreischend und mordgierig an die Gurgel gesprungen war, die absolute Richtigkeit ihres Schrittes eingesehen hatte. In diesen Sekunden erschien es absurd, daß ihm je gestattet worden war, seinen idiotischen Weg zu gehen und seinen Ideen und kleinen Freuden nachzueilen. Er schämte sich der gleichgültigen Arroganz, mit der er in der Schöpfung herumzuhasten sich erdreistet hatte. Aus tiefstem Herzen stimmte er der moralischen Notwendigkeit seiner Vernichtung zu.

Er hatte dagelegen – ein komischer kleiner Kerl – ein winziges, schwaches Zittern auf der Erde. Das war alles, was von ihm da war, alles, was je dagewesen war.

Er lief von dem Roten Feld in das Foyer, wo es keinen Platz gab, sich hinzusetzen.

Leute gingen an ihm vorbei, und er wich ihren Blicken aus. Seine Gier zu leben war unerträglich. Es war unmöglich, nicht geboren worden zu sein.

Er war der gefeierte lebende Hund, der den toten Löwen vorgezogen wurde.

Um ihn herum lag das idiotische Foyer, und draußen die von kleinen Häuschen gesäumte Straße, auf der die Leute einander jagten. Friß oder stirb.

Ich freß es, dachte er. Es zu fressen bedeutete, von neuem aus dem Nichts zu beginnen, der komische kleine Kerl würde unermüdlich weitermachen müssen.

Lebende Hunde lebten. Das war alles, was sie konnten.

Sie wachte im Mondlicht auf, einem phosphoreszierenden Leuchten, das hinter ihren Augen zu Funken zerstob. Sie hörte das Schlagen einer Wagentür. Zunächst hatte sie keine Ahnung, wo sie sich befand.

Hicks schlief auf einem Stuhl, die Füße auf dem Schreibtisch. Das Mondlicht beleuchtete sein Gesicht zur Hälfte.

Beim Stehen zitterten ihr die Knie, und das sonderbare Gefühl, als verflüssige sich etwas, kribbelte ihr unter der Haut. Sie hatte einen herben, chemischen Geschmack im Mund. Aber es war keine Übelkeit, nicht unangenehm.

Wieder schlug eine Tür zu, Schritte waren auf der zementenen Terrasse zu hören. Sie hob das Rollo hoch und sah Eddie Peace mit einem roten Tuch um den Hals. Sie hatte den Eindruck, daß sich hinter ihm Gestalten bewegten – aber sie trat zurück, als sein Blick über das Fenster glitt, an dem sie stand.

Hicks war wach und rieb sich die steifen Beine.

«Sie sind's», sagte sie. «Es ist Eddie.»

Er ging im Dunkeln an ihr vorbei und hockte sich hinter das Rollo. Es klopfte. Über Hicks' Schulter hinweg sah sie Eddie Peace vor der Bungalowtür; ein blondes Paar stand hinter ihm. Das Paar sah sich sehr ähnlich, und beide waren sie einen Kopf größer als Eddie Peace. In den wenigen Sekunden, bevor Hicks das Rollo losließ, wirkten sie nicht wie Leute, die jedermanns Schwächen kennen.

«Hallo», sagte Eddie Peace.

Hicks fegte quer durchs Zimmer zu dem mondhellen Panoramafenster hinüber.

«Sag ihnen, sie sollen warten.»

«Kleinen Augenblick», rief Marge.

Er preßte sein Gesicht gegen das Glas und spähte ins Mondlicht.

«So kann ich 'n Scheißdreck sehen.»

«Hey», sagte Eddie Peace.

«Laß sie noch nicht rein.»

«Komme sofort», sagte Marge.

Er nahm den Rucksack, der neben dem Bett lag, schüttelte ihn und verschwand im Bad.

«Okay», hörte sie ihn durch die Badezimmertür sagen.

Sie öffnete und blickte in Eddie Peaces dicklippiges Lächeln.

«Hallo, Leute.»

Eddie ließ seine Freunde eintreten. Die Blondköpfe nickten ernst, als sie an ihr vorbeigingen.

«Meine Güte», sagte Eddie, «könnten wir nicht 'n bißchen Licht machen?»

Als sie die Lampe anknipste, sah sich Eddie in dem Zimmer um.

«Und wo ist er?»

Marge gab keine Antwort. Das blonde Paar beobachtete Eddie Peace.

«Was ist los mit ihm. Hat er dich sitzenlassen?»

Als Hicks aus dem Bad kam, hatte er in jeder Hand eine Pistole; er hielt die Waffen mit erhobenen Läufen wie ein Cowboy auf einem Kinoplakat.

Eddie zog seinerseits und zeigte seine leeren Hände.

«Jesus, Maria und Joseph», sagte Eddie. «Seht euch das an!»

Die Frau blickte mit einem nervösen Stirnrunzeln auf Hicks. Ihr Gefährte stellte sich vor sie.

«Buffalo Bill», sagte Eddie.

Hicks starrte ihn an und sah sich im Raum um. Er suchte nach einem Platz, wo er die Pistolen hinlegen könnte.

«Du Arschloch», sagte Eddie. «Wenn ich von der Rauschgiftpolizei wäre, wärst du jetzt ein toter Mann.»

«Du auch», sagte Hicks.

Marge ging ins Bad und brachte den Rucksack mit. Hicks tat die Pistolen hinein und hängte ihn sich mit einem Gurt um die Schulter. Dann ging er zur Tür und sah hinaus.

«Findet ihr den Typen nicht phantastisch?» fragte Eddie seine Freunde.

Der Mann nickte traurig, als verkörpere Hicks ein Benehmen, das ihm auf lästige Weise vertraut war. Er war ein massiger, sanfter Mann. Er trug eine metallgefaßte Brille und hatte blaßblaue Priesteraugen. Die Frau war ihm sehr ähnlich, genauso langweilig anzusehen, aber vielleicht einen Hauch bösartiger. Beide trugen sie helle Lederjacken und Hosen mit weitem Schlag. Die Sachen sahen nagelneu aus.

Hicks kam von der Tür zurück und setzte sich neben Marge auf das Bett. Den Rucksack stellte er zwischen sie.

«Wenn diese Leute Stoff kaufen wollen», sagte er leise zu ihr, «sieht's inzwischen wirklich mies aus.»

Eddie Peace hatte sich bei dem Paar untergehakt; er zerrte es vor Hicks' ausdrucksloses Starren.

«Die Leute hier, Raymond, sind die nettesten Leute, die du dir je wünschen könntest kennenzulernen. Gerald und Jody – das ist Raymond.»

Jody beugte sich vor, um Hicks die Hand zu schütteln, als

wäre er ein Indianer oder ein Salatpflücker. Gerald grüßte hastig.

«Setzen», sagte Hicks.

Jody ließ sich mit gekreuzten Beinen auf dem Teppich nieder. Gerald und Eddie Peace setzten sich auf die einzigen Stühle.

«Gerry ist Schriftsteller», erklärte Eddie Peace, «und ein fabelhafter Schriftsteller obendrein. Er möchte die Szene kennenlernen.»

«Welche Szene?»

«O Mann, so was wie die Szene früher in Malibu. Du weißt doch.»

«Mann», sagte Hicks, «ich habe keinen blassen Schimmer.»

«Er möchte mal 'n Blick auf 'n bißchen Heroin werfen», sagte Eddie. «Wegen der Atmosphäre.» Mit einer gezierten Geste wandte er sich entschuldigend Gerry zu. «Tut mir leid, Gerry – ich mach nur Spaß. Warum erklärst du nicht selbst, was du willst.»

«Das ist vielleicht nicht ganz einfach», sagte Gerald bescheiden. Er mochte es nicht, Gerry genannt zu werden. Alle sahen ihn an.

«Ich bin Schriftsteller», sagte er.

Eddie legte die Spitzen von Daumen und Zeigefinger wie ein Fernsehkoch aneinander und blies ihm einen Kuß zu.

«Nun ist ja Heroin ein Problem... oder ein Phänomen... von Wichtigkeit. Es ist ein Thema von großer Bedeutung, besonders im Augenblick.»

«Besonders im Augenblick», sagte Eddie.

«Ich will sagen», fuhr Gerald fort, «ich habe Drogen genommen wie viele Leute. Ich habe seinerzeit ganze Hektar Marihuana geraucht und hatte ein paar wunderschöne Erfahrungen mit LSD. Aber im Heroinmilieu bin ich, ehrlich gesagt, nie gewesen, weil's einfach nicht mein Fall war.»

«Aber jetzt», bohrte Marge, «ist es Ihr Fall.»

Gerald errötete leicht.

«Eigentlich nicht. Aber es ist etwas, von dem ich das Gefühl habe, daß ich mich ihm widmen sollte. Als Schriftsteller. Wegen der Bedeutung, die es hat.»

«Besonders jetzt», sagte Marge.

Eddie sah sie gutmütig an, wobei er dem Blick von Hicks auswich.

«Warum hältst du nicht deine Klappe?» fragte er.

Gerald blickte gedankenverloren auf Hicks' Flasche Wild Turkey, die unter dem Panoramafenster auf dem Fußboden stand.

«Mein nächstes Projekt dreht sich um...» Er suchte nach dem passenden Wort. «... Drogen. Ich möchte was Ehrliches und Wahres über die Heroinszene schreiben.»

Eddie Peace nickte beifällig.

«Für mich», erzählte ihnen Gerald, «ist es eine Kette. Menschen, die durch dieses unglaubliche, beinahe übermenschliche Bedürfnis miteinander verbunden sind. Eine Kette von Opfern.»

«Wie unsere ganze Gesellschaft», sagte Jody.

Eddie Peace richtete sich auf seinem Stuhl kerzengerade auf.

«Das wär 'n toller Titel für 'n Film, was, Jody? Die Kette der Opfer!» Er zwinkerte rasch zu Hicks rüber.

«Aber irgendwie habe ich das Gefühl, ich hätte nicht das *Recht* dazu.» Geralds Hände orchestrierten ein moralisches Gleichgewicht. «Ich glaube, ich darf das Thema nicht angehen, bevor ich nicht die gebührende Schuld bezahlt habe.»

«Er will zuschlagen», erklärte Eddie. «Er will, daß ihr ihn auf die Nadel hängt. Er zahlt dafür.»

«Es muß Ihnen merkwürdig vorkommen», sagte Gerald. «Es kommt *mir* merkwürdig vor – aber es ist eine Art, an das Projekt heranzukommen. Ich meine, egal wie hoch das Risiko ist, ich bin bereit, es einzugehen. Erfahrung gibt einer Arbeit Gewicht.» Er richtete seine ernsten Augen auf Hicks. «Ich hoffe, ich gehe Ihnen nicht auf die Nerven.»

Hicks stand auf.

«Entschuldigen Sie mich», sagte er. «Ich möchte ein Wort mit Ihrem Freund reden.»

Eddie Peace erhob sich langsam, als wäre Wasser unter seinen Füßen.

«Willst du ihn dir nicht zu Ende anhören, Raymond?»

Hicks ging durch die Bungalowtür nach draußen und hielt sie für Eddie auf.

«Er will nur ein bißchen palavern», erklärte Eddie seinen Freunden.

Allein mit Marge, sahen Gerald und Jody sich schweigend an.

«Möchten Sie einen Drink?» fragte Marge. Die Art, wie sie das fragte, nahm ihnen etwas von ihrer Befangenheit. Sie vermutete, daß sie das im Sinn gehabt hatte.

«Gern», sagte Gerald schnell.

Jody machte ein unentschlossenes Gesicht.

«Ich weiß nicht. Paßt das zusammen?»

«Ich denke, wir sollten einen Drink nehmen», sagte Gerald.

Marge schob den Rucksack mit den Pistolen darin zur anderen Seite des Bettes hinüber und brachte Gerald die Flasche Wild Turkey.

«Leider gibt's keine Gläser.»

«Ist schon in Ordnung», sagte Gerald. Er hielt die Flasche gegen das Licht und prüfte die Beschaffenheit des Whiskeys. «Sehr gutes Zeug.»

Er trank drei große Schlucke und reichte die Flasche an seine Frau weiter. Jody trank mürrisch.

«Möchten Sie?» fragte sie Marge und hielt ihr die Flasche hin.

Marge nahm sie und trank. Aus irgendeinem Grund schmeckte er ihr süß, wie Sherry.

«Sind Sie süchtig?» fragte Jody.

«Klar», sagte Marge.

Jody lächelte verständig.

«Nein. Im Ernst.»

«Ich weiß nicht, ob ich's bin oder nicht.»

«Heißt das normalerweise nicht, Sie sind es?»

Marge zuckte die Schultern.

«Und er?» fragte Gerald. «Ist er's?»

«Nein.»

«Gibt es da nicht einige merkwürdige moralische Fragen?» wollte Jody wissen.

«Das hängt wohl vom eigenen Sinn für Humor ab», sagte Marge.

Gerald nahm noch einen Drink.

«Wir sind nicht zum Urteilen hier», sagte er. «Es gibt so etwas wie persönliche Notwendigkeit. Vielleicht geht das über moralische Fragen hinaus.»

Marge stellte fest, daß der Schnaps ihren Augen wehtat. Sie schloß sie gegen das Licht und lehnte sich auf die Kissen zurück. Es war ihr bereits gesagt worden, sie solle die Klappe halten.

«Sie müssen ein phantastischer Schriftsteller sein», sagte sie.

Hicks und Eddie Peace kauerten derweil an der dunklen Wand des letzten Bungalows. Eddie umklammerte seine Schultern, den Rücken dem Wind zugekehrt.

«Lächerlich», sagte Hicks. «Lächerlicher Scheiß.»

«Ich dachte, es würde dich amüsieren, Herrgott noch mal.»

«Amüsieren?» Hicks zitterte. «Du hast vielleicht Nerven. Was ist denn mit dem Engländer passiert?»

«Ich habe Neuigkeiten für dich», sagte Eddie. «Über deinen Stoff wird Schlechtes erzählt.»

«Dann besteht da ein Mißverständnis.»

«Ich glaube nicht», sagte Eddie.

Hicks strich sich mit der Hand übers Haar.

«Dann hau mit diesen Arschlöchern wieder ab.» Eddie schüttelte ungeduldig den Kopf.

«*Du* begreifst nicht, Raymond, das ist das Mißverständnis. Du weißt nicht, wie die Dinge hier laufen. Diesem Typen ist gerade eine irrsinnige Summe gezahlt worden. Seine Frau hat geerbt. Ich sage dir, diese Leute haben keine Vorstellung von Geld.»

«Du bist der Betrüger», sagte Hicks, «nicht ich. Ich habe bestes Heroin zu verkaufen – warum sollte ich diesen Blödsinn wollen?»

«Raymond», sagte Eddie, «Raymond, versuch doch mal, was einzusehen. Ich liefere dir diesen Trottel an die Hand.» Er streckte den Arm aus, ergriff Hicks' Rechte und drückte sie. «Er ist ein netter Kerl. Er ist ausgesprochen höflich.»

«Ich weiß nicht, wovon du redest.»

«Dann bist du dämlich, Raymond. Ich sage dir, dein Stoff ist hier in der Gegend tabu. Ich gebe dir sechstausend für das, was du mir überlassen kannst. Und mit ein bißchen Phantasie kannst du aus Gerald noch viel mehr rausschlagen. Hör zu, es würde dich umhauen, was ich mit den beiden eingefädelt habe. Der Typ scheißt sich vor Angst in die Hosen – auch wenn er's noch nicht weiß. Er *muß* ums Verrecken vorsichtig sein.»

«Du gibst mir wieviel?» fragte Hicks. «Wie war die Zahl doch gleich noch mal?» Er legte seine Hand auf Eddies Schulter.

«Immer mit der Ruhe», sagte Eddie.

«Mann, eher verbrenne ich das Zeug, als daß ich so einen Mist akzeptiere.»

Eddie drehte sich ein wenig, um Hicks' Hand von sich abzuschütteln. Hicks packte seine Jacke und hielt ihn fest.

«Du wirst noch Mist akzeptieren, den du nicht für möglich hältst, wenn du nicht langsam mal klarsiehst, Raymond. Ich warne dich.»

«Du willst mich bescheißen», sagte Hicks. Er zog Eddie an sich heran.

«Nimm die Hände weg, Raymond.»

«Du willst mich bescheißen.»

Eddie Peace stach mit gefletschten Zähnen seine Fingerspitzen in Hicks' Magen. Hicks ließ ihn erstaunt los.

«Nimm deine Hände weg, du Scheißkerl.»

Zu Hicks' äußerster Überraschung schlug ihm Eddie zweimal quer übers Gesicht.

«Du Dreigroschen-Arschloch – wag es bloß nicht, mir mit Gewalt zu drohen.» Eddie reckte sein Kinn in die Höhe und schubste Hicks von sich weg. «Du bist ganz schön übers Ziel hinausgeschossen, Freundchen. Du verkaufst hier kein Gras an Collegemädchen. Du und deine Schnepfe da, ihr könnt wegen eurem Stoff umgelegt werden. Herrgott, du Riesenmiststück, ich tu dir einen Gefallen.»

Mutt-und-Jeff als Solonummer, dachte Hicks, als er zurücktrat, damit sich Eddie abreagieren konnte. Er hatte Nerven und Mut, keine Frage.

«Ich kann das Zeug für dich losschlagen, du Dummkopf. Niemand sonst kann das.»

Eddie hatte Nerven und Mut und war im Grunde nicht vorschnell. Er operierte frei in der Luft schwebend – aber er behielt die Übersicht, und es war nicht unvernünftig, daß er es wagte, das klarzustellen. Sein Problem besteht darin, dachte Hicks, daß er ein zu großer Optimist ist, wie alle Gauner. Und trotz all seiner Phantasie war er, wenn er mit Leuten nur vage vertraut war, kein guter Menschenkenner.

Er rieb sich die Backe, wo ihn Eddies erster Schlag getroffen hatte. Das Geräusch der Ohrfeige hallte in seinem Innern wider wie ein Mantra.

«Du bist zu eingebildet, Eddie», sagte Hicks.

Ein Hauch von Vorsicht umschattete Eddies Augen für einen kurzen Augenblick.

«Meinst du, hm?»

«Du hast das Geld nicht.»

Eddie lächelte.

«Klar hab ich's. Wenn wir hier fertig sind, machen wir 'ne kleine Fahrt und erledigen ein paar Geschäfte.»

«Fertig womit, Herrgott noch mal?»

Eddie zuckte in gespielter Verzweiflung die Schultern.

«Wir törnen Gerald an, Raymond. Wir zeigen ihm, wie es ist. Und er wird uns ein paar Gefallen tun, weil er 'n netter Bursche ist und wir ihm Angst einjagen werden.»

«Wie denn?»

«Wie? Wir klinken dich in sein Leben ein. Dann wird er alles wieder so haben wollen, wie's war, als er noch von nichts wußte.» Er tätschelte freundlich Hicks' Arm. «Du wirst es prima hinkriegen. Sieh's einfach positiv.»

Hicks fing an zu lachen.

Eddie grinste glücklich.

«Du lachst. Du findest es gut.»

«Klar», sagte Hicks. «Ganz wie du willst.»

Eddie und Hicks kamen zurück, als Jody eben Marge erklärte, daß sie im Grunde eine Revolutionärin sei, und wenn Gerald augenblicklich im Grunde kein Revolutionär sei, dann halte sie es für wahrscheinlich, daß er's bald wäre. Hicks war so angespannt, daß Marge seine starre Körperhaltung auffiel, als er sich neben sie auf das Bett setzte. Seine rechte Hand lag auf seinem Knie; die farblose Handfläche öffnete und schloß sich, während er seine leichenweißen Finger bewegte. Als sie sein Gesicht betrachtete, fiel ihr auf, daß er plötzlich auf merkwürdige Weise Eddie Peace ähnelte, und einen Moment später war ihr klar, daß es das Lächeln war. Er hatte Eddies Lächeln aufgesetzt, als wollte er sich über irgend etwas lustig machen. Als er es auf sie richtete, nahm sie es als ein Zeichen, dessen Bedeutung sie nicht begriff.

«Alle sind zufrieden», sagte Eddie zu ihnen.

Jody betrachtete ihn einen Augenblick interessiert und kicherte dann los, die Hand vor dem Mund.

«Ed entspricht absolut meiner Vorstellung von einem Macher. Seht ihn euch an.»

«Meiner auch», sagte Hicks.

«Raymond ist hier der Macher», sagte Eddie leise, «nicht ich. Er ist der geborene Durchblicker. Alle anderen sind Trottel für ihn.»

«Und wie fühlt man sich da?» fragte Gerald. Er hatte allmählich Spaß an der Sache.

Hicks kam rüber und nahm die Flasche aus seiner Hand, ohne ihn anzuschauen.

Eddie Peace beobachtete ihn.

«Wie fühlt man sich da, Raymond?»

Hicks schloß einen Moment die Augen, trank etwas von dem Bourbon und beschenkte Eddie Peace mit dessen eigenem Lächeln.

«Ich weiß nicht, wie man sich da fühlt, Eddie.»

Marge lehnte sich an ihn und spürte, wie er zitterte.

«Also, was machen wir jetzt?» fragte sie. «Schießen wir uns was rein, oder was?»

Eddie ging hin und gab ihr einen Klaps auf den Kopf.

«Margie will ihre *smackie.*»

«Bitte», sagte Marge. «Also, wirklich.»

Eddie lachte.

«Ich hab dich doch schon gefragt, ob du 'ne Lehrerin bist, oder?»

«Ja, hast du», sagte sie.

Eddie klatschte in die Hände.

«Na komm, los, Raymond. Alles wartet auf dich. Wo ist denn dieser sagenhafte Stoff?»

Seine bleichen Finger zitterten leicht, als er den Sack aufmachte. Sein Eddie-Peace-Lächeln war eine unbeseelte Grimasse. Allmählich fürchtete sich Marge vor ihm.

Als das Dope ausgepackt war, betrachtete es jeder mit schweigender Ehrfurcht. Gerald und Jody waren aufgestanden, um es sich anzusehen.

«Tja, okay, also, Mr. Hicks», sagte Eddie. «Probieren wir's aus.»

Seit ihrer Ankunft hatte Marge einen Entschluß zu fassen versucht, ob sie mit ihnen fixen sollte oder nicht. Die Tatsache, daß damit anscheinend eine Entscheidung verbunden war, ermutigte sie zu passen; aber jetzt, wo der Stoff vor ihr ausgebreitet lag wie ein Mitternachtspicknick, geriet ihr schwacher Vorsatz ins Wanken.

Alles in allem fühlte sie sich gut. Vielleicht waren es letztes Mal bloß die Nerven gewesen, die Nerven und das fehlende Dilaudid. Wenn sie ablehnte, wäre Eddie Peace irritiert und verwirrt, und das rechtfertigte die Sache fast. Auf der anderen Seite war alles so ein Schlauch, so gruselig und bedrückend, und der Rausch war so rechtschaffen und friedlich. Nie dachte sie an Janey, wenn sie high war.

«Willst du als erste?» fragte Eddie sie sanft. Sie blickte auf Hicks, und es schien ihr, als schüttele er fast unmerklich den Kopf. Es war möglicherweise Einbildung, dachte sie, sie wurde heute abend absolut nicht klug aus ihm.

«Mach du erst. Ich überleg's mir noch.»

Eddie lächelte.

«Yeah, tu das, Margie.» Er sah sich im Zimmer um. «Ich geh voran. Ist ja schließlich meine Party.»

Hicks neigte unterwürfig den Kopf, das schreckliche Lächeln war immer noch da.

«Dein Besteck oder meins, Eddie?»

«Meins», sagte Eddie. «Es ist neu.»

Sein Besteck war neu, eine normale Spritze, nichts Improvisiertes. Er hatte Watte und ein Fläschchen Wundalkohol mit. Hollywood.

«Na, das nenne ich 'ne Drogenausrüstung», sagte Hicks.

«Ich hab noch was Besseres», sagte Eddie. «Ich nehme Koks dazu. Ich hab nichts übrig für dieses weggedriftete dumpfe Gefühl.»

«Ich aber», sagte Marge.

«Na, klar. Du bist ja auch 'n Weib.»

Er steckte die Nadel auf und bewunderte ihren Glanz. Jody beobachtete ihn.

«Ist Ed denn süchtig?» fragte sie ihren Mann. «Ich wußte gar nicht, daß Ed süchtig ist.»

Gerald machte ein verdutztes Gesicht.

«Ed ist süchtig», sagte Hicks. «Nicht wahr, Ed?»

Nichts konnte Eddie die Laune verderben.

«Geht euch doch 'n Scheiß an», sagte er gutmütig.

Hicks nahm die Kappe von seiner Wild-Turkey-Flasche, spülte sie im Waschbecken aus und füllte sie – mit seinem Bäkker-Meßlöffel –, wie er schätzte, zu einem Fünftel, eine Fünf-Dollar-Dosis. Eddie folgte ihm überallhin und schaute ihm über die Schulter.

«Reicht das?»

«Wirst du schon merken.»

«Ist es so gut?» Er nahm die Kappe und schaute hinein. «Und bei uns ist's in Eiche gereift.»

Am Boden des Waschbeckens stand Wasser. Hicks füllte damit den Tropfenzähler und gab es anschließend in drei Portionen in die Kappe.

«Gerald», sagte Eddie. «Komm schon, Gerald, jetzt geht's los mit der sozialen Bedeutung. Wir kochen hier auf.»

Er hielt die Kappe mit einem Jointklipp fest, und sie kochten über seinem Gasfeuerzeug auf. Als das Heroin sich aufzulösen begann, zog er ein winziges Make-up-Döschen hervor und löffelte daraus eine Spitze von seinem Kokain in die Mixtur.

«In Eiche gereift und mit Koks versteift, Gerald.»

Gerald nickte, wie das vermutlich ein Mensch tut, der viel Zeit damit zugebracht hat, sich Dinge zeigen zu lassen.

«In Eiche gereift, mit Koks versteift und Friede meiner Seele», sagte Eddie.

Er nahm Hicks das Besteck aus der Hand und zog seine Dosis auf.

«Prost», sagte er.

Er band sich den Arm mit dem roten Halstuch ab und stach in die dicke Vene. Als er drückte, stieg ein hellfarbener Schwall in der Röhre hoch, und ein Gemisch aus Blut und aufgelöstem Heroin breitete sich in schönen Schmetterlingsmustern über die klare Glasoberfläche aus. Als er die Nadel herauszog, fuhr er mit einem Wattebausch über seinen Arm und die Nadel.

«Ah, Shit», sagte er sanft, ergriffen.

Ungefähr eine Minute später stampfte er mit den Füßen auf.

«Ai jai!» Er grinste die Leute im Zimmer zähnefletschend an. «Ai chihuahua.»

Jody betrachtete ihn mit einem gleichzeitig ungläubigen und begeisterten Gesicht.

«Ist das Mexikanisch?» fragte sie.

«Ist das Mexikanisch?» schrie Eddie. «Herr, du meine Güte!»

Alle lachten, bis auf Gerald. Hicks' Lachen war sein zu einem Krampf fortentwickeltes Eddie-Peace-Lächeln.

«Sie fragt mich, ob das Mexikanisch ist!» brüllte Eddie. Seine Heiterkeit war grenzenlos. «Super!»

Jody war fast außer sich.

«Wer ist der nächste?»

«Wer ist der nächste, Marge?» fragte Eddie.

Marge zuckte die Schultern.

«Ist mir egal. Ich denke noch drüber nach.»

«Wie wär's mit mir?» fragte Jody.

«Du bist dran», sagte Eddie. Ein wenig Spucke war auf seiner Lippe, und er wischte sie weg. «Du bist dran. Knall dich an!»

«Wolltest du erst?» fragte Jody ihren Mann.

«Vielleicht sollte ich erst», sagte Gerald.

«Ich sehe nicht ein, warum. Aber wenn du willst, kannst du erst.»

«Nein», sagte Gerald. «Nein. Es gibt keinen Grund, warum du nicht zuerst solltest.»

«Knall dich an», sagte Eddie.

Jody hielt tapfer den Arm hin. Eddie ergriff ihn und wandte sich an Hicks.

«Ich muß sagen, Raymond... Ich muß sagen...»

«Schön, daß dir's gefällt, Eddie.»

Er blickte auf Jodys Arm und schob ihn weg.

«Den will ich nicht», verkündete er. «Gib mir ein Bein.»

«Ein Bein?» fragte Jody.

«Er möchte es dir ins Bein spritzen», erklärte Gerald, «statt in die Vene.»

«An irgend 'ne schöne Stelle», sagte Eddie. «Komm, Gerald, sag ihr, sie soll ihr Höschen runterziehen.»

Gerald erhob sich unsicher, als dächte er, er könnte sich irgendwie nützlich machen.

Jody öffnete ihren nagelneuen Ledergürtel und krempelte den rehbraunen Stoff an ihrer linken Hüfte runter, bis ein Stück Haut unter dem Rand ihres Schlüpfers sichtbar wurde. Sie errötete charmant und hielt ihre Hosen mit der Rechten fest. Sie sah ihren Mann an, als Eddie ihr die Injektion gab, und zuckte mit keiner Wimper.

«Okay, Jody», sagte Eddie und gab ihr einen Klaps auf den Po. «Dich hätten wir.» Sie entfernte sich mit nachdenklichem Gesicht und setzte sich auf den Fußboden neben ihren Mann. Einen Augenblick lang hielten sie sich bei den Händen und sahen sich an.

«Raymond», sagte Eddie, «kümmer du dich um Gerald. Ich will 'n bißchen abheben.» Er begann, mitten im Zimmer auf und ab zu gehen, während seine Lippen unhörbar ein Lied formten, das er sich selber ausgedacht hatte. Abgehoben.

Hicks maß ab und kochte von neuem auf.

Gerald nahm den Stuhl, auf dem Jody gesessen hatte; er saß aufrecht und grimmig mit der Miene eines Menschen da, der drauf und dran ist, für eine gute Sache etwas Mutiges zu leisten. Als er Hicks ansah, lagen Demut und Vertrauen in seinem Blick.

«Soll ich die Hose runtermachen?» fragte er.

«Das brauchst du nicht», sagte Hicks.

Hicks zog die Flüssigkeit auf, rosa vom Blut, und setzte die Nadel an Geralds nackten Arm.

Eddie unterbrach seine Träumereien einen Moment lang, um zuzusehen.

«He, Raymond, stech ihn nicht in die Vene, Mann.»

«Nein», sagte Hicks.

Jody versuchte aufzustehen.

«Oh, mein Gott», sagte sie leise.

«Ist das nicht die Vene?» fragte Gerald. Im letzten Augenblick versuchte er, den Arm wegzuziehen. Hicks hielt ihn am Handgelenk fest und leerte die Spritze in seinen Arm.

«Was machst du denn da?» fragte Eddie. Er lächelte noch immer. «Was machst du denn da, verdammt noch mal?»

Geralds Augen weiteten sich erstaunt. Seine Füße vollführten einen raschen, verkrampften Shuffleschritt. Als er zur Seite fiel, steckte die Nadel noch in seinem Arm.

Entsetzt stand Marge auf.

«Nein», sagte Eddie. «Du wahnsinniger Scheißkerl ...!»

Jody machte einen Schritt aufs Badezimmer zu und übergab sich auf die Fliesen. Sie versuchte zu schreien.

Eddie Peace starrte auf Gerald hinab und dann auf Hicks. Sein Lächeln war auch in dem Moment noch nicht völlig gewichen, und es schien, daß hinter seinem verblüfften Blick ein Funken Bewunderung lag. Eddie war ein echter Spaßvogel.

Auf der Badezimmerschwelle zusammengekauert, versuchte Jody zu begreifen, was vor sich ging.

«Bitte», sagte sie zu Eddie Peace.

Marge sprang herbei und beugte sich über Gerald. Sie konnte nicht erkennen, ob er lebte oder nicht. Auf jeden Fall hatte er einen Schock. Ihr fiel irgendwas über Salz ein.

«Salz», sagte sie. «Was ist mit Salz?»

Sie blickte auf und sah, daß Hicks Eddie gegen das Fenster gestoßen hatte. Das war das Zeichen gewesen, die Bedeutung des Lächelns.

«Jetzt dreh dein Ding, du Scheißer», sagte Hicks zu Eddie. «Jetzt zeig mir mal, wie du dein Ding drehst.»

Jody sagte in einem fort «Bitte» und würgte von neuem.

«Was hat du getan?» fragte Eddie niedergeschlagen. «Was hast du bloß getan?»

Marge lief mit dem Gedanken zur Tür, irgendwo Salz zu besorgen. Es bei der Nachbarin zu borgen. Eine Tasse Salz gegen eine Überdosis.

Hicks hielt sie fest. Er hatte den Rucksack in der Hand.

«Hier gibt's kein Salz», sagte er. «Hol deine Sachen.»

Sie kam nicht an ihm vorbei.

«Warum?» fragte sie flüsternd. «Warum denn um Gottes willen?»

«Hol deine Sachen», sagte er und machte einen Schritt um sie herum. Er hielt die Pistole auf Eddie Peace gerichtet.

«Sieh mal, was du mit ihm gemacht hast», sagte Eddie. «Sieh ihn dir an.»

Jody hockte, leichenblaß auf ihren Knien schaukelnd, über ihren Mann gebeugt.

«Du bist zu eingebildet, Eddie», sagte Hicks. «Du bist zu klein, um einen Spaß zu vertragen.»

«Nein», sagte Eddie, «du irrst dich. Ich versteh das.»

«Mir hat dein Blick gefallen, als ich ihm den Schuß setzte.»

«Mir hat sein Blick gefallen», sagte Eddie.

«Was wirst du jetzt machen, du Gauner?»

Eddie schüttelte ärgerlich den Kopf.

«Ich weiß nicht, Raymond.»

«Du verstehst doch, Kumpel? Es war nicht zu akzeptieren.»

Eddie lächelte schwach und zuckte die Schultern.

«Was soll ich sagen, Raymond?»

Marge hörte auf, ihre Sachen einzusammeln, und blickte auf Gerald. Er hatte Schaum oder Schleim um den Mund.

«Will denn keiner versuchen...»

«Komm», sagte Hicks. «Beeil dich.»

Jody kniete noch immer würgend neben ihrem Mann. Sie blickte in vollgedröhntem Entsetzen zu ihnen auf und versuchte, sich zu erheben.

«Gibt's irgendwo Salz?» fragte sie.

«Heute nicht», sagte Eddie.

Sie unternahm einen wirkungslosen Vorstoß zur Tür; Eddie fing sie mühelos ab und zog sie zu sich.

Hicks blickte starr geradeaus, als sie zum Landrover gingen. Marge zockelte hinter ihm her, den Arm voll hastig aufgelesener Kleider. Der Footballspieler saß an seinem Pult in der Motelrezeption, und Marge hatte den Eindruck, er müsse ihr Treiben gehört haben – aber als sie an ihm vorbeigingen, drehte er kein einziges Mal den Kopf und blickte nicht von seiner Lektüre auf. Das Zimmer hatten sie im voraus bezahlt.

Als sie in den Landrover stiegen, ging die Tür des Bungalows auf und Jodys zappelnde Silhouette erschien einen Augenblick lang in der Tür. Eddie zog sie wieder nach drinnen.

«Das wird eine lange Nacht für Eddie Peace», sagte er. Sein Gesicht sah so blutleer wie seine Hände aus. Beim Fahren durchstreiften seine kalten grauen Augen die Nacht, ihr prüfender Blick erinnerte an Wesen vom Grund des Meeres.

Marge weinte wieder.

«Ich pack's nicht», erklärte sie. «Es ist zuviel.»

«Du machst dich gut.»

Sie folgten der Küstenstraße nach Süden, vorbei an Santa Monica und den Arkaden von Venice.

«Und warum Gerald?»

«Weil er ein Marsmensch ist. Sie sind alle Marsmenschen.»

«Und was bist du?»

«Ein christlicher Amerikaner, der für seine Fahne gekämpft hat. Ich laß mir von Marsmenschen keinen Scheiß erzählen.»

«Mein Gott», sagte Marge, die versuchte, das Weinen aus ihrer Stimme rauszuhalten, «du hast den Mann umgebracht.»

«Vielleicht.»

«Er war doch bloß ein Spinner mit einer dummen Idee.» Sie starrte auf die erbarmungslosen Augen und versuchte, ihn wiederzuerkennen, versuchte, ihn zurückzuholen. «Genau wie wir.»

«Peace wollte mich bescheißen. Er wollte mich ganz mies bescheißen.»

«Letzte Woche waren wir bereit, den Stoff wegzuschmeißen.»

«Er hat mich geschlagen», sagte Hicks.

Marge wischte sich die Tränen weg und berührte ihre Stirn.

«Er hat dich geschlagen?» Ihre Stimme stieg zu einem ungläubigen Winseln an, über das sie keine Kontrolle hatte. «Bist du drei Jahre alt?»

«Ich war betrunken. Ich dachte, es wäre 'ne gute Idee.»

Marge versuchte, sich Geralds Überdosis als gute Idee vorzustellen. Es war nicht die Art, wie sie üblicherweise Dinge betrachtete.

«Also, scheiß auf Gerald?»

«Genau», sagte Hicks. «Scheiß auf Gerald.»

«Aus allen naheliegenden Gründen.»

«Scheiß auf die naheliegenden Gründe.»

Gerald gegenüber Gleichgültigkeit zu empfinden, ließ Marge frösteln. Sie zog sich ihren Pullover an.

«Ich hätte mir einen reindrücken sollen, als ich die Gelegenheit dazu hatte», sagte sie. «Ich wette, jetzt werde ich krank.»

«In der Stadt Hue», sagte Hicks, «da hatten wir Burschen, die waren am Tag, an dem sie ankamen, tot. Am Morgen waren sie in Hawaii, am Nachmittag waren sie tot. Ich hatte sechs Kumpels, die wurden an einem einzigen Morgen in Hue über den Haufen geknallt.»

«Ich geb's auf», sagte Marge. «Scheiß auf Gerald.»

Sie fuhren über Schnellstraßen, und Marge versuchte in dem wechselnden Licht, Landkarten zu entziffern. In der Nähe von Ontario fuhr eine Verkehrsstreife mehrere Meilen dicht hinter ihnen her. Manchmal folgten ihnen Leute, die sie nicht erkennen konnten, von einer Fahrspur auf die andere und blinkten mit dem Fernlicht.

Zweimal dirigierte Marge sie in die falsche Richtung; sie mußten anhalten und in einem leeren Einkaufszentrum, in einer unkrautbewachsenen Sackgasse zwischen zwei beleuchteten Drahtzäunen umkehren. Hicks sagte: «Ich will aus dieser Stadt raus.» Sie fuhren ostwärts in Richtung San Bernardino.

«Warum mache ich das eigentlich?» fragte er nach einer Weile.

«Rache?» schlug sie vor. «Ehre?»

Er sagte nichts.

«Männlichkeit? Gerechtigkeit? Christentum? Hue?»

«Ich habe das Arschloch von seinem Sockel gestoßen.»

Marge schlug den Kragen ihres Pullovers hoch.

«Er mochte seinen Sockel nicht», sagte sie. «Er hatte 'n schlechtes Gewissen deswegen... Ist 'ne politische Geschichte. Vielleicht weißt du davon nichts.»

Hicks lachte leise.

«Was ich allerdings weiß... wir sitzen jetzt in der Scheiße.»

«Tja», sagte Marge, «du kennst mich ja. Ich würde es gar nicht anders wollen.»

«Okay», sagte er.

«Vielleicht sollten wir uns trennen?»

«Nein», sagte er, «wir werden uns nicht trennen.»

Sie sah ihn nicht an, als er das sagte, und sie gab keine Antwort. Sie hatte den Eindruck, wenn sie auch nur eine Minute daran dächte auszusteigen, wäre sie erledigt.

Bitte, darf ich jetzt nach Hause? Memme, Angsthase und Spießbürgerin.

Lieber bleiben. Wenn du's nicht ganz packen kannst – sei ein Schatten.

Irgendwo auf der 15, in der Wüste, ließ sie ihn anhalten. Er nahm sie eine Weile in die Arme; er war erschöpft.

«Soll ich fahren?»

Er nahm eine Feldflasche vom Rücksitz, goß sich Wasser über die Hand und spritzte es sich ins Gesicht.

«Du willst doch gar nicht fahren, du willst dir einen Schuß setzen. Jedenfalls weiß ich jetzt, wo wir hinfahren.»

Es war ein sehr fahriges Aufkochen. Warmes Wasser aus der Feldflasche in der Kappe, der Sack offen auf dem Boden und das Gasfeuerzeug zu heiß, um es in der Hand zu halten. Marge war ein Schatten.

«Was wir brauchen», sagte sie, als sie sich die Spritze in den Schenkel stach, «ist etwas Engagement.»

Als sie high war, war alles phantastisch. Die Sonne stieg über der Wüste hoch – nichts als Steppenhexen und Stille.

«Man ist, was man ißt», sagte sie.

Converse empfand die Busfahrt zurück nach Berkeley als ermüdend. Auf dem Weg nach Hause machte er in der Telegraph Avenue halt, um einen Blick auf die Autos eines Gebrauchtwagenhandels zu werfen. Was immer auch aus ihm würde, überlegte er, hier war schließlich Kalifornien, und alles vom Selbstmord bis zum zivilen Ungehorsam fand im Auto statt. Als er die Preisschilder studierte, fiel ihm ein, daß er nur noch den Rest von Elmers zweihundert Dollar hatte. Um mehr zu bekommen, wäre er moralisch verpflichtet, ein paar Stories für *Nightbeat* zu schreiben – um die Stories zustande zu bringen, würde er mehrere Stunden rumsitzen und Dope rauchen müssen. Er entschied, dies käme nicht in Frage.

Als er zu Hause ankam und eben die Eingangstreppe hinaufgehen wollte, trat Mr. Roche auf den Gehweg und rief ihn.

«Das Schloß ist ausgewechselt worden», sagte er schelmisch. «Mit Ihrem Schlüssel kommen Sie nicht rein.»

Angesichts von Mr. Roches glücklichem Lächeln dachte Converse daran, wie anregend es doch gewesen sein mußte, seinen Kopf gegen den Bordstein zu schmettern. In glücklicheren Zeiten hätte ihm diese Überlegung eine *Nightbeat*-Überschrift beschert.

«Ich habe Ihnen doch die Miete gezahlt, Himmel Herrgott. Was wollen Sie denn noch von mir?»

«Ich sag Ihnen was», sagte Mr. Roche. «Ich laß Sie rein.»

Er sprang vor Converse die Stufen hinauf und ging zur Eingangstür voraus.

«Wie steht's mit einem neuen Schlüssel?»

«Ist schon in Angriff genommen», säuselte Mr. Roche.

Sie stiegen zum ersten Stock hinauf. Mr. Roche schloß die Wohnung auf und stand mit solcher Ehrerbietung an der Tür, daß Converse ebensogut der Kardinal-Bischof von Los Angeles hätte gewesen sein können. Drinnen wartete jemand.

«Hier ist er, Kommissar», sagte Mr. Roche. Mit einem fröhlichen Lachen schloß er die Tür hinter Converse.

Es war ein hochgewachsener, breitschultriger Mann mit sich lichtendem Haar.

«Verdammte Scheiße!» entfuhr es Converse. Ganz unwillkürlich.

«Eigentlich», sagte der Mann, «bin ich gar kein Kommissar.» Er zog Converse zu sich heran. Converse wurde halb herumgewirbelt und sah, daß noch zwei weitere Männer im Zimmer waren. Als er sein Gleichgewicht wiedergefunden hatte, erkannte er, daß es die Männer waren, mit denen er am Abend vorher ferngesehen hatte. Diese Entdeckung erschreckte ihn dermaßen, daß er versuchte, wieder zur Tür zu gelangen. Der hochgewachsene Mann hielt ihn eisern fest und führte ihn in die Mitte des Zimmers.

«Versuch das nicht noch mal, Mistkerl.»

Sie saßen zusammen am Ende seines Picknicktisches aus Rotholz. Sie wirkten irgendwie verlegen und sahen ihn nicht an.

Der hochgewachsene Mann ließ Converse los und zog eine Dienstmarke. Trotz seiner Unruhe machte sich Converse die Mühe, sie sich genau anzusehen.

«Kommen Sie», sagte der Agent.

Converse folgte ihm in Janeys Schlafzimmer. Antheil schloß die Tür und setzte sich in einen Lehnsessel unter der Teufelszeichnung. Er trug ein Tweedjackett über einem dunkelblauen Rollkragenpulli aus Jersey und einen kräftigen, modisch geschnittenen Schnurrbart. Er wirkte eher wie ein verständnisvoller junger Fachbereichsleiter einer geisteswissenschaftlichen

Fakultät von der Ostküste. Er sah aus wie ein Freund von Charmian.

«Was ist los mit Ihnen? Wovor haben Sie solche Angst?»

«Was wollen Sie?» fragte Converse.

Es war in diesem Moment nicht Angst, was er empfand. Der Anblick von Antheil rief ihm Charmian mit besonderer Deutlichkeit in Erinnerung. Irgend etwas von ihrer honigsüßen Ausstrahlung haftete am Tweed dieses Mannes.

Converse war nicht zu Wut aufgelegt. Was er fühlte, war Ehrfurcht.

Der Agent lächelte ihn an.

«Wissen Sie, was ich gerade gelesen habe? Ich habe gerade Ihr Stück gelesen.»

Sie wären angenehm anzusehen, dachte Converse. Antheil und Charmian. Groß und elegant und teuer.

«Ich dachte, es wäre vergriffen.»

«Sicher, aber wir haben es. Mir hat vieles gefallen. Den Helden mag ich allerdings nicht. Ich denke, der hat nicht viel von einem Marinesoldaten.»

«Nein», stimmte ihm Converse zu.

«Ich meine, es muß ja nicht gleich wie im Film *Okinawa* zugehen. Aber der Typ ist doch ein richtiger Waschlappen, stimmt's?»

Er schien auf eine Antwort zu warten.

«Ich meine, ich könnte für so eine Figur kein Mitgefühl aufbringen.»

«Das hat auch nicht jeder.»

«Wahrscheinlich sollte man ihn mögen, weil er gegen das Marinekorps war. Aber wenn er gegen das Marinekorps war, warum tat er dann nichts dagegen? Zum Beispiel einen Befehl verweigern. Oder desertieren. Man würde ihn mehr respektieren, wenn er so was täte.»

«Das wäre ein anderes Stück», sagte Converse.

Antheil schüttelte nachdenklich den Kopf. Er sah, nicht unfreundlich, Converse in die Augen.

«Diese Figur – ist die Ihnen ähnlich? Sind Sie das in dem Stück?»

«Nein», sagte Converse.

«Vielleicht ein bißchen?»

Converse zuckte die Achseln.

«Meine Fragen sind primitiv, was? Ich lese nicht so viele Theaterstücke, wie ich sollte.»

Er berührte Converse leicht am Arm.

«Na, die kleine June ist ein Schätzchen, was?»

«Bitte?»

«Ich sagte», er artikulierte langsam, «die kleine June ist ein Schätzchen.»

«Sie ist in Ordnung.»

«Was hatte sie zu erzählen?»

Converse dachte darüber nach.

«Mir – gar nichts. Ich hatte den Eindruck, sie war irgendwie verrückt.»

«Sie hat ein paar sehr schlechte Freunde hier in der Stadt. Wußten Sie das?»

«In bestimmter Weise.»

Antheil lachte leise in sich hinein.

«Sie sind ein ganz schöner Klugscheißer, was?»

Converse versuchte, sich zu konzentrieren. Es war nichts da, worauf er sich konzentrieren konnte.

«Wissen Sie, was ich denke? Ich denke, Sie haben eine Ladung Heroin in dieses Land geschmuggelt.»

Er versuchte nicht, darauf zu antworten.

«Ich glaube, Sie gehören zu der Sorte Klugscheißer, die ein Rührstück gegen die Marine verfaßt und sich dann umdreht und Heroin schmuggelt.»

«Das bestreite ich», sagte Converse. «Keine literarische Unterhaltung mehr, ehe ich nicht mit meinem Anwalt telefoniert habe.»

«Sie sind ja ein klasse Kerlchen», sagte Antheil mit einem angewiderten Lächeln. «Wer ist denn Ihr Anwalt?»

«Benjamin Whiteson. Fünfunddreißigste, Ecke Columbus Avenue.»

«Whiteson? Whiteson ist Kommunist, Sie Arschloch. Er kann Ihnen nicht helfen. Was werden Sie – im Ernst – jetzt Ihrer Meinung nach tun?»

«Ich habe keine Pläne.»

«Ich habe einen Plan für Sie», sagte Antheil. «Ich denke, ich lasse Sie einfach *laufen*. Ich garantiere, innerhalb von vierundzwanzig Stunden putzt man Sie von der Straße weg.» Er beugte sich vertraulich vor. «Haben Sie mal drüber nachgedacht, wem Sie in die Quere kommen, wenn Sie Heroin schmuggeln? Den Motorradklubs. Den schwarzen Gangstern aus Oakland. Der Mafia. Ich denke, ich werfe denen Ihren Arsch zum Fressen vor.»

«Sagen Sie mir eins», fragte Converse, «wer sind die beiden Burschen da draußen?»

«Kennen Sie die Männer?»

Converse gab keine Antwort. Antheil war entzückt; er lachte.

«Ist ja okay, Baby, ich weiß, du kennst sie. Herrje, die haben dir wohl echte Gottesfurcht beigebracht, was? Aber sie sind zahme Ratten, Mann. Sie sind nichts, verglichen mit dem, was dich auf der Straße erwartet.»

«Wer sind sie?»

«Sie sind meine Zeugen. Sie arbeiten bei der Untersuchung mit.»

«Verstehe», sagte Converse.

«Kennen Sie die hiesigen Gepflogenheiten mit solchen Würstchen, die versuchen, sich 'n Stück vom Handel abzuschneiden?»

«Das geht mich nichts an.»

«Sie knallen dich voll mit STP und halten dir dann eine Lötlampe an die Eier.»

«Ich habe die Geschichten gehört», sagte Converse.

«Schließlich tun sie nichts weiter, als mit Dope zu dealen und den Leuten einen überzubraten. Sie verbringen eine Menge Zeit damit, sich neue Tricks auszudenken. Ich kann dafür sorgen, daß sie dich erwischen.»

Durchs Schlafzimmerfenster sah Converse Mr. Roche, der den Rasen hinter seinem Bungalow sprengte. Mr. Roche schien zu singen.

«Was denken Sie über Ihre Frau und Hicks?»

«Ich fühle mich übergangen.»

Antheil sah ihn an, als fehle ihm ein Teil seines Gesichts.

«Ich würde sagen, Sie haben einen Scheißdreck kapiert.»

«Sehen Sie», sagte Converse, «wir haben nichts zu bereden.»

«Sie müssen bescheuert sein. Sie werden nicht übergangen, sofern es mich betrifft.»

«Was bedeutet das für mich?»

«Das bedeutet, daß Sie vielleicht kaltgemacht werden. Oder vielleicht dürfen Sie Ihr lausiges, kleines Leben weiterleben.»

Converse lachte.

«Was ist denn mit Ihnen los? Sie denken wohl, ich bin ein Spaßmacher.»

«Nein», sagte Converse. «Ich weiß, was Sie sind. Sie wissen Bescheid.»

Antheil beobachtete ihn eine Weile schweigend.

«Besser, Sie glauben es», sagte er.

«Oh, das tue ich», gab Converse zurück. «Das tue ich.»

«Sie sind ein gebildeter Mann. Sie haben sich für einen dreckigen Profit zum Tier gemacht.»

«Das ist nicht wahr», sagte Converse.

«Sie haben sich für einen dreckigen Profit zum Tier gemacht. Wo ist Ihre Tochter? Machen Sie sich keine Sorgen um sie?»

«Natürlich mache ich mir Sorgen. Sie ist dort, wo Marge sie hingebracht hat. Ich weiß nicht, wo.»

«Phantastisch für das Kind.»

Antheil stand mit entrüsteter Miene auf.

«Hören Sie zu, Converse», sagte er ernst, «kein roter Anwalt wird Sie raushauen. Keines von Ihren lahmen Manövern wird

Sie retten. Aber ich – ich kann Sie am Leben erhalten. Wenn ich will.»

«Verstehe», sagte Converse.

«Ich möchte was über Ihre Frau hören. Was können Sie mir über sie erzählen?»

Converse dachte an Marge und was er Antheil erzählen könnte.

«Sie hat in einem Kino in der Stadt gearbeitet. Davor war sie am Anthropologischen Institut der Universität beschäftigt. In New York hat sie vor langer Zeit mal Schauspielunterricht genommen.»

Antheil setzte sich wieder. Er schüttelte in beherrschter Ungeduld den Kopf.

«Diesen ganzen Kram kenne ich, Mann. Ich weiß über Ihre ganze komische Familie Bescheid. Ich möchte, daß Sie mir das erzählen, was *Sie* mir erzählen möchten.»

Therapie, dachte Converse. Er hatte einmal an einer Sitzung einer Encounter-Therapie teilgenommen; die anderen Teilnehmer hatten ihm mitgeteilt, er sei kalt und distanziert. Jemand hatte ihm den Begriff «automatenhaft» verpaßt, und sie hatten ihn zu zwingen versucht, sich unter eine Matratze zu legen.

Die letzten siebzig Stunden waren nur die Fortsetzung des Kalifornien-Gefühls mit anderen Mitteln. Viel Konfrontation zwischen befreiten Psychen, viel freies Assoziieren.

Er versuchte, Antheil etwas über Marge erzählen zu wollen und dann rauszufinden, was es wohl wäre. Wie in Esalen.

«Sie ist halb Irin und halb Jüdin», sagte er. Normalerweise kam das an – es war von sozialem Gewicht und hatte ein Element volkstümlichen Humors. Marge wurde jedesmal fuchsteufelswild, wenn er bei Leuten darauf zu sprechen kam.

«Ich versuche, dich wie einen Menschen zu behandeln», sagte Antheil, «aber du bist ein Scheißtier. Wart's ab, bis du bis zum Hals im Sand steckst, und die Flut steigt auf dein Gesicht zu – dann kommst du zur Vernunft.»

Converse entschuldigte sich rasch.

«Ich meine», sagte Antheil, «ich möchte wissen, wie ich sie behandeln soll. Gehört sie zu den Frauen, die ihren eigenen Mann betrügen, mit einem Freund abhauen und jede Sekunde davon genießen würden? Oder ist sie ein Opfer der Umstände? Sie müssen sie doch kennen.»

Etwas von dem engagierten Diener der Öffentlichkeit hatte sich in sein Verhalten geschlichen. Converse fühlte, daß er mit seinen Antworten vor die Wahl gestellt wurde. Wenn er sie wiederhaben wollte, würde Antheil anbieten, sie vor der Lötlampe zu bewahren. Wenn er sich rächen wollte, würde es auf so was hinauslaufen.

«Ich glaube», sagte Converse, «im Grunde ist sie ziemlich moralisch.»

Antheil machte einen Moment lang ein nachdenkliches Gesicht, dann verzogen sich seine kräftigen Züge zu einem Grinsen.

«Ach ja?»

«Sie war mal in der Obhut eines Psychiaters.»

Antheil bedeckte sein Gesicht mit einer Hand und brach in herzhaftes Lachen aus.

«Oh, mein Gott», schrie er. Seine gute Laune war geradezu ansteckend. «Was für ein Paar von Schlaffis ihr doch seid. Ihr müßt völlig den Verstand verloren haben, ihr zwei. Die Obhut eines Psychiaters!» Er brauchte einen Augenblick, um die Fassung wiederzuerlangen. «Also, hören Sie zu – wenn Sie mir beweisen, daß sich für mich die Mühe lohnt, kann ich Sie beide in meine Obhut nehmen. Aber am besten tun Sie, was Ihnen gesagt wird.»

«Wenn ich in Schwierigkeiten stecke, bringe ich die Sache gerne in Ordnung.»

«Sie stecken verdammt in Schwierigkeiten, mein Freund, und Ihre verrückte Frau ebenfalls. Wenn Sie in gutem Glauben handeln, könnten Sie aus dieser Sache mit heiler Haut rauskommen. Wenn Sie mir irgendwelche Scheiße erzählen, sorge ich dafür, daß Sie sterben.»

«Was soll ich denn tun?»

«Ich möchte, daß Sie uns helfen, mit ihr Verbindung aufzunehmen.»

«Ich wünschte, das könnte ich», sagte Converse. «Aber wie ich bereits Ihren Zeugen da draußen erklärt habe, weiß ich nicht, wo sie ist.»

«Das habe ich gehört», sagte Antheil mitfühlend, «aber wir glauben, es zu wissen.»

«Warum setzen Sie sich dann nicht selber mit ihr in Verbindung?»

«Die Leute, bei denen sie ist, sind so bösartig, wie es nur geht. Wenn wir da reinschneien, gäb's nicht viele Worte. Wenn Sie zu ihr gehen könnten – sie überredeten, uns zu helfen –, dann könnte für Sie beide alles viel besser laufen.»

«Wer sind die Leute, bei denen sie ist? Ich dachte, es wäre Ray Hicks.»

«Kennen Sie ‹Die, die sind›?»

«Nein», sagte Converse.

«Das sind ganz üble Typen. Es sind Freunde von Hicks.»

«Ich möchte keine Witze machen», sagte Converse, «aber was ist es denn, was sie sind?»

«Alles», sagte Antheil. «Dealer, Schwule, Extremisten. Der Abschaum der Erde.»

«Was meinen sie mit ‹Die, die sind›?»

«Ich weiß es nicht», sagte Antheil, «und es interessiert mich einen Dreck. Wollen Sie uns helfen, oder wollen Sie sich den Gefahren der Straße aussetzen?»

«Ich rede erst mal mit meinem Anwalt.»

«Nein, das werden Sie nicht, mein Lieber. Sie werden mit niemandem reden – das Risiko gehe ich nicht ein. Wenn Sie die Sache in Ordnung bringen wollen, behalten wir Sie dort, wo wir Sie vor sich selber schützen können. Und Sie werden Ihren Mund halten.»

«Angenommen, ich haue ab? Gleich jetzt.»

«Ich habe Ihnen doch gesagt, was dann mit Ihnen passiert.»

«Angenommen, ich haue trotzdem ab.»

«Das dürfen Sie nicht», sagte Antheil. Zum erstenmal während des Gesprächs schien er aufrichtig wütend zu sein.

Converse entschied, sich den letzten Rest eingebildeter Willenskraft zu bewahren.

«Wohin soll ich denn gehen?»

«Aus der Stadt raus. Nicht allzu weit.»

«Das ist bestimmt nicht legal.»

«Lassen Sie das meine Sorge sein. Mit Gerichtssachen bin ich ganz geschickt.»

«Okay», sagte Converse.

Antheil entspannte sich sichtbar.

«Sie haben eben ausnahmsweise mal was Kluges getan. Vielleicht werden Sie jetzt klüger.»

«Ich hoffe doch», sagte Converse.

«Ich möchte nicht, daß Sie einen Schreck kriegen», sagte Antheil munter. «Ich werde jetzt Mr. Danskin und Mr. Smith bitten hereinzukommen.»

Er öffnete die Tür, die ins Wohnzimmer führte.

«Mr. Danskin», rief er, «Mr. Smith.»

Mr. Danskin und Mr. Smith kamen mit der Miene von Männern herein, die einer etwas unangenehmen Verpflichtung nachkommen. Antheil wandte sich an Converse.

«Ich denke, Sie kennen sich alle.»

«Es ist schön, einen wirklichen Verlierer wirklich verlieren zu sehen», sagte der Bärtige zu Converse. Er war Mr. Danskin.

«Ich habe ihm gerade gesagt, daß er klüger wird», sagte Antheil.

Mr. Danskin zuckte die Schultern.

«Wer hat denn gesagt, daß er nicht klug ist?»

«Ihr macht euch jetzt auf die Reise, Jungs», sagte der Agent. «Ihr wißt über alles Bescheid.»

«Ja», sagte Mr. Danskin.

Antheil klatschte in die Hände.

«Okay. Dann mal los.»

«Wie lange werden wir weg sein?» fragte Converse. «Sollte ich was mitnehmen?»

Er hatte mit der Frage gezögert, weil er fürchtete, sie könnte ein Schweigen oder auch Sticheleien nach sich ziehen.

Ein kurzes Schweigen folgte denn auch wirklich.

«Sicher», sagte Antheil. «Nehmen Sie mit, was Sie wollen.»

Mr. Smith ging mit ihm in das andere Schlafzimmer, um ihm beim Packen auf die Finger zu sehen. Mr. Smith war der Jüngere, Blonde. Converse nahm ein paar Hemden und einen Pullover heraus. Es war noch alles in seinem Koffer; er legte die Sachen in einen Hemdenkarton. Als sie in Janeys Zimmer zurückgingen, bewunderte Antheil gerade die Zeichnung an der Wand.

«Da haben Sie Ihre Gegenkultur», sagte er.

Keiner widersprach ihm.

«Converse», erklärte er, «es hat mir Spaß gemacht, mit Ihnen zu reden. Sie haben mir eine ganze Reihe von Ansichten bestätigt, die ich darüber hege, wie die Dinge laufen. Ich freue mich wirklich, Ihnen begegnet zu sein.»

«Sie kommen nicht mit?»

Antheil schüttelte den Kopf.

«Sie brauchen sich keine Sorgen zu machen. Sie werden in guten Händen sein.» Auf dem Weg nach draußen schien ihm ein Gedanke in den Sinn zu kommen.

«Sie wissen ja, daß ich einen kleinen Jungen habe», sagte er zu Danskin, «er ist jetzt zwölf. Er lebt bei meiner geschiedenen Frau. Letzten Sommer habe ich ihn auf die Überlebensschule geschickt. Zur Abhärtung gegen den großen Wirbelsturm.»

«Und was machen die da?» fragte Mr. Smith.

«Was sie da machen? Sie überleben.»

Alle lächelten höflich.

Mr. Danskin sah Converse an.

«Sie sind wohl nie auf einer Überlebensschule gewesen.»

«Nein», gab Converse zu. «Ich glaube, die gab's damals noch nicht.»

Hicks fuhr mit *speed* im Bauch. Seine Übermüdung behängte das Wüstengras mit halluzinierten Blüten, füllte Schluchten mit leuchtenden Korallen und Hirngespinsten. Das Land war flach und die Straßen schnurgerade; nachts schwangen Scheinwerfer stundenlang im Raum hin und her, stetig wie eine Landkennung – und dann rauschten sie in farbigen Lichtstreifen vorbei, in Explosionen aus Motorengeräusch und heißem Wind. Jeder vorbeifahrende Laster ließ in seinem kreischenden Sog das Schreckgespenst eines Frontalzusammenstoßes in der Wüste zurück – riesige Reifen, die sich in der Luft drehten, tote Lkw-Fahrer, die bis zum Morgengrauen im Straßengraben brannten.

Marge döste auf dem Rücksitz. Ab und zu sagte sie was, aber Hicks verstand sie nicht. Sie kratzte sich im Schlaf. Der Zustand erschien Marge nicht wie Schlaf. Sie hatte sich von dem Bewegungschaos draußen nach drinnen gekehrt. Ihr Kopf war mit monströsen Dingen angefüllt – daß sie zu Gummi wurde, daß ihr Gedächtnis gegen eine Kassette ausgetauscht worden war.

Sicherheitsmaßnahmen gab es nicht mehr. Manchmal stellte sie den Sack einfach auf den Sitz neben sich. Es war so viel da, daß sie verschwenderisch wurde: Der Sitz war davon klebrig, Klümpchen glitzerten auf den Gummimatten am Boden. Wenn sie es genommen hatte, saß sie gewöhnlich für eine Weile vorn neben ihm, aber sie redeten nicht viel, es gab nichts, was einem Austausch standgehalten hätte.

Sie machten nachts halt – so daß Hicks drei Stunden oder so schlafen, mehr *speed* schlucken und weiterhetzen konnte. Sie mieden die Hauptverkehrsstraßen, die Militärgelände und die Indianerreservate und versuchten, auf Straßen zu gelangen, die abgelegen, aber nicht völlig unbefahren waren.

Spät am zweiten Tag passierten sie Meilen über Meilen von Spinatfeldern, die durch Berieselungsanlagen bewässert wurden. Straßen trafen präzise im rechten Winkel aufeinander; um die weißen Farmhäuser herum sah man kleine Gehölze aus bleichen Espen. In einer Stadt namens Moroni stand ein Gipsengel auf dem staubigen Platz im Zentrum; dort hielten sie, um zu tanken, und kauften Wurst und Vollkornbrot in einem japanischen Lebensmittelladen ein.

Als es dunkel wurde, führte ihre Straße bergauf über die Hänge halb zerfallener Berge, auf denen zerborstene Felsblöcke übereinandergestapelt lagen. In der Dämmerung wirkten die riesigen Felsen wie Statuen und das Kieferngestrüpp, das aus den Spalten darunter wuchs, wie Opferblumen.

Die ganze Nacht fuhren sie, um die Kammlinie zu erreichen. Ein paar Stunden vor Morgengrauen lenkte Hicks den Wagen an die Straßenseite, um zu schlafen.

«Wer ist hier oben?» fragte sie ihn.

«Meine Alma mater ist hier oben», sagte er mit geschlossenen Augen. «Mein ausgeflippter alter *roshi*. Manche haben Ärzte zum Verschreiben – dieser Bursche ist ein *roshi*, der alles verschreibt.»

«Willst du sagen, er dealt.»

«Dealt ist nicht das richtige Wort.»

Während er schlief, lauschte Marge den Käuzchen.

Spät am nächsten Morgen lachte Hicks beim Fahren in sich hinein. Der Himmel war obszön in seiner Heiterkeit, die karmesinroten Felsen ein schlechter Scherz. Dann schlängelte sich die Straße allmählich abwärts, Serpentine auf Serpentine. Die Bäume wurden dicker, wilde Blumen wuchsen am Wegesrand. Von einem Moment auf den anderen fuhren sie auf so etwas wie einer Straße zwischen schindelgedeckten Häusern in eine Art Stadt am Fuße eines steilen Felsens, der den halben Ort in angenehmen Schatten tauchte.

Während sie der Straße folgten, bemerkte Marge Leute zwischen den ungestrichenen Häusern. Die erste Gruppe, die sie sah, waren Kinder – kleine Mädchen in gerüschten weißen Blusen und Lacklederschuhen. Dann, vor dem nächsten Haus, eine Gruppe Männer in beigefarbenen Anzügen und dunklen Krawatten. Einige der Männer hatten Bücher unter dem Arm. Ein Stück weiter saß eine junge, schwarzhaarige Frau in einer rosa Bluse im Schatten und stillte ein Baby.

Die Straße endete mit einem krummen Schlenker über einer sandigen Grube, in der ein paar Autowracks und die vergammelnden Überreste eines Wigwams standen. An der einen Seite der Grube sah man eine Ansammlung orangefarbener und blauer Zelte; neben den Zelten waren etwa fünfzehn «International Harvester»-Lkw aufgereiht. Die Lkw waren bunt bemalt, mexikanische Pastellfarben. Hinten waren sie offen; in jedem Lastwagen standen quer über die Ladefläche Bänke mit Knotentauen an den Seiten als Haltegriffe. In solchen Lkw transportierte man in Mexiko und Südkalifornien Tagelöhner.

Ein Pulk schweigender Leute sammelte sich langsam in der Nähe der Stelle, wo sie mit dem Landrover angehalten hatten. Es waren Mexikaner, bemerkte Marge, die seltsam feierlich gekleidet waren. Alle Männer trugen beigefarbene Anzüge im gleichen Schnitt mit breiten Revers und dicken Steppnähten. Ihre dunklen Schlipse wurden von billigen Krawattennadeln aus Blech gehalten. Wogen von lackschwarzem Haar wölbten sich über ihren braunen Gesichtern. Kleine Jungs standen zwischen ihnen, verkleinerte Repliken der Männer bis hinab zu den blechernen Krawattennadeln. Statt Schuhen trugen sie Plastiksandalen über den Socken; ihre Füße waren staubbedeckt. Marge starrte sie durch die mit Insekten verklebte Windschutzscheibe an. Sie erwiderten ihren Blick ohne Feindseligkeit und ohne Gruß.

«Sind diese Leute wirklich da draußen?» fragte Marge.

Hicks schaltete den Motor aus und sah sie an.

«Ich weiß nicht, was wirklich da draußen ist.»

Er saß da, rieb sich die Schläfen und lachte über etwas.

Marge stieg aus und wandte sich der Gruppe zu. Hicks kam

von der anderen Seite um den Wagen herum. «Ach, du meinst diese Leute», sagte er. «Ja, die sind wirklich da.»

«Hallo, meine Brüder», sagte er zu ihnen. *«Hola, muchachos.»*

Sie machten ihnen Platz. Hicks legte den Arm um Marges Schulter. *«Caballeros»*, sagte er, sie eng an sich drückend, *«caballeros, muy formal.»*

Auf dem Fahrweg zwischen den Hütten gab es noch mehr Leute, und alle beobachteten sie, während sie Arm in Arm die Straße entlanggingen.

«Mögen sie uns?» fragte Marge. «Wollen sie, daß wir abhauen?»

«Solange wir nicht von der Polizei sind», sagte Hicks, «oder vom Tierschutz, könnten wir ihnen gar nicht gleichgültiger sein.»

Er blieb einen Moment stehen, blickte die Straße hinauf und hinunter und ging dann auf das größte der Häuser zu. Auf dessen Schwelle kauerten Leute, den Blick ins Innere gerichtet. Hicks schob Marge zwischen zwei tiefgebeugten, breiten Rücken hindurch in einen großen, weißgetünchten Raum.

Der Raum war voller Männer; es waren keine Frauen darunter, nur eine Reihe kleiner Jungen saß mit schwarzen Büchern in den Händen vor einer Wand. Einige der Männer hatten Stühle, auf denen sie saßen, andere standen oder hockten am Boden. Alle blickten zu einem Podest am anderen Ende des Raumes hinüber, auf dem ein kleiner, braunhäutiger Mann in einem dunklen kunstseidenen Anzug laut aus einem Buch vorlas, das er in seiner Rechten hielt. Neben ihm auf dem Podest stand ein Fahnenständer aus Messing mit einer Fahne. Sie zeigte einen Hirtenstab und ein Lamm mit Heiligenschein, das einen Huf erhoben hatte. Eine geheiligte Aura aus Goldstoff umgab das weiße Tier.

Der Mann las mit einer Stimme, die in tiefer Lage im Hals einsetzte, sich dann fast zum Falsett erhob und am Schluß jedes Satzes wieder nach unten sank. Was er las, klang wie Verse oder die Worte eines Liedes, und er schien jede Strophe in einer leicht veränderten Tonlage zu beginnen, so daß der Klang eine Spannung erzeugte, die sich mehr und mehr um sich selber drehte, ohne je nachzulassen. Die Stimme paßte ganz und gar nicht zu ihm.

Die Männer im Raum lauschten mit geschlossenen Augen.

Neben dem Podest, dem Vorleser am nächsten von allen im Raum, saß ein blonder etwa zwölfjähriger Junge, der einzige Mensch dort außer ihnen, der kein Mexikaner war. Der Junge blickte zu dem Sprecher mit einem breiten Lächeln hinauf, aber es war das Lächeln eines Zuschauers, nicht das eines Gottesdienstbesuchers.

Während Marge hinschaute, drehte sich der Junge zu ihnen um, lächelte vor Überraschung noch breiter und stand auf, um sich durch die Menge zu ihnen durchzuschlängeln.

Die Aufmerksamkeit der Leute in dem Raum folgte ihm, als er sich ihnen näherte. Marge stellte sich vor, die Leute dort könnten die Droge an ihr sehen oder spüren.

Der Junge führte sie hinaus in die Sonne. Er hielt einen ausgeblichenen Cowboyhut in der Hand, und als sie draußen waren, stülpte er ihn sich auf den Hinterkopf.

«Wie geht's dir, du kleiner Scheißer?» fragte Hicks.

«Als ich dich das letzte Mal sah», sagte der Junge, «hast du Stahlköpfe geangelt.»

«Habe ich auch», sagte Hicks zu Marge. «Wo ist dein Alter?»

«Auf dem Berg.»

Hicks blickte sich um. «Ich sehe, die Leute sind hier.»

«Stimmt», sagte der Junge. «Ihr kommt rechtzeitig zur Fiesta.»

Sie gingen zum Jeep, und Hicks holte den Rucksack und den Sack heraus, in den er seine Maschinenpistole gesteckt hatte. Er schnallte sich den Rucksack auf den Rücken und legte sich den Seesack über die Schulter.

«Das ist Kjell», sagte er zu Marge. «Kjell, das ist Marge.»

Das Lächeln des Jungen war ihr zuwider; es hatte was von der formalen Glückseligkeit eines Hippiegrußes, des blinden Vertrauens von Seele zu Seele. Es ärgerte sie, so etwas in einem Kindergesicht zu sehen.

«Laß uns zu deinem Vater gehen», sagte Hicks.

Sie gingen auf der unbefestigten Straße zum Berg hin, vorbei an den Autowracks und dem Wigwam und einem Stück Land, auf dem Reihen schwärzlicher Gemüseblätter neben dornigen Unkräutern und Ginster welkten. Der Fleck war mit Kaninchendraht umzäunt.

«Herrgott», sagte Hicks, «Sallys Garten.»

«Richtig», sagte Kjell.

«Sie haben unter dem ganzen Beet Maschendraht verlegt», erzählte Hicks Marge. «Um die Taschenratten draußen zu halten.»

Marge nickte müde.

«Die meisten Leute vergiften Taschenratten. Aber es war die Zeit von Frieden und Liebe, und alles Lebendige ist heilig.» Er wandte sich an den Jungen. «Erinnerst du dich an die Zeit?»

«Ich weiß nicht», sagte Kjell.

«Schließlich besoff sich jemand – ich weiß nicht mehr, wer –, ging mit einer Flinte hier runter und pustete alle Taschenratten weg, die er finden konnte.»

«Das war nur eine Reaktion», sagte Kjell. «Weil's so mühsam gewesen war, den Kaninchendraht zu ziehen.»

Ein schmaler Pfad führte am Fuße des Berges entlang und bog schließlich in eine enge, windstille Schlucht zwischen roten Felswänden ein, die sich zu einer kiefernbestandenen Schneise erweiterte. Der tiefe Schatten und der Duft der Kiefern in der Hitze versprachen Erquickung. Nicht weit entfernt hörte man einen Bach. Hinter der Schneise lag eine Wiese mit einer Gruppe Pappeln am Bachufer. Das Wasser war mit Betonblökken zu einem Teich gestaut worden, von dessen unsichtbarem Grund Blasen aufstiegen, die das Spiegelbild des steilen Berges trübten.

«Wollt ihr baden?» fragte der Junge. «Hier ist der Bach angenehm und warm.»

Hicks blickte zu der Felswand hinüber.

«Wo zum Teufel ist denn der Lift?»

«Er hat ihn abgebaut», sagte Kjell. «Erst neulich hat er ihn abgerissen.»

«Den ganzen Weg über habe ich mich drauf gefreut, mit dem Lift zu fahren. Was zum Teufel hat er sich dabei gedacht?»

Ein kleines, geschecktes Pferd graste zwischen den Bäumen. Der Junge ging zu ihm, zog den Kopf am Zaumzeug in die Höhe und führte es von den Bäumen weg. Ein Stück roter Baumwollstoff baumelte von einem der Hinterbeine herunter.

«Was hast du denn mit ihm angestellt?» fragte Hicks.

Der Junge schwang sich in den Sattel und strich dem Pferd über den Hals.

«Ich habe versucht, eine Zigeunerfessel zu machen. Er hat sie nicht gemocht.»

«Du wirst dir noch die Zähne raustreten lassen. Wieso hat er den Lift abgebaut?»

«Na ja, Gibbs war letzte Woche hier. Und als Gibbs wegging, hat er ihn abgebaut.»

Die gute Laune verschwand aus Hicks' Gesicht.

«Oh, mein Gott», sagte er. «Gibbs war hier?»

«Yeah», sagte der Junge, «er war hier. Tut mir leid, daß ihr nicht hinter mir aufsitzen könnt, aber der Weg ist zu steil.»

«Wir laufen», sagte Hicks.

Kjell gab dem Pferd einen Tritt in die Flanken und trabte den Bach hinauf davon.

Hicks nahm die Feldflasche aus Marges Beutel und beugte sich zum Wasser, um sie zu füllen.

«Gibbs war hier», sagte er zu ihr, «und ich habe ihn verpaßt.»

«Ist das so schlimm?»

«Ja, es ist gemein, absolut gemein. Es ist eine Ironie des Schicksals.»

Es war ein Drei-Stunden-Aufstieg bis zum Gipfel, und der Schatten war der einzige Trost. Nach jeder Wegkurve lehnten sie sich gegen den Felsen, um Wasser zu trinken und etwas Salz aus einem Hot-dog-Streutütchen zu sich zu nehmen. Schritt für Schritt kletterte Marge hinter ihm her; als sie unter dem Grat angelangt waren, hatte sie einen Wadenkrampf und weinte.

Um die letzte Biegung herum stand wieder etwas Wald, Zedern und Kiefern. In dem Rauschen des Windes in den Bäumen waren seltsame zarte Klänge zu hören – Klingeln und leise Glöckchen. Immer wenn Marge sich nach einem Ton umdrehte, erhaschte sie einen kurzen Blick auf etwas von unnatürlicher Farbe, ein Funkeln von leuchtendem Metall oder Glas. Im Weitergehen sah sie, daß in manchen Zweigen Windglockenspiele und Spiegel, Glöckchen aus Sarna und bemalte Puppen versteckt waren.

«Er hat den ganzen Wald so ausgeschmückt», erzählte Hicks. «Es gibt auch Lautsprecher hier draußen. Und Lampen.»

«Mag er keine Bäume?»

«Er doch nicht. Er ist ein Pionier.»

Der Wald endete an einer Mauer, die aus dem Stein des Berges geschichtet war. Sie folgten ihr etwa eine Viertelmeile den Hang hinauf, bis sie zu einer Pforte unter einem Rundbogen kamen, die groß genug war, daß ein Mensch gebückt hindurchgehen konnte. Über der Pforte waren die Buchstaben A. M. D. G. zu lesen.

Ein gepflasterter Pfad führte von der Pforte hinauf zu einer Lichtung, die an zwei Seiten vom oberen Saum des Waldes begrenzt war. Zuerst meinte man, sie sei der Gipfel des Berges – aber es gab darüber noch höheres Gelände, eine mit Unterholz bewachsene Klippe, von der ein schmaler Bach herabfloß. Die vierte Seite der Lichtung fiel jäh ab, gesichert durch eine Barriere aus Lattenhölzern. Vom Rand der Klippe aus konnte man das enge Tal unten und die tiefer liegende Hügelkette jenseits davon sehen, hinter der andere Hügelketten lagen. In weiter Ferne schien der geisterhafte Schemen eines schneebedeckten Gipfels unter dem klaren Himmel zu schweben.

Am Rand der Lichtung, genau gegenüber von der Klippe, befand sich eine Koppel, auf der ihnen Kjells Pony, ohne Fesseln, entgegenblickte. Daneben, zwischen den Bäumen, sah man eine Hütte, von deren Dach Drähte in mehrere Richtungen führten. Ein leises Brummen war von drinnen zu hören.

Beherrscht wurde der Platz von einem weißgetünchten Gebäude mit einem hohen Glockenturm. Es war ein strenger, einfach konstruierter Bau – von der verzierten Fassade um den Eingang herum abgesehen, zu dem drei niedrige ausgetretene Stufen führten. Die Fassade war schmal, doch raffiniert gestaltet: Voluten und biblische Szenen neben Hakenkreuzen und Mustern, die der Regen hinterlassen hatte. Eine Figur mit Soutane und Birett blickte auf Märtyrer herab, die ihre Köpfe in der einen Hand und rituelle Kürbisflaschen in der anderen trugen. Die Schlange, die Eva versuchte, zeigte eine Reihe minuziös wiedergegebener Rasseln. Die oberste Figur war Christus beim Jüngsten Gericht mit dem Federkopfschmuck eines Indianerhäuptlings.

Marge blickte von der Fassade zum Glockenturm hinauf und sah, daß er auf jeder Seite eine Reihe Lautsprecher trug. Sie schirmte die Augen mit der Hand ab und fröstelte im hellen Sonnenschein.

Ein rotgesichtiger Mann mit schütterem Haar kam die Eingangsstufen herab. Das erste, was Marge an seinem Gesicht wahrnahm, war sein Mund. Er trug einen Bart, und das dunkelbraune Haar seines Backen- und Schnurrbarts umrahmte die Dicke und Röte seiner Lippen. Ein leichter Wind spielte mit den kurzen Haaren auf seiner rosigen Kopfhaut.

«Sieh an», sagte der Mann, «wir haben dich wiedergefunden.»

Hicks nickte ihm mit einem Lächeln zu, das herzlich und verächtlich zugleich war.

«Ich war nicht sicher, ob du hier wärst. Bin da in etwas hineingeraten.»

«Wir sind geblieben», sagte der Mann mit dem schütteren Haar, «für den Fall, daß alles noch einmal von vorn beginnt.» Er hatte einen ganz leichten Akzent, holländisch oder deutsch.

«Als ich letztes Mal hier war», sagte Hicks zu ihm, «habe ich Stahlköpfe geangelt. Kjell hat mich eben daran erinnert.»

«Du hättest bei uns bleiben sollen», sagte der Mann.

Mit dem gleichen ironischen Lächeln im Gesicht bückte Hicks sich und berührte die Oberseite der mexikanischen Sandale des Mannes. Der Mann hatte sich vorgebeugt, um diese Geste abzufangen.

«Was ist los, Dieter? Darf man dir heutzutage nicht mehr die Sandale lösen?»

«Heutzutage kann jeder machen, was er will.»

Er drehte sich um und sah Marge an.

«Bist du müde?»

Sie nickte. Sein Lächeln, dachte sie, ist dasselbe wie das seines Sohnes; es war ein bißchen zu friedlich für ihren Geschmack.

«Können wir euch irgend etwas anbieten?»

«Wem, mir? Nein, nichts», sagte Marge.

«Na, komm», sagte Hicks, «wir sind gerade deinen gottverdammten Berg raufgeklettert. Gib uns wenigstens ein Bier.»

Sie folgten Dieter durch den dekorierten Eingang in einen großen, kühlen Raum mit einem riesigen gemauerten Kamin gegenüber der Tür. Es gab nur ein einziges schmales Fenster, das auf einen schattigen Garten blickte, und als die Tür zu war, konnte man kaum noch etwas sehen. Sie machte die Buchstaben A. M. D. G. über dem Fenster aus.

Neben dem Kamin stand ein Kühlschrank; als Dieter ihn öffnete, sah man, daß die Fächer mit mexikanischem Bier vollgestapelt waren und mehrere Gefäße mit einer teefarbenen Flüssigkeit enthielten. Er machte jedem von ihnen ein Bier auf und füllte sein Glas aus einem der Gefäße.

Hicks nahm Dieter das Glas aus der Hand und roch daran.

«Was ist denn das für eine Pisse?»

«Hagebuttenwein», sagte Dieter.

«Ist das ein erleuchtendes Getränk?»

«Ja», sagte Dieter. «Der Geschmack des Zen und der Geschmack von Hagebuttenwein sind gleich.»

Gegenüber von dem unbequemen Refektoriumsstuhl, auf dem Marge saß, befand sich ein Altar, auf dem ein mit Weihnachtskugeln und Geschenkpapier behängtes Kruzifix stand. Dahinter hing eine große Reproduktion von Ilja Repins Porträt des sterbenden Mussorgskij.

«Davon trinkt er ungefähr zwanzig Krüge pro Tag», sagte jemand. Es war Kjell, der in einem Durcheinander elektronischer Gerätschaften auf einer Matratze lag – Mikrophone, Kopfhörer, Lautsprecherkabel und ein Gewirr einzelner Drähte. *Die Schatzinsel* lag aufgeklappt und mit dem Gesicht nach unten darauf.

«Ich stelle ihn selber her», sagte Dieter, «er ist stärker als Bier. Ich bin sicher, die Jesuiten machten besseren, aber sie waren auch besser organisiert.» Er wandte sich an Marge, die unruhig hin und her rutschte. «Was würdest du jetzt gerne tun? Dich erfrischen?»

«Das wäre nicht schlecht», sagte Marge.

«Es ist ein langer Aufstieg ohne den Lift.» Er stand gastfreundlich auf. «Es ist draußen. Ich zeig's dir.»

Marge kramte nervös in ihrer Tasche.

«Ich weiß, wo es ist», sagte Hicks. «Ich zeig's ihr.»

Er nahm die Tasche und führte sie durch eine von einem Vorhang verdeckte Öffnung hinter dem Altar einen sonnenbeschienenen Durchgang entlang, der zu einem zugewucherten Garten am Ufer des Baches führte.

«Willst du aufs Klo oder das hier?» fragte er und zeigte auf die Tasche.

«Ich dachte, beides.»

«Du steigst von Dilaudid geradewegs auf das reinste Heroin

Amerikas um. Ich verstehe, wenn du dir die Zeit auf einer Autofahrt vertreiben willst, aber jetzt mäßigst du dich besser etwas.»

«Ach, zum Teufel», sagte Marge, «meine Tanzstunden habe ich sowieso schon verpaßt.» Sie nahm ihm die Tasche ab. «Es ist das Kind, nehme ich an. Es belastet mich.»

Er nahm das Besteck und zog ihr die Spritze auf.

«Eines Tages», sagte sie, «passiert mir, was Gerald passiert ist.»

Sie hielt die Nadel mit der Spitze nach oben und blickte zum Himmel.

«Das wäre vielleicht ein guter Ort dafür.»

«Na, mal langsam», sagte Hicks.

Die Zunge im Mundwinkel, stach sie sich die Nadel in den Oberschenkel, legte sich zurück und reichte ihm die Spritze.

Er saß da und beobachtete sie, bis sie lächelte.

«Fühlst du dich besser?»

«Machst du Witze?» fragte sie ihn.

Er ließ sie dösend am Bach sitzen, schleifte den Seesack mit dem Gewehr in eine Ecke des Korridors und ging zurück zu seinem Bier.

«Auf die Leidensfähigkeit», sagte Dieter und hob sein Glas. «Möge sie währen.»

«Ich glaube, du bist besoffen, Dieter.»

Dieter blickte auf den Beutel, den er neben seinen Füßen abgestellt hatte.

«Es ist noch mehr in dem Sack, oder?»

«Es ist noch viel mehr in dem Sack», sagte Hicks. «Ich will's verkaufen.»

«Ist das der Grund, weshalb du hergekommen bist?»

«Wir sind in Schwierigkeiten. Wir müssen es loswerden.»

«Ich dachte, ihr wärt vielleicht gekommen, um eine Weile zu bleiben.»

«Wie sieht's aus, Mann?»

Dieter schüttelte den Kopf.

«Nicht hier. Nicht ich.»

Hicks ließ seinen Blick auf Dieters Augen ruhen.

«Nein? Aber Gibbs war gerade hier. Kjell hat's mir gesagt.»

Kjell blickte von der *Schatzinsel* hoch.

«Gibbs hat Pilze für die Fiesta gebracht. Das ist das einzige Dope, das wir jetzt hier in der Gegend haben.»

«Dich hat keiner gefragt», sagte Dieter zu seinem Sohn. «Geh, stimm deine Gitarre.»

Kjell warf sein Buch beiseite und ging zur Eingangstür hinaus.

«Gibbs hat Pilze für die Fiesta gebracht. Das ist das einzige Dope, das wir jetzt hier in der Gegend haben.»

«Dieter, Menschenskind, du brauchst doch nur ein paar Leute kommen zu lassen.»

«Ich lasse keine Leute mehr kommen.»

«Hör zu», sagte Hicks, «ich muß die Sache geregelt kriegen. Ich habe mich da total reingestürzt.»

Er erzählte Dieter von Converse und Marge und allem, was passiert war. Dieter ging an den Kühlschrank und nahm noch einen Krug Wein heraus.

«Ich beneide dich um deine Energie», sagte er.

«Es war da», sagte Hicks. «Ich war scharf drauf. Vielleicht mache ich im nächsten Jahr alles noch mal.»

«Und dann wird im nächsten Jahr alles wieder genauso sein. Viel Herumgehaste und kein Gewinn. Du hättest bei uns bleiben sollen.»

«Ja, das Angeln war schön», sagte Hicks, «keine Frage. Ich könnte mich damit betäuben, in Gedanken in diesem Bach zu fischen. An einer ruhigen Stelle nach der anderen. Wie Hemingway.» Er rieb sich das Gesicht und stand auf. «Ich bin völlig tot, Mann. Ich muß pennen.»

«Ja, geh schlafen», sagte Dieter. «Du weißt, wo es ist.»

An der Stelle am Bach, wo Marge saß, waren die Fische fast zahm. Sie knabberten ihr an den Handgelenken und schwammen vertrauensselig in die hohl gemachten Hände unter der

Wasseroberfläche, aber auf die leichteste Fangbewegung hin konnten sie in Sekundenschnelle verschwinden, während sie eine winzige, in der Sonne glitzernde Kräuselung zurückließen. Marge saß da und spielte mit ihnen unter den Gewölben von Zeit und Stille, die sie inzwischen schon kannte.

Irgendwann beschloß sie, selber ins Wasser zu steigen. Sie ließ ihre schlecht riechenden Sachen am Ufer zurück und glitt vorsichtig hinein. Am Boden lagen Kiesel, das Wasser war sonnengewärmt; sie tauchte den Kopf unter, und beim Heraufkommen war ihr leicht übel. Der Wind roch nach Kiefern.

Kjell saß ein paar Meter bachabwärts auf einem Felsen. Sie drehte sich um und winkte ihm mechanisch zu.

«Willst du Seife?» rief er.

«Gern.»

Er rannte nach drinnen und kam mit einem Stück nach Lauge riechender, selbstgemachter Seife wieder.

«Sieh mal», sagte er und zeigte zur Hausecke hinüber, «da drüben ist eine Dusche. Benutz die, dann tut die Seife den Fischen nicht weh.»

Er beobachtete sie nüchtern, als sie aus dem Bach stieg und zur Dusche hinüberging. Das Wasser war kalt, viel kälter als der Bach. Sie seifte sich, während der Junge zuschaute, spülte sich ab und schlang das Handtuch wie einen Sarong um sich.

«Okay», fragte er.

«Klar.»

Er hüpfte von Stein zu Stein über den Bach und setzte sich am Ufer gegenüber von ihr hin.

«Hübsch hier», sagte sie.

«Ziemlich hübsch. Aber nichts dagegen, wie's mal war.»

«Wie war es denn?»

«Oh, es war ständig voller Menschen.»

«So ist es doch besser, meinst du nicht?»

«Ich weiß nicht. Das Angeln macht jetzt mehr Spaß.»

«Wieso angelst du», fragte sie ihn, «wenn du Angst hast, daß die Seife ihnen was tut? Tut der Haken ihnen denn nicht weh?»

«Ich glaube, das ist etwas anderes», sagte Kjell. «Ein paar Leute hier haben immer gesagt, Angeln ist grausam. Dieter sagt, die Leute, die das meiste dagegen hatten, sind jetzt alle Mörder.»

«Du meinst, sie haben Menschen getötet?»

«Na ja, es könnte symbolisch gemeint sein. Oder es könnte auch sein, daß sie Menschen umgebracht haben.»

«Ich verstehe», sagte sie. «Wohnst du schon dein ganzes Leben hier?»

«Fast. Aber ich bin in Paris geboren.»

Er war ziemlich perfekt, ein erlesenes Produkt der Szenerie wie die indischen Glöckchen in den Bäumen. Er war ein Kind der «Vervollkommnung» wie sie selbst – zur «Rettung» geboren in der Morgendämmerung des Neuen Zeitalters.

Es war ihr unmöglich, nicht an Janey zu denken, aber das Heroin dämpfte angenehm ihre Panik.

«Und wo ist deine Mutter?»

«Im Osten im Krankenhaus. Sie ist schon lange von hier weg.»

«Hatte sie die vielen Leute satt?»

«Sie dachte, er ist Gott.»

«Na», sagte Marge, «das war dumm von ihr.»

«Nein», sagte Kjell, «sie dachte, er wäre wirklich Gott. Das glaubten einige. Einmal kamen richtige Kirchenleute hier rauf, um ihn danach zu fragen.»

«Was hat er ihnen gesagt?»

«Er gab irgendwie zu, daß er's wäre.»

«Glaubte er, er ist es?»

«Irgendwie ja. Jetzt sagt er, er war nicht mehr Gott als alle anderen auch, die anderen wußten nur nicht, daß sie Gott waren, er wohl.»

«Hast du ihn für Gott gehalten?»

«Ich weiß nicht. Vielleicht ist er's.»

«Als ich ein Kind war», sagte Marge, «gab es eine Organisation, die hieß die ‹Liga der militanten Atheisten›.»

«Artisten?»

«Atheisten, Liga der Gottlosen», sagte Marge. «Sie kamen ohne aus.»

«Sie hatten die Schnauze voll?»

«Jeder hatte die Schnauze voll, als ich klein war. Ich hatte selber die Schnauze ziemlich voll.» Sie zitterte. «Mann, es ist schön hier oben. Was ist das eigentlich für ein Haus?»

«Das ist eine lange Geschichte», sagte Kjell. «Es heißt *El Incarnaçion del Verbo*. Während der Missionszeit gehörte es den Jesuiten – dann machten die Mexikaner ein Gesetz gegen die Jesuiten, und die Priester vergruben ihr ganzes Gold und gingen weg. Dann kam es zur Martinson-Ranch. Manchmal ziehen wir – Dieter und ich – mit dem Metallsuchgerät los und suchen nach dem Gold. Wir haben schon massenhaft tolle Sachen gefunden. Aber kein Gold.»

«Wie ist Dieter drangekommen?»

«Ich glaube, Mom hat's ihm geschenkt. Sie hieß früher Martinson.»

«Aha», sagte Marge. «Wie schön für ihn.»

Sie zog sich an und schlenderte in das vordere Zimmer, um nach Hicks zu suchen.

«Er schläft», sagte Dieter. Er bot ihr ein Bier an, und sie nahm es. «In ein paar Stunden ist er frisch und munter, und ihr könnt euch wieder auf den Weg machen.»

«Ich dachte, wir wären auf dem Weg hierher gewesen.»

«Ich kann euch mit dem Heroin leider nicht helfen.»

«Das muß ich falsch verstanden haben. Ich dachte, du wärst im Geschäft.»

«Du hast es falsch verstanden.» Er nahm einen Schluck von seinem Wein und sah sie auf eine Weise an, die ihr ziemlich nach Besitzerstolz aussah. «Wieviel drückst du?»

«Ich weiß nicht genau», sagte sie. «Es ist soviel davon da.»

«Wenn's vietnamesischer Stoff ist und du ihn weiter nimmst, hast du bald eine Wahnsinnssucht am Hals. Vielleicht bist du jetzt schon süchtig.»

«Wir glauben, es ist vielleicht alles nur Einbildung.»

«Wie lange machst du's schon?»

«Nicht so lange.»

«Gut», sagte Dieter. «Dann kannst du aufhören, wenn du willst. Ich kann dir dabei helfen.»

«Kannst du das wirklich?»

«Spotte nicht», sagte er. «Es ist hart.»

Marge streckte sich. Sie nahm es ihm nicht übel.

«Bitte halte mir keine Hippie-Predigt, Mr. Natürlich. Ich gehöre nicht zu deiner Gemeinde.»

Er richtete seine kleinen grauen Augen auf sie.

«Wie wichtig ist dir das Geld? Willst du wirklich, daß er das tut?»

«Das Geld ist mir scheißegal.»

«Gut. Schmeiß das Zeug in den Abgrund, und wir gehen angeln.»

«Da mußt du mit ihm reden.»

Er verstummte, während er mit seinem Wein auf der untersten Stufe des Altars saß, als versuche er, Kräfte zu sammeln.

«Ich mag dich», sagte er nach einer Weile. «Ich freue mich, daß du hier bist.»

«Nett von dir, daß du das sagst.»

«Hat er dir erzählt, was wir hier gemacht haben?»

«Er hat gesagt, du wärst ein *roshi*, der ausgeflippt ist. Ich weiß ehrlich gesagt nicht, was das heißen soll.»

Dieter nahm einen tiefen Schluck von seinem Wein.

«Vor Jahren», sagte er ernst, «geschah hier oben etwas ganz Besonderes.»

«War es etwas mit Tiefgang?»

«In der Tat hatte es Tiefgang. Aber es läßt sich ziemlich schwer beschreiben.»

«Das habe ich mir gedacht. Hatte es etwas damit zu tun, daß du Gott warst?»

Dieter seufzte.

«Weder bin ich jetzt – noch war ich jemals – Gott. In jeder

üblichen Bedeutung des Wortes. Aus politischen Gründen habe ich gewisse Dinge geäußert. Meine Meinung habe ich gesagt, was die Zeit damals forderte. Wenn alles geklappt hätte, wäre am Ende alles deutlich geworden.»

Marge lachte.

«Du bist wie mein Vater – der ist Kommunist.» Sie wischte sich die sentimentalen Tränen aus den Augen und schüttelte den Kopf. «So viele Leute haben alles begriffen und sind nur voller Scheiße. Es ist traurig.»

«Hör zu», kündigte Dieter an, «eine Hippie-Predigt: Wenn die Seele den Körper verläßt, nähert sie sich der Leere, und dort wird sie von Versuchungen bestürmt. In ihrer ersten Versuchung sieht sie zwei Leute ficken – natürlich wird das, was von ihrer Geilheit noch übrig ist, erregt. Sie schwebt näher und näher, bis sie völlig hineingezogen wird. Sie hat ihrer eigenen Empfängnis beigewohnt. Sie geht den Weg zurück, den sie gekommen ist, und das ist das Ende der Befreiung. Tja, genau das ist mit uns passiert», sagte Dieter. «Ich nehme an, das Dope war es, was uns gestoppt hat. Wir wurden hineingezogen, weil es solchen Spaß gemacht hat. Als Junkie solltest du das verstehen.»

«Absolut», sagte Marge. Sie schloß die Augen. «Es ist zu schlimm, das ist es wirklich. Es ist zu schlimm, daß wir aus der ganzen Scheiße nicht raus und zu was Besserem kommen. Wenn's einen richtigen Weg gäbe, würde ich sagen – würde ich sagen –, den nehmen wir.»

«Wir nehmen ihn», sagte Dieter. «Sorge dafür, daß er bleibt.»

Marge war glücklich unterm Dach der Droge und lachte.

«Wenn ich beten könnte», sagte sie, «würde ich beten, daß Gott dafür sorgt, daß die Bombe auf uns alle fällt – auf uns und auf unsere Kinder, und uns alle auslöscht. Dann könnten wir aufhören, dieses zu brauchen und jenes zu brauchen. Dope zu brauchen und Liebe zu brauchen und die dreckigen Ärsche der anderen zu brauchen und das dämliche, neurotische Gequatsche der anderen. Das ist die Antwort», sagte sie ruhig. «Die endgültige Lösung.»

Dieter richtete sich herrisch auf.

«Dummes Ding», sagte er leise. «Das ist das Problem, es kann nicht die Antwort sein. Wenn du das sagst, ist es billiger Junkie-Pessimismus. Wenn du die Zeit damit zubringst, Löcher in dich zu stechen und in den Rissen der Wand auf Reisen zu gehen – was sollst du dann anderes denken? Da fängt es erst an», schrie er sie plötzlich an. «Das Leben gehört den Starken!»

«Den Starken?» fragte Marge ungläubig. «Den Starken? Wer zum Teufel sollen die denn sein? Supermann? Der sozialistische Mensch?» Sie stand erschöpft auf und lehnte sich gegen die Wand. «Du bist ein Arschloch», sagte sie zu Dieter. «Du bist ein Faschist. Wo warst du denn während des Zweiten Weltkriegs?»

Vor sich hinlachend wankte sie aus dem Zimmer und den Gang entlang zu der Kammer, in der Hicks schlief. Der Sack lag neben ihm; sie schleifte ihn heraus, öffnete ihn und starrte ihn lange verwundert an. Geistesabwesend streichelte ihre Hand albern über die Verpackung, und ihr kam der Gedanke, er sei wie ein Kind, nur weniger beschwerlich. Es war ein dummer Gedanke, und er amüsierte sie nicht. Sie stand auf, ging wieder in den Garten hinaus zum Bach und setzte sich neben ihn, den Kopf in den Händen. Als sie aufblickte, sah sie Dieter in der Tür stehen.

«So wird's nicht besser», sagte er.

«Du weißt nicht, wovon du redest», sagte sie zu ihm. «Kümmere dich um deine Angelegenheiten.»

Als sie wieder aufsah, stand er immer noch da.

«Wenn ich's jetzt nicht hätte, würde ich den Verstand verlieren. Alles ist verrückt, und es war grauenhaft. Es ist, als hätte ich eine Woche nicht geschlafen.»

Er lächelte mit seinen dicken, von Haaren gesäumten Lippen auf eine Weise, die sie zunächst für äußerst grausam hielt, aber als sie ihn ein paar Augenblicke lang angestarrt hatte, war sie nicht mehr sicher, ob es Grausamkeit war, was sie da sah.

«Aber dir geht's prima», sagte er. «Du hast es.»

Converse und seine Begleiter verbrachten den ersten Abend ihrer Reise in einem Hotel, das sich Fremont nannte. Es lag in den Bergen an der Straße, gegenüber von einem gelben Berghang, an dem Hereford-Rinder weideten.

Sobald Converse festgestellt hatte, daß es nicht der letzte Tag seines Lebens war, begann er, zur Feier dieses Umstandes zu trinken. Er trank Bacardi, weil Danskin den mochte.

Danskin und Smitty saßen auf dem Bett und spielten Schach auf einem Reisebrett mit kleinen Plastiksteckern als Figuren. Beim Spiel war Danskin nicht zu erschüttern; er saß reglos über seinen Bauch zusammengesackt, die Schultern gebeugt, die Füße auf dem Boden. Sein Atem war stets hörbar; bei all seiner Größe und offensichtlichen Stärke schien er nicht sehr gesund zu sein.

Smitty summte vor sich hin, tippte mit dem Fuß auf und leckte sich häufig die Lippen.

«Schach...» sagte Danskin müde. «Und matt.»

Smittys Augen wurden vor Schreck schmal. Er zog seinen König aus dessen fataler Stellung und sah sich das Brett an.

«Wann ist es denn – verdammt noch mal dazu gekommen? Ich hab überhaupt nichts gesehen.»

«Schachmatt», sagte Danskin.

Er sah zu, wie Smitty den König von einem Feld zum anderen rückte und ihn schließlich in die Falle zurückstellte.

«Du hast mich erwischt», sagte Smitty.

Danskin seufzte.

Als sie aufstanden, schlug er Smitty mit der Faust über den Mund – ein blitzschneller rechter Haken aus dem Nichts, hinter dem das ganze Gewicht seines Oberkörpers lag. Smitty war völlig überrumpelt; er hatte nicht mal versucht, sich zu ducken.

Der Schlag trieb ihn auf die Zehenspitzen, er taumelte rückwärts und fing sich eben noch an der Wand. Er befühlte seine Lippe, spuckte Blut und ging ins Bad. Danskin folgte ihm gleichmütig.

«Du blöder Hund, ich habe dein Knacki-Schach satt. Lern endlich spielen.»

Er drehte sich zu Converse um, der sich noch einen Barcardi eingoß.

«Ich hasse Knacki-Schach», erklärte er. «Ich hasse den Stil. Ohne Strategie, ohne Überlegung. Genau wie ein kleines Kind.» Er spitzte die Lippen und sprach affektiert mit gehobener Stimme, so daß Smitty ihn hören konnte. «Genau wie ein kleines Piepvögelchen! Ooh, hier ist ja ein Zug. Ooh, da ist ja ein Zug. Es ist verdammt entwürdigend.»

Smitty kam mit einem Handtuch vor dem Mund aus dem Badezimmer und setzte sich auf das Bett.

«Du hast mir auf meine scheiß Brücke gehauen, Mann.»

«Idiot. Warum liest du nicht wenigstens einmal in deinem Leben ein Schachbuch?»

«Manche Leute verprügeln einen, wenn sie verlieren», sagte Smitty dumpf. «Der beschissene Danskin – er gewinnt und schlägt zu.»

Danskin zuckte die Schultern und legte sich mit einem Packen Straßenkarten von den Nationalparks neben Smitty auf das Bett.

«Was glaubst du denn, wo ich das Spiel gelernt habe?» fragte Smitty. «Ich hab's im Knast gelernt, ich kann's nicht ändern.» Er sah auf das blutige Handtuch. «Leck mich doch am Arsch, Mann, ich spiele nie wieder Schach mit dir.»

Danskin blickte zu Converse hoch.

«Spielen Sie Schach?»

«Ich bin sehr schwach», sagte Converse.

Danskin lachte.

«Er ist sehr schwach», teilte er Smitty mit.

«Ich glaube, ich habe nicht die richtige Einstellung.»

«Seltsam», sagte Danskin. «Es liegt doch nicht etwa daran, daß Sie zu dämlich sind, oder?»

«Nein», sagte Converse.

Er setzte sich in seinen Sessel, um zu schlafen.

Als er aufwachte, hatte er das Gefühl, es seien einige Stunden vergangen. Er meinte, daß vorher irgendwann die Sonne auf die Gardinen geschienen hatte, und jetzt war sie nicht mehr da. Der Kopf tat ihm weh, und er hatte Durst; er lag auf dem Fußboden.

Als er aufzustehen versuchte, reagierten seine Beine nicht. Er drehte sich um und sah, daß er Handschellen an den Knöcheln hatte.

Eine der kleinen Tischlampen brannte. Smitty saß daneben in einem Armsessel aus hellem Holz und kicherte leise über ihn. Danskin lag im Bett und hatte ein Kissen über dem Kopf.

«Wo wollen Sie denn hin?» fragte Smitty fröhlich.

«Ich möchte etwas Wasser trinken.»

«Gehen Sie doch», sagte Smitty.

«Herrgott noch mal», sagte Converse. «Ich habe doch eingewilligt mitzukommen. Ich sehe nicht ein, wozu das hier notwendig sein soll.»

«Wenn Sie Wasser wollen, dann holen Sie sich's doch. Ich halte Sie nicht davon ab.»

Converse rappelte sich hoch und hüpfte ins Bad.

«Auf die Weise mache ich das ganze verdammte Hotel wach», sagte er zu Smitty.

«Scheiß auf das ganze verdammte Hotel.»

Converse trank und wusch sich das Gesicht unter dem Hahn. Er hielt sich am Waschbecken fest, um nicht hinzufallen. Als er fertig war, hüpfte er zu dem Sessel zurück, der gegenüber von Smitty auf der anderen Seite des Zimmers stand.

Um Smittys dürren Arm erkannte er eine rote Strieme vom Abbinden; die Haut in der Ellenbogenbeuge war schwarz und blau. Seine Unterwasseraugen waren friedlich.

«Sie sind aus New York?» fragte Smitty.

«Ja», sagte Converse.

«Kennen Sie Yorkville?»

«Ja.»

«Kennen Sie das Klavan's?»

Converse kannte das Klavan's gut. Es war eine Bar an der Second Avenue, in der er verbotenerweise getrunken hatte, als er noch nicht das erforderliche Alter besaß. Am St. Patrick's Day 1955 war er dort zusammengeschlagen worden, und dort hatte er versucht, Agnes Comerford zu verführen, eine Schwesternschülerin aus dem Lenox Hill Hospital. Er hatte ein beträchtliches Quantum seiner Energie darauf verwandt, so viel Abstand zum Klavan's zu gewinnen, wie nur möglich, und zwar in jeder Hinsicht.

«Nein», sagte er.

Der Gedanke, in einem kalifornischen Hotel von einem Stammgast des Klavan's gefangengehalten zu werden, war ihm zutiefst unangenehm.

«Ich war auch in Vietnam», sagte Smitty. «Hatte dort ganz schönen Ärger.»

«Was ist passiert?»

«Ich bin auf eine Bambusspitze gelatscht. Verletzt? Mann Gottes! Brachte mich allerdings blitzschnell weg von dort.»

«Prima», sagte Converse.

Smitty blickte über die Schulter zum Bett rüber und lauschte befriedigt Danskins asthmatischen Atemzügen.

«Ein Spinner, was?»

Converse grunzte.

«Wissen Sie, was der für einen IQ hat? Einhundertsiebzig. Die Quote von 'nem Genie.»

«Das überrascht mich nicht», sagte Converse.

«Du fährst mit dem Kerl durch die Gegend, und irgendwelche klassische Musik kommt im Radio – er sagt, das ist Mozart. Das ist Beethoven. Was bringt ihm denn das?»

«Wie haben Sie sich kennengelernt?»

«Durch Antheil. Er hat uns zusammengebracht.»

«Antheil ist wirklich 'ne Nummer.»

«Er ist absolut klasse», sagte Smitty. «Der Scheißtyp hat Kohle auf der hohen Kante, ein schönes Haus, Puppen kommen und gehen. Sie sagen, das System funktioniert nicht, Mann – sag das bloß nicht zu Antheil.»

«Bezahlt er Sie?»

«Glauben Sie, ich bin hier für naß unterwegs? Halten Sie mich für einen Hanswurst?» Er warf den Kopf selbstzufrieden hin und her. «Nach der Sache hier habe ich Aussichten auf 'n Job bei der Agentur.»

«Sind Sie nicht vorbestraft?»

«Das bedeutet doch 'n Scheißdreck. Wenn Antheil sagt, du bist dabei, bist du dabei. Und dafür könnte ich mich richtig ins Zeug legen, Mann.»

«Sie könnten ein zweiter Antheil werden.»

«Das ist kein Witz», sagte Smitty.

«Was ist mit Danskin? Möchte er auch für die Agentur arbeiten?»

Smitty blickte wieder über seine Schulter und senkte die Stimme.

«Er ist ein Vieh, Mann, ein Psycho. Ein Typ wie der kann nicht mit Leuten umgehen.»

Converse nickte nachdenklich und ließ sich zum Schlafen wieder auf den Fußboden gleiten. Wenige Augenblicke später hörte er Smitty leise näherkommen. Er öffnete die Augen und drehte sich auf die Seite.

«Ich war verheiratet», sagte Smitty.

«Ist das wahr?»

«Ich hatte aber genug davon. Es ist blöd.»

«Kommt wohl auf die Beteiligten an», sagte Converse.

«Sehen Sie doch sich selber an», sagte Smitty zu ihm. «Sehen Sie sich den Kummer an, den Sie davon haben.»

«Es ist eine komische Situation.»

«Sie haben Glück, daß wir vorbeigekommen sind, Mann. Wir schenken Ihnen ein bißchen Seelenfrieden.»

Converse drehte Smitty den Rücken zu und stützte sich auf den Ellbogen.

«Ich hab Ihre Alte gesehen», sagte Smitty. «Die ist toll.»

«Toll?» sagte Converse. «Die ist nicht toll.»

«Doch, doch, ist sie. Ich hab sie gesehen.»

«Sie irren sich.»

«Vielleicht», sagte Smitty.

Converse rutschte von ihm weg. Smitty war näher gerückt und stank.

«Meine Frau ist auf Staten Island», erzählte er Converse. «Sie war scharf auf so 'n Kerl, der zweimal so alt war wie sie. Ein Typ, der da draußen 'n Restaurant hatte.»

«Vielleicht», schlug Converse vor, «sollten Sie nicht drüber reden.»

«Als ich im Kittchen war», sagte Smitty, «haben wir das immer gemacht. Wir redeten über unsere Weiber – wo sie jetzt wären, was sie gerade täten.»

Converse tat, als schliefe er.

«Wie sie aussehen. Wie sie's gerne treiben. Ob sie grade mit jemandem ficken.» Er legte Converse die Hand auf die Schulter und rüttelte ihn. «Verstanden?»

«Verstanden», sagte Converse.

«Manche hielten das nicht durch, die klinkten aus. Es machte einen verrückt.»

Seine Hand glitt von Converses Schulter an dessen Seite entlang zum Inneren seines Schenkels. Converse rollte sich ruckartig herum und sah ihn an.

«Nehmen Sie Ihre Finger weg.»

Smitty ließ sich nicht entmutigen.

«Deine Frau fickt diesen Typen, das weißt du doch.»

«Nehmen Sie bloß Ihre Finger weg», sagte Converse.

«Laß ihn in Ruhe», sagte Danskin.

Smitty sprang hoch, als hätte er einen Schlag abgekriegt. Danskin hatte sich im Bett aufgesetzt und starrte sie mit dem Ausdruck tiefer Niedergeschlagenheit an.

«Geh ins Bett», sagte er zu Smitty.

Smitty stand rasch auf und strich sich über das Haar.

«Du hast nicht geduscht», sagte Danskin. «Wann willst du das denn machen?»

«Morgen früh.»

«Nein, jetzt.»

Smitty ging ins Bad und nahm eine Dusche. Converse kuschelte sich an die Wand und hatte das Gefühl, Danskin beobachte ihn vom Bett aus.

Wenige Minuten darauf kam Smitty aus dem Bad, machte die Tischlampe aus und stieg zu Danskin ins Bett. Bald merkte Converse, als er so im Dunkeln lag, daß Smitty und Danskin eine Nummer schoben. Während sie damit beschäftigt waren, robbte er leise über den Teppich zu der Bacardi-Flasche und holte sie sehr vorsichtig zu sich auf den Boden runter.

Nur die Angst hinderte ihn daran zu kotzen, nachdem er einen langen Schluck genommen hatte. Als Danskin und Smitty still waren, kroch er zu der Koje rüber, welche die Direktion für dritte Gäste vorgesehen hatte, kletterte hinein und zog sich die Bettdecke über den Kopf.

Er träumte von Charmian.

Am nächsten Morgen machten sie sich zeitig auf den Weg und fuhren fast bis zum Dunkelwerden, ohne anzuhalten. Sie folgten der Autobahn durch die Wüste; Danskin und Smitty lösten sich hinter dem Steuer ab und wurden im Laufe des Tages immer nervöser. Es gab getrocknete Aprikosen und Bonbons zu essen und noch mehr Bacardi. Converse trank den größten Teil von dem Rum. Sie legten ihm im Wagen keine Handschellen an.

Gegen sieben bogen sie von der Interstate ab und fuhren mit der sinkenden Sonne zur Rechten an Feldern mit grünem Getreide vorbei und durch kleine Dörfer. Hohe braune Berge erhoben sich vor ihnen.

Einmal wachte Converse auf und hörte, wie sie sich unterhielten.

«Du hast ihm erzählt, daß du in Vietnam warst. Ich hab's gehört.»

«War ich auch», sagte Smitty.

Danskin drehte sich um und sah, daß Converse wach war.

«Er war nie in Vietnam. Er war sein ganzes Leben nirgendwo anders als in Haight-Ashbury und im Knast.»

Smitty war beleidigt.

«Aber wenn er in Schwung kommt», sagte Danskin, «erzählt er Geschichten, die man nicht mehr vergißt. Abgeschnittene Ohren. Abgeschnittene Eier. Kleine Kinder auf Bajonette gespießt. Den grauenhaftesten Scheiß, den man je gehört hat.» Er drehte sich wieder um, lächelte Smitty an und wischte sich den Schweiß von der Stirn. «Und das Beste ist – er ist nie dagewesen.»

«Woher willst du wissen, daß ich nie dort war?» fragte Smitty.

«Das ist seine Art, sich 'ne Mieze aufzureißen, Sie verstehen, was ich meine. Er trifft 'ne Puppe, und sofort kriegt sie diese Greuel zu hören. ‹Und dann durchsiebte ich alle Kinder mit meinem Maschinengewehr. Und dann habe ich alle Omas erwürgt. Und dann haben wir den Bürgermeister angezündet.› So geht das immer weiter – und wissen Sie was?»

«Die finden's toll», sagte Converse.

Danskin lachte zufrieden.

«Darauf können Sie Gift nehmen. Die finden's toll. Je grauenhafter, je schrecklicher, desto toller finden sie's.»

«Mein Gott», sagte Smitty, «ist mir das peinlich.»

«Dann dreht er die ganze Sache plötzlich um. Er erzählt ihnen, wie er bestraft wurde, weil er Befehle verweigert hat. Der General: ‹Smitty, bring die Nonnen weg und begrab sie lebend in Scheiße.› Smitty darauf: ‹Leck mich am Arsch, General.› Er haut dem General eins in die Fresse, und sie stecken ihn ins Loch. Dafür hat er dann gesessen, erzählt er ihnen.»

«Ich weiß nicht», sagte Converse.

«Was wissen Sie nicht? Haben die eigentlich all den Scheiß da drüben gemacht? Ist das alles wahr?»

«Manches selbstverständlich nicht. Anderes wohl.»

«Mann», sagte Smitty, «wenn ich Schriftsteller wäre, wär ich reich. Ich sollte das mit Ihnen zusammen machen, Converse. Ich erzähle Ihnen Sachen, und Sie schreiben sie auf.»

«Du blöder Idiot», sagte Danskin, «alle Leute sagen das zu Schriftstellern. Jetzt denkt er, daß du ein Arschloch bist.»

«Nicht unbedingt», sagte Converse. «Manchmal erzählen mir die Leute was, und ich schreib's auf.»

«Dann kriegen Sie die Kohle», sagte Smitty, «und die anderen kriegen 'n Scheißdreck.»

«Jetzt nicht mehr», sagte Converse. Während sie durch die Felder fuhren, erzählte er ihnen von den Geschichten, die er für *Nightbeat* geschrieben hatte. Er erzählte ihnen von dem «Fallschirmspringer» und dem «Wahnsinnigen Zahnarzt». Er erzählte ihnen die Stories «Explodierende Zigarre tötet neun Menschen», «Bettler von seinem Kleingeld erdrückt» und «Streich in der Hochzeitsnacht bricht Braut das Rückgrat». Die Geschichten amüsierten sie und verkürzten ihnen angenehm die Fahrt.

Smitty war recht schockiert.

«Wie können die Sachen in die Zeitung setzen, wenn sie nicht wahr sind? Verstößt das nicht gegen das Gesetz?»

Danskin jauchzte höhnisch auf.

«Überhaupt nicht», sagte Converse.

«Du hast gut reden», sagte Danskin zu Smitty. «Aus deinem Mund kommt nicht ein wahres Wort.» Er saß ein paar Minuten gedankenverloren da, und dann brach er in schallendes Gelächter aus.

«Du und deine Bambusspitze», schrie er. «Eines Tages wirst du diese Geschichte einmal zu oft erzählen, Mann. Weißt du, was ich dann mache? Ich bastel mir so ein Ding und ramm's dir mitten durch den Fuß.» Er beugte sich zum Rücksitz rüber und schlug Converse auf die Schulter. «Mitten durch seinen scheiß Fuß ramm ich's ihm. Dann kann er endlich erzählen, wie weh es tut.»

Sie fuhren durch lange Schatten im goldenen Licht; die Straße folgte einem Bergkamm, der das Tal überblickte, dann wandte sie sich in Haarnadelkurven nach Süden über hohe, baumlose Pässe durch die Berge. Auf einem der Pässe bogen sie von der asphaltierten Schnellstraße ab und parkten außer Sichtweite zwischen Kalksteinfelsen. Unter ihnen neigte sich das Gelände zu einer braunen Senke, an deren Grund man morastiges, langsam fließendes Wasser sah.

«Machen wir 'ne Rast», sagte Danskin.

Sie stiegen aus dem Wagen und bahnten sich einen Weg den Abhang hinab. Danskin hatte den Rum und einen Vier-Liter-Plastikkanister bei sich.

«Es ist ein Loch», sagte Danskin, während er zu den Bergen um sie herum hochblickte. «Es ist buchstäblich ein Loch.» Er warf Smitty den Plastikkanister zu. «Füll ihn auf für den Kühler. Ab hier ist alles trocken.»

Er nahm einen Schluck Rum und reichte Converse die Flasche.

«Wie geht's, Mr. Converse?»

«Okay», sagte Converse.

«Sie sind ziemlich cool, in Anbetracht der Umstände.»

«Tja, ich habe mich entschlossen mitzukommen. Nun muß ich das Beste draus machen.»

«Sie haben sich entschlossen? Was meinen Sie damit, Sie haben sich entschlossen? Glauben Sie etwa, Sie hätten verschwinden können?»

Converse blickte zum Himmel. Hoch oben, außer Hörweite, kroch der winzige Silberrumpf eines Flugzeugs über das wolkenlose Blau. Er dachte daran, wie oft er am Erdboden gehockt hatte, mit dem Wunsch, in der Luft zu sein, und wie oft er in Flugzeugen gesessen hatte, mit dem Wunsch, am Boden zu sein.

«Na ja, jetzt ist es schließlich egal, oder?» Die Stelle wäre perfekt, um jemanden umzubringen, dachte er. Ein Schuß würde wahrscheinlich meilenweit zu hören sein – aber meilenweit gab es niemanden, der ihn hörte. Von der Paßhöhe aus hatten sie kein einziges Anzeichen menschlicher Behausungen gesehen, nicht eine Hecke, nicht einen Zaun. Nur das Flugzeug, zehn Kilometer hoch.

«Macht es Ihnen gar nichts aus?»

«Ich gebe mir Mühe.»

Danskin griff in seine graue Strickjacke und zog eine Pistole heraus. Er setzte sich auf einen Felsen und legte die Pistole auf sein Knie, so daß der Lauf ein paar Zentimeter nach links auf Converses Bein gerichtet war.

«Sehen Sie das?»

Der Blick auf die Pistole machte Converse schläfrig. Die Lider wurden ihm schwer.

«Natürlich.»

«Sieht wie 'ne normale Achtunddreißiger aus?»

«Ich kenne mich mit Pistolen nicht aus. Ich hatte mal 'ne Fünfundvierziger. Ich konnte sie auseinandernehmen und reinigen.» Er zuckte die Schultern. «Das ist 'ne Weile her.»

«Damit wird sie geladen.» Danskin holte eine kleine Stoffrolle aus seiner Brusttasche und hielt sie Converse zur Besichtigung hin. «Das ist die Kugel. Sie dringt nicht ein. Beim Auftreffen wird sie platt und fetzt den ganzen Scheiß raus, auf den sie trifft. Ein riesiges, flaches Loch.»

Converse gähnte.

«Die Generalleutnants bei der Air Force benutzen die», sagte Danskin. «Denken Sie dran, falls Sie mal ein Flugzeug entführen wollen.»

Smitty trug den Plastikkanister einen Felsen hoch, an dem Wildblumen wuchsen. Der Anstieg war steil, und er schleppte sich langsam hinauf.

«Nur Mut», rief Danskin ihm zu. «Immer feste, du Trine.» Er schüttelte den Kopf. «Er schießt sich erst mal was», sagte er zu Converse.

«Ist er denn süchtig?»

Danskin zuckte die Schultern.

«Manchmal drückt er ganz für sich allein 'n ganzes Tütchen. Manchmal nicht. Ich denke, was ihm wirklich gefällt, ist der Piekser.»

Sie beobachteten ihn beim Klettern, bis er hinter der Spitze des Felsens verschwand.

«Er ist schüchtern», sagte Danskin steif.

«Er hat mir gesagt, er hofft auf einen Job bei der Agentur.»

«Wer, Smitty? Smitty hat nicht mal die Intelligenz eines Airedaleterriers. Er kennt noch nicht mal den Unterschied zwischen einem Nickel und einem Vierteldollar. Wie soll er denn bei der Agentur arbeiten?»

«Er sagt, Antheil wird das für ihn regeln.»

«Klar. Er kann alles werden, was er will. Er kann Gouverneur werden, er kann fliegen. Das erzählt ihm Antheil.»

«Und was erzählt er Ihnen?»

Danskin schüttelte langsam den Kopf. «Lassen Sie das, Mann.»

«Ich bin nur neugierig», sagte Converse. «Ich weiß, warum Smitty für ihn arbeitet. Da muß ich mich doch fragen, warum Sie dabei sind.»

«Mir gefällt es. Ich schau mir gern Leute an.»

Smitty tauchte wieder auf der Spitze des Felsens auf; seine Arme baumelten locker zu beiden Seiten runter, während er die Schräge hinabhastete. Er watschelte in einem immer enger werdenden Kreis um das Wasser herum und machte es sich auf der Erde bequem.

«He, Mann», rief Smitty glücklich.

Danskin lächelte nachsichtig zu ihm runter.

«He, Smitty.»

«Weißt du was, Danskin? Es ist zu schade, daß wir kein Feuer machen können.»

«Zu schade, daß wir keine Marshmallows toasten können. Zu schade, daß wir nicht 'n paar Volkslieder singen können.» Asthmatisches Gelächter schüttelte ihn, er kniff die Fleischfalten um seine Augen zusammen. «Du bist ein Kind.»

Danskin ging hinüber zu der Stelle, wo Smitty lag, und blieb neben ihm stehen.

«Soll ich dir Horrorgeschichten erzählen?»

Kichernd ging Smitty in Deckung und kroch von Danskins Füßen weg.

«Nein, Mann.»

«Gut für dich. Also keine Geschichten.» Er wandte sich an Converse, und sein Blick wurde härter.

«Warum erzählen Sie uns nichts von Vietnam? Was haben Sie da gemacht, außer sich *smack* zu beschaffen?»

«Ich habe herumgehangen.»

«Mehr nicht?»

«Einmal bin ich mit der Navy auf einem Patrouillenboot den Mekong raufgefahren. Und ich bin mit der First Division nach Kambodscha gegangen.»

Smitty guckte mit einem verschwommenen Lächeln zu ihm hoch.

«Haben Sie einen umgebracht?»

«Ich gehörte nicht zur kämpfenden Truppe. Ich war nicht bewaffnet.»

«Mann, das wär ich aber gewesen», sagte Smitty. «Ich hätte jede scheiß Waffe getragen.»

«Die meisten an der Front sollten auf Blätter oder Lichtpunkte feuern. Da gab's nicht oft Kämpfe von Mann zu Mann.»

Er drehte sich zu Danskin um und sah in dessen Gesicht einen jähen Haß, der ihn erstaunte und sehr viel stärker ängstigte als die Pistole zuvor.

«Für Sie ist das alles Scheiße, stimmt's?» Stumme, blinde Wut sprach aus Danskins Augen. Converse sah schnell weg. «Sie sind gegen Gewalt und Töten. Da stehen Sie drüber.»

«Ich habe immer…» begann Converse. «Ja», sagte er, «ich bin dagegen. Vom Darüberstehen weiß ich nichts.»

«Sie verachten es, stimmt's?»

Er blickte in Danskins wahnsinnige Augen und wurde wütend. Es war ein unbekanntes Gefühl für ihn.

«Ich habe Leute töten sehen», sagte er zu Danskin. «Es ist nichts Besonderes. Eine Schlange kann das auch. Oder ein Moskito oder ein paar tausend Ameisen.»

«Sie sind 'ne Nummer, Converse», sagte Danskin. «Erst bringen sie den Leuten Heroin aus Vietnam, dann erzählen Sie ihnen, wie es ist. Damit Sie nicht das Verkehrte machen und Sie abknallen.» Er streckte den Arm aus und packte die Spitze von Converses Kragen. «Scheiß mich nicht an», sagte er leise zu Converse. «Du bist ein rachsüchtiges, widerliches kleines Arschloch – das steht dir im Gesicht geschrieben. Aber du bist feige. So einfach ist das Ganze.»

«Vielleicht», sagte Converse.

«Vielleicht, hä? Hör zu, Mann, glaubst du etwa, ich weiß nicht, wie ihr Scheißkerle gebaut seid? Glaubst du, ich weiß nicht, was ihr für Träume habt – jemand schmeißt dir Sand ins Gesicht, und du willst ihn umlegen? Du trampelst gegen die Wände, du schreist den Spiegel an. Du frißt dein ganzes Leben lang Dreck und haßt jede einzelne scheiß Minute davon und würdest am liebsten das halbe Land in den Arsch treten, aber du mußt es runterschlucken, weil du keinen Mumm in den Knochen hast. Ich weiß nichts darüber, hä, Converse? Du glaubst, ich bin dämlich?»

«Nein», sagte Converse.

«Du glaubst, ich bin krank?»

«Nein.»

«Was bin ich dann?»

«Ach, Mann», sagte Smitty. «Dreh bloß nicht durch. Nimm's nicht so tragisch.»

«Ich könnte dich zu Tode prügeln, weißt du das?»

Smitty stand auf und klopfte sich den Staub ab.

«Klar weiß er das, Mann. Was willste 'nn damit beweisen?»

«Der hält sich für was Besseres», sagte Danskin. «Der Mann ist Heroinschmuggler und noch nicht mal ein guter.»

Er kaute an seinen Lippen, rückte von Converse weg und kletterte den Abhang zur Straße hoch.

«Sehn wir zu, daß wir weiterkommen. Wir fahren die Nacht durch.»

Smitty schenkte Converse ein entschuldigendes Lächeln.

«Streiten Sie nicht mit ihm, Converse. Lassen Sie ihn einfach schreien, wenn er sauer ist.»

Es war fast dunkel, die braunen Berge verschwammen im Schatten, Sterne waren zu sehen.

Danskin blickte rechts und links die dämmerige Straße entlang und kletterte hinter das Steuer.

«Setzen Sie sich hierhin», sagte er zu Converse.

Smitty stieg hinten ein und knallte die Wagentür zu.

«Findest du das ’ne gute Idee, nachts zu fahren?» fragte er Danskin. «Hier oben sind doch die Grenzpatrouillen unterwegs.»

Danskin schaltete die Scheinwerfer ein und ließ den Motor an.

«Die haben genug anderes zu tun. Unser Kennzeichen ist nicht auf der Liste, also werden sie uns in Ruhe lassen.»

«Antheil hätte ihnen befehlen sollen, sich rauszuhalten.»

«Wenn wir angehalten und festgenommen werden», sagte Danskin, «beißen wir in den sauren Apfel und halten die Schnauze. Antheil kann sich nachher darum kümmern. Das gilt auch für Sie», sagte er zu Converse.

Im Dunkeln bogen sie um eine Kurve nach der anderen. Maultiere liefen in den Bergen herum, und mehrere Male mußte Danskin anhalten und die Scheinwerfer ausschalten, um sie über die Straße zu lassen. Smitty schlief auf dem Rücksitz ein.

Converse döste, bis Damskin ihn anstupste.

«Reden Sie», sagte Danskin.

«Was meinen Sie?»

«Ich meine, ich penne hier ein. Sagen Sie was, und bringen Sie mich in Rage.»

Converse sah ihn einen Moment lang an, dann lehnte er den Kopf wieder gegen den Sitz und schloß die Augen.

«Converse.»

«Ja?»

«Ich war neun Jahre eingesperrt, wußten Sie das? Im Irrenhaus. Wegen eines Gewaltverbrechens.»

«Vielleicht», schlug Converse vor, «sollten Sie lieber nicht drüber reden.»

«Wollen Sie's nicht hören?»

Converse zögerte.

«Nein», sagte er.

Als er das gesagt hatte, drehte er ängstlich die Augen nach links. Er konnte Danskins Gesicht undeutlich in den Lichtern des Armaturenbretts erkennen; er schien zu lächeln, aber man konnte nie sicher sein. Converse zitterte.

«Mich haben Sie bereits beeindruckt», sagte er zu Danskin. «Heben Sie sich's für den nächsten auf.»

«Haben Sie mal gesessen, Converse?»

«Nein.»

«Dann sind Sie eine verdammte Jungfrau. Sie wissen von nichts.»

«Das stimmt nicht», sagte Converse.

«Sechzig bis neunundsechzig war ich drin.»

«Sie haben 'ne Menge verpaßt.»

«Meinen Sie?» Danskin schnaubte verächtlich. «Ich habe nichts verpaßt. Alles, was draußen passierte, ist auch da drinnen passiert. Manchmal fing drin was an und kam draußen erst später auf.»

«Kann ich mir vorstellen.»

«Als ich da ankam, Converse, steckten sie mich in ein Verlies. Da gab's 'n Typ – alles, was sie zu ihm reintaten, das fraß er auf. Die Matratze. Deinen Arm.»

Converse nickte.

«Dort habe ich gelernt, liebenswürdig zu sein. Die brachten mich runter zum Psychologen, und der versuchte, mich wütend zu machen, damit die Schläger mich gegen die Wand schmeißen konnten. Aber ich lächelte nur.

Schließlich kam ich raus zu den anderen, und das war okay. Krankenschwestern, alle möglichen Drogen. Ich habe alles erlebt, Converse – alles, was ich Ihrer Ansicht nach verpaßt habe. Da gab's Bürgerrechtsarschlöcher. Und ein Typ, der hatte sich in einem Hotel in Mobile eingemietet, lebte von Tortillas aus der Dose und versuchte, Liebesenergie über ganz Alabama auszusenden, bis die Bullen ihn rausholten und festnahmen. Wir hatten einen Beatnik-Dichter, der heftete sich Salamischeiben an sein Sportjackett. Der wahre Mr. Saubermann – er war auch da, er wollte Procter and Gamble verklagen. Ein Bursche glaubte, er wäre Fred Waring. Ein anderer, der hatte zur Flinte gegriffen und im Adelphi College vier Sekretärinnen umgelegt. Wenn ich nicht dort gewesen wäre, könnte ich jetzt nicht mit Ihnen reden, aber bei uns gab's Drogen und Politik genau wie draußen. Aber Mann, sie wollten mich absolut nicht rauslassen. Ich dachte schon, ich schaff's nie mehr. Ich war so was wie ein berühmter Fall.»

«Na schön», sagte Converse. «Was haben Sie gemacht?»

Danskin nickte zufrieden.

«Kennen Sie Brooklyn?»

«Natürlich.»

«Samstag abend», sagte Danskin. «Das Loew's Lido, East Flatbush. *Der schwarze Falke* wird gespielt. John Wayne.

Ich war siebzehn, mein erstes Jahr auf dem Brooklyn College. Ich war eine Jungfrau. Ich hatte noch nie 'ne Freundin gehabt. Also, es ist Samstag abend, und ich gehe ganz alleine ins Kino.

Als ich mir gerade 'ne Karte kaufen will, sehe ich, daß der Kartenabreißer aufs Klo geht. Ich frage also die Kassiererin, ob sie mir 'n Geldschein wechseln kann, und gehe – ganz nonchalant – durch die Tür ins Kino rein. Ich verzichte auf meine gewohnte Tüte Popcorn und suche mir meinen Lieblingsplatz. Auf der linken Seite, ziemlich weit vorne.

Bald darauf gibt's hinten ein kleines Gerangel, und ich merke – Scheiße, Mann, ich bin entdeckt. Und der Platzanweiser kommt mit seiner Lampe runter. Der Platzanweiser ist ein Junge, den ich kenne, und er heißt Bruce. Bruce und ich waren zusammen in Midwood. Wir empfanden tiefste Verachtung füreinander. Bruce steht da, leuchtet mir mit der Lampe ins Gesicht, und ich werde wahnsinnig wütend.

Denn Bruce ist wirklich sehr intelligent. Bruce hat immer Freundinnen gehabt und hat auch jetzt eine Freundin, die Schwester von einem Typen, den ich kenne, das schönste Mädchen, das man sich vorstellen kann. Bruce ist ein prima Sportler. Bruce hat ein Stipendium für Cornell.

Bruce leuchtet also mit der Lampe und sagt – mit seiner abgehobenen Bald-gehe-ich-nach-Cornell-Stimme – ‹Okay, Danskin, du Schlaumeier, wo ist dein Ticket?›»

Danskin zuckte beim Fahren die Schultern und machte sich im Falsett selber nach.

«‹Ich hab kein Ticket, Brucie. Ich hab's verloren.›

Und er lacht mich aus. Er sagt: ‹Du warst doch mit 'm anderen zusammen, ihr wart zwei, wo ist denn der andere?› Und ich – Schnelldenker – ich sage: ‹Nein, Bruce, ich war allein.›

Jetzt ist auch noch der Kinoleiter da, beide stehen sie mit der Lampe neben mir, beide lachen sie. ‹Danskin›, sagt Bruce, ‹komm bitte mit.› Sie führen mich den Gang hoch, vorbei an vielleicht zwanzig Leuten, die ich kenne oder die mich kennen, und raus zur Kasse.

‹Hier kauft man die Eintrittskarten›, sagt Bruce. Und gerade als er wieder reingehen wollte, warf er mir einen Blick zu, ein kleines Grinsen, ein kleines Augenzwinkern, das heißen sollte: ‹Danskin, was bist du für eine Niete, was für ein lausiger Idiot, was für ein beschissener Blödmann.›»

Danskin seufzte.

«Natürlich hatte ich keine Lust mehr auf Kino. Ich ging nach Hause und konnte nur noch daran denken, wie sich Bruce nach dem Kino mit seiner Freundin treffen und ihr alles erzählen würde. Und dann würden sie über den Trottel, dies ulkige Vieh, lachen. Sie würde zu Bruce sagen, wie klug er ist.

Ich ging für ein paar Stunden nach Hause und beschäftigte mich mit meiner Briefmarkensammlung. Das beruhigte mich fast immer. Nur diesmal nicht. Ich kriegte die Sache nicht aus dem Kopf, verstehen Sie? Mir wurde klar…» Er drehte sich aufgebracht Converse zu. Converse sah nervös auf die Straße.

«Mir wurde klar, das ist es! Ich konnte nichts anderes tun. Ich hatte absolut keine Wahl.

Als erstes packte ich meine Briefmarkensammlung – ich hatte damit angefangen, als ich ungefähr sechs war –, ich schaffte das ganze Zeug zum See im Prospect Park und schmiß es hinein. Man hätte mich überfallen können. Ein Polizist hätte mich aufgreifen können. Aber sie taten's nicht. Dann ging ich zum Lkw meines Vaters und nahm mir einen Reifenheber. Ich rief Bruces Mutter an, und sie sagte mir, er hätte eine Verabredung. Er käme erst spät nach Hause.

In der New Utrecht Avenue gibt's einen Spielplatz zwischen dem U-Bahnhof und dem Haus, in dem Bruce wohnte. Ich wartete auf dem Platz, ich setzte mich auf eine Bank, den Reifenheber auf dem Schoß. Muß gegen vier Uhr morgens gewesen sein – und aus der U-Bahn kommt Bruce. Er bemerkte mich erst, als ich schon über ihm war. Ich war vorsichtig, weil er Karate konnte. Typisch für ihn, oder?

Als er mich sah, Mann, wußte er Bescheid! Er wußte sofort Bescheid.

Der erste trifft ihn genau ins Gesicht, und er geht zu Boden. Kein Karate. Kein Laut. Ich stand bloß über ihm und bum! Bum, der ist für deine Freundin. Bum, der ist für dein Cornell-Stipendium. Bum, der ist für das kleine Zwinkern. Bum bum bum bum bum. Viele, viele Male, und Bruces kleines Zwinkern und sein Cornell-Stipendium sind bloß noch ein Haufen Matsch auf dem Asphalt. Jede Lampe in jedem Haus in der Straße ist an, dreihundert Bullen sind da, und ich zerhacke noch immer den Scheiß auf der Straße, und der Spielplatz sieht aus wie ein Schlachthof.»

«Und dann wurden Sie eingesperrt.»

«Und dann wurde ich eingesperrt», sagte Danskin. «Ich tat, als wäre ich verrückt geworden. Ich lallte, ich rezitierte Heine. Neun Jahre. Und hier bin ich wieder.»

Eine Weile fuhren sie schweigend weiter.

«Aber Sie sind immer noch wütend.»

«Jetzt mehr denn je.»

«Bedauern Sie's?»

«Ich bedaure, daß ich eingesperrt wurde. Ich bedaure nicht, daß ich Brucie kaltgemacht habe. Der Scheißkerl hätte sich sein ganzes Leben an mich erinnert. Er wäre ein reicher Arzt oder Innenminister geworden und würde immer dieses Bild vor Augen haben, wie er mich aus dem Loew's geschmissen hat. Da habe ich lieber die Zeit abgesessen.»

Er schien von neuem wütend zu werden. Sein Kiefer bebte.

«Er hätte Claire geheiratet. Sie würde sagen, erinnerst du dich an den tollen Fick, den wir an dem Abend hatten, als du diesen Idioten Wie-hieß-er-doch-gleich aus dem Kino geschmissen hast?»

Danskin stieß einen asthmatischen Seufzer aus und entspannte sich.

«So soll man sich nicht an mich erinnern.»

«Als ich zur Schule ging», sagte Converse, «hat man uns immer gesagt, wir sollten unsere Demütigungen dem Heiligen Geist anvertrauen.»

«Das ist doch krankhaft», sagte Danskin. Er schüttelte sich vor Abscheu. «Das ist ja widerlich. Wieso dem Heiligen Geist?»

«Ich nehme an, Er sieht es gern, daß die Leute Scheiße bauen.»

«Er holt sich an dir einen runter, was?»

«Ich glaube, es sollte ein Ausgleich geschaffen werden.»

Danskin schüttelte den Kopf.

«Die Leute sind so blöd», sagte er, «man möchte heulen.»

«Und was passierte dann», fragte Converse, «als Sie rauskamen?»

«Ich kam als Süchtiger raus, das ist passiert. Ich habe mit so 'ner verrückten Krankenschwester gebumst, und die hat mich in den Kram eingeführt. Gras, LSD. Und natürlich das Ficken. Sie fuhr auf Bekloppte ab.

Wir gingen immer runter zum Swimmingpool und schluckten Dilaudid, dann Morphium. Es war wirklich schön. Wenn die scheiß Ärzte versuchten, an mich ranzukommen, redete ich irgend 'n Mist und lächelte einfach, Mann. Einfach – *hello sunshine*! Sie guckten mich von oben bis unten an, machten hmmmmm – verstehen Sie, was ich meine? Und ich stehe da und bin so völlig hinüber, daß ich denke, ich bin in Rockaway. Heute würden sie nicht mehr drauf reinfallen, aber damals hatten sie keinen Schimmer.

Schließlich komme ich raus und sitze völlig auf dem trockenen. Ich habe 'ne Sucht so groß wie die Insel Manhattan, und kein Dealer will was mit mir zu tun haben. Ich kreuze auf, und sie rennen weg, verstehen Sie, weil ich unglaublich naiv und unbeherrscht bin – ich bin halt im scheiß Irrenhaus groß geworden. Ich renne auf der Straße hinter ihnen her – bitte, bitte –, sie sagen, hau ab, laß mich in Ruhe, Hilfe. Ich treffe einen Typen, der ist so kaputt, daß er an mich verkauft, und das vierte oder fünfte Mal – peng! Wir werden beide von einem Nigger in Army-Jacke und Turnschuhen verhaftet.

Meine Lage war natürlich brenzlig, weil ich grade aus'm Loch raus war. Ich werde von einem Typen zum anderen rumgereicht, lande schließlich beim FBI und habe 'n langes Gespräch mit irgend so 'nem Iren. Ich kann 'n Aufschub kriegen, wenn ich an ein College auf Long Island gehe und mich dort mit den Radikalen rumtreibe. Sie haben mich am Wickel. Sie könnten mich für den Rest meines Lebens wieder ins Irrenhaus stecken. Wenn ich irgendwo meckere, bin ich eben verrückt. Wenn ich tue, was sie wollen, kriege ich Unterhalt und bleibe draußen.

Gut, ich gehe dahin, Mann, und nach 'ner Weile interessiert mich die Sache sogar. Ich mache 'n paar Colleges im Osten durch – das FBI reicht mich von einem Betreuer zum nächsten, und ich hecke 'n ziemlichen Scheiß aus. Die Bubis wollen mit mir Banken ausrauben. Ich sage: Fahren wir nach Nyack und legen alle Bullen um, und sie sagen: Toll! Ich sage: Jagen wir den Supermarkt in die Luft – sie sagen: Sofort.»

«Ich kannte ein paar Leute in der Bewegung», sagte Converse. «Ich glaube nicht, daß die auf Sie abgefahren wären.»

«Haben Sie 'ne Ahnung», sagte Danskin, «Sie haben mich nie arbeiten sehen. Ich habe die Szene genau durchschaut. Du bist an einem amerikanischen College – das heißt, du kriegst alles, was du willst. Du kriegst das Beste von allem, was zu haben ist – denk dran, und du hast es. Jetzt ist also Revolution angesagt – Stiefel, Patronengurte und dieser chinesische Scheiß. All die reichen Kinder aus den Vororten – ihre Eltern haben ihnen nie Spielzeugpistolen gekauft, jetzt wollen sie mal den Leuten in den Arsch treten. Revolution – die müssen sie auch haben.

Die reichsten scheiß Leute im reichsten Land der Welt – denen willst du erzählen, irgendein kleiner Arsch in einem Loch in Südamerika kann was haben, was sie nicht haben können? Haste gedacht, Mann. Wenn der Arsch in seinem Loch Revolutionär sein kann, können wir auch Revolutionäre sein.»

«Haben Sie viele reinreiten können?»

«Ganz ordentlich. Im Einsatz draußen war ich allerdings besser als vor Gericht. Ich habe ein paar Pistolen, ein bißchen Sprengstoff unschädlich gemacht. Meistens sorgte ich für Drogenrazzien. So bin ich auf Antheil gestoßen.»

«Denken Sie nicht manchmal...», tastete Converse sich vor, «meinen Sie nicht, das Leben sollte mehr sein als nur das?»

«Sie müssen gerade reden», sagte Danskin. «Was könnte ich denn von Ihnen darüber lernen, was es sonst noch bringen sollte?»

Converse schwieg.

«Jedenfalls ist es interessant. Ich bin wie der Heilige Geist,

Mann. Mir gefällt's, wenn ich Idioten auf ihren Arsch fallen sehe.»

«Eins würde ich gerne wissen», sagte Converse nach einer Weile. «Haben Sie das Bild bei mir auf die Wand gemalt?»

Danskin lachte ungläubig.

«Wofür halten Sie mich, für einen Trottel? Das war Smitty. Haben Sie einen Schreck gekriegt?»

«Ja», sagte Converse, «habe ich.»

Danskin lachte und hämmerte auf das Steuer.

«Mann, Sie Unschuldslamm!» sagte er. «Wie schön für Smitty.»

Antheil wartete an einer Kurve der Straße neben einem kleinen Geländewagen auf sie. Er hatte am Rand eines Kiefernwaldes geparkt; ein Mexikaner war bei ihm, ein düsterer, knollennasiger Mann in einem Khakihemd und mit einem breitkrempigen beigefarbenen Filzhut.

Danskin lenkte den Kombi über die Kiefernnadeln und parkte ihn neben dem Geländewagen.

«Er ist sauer», sagte Smitty.

Antheil war wie zu einem Picknick im Grünen gekleidet. Mit seinem Roos-Atkins-Falthut und seiner Safarijacke hätte er genausogut aus den Seiten von *Field and Stream* heraustreten können. Aber er wirkte besorgt und niedergeschlagen, rotäugig, verärgert.

Er hatte den vorigen Abend auf der Südseite der Grenze bei seinem mexikanischen Kollegen Angel verbracht.

Als sie hielten, kam er zu ihrem Kombi rüber und blickte mit resigniertem Abscheu zu Converse hinein, so wie man eine Lieferung verdorbenes Fleisch betrachten würde. Danskin und Smitty stiegen aus und warteten kleinlaut; sie schienen alle Hoffnung aufgegeben zu haben, ihn zufriedenzustellen.

«Was ist mit den Funkgeräten?» fragte er sie scharf. «Ich hatte keine Ahnung, wo ihr wart.»

«Sie sind nicht besonders nützlich», sagte Danskin. «Die Berge sind im Weg.»

Während der Fahrt hatten sie versucht, mit einem batteriebetriebenen Sendegerät über CB Verbindung aufzunehmen; sie hatten sich einen raffinierten Code ausgedacht, um den Inhalt ihrer Gespräche zu tarnen. Aber es war kein Kontakt zustande gekommen, die Berge behinderten sie.

«Na, ich hoffe, ihr werdet in der Lage sein, sie beim Einsatz zu benutzen», sagte Antheil. «Sonst könnten die Dinge verdammt kompliziert werden.»

Angel blickte auf Danskin und Smitty, als weckten sie in ihm ein gräßliches Verlangen. Er beugte sich zum Wagenfenster runter und sah zu Converse hinein. Converse nickte ihm zu.

Angel war Polizist im benachbarten mexikanischen Bundesstaat, er und Antheil hatten schon früher bei der Verbrechensbekämpfung zusammengearbeitet. Im Geiste der *alianza para progreso* waren sie trinken gegangen, und Antheil, der stolz auf sein Fingerspitzengefühl im Umgang mit Lateinamerikanern war, hatte den Abend als anstrengend, ja geradezu als gefährlich empfunden. Nüchtern war Angel ein Staatsdiener von gediegener, etwas grimmiger Würde. Betrunken wurde er störrisch und streitsüchtig. So *simpatico* Antheil auch war, sein Spanisch war holprig. Mehrere Male hatte er im Laufe ihres Besäufnisses Angel unabsichtlich beleidigt, und das in Dingen, die nach seinem Verständnis absolut banal waren. Einen Moment lang hatte es so ausgesehen, als würde Angel – den er ja schließlich als Leibwächter engagiert hatte – ihn niederschießen. Angel hatte viele Geschichten zum besten gegeben, die seine Tapferkeit und Erfahrenheit als Polizeioffizier belegen sollten, und Antheil war gezwungen gewesen, ungeheure Bewunderung zu heucheln.

Angel war wieder nüchtern, aber für die Aufgaben des Tages war der Abend eine schlechte Vorbereitung gewesen. Als sie ankamen und ganze Wagenladungen von Menschen vorfanden, die in dem verlassenen Dorf kampierten, war Antheil noch unruhiger geworden.

Er schritt neben dem Wagen hin und her, in einer Hand eine geologische Übersichtskarte, während er mit der anderen an den Spitzen seines Schnurrbarts herumspielte.

«Ihr seid ungefähr zwei Meilen vom Grundstück der Ranch entfernt. Zwei Wege führen zu dem Haus hoch, und die findet ihr hier eingezeichnet.» Er reichte Danskin die Karte. «Kannst du sie lesen?»

Danskin blickte stumm und mürrisch auf die Karte.

Antheil räusperte sich und sah Angel an.

«Da unten an der Straße, wo die Wege anfangen, findet 'ne Art Salatpflückertreffen statt. Es sind 'ne Menge Mexikaner da. Mein Freund hier hat mir erklärt, daß sie Mitglieder einer Pfingst-Sekte sind und jedes Jahr herkommen. Die Häuser, in denen sie sich aufhalten, liegen außerhalb des Ranchbesitzes, und soweit wir wissen, besteht keine Verbindung zwischen ihnen und Dieter Bechstein.»

«Augenblick mal», sagte Danskin. «Das ändert die Sache aber erheblich, oder?»

«Es ändert überhaupt nichts. Wenn ich das kulturelle Verhalten richtig verstehe, sollten sie den Leuten auf dem Berg feindlicher gegenüberstehen als uns. Angel und ich sind eben durchgefahren. An keinem der Häuser sind Telefonleitungen zu sehen, und keiner hat sich nach uns umgedreht.» Er hörte auf, hin und her zu laufen, und stemmte die Hände in die Hüften. «Eigentlich», sagte er, «könntet ihr versuchen, herauszubekommen, ob sie den Typen da oben aktiv feindlich gesonnen sind. Vielleicht könntet ihr euch ihrer Hilfe bedienen. Sie verfügen eventuell über besondere Kenntnisse der Zugangswege.»

«Du bist dir darüber bewußt», sagte Danskin mit einem schwachen Lächeln, «daß es von dem abweicht, was wir beschlossen haben.»

«Völlig richtig», sagte Antheil. «Und laß mich eines klarstellen. Ab morgen nachmittag machen wir die Sache offiziell. Die hiesige Polizei wird dabeisein. Dienstvorschriften müssen befolgt werden. Es wird Verhaftungen und Beschlagnahmungen geben.»

«Aha», sagte Danskin. «Dann müssen wir es ihnen also bis morgen nachmittag abgenommen haben. Begleitest du uns?»

«Sozusagen.»

«Was zum Teufel meinst du mit *sozusagen*?»

«Wir werden hier sein, um euch Rückendeckung zu geben. Wir wollen uns nicht gleich ins Rampenlicht stellen, verstehst du?»

Danskin machte einen Schritt auf Antheil zu und richtete einen irren, sorgenvollen Blick auf ihn.

«Ich dachte, ihr hättet hier alles ausgekundschaftet, Mann. Du hast gesagt, ihr hättet Karten und alles.» Er sah angewidert auf die Berge ringsum. «Wir wissen nicht, was wir verdammt noch mal hier unten machen. Wir haben keine Ahnung, wie viele Leute sie da oben haben, Herrgott noch mal.»

Antheil begegnete entschlossen seinem Blick.

«Wir sind fast sicher, daß da oben nicht mehr als zwei oder drei sind.» Er blickte auf Converse in dem Kombiwagen. «Seine Frau, Hicks und Bechstein.»

Danskin nickte finster.

Antheil schlenderte zu dem Kombi hinüber und lehnte den Arm auf das Fenster.

«Hallo, Freund. Sie wollen uns helfen?»

«Klar», sagte Converse.

«Wie denn?» fragte Danskin. «Wie soll er uns denn helfen?»

«Er wird mit seiner Alten reden. Ihr werdet ein Treffen arrangieren.»

«Sie wird ihm sagen, er soll sich verpissen», sagte Smitty.

«Das glaube ich nicht. Ihr schickt ihn vor – immer so, daß ihr ihn sehen könnt, und wartet ab, wie die Sache läuft. Ich persönlich glaube, es könnte eine gewisse psychologische Wirkung haben.»

«Da bin ich andrer Meinung», sagte Danskin.

«Tu's trotzdem», sagte Antheil. «Was sollten wir denn machen, ihn in der Stadt lassen, damit er sich in die Hosen pißt? Ich möchte alle Hauptbeteiligten an einem Ort haben.»

Er schaute wieder zu Converse rein und lächelte ihm zu.

«Er ist ulkig, was?»

Danskin machte ein mürrisches Gesicht.

«Sicher. Also los jetzt.»

Als sie den Wagen starteten und ausscherten, kam Antheil hinter ihnen her.

«Wenn was schiefläuft – zieht euch beim ersten Licht zurück. Ich mache keine Witze – hier wird's von Polizisten nur so wimmeln.»

Antheil und Angel sahen traurig zu, während sie auf die Straße zurückfuhren.

«Der ist nicht sauer», sagte Converse, als sie ein Stück gefahren waren. «Der hat Schiß.»

Danskin fuhr an den Straßenrand.

«Halten Sie gefälligst Ihre verdammte Schnauze», sagte er zu Converse.

«Von jetzt an sagen Sie kein Wort mehr.» Er hatte sich wütend auf dem Fahrersitz umgedreht. «Nichts mehr, kein einziges Wort. Wenn Sie reden sollen, sag ich Ihnen Bescheid.»

«Okay», sagte Converse.

Wenige Minuten später fuhren sie an den Häusern vorbei, die Antheil beschrieben hatte. Die Leute schauten finster von ihren Bibeln auf. Die Männer standen, ohne zu sprechen, beisammen.

«Ich sehe keinen Salat», sagte Smitty.

Sie hielten in der Nähe der Grube, in der das zerfallene Wigwam stand. Ein paar Meter weiter parkte ein staubiger Landrover mit kalifornischem Kennzeichen. Smitty und Danskin stiegen aus und schlenderten zu dem Wagen hinüber.

«Das muß ihrer sein», sagte Smitty.

Sie sahen hinein, spähten unter die Sitze und in den Fond.

Danskin lachte bitter.

«Sieh dir das an. Es liegt überall rum.»

Das Geschnatter spielender Kinder kam von dem Zeltdorf neben den Reihen geparkter Lkw herübergeweht. In einem der schindelgedeckten Häuser sangen Menschen. Fünf Männer in braunen Anzügen saßen nebeneinander auf einer Bank vor dem größten Gebäude. Smitty stiefelte langsam auf sie zu, bewegte den Kopf zu dem Junkie-Beat und strahlte auf jeden in Sichtweite die Bedrohlichkeit eines Irren aus.

«Sie haben sich alle feingemacht», sagte er zu Danskin.

«Vielleicht ist es 'ne Hochzeit.»

«Mann», sagte Smitty. «Ich dachte, wir hätten es mit 'm Rudel Illegaler zu tun.»

Ein kleiner Willys-Jeep hielt auf der Straße hinter ihnen, und sie drehten sich zu dem Geräusch um. Hinter dem Steuerrad saß ein Mexikaner mit einem Stetson und beobachtete sie. In einem Gewehrständer auf dem Sitz hinter ihm sah man eine Flinte.

Als sie auf ihn zugingen, setzte er den Jeep zurück.

«Warten Sie 'n Moment, *señor*», sagte Danskin.

Der Mexikaner schaltete den Motor ab und wartete, daß sie herankämen. Er blickte auf ihren Wagen und auf Converse, der auf dem Rücksitz geblieben war.

«Wohnen Sie hier?» fragte Danskin.

Smitty nahm die Flinte aus dem Gestell und sah sie sich an.

Der Mann nickte.

«Da oben auf dem Berg – da oben wohnen 'n paar Freaks, habe ich recht?»

«Freaks», wiederholte Danskin, als der Mann schwieg. «Hippies. Langhaarige.»

Der Mann guckte, als habe er noch nie was von solchen Leuten gehört.

«He Mann, da oben steht ein Haus.»

«Ein Haus», sagte der Mexikaner. «Jemand dort – ich weiß nicht.»

«Sie wissen es nicht? Sie wissen nicht, wem das Fahrzeug da gehört?»

Der Mexikaner zuckte die Schultern.

«Hippies», sagte er.

«Dieser Scheißtyp», fing Smitty an.

Danskin brachte ihn mit einer Bewegung zum Schweigen.

«Wie kommen wir da rauf?»

Der Mann blickte den Berg hinauf, als denke er darüber nach.

«Wir gehen nicht dahin», sagte er.

«Aber Sie kennen doch den Weg, nicht wahr, *señor*?»

«Ich gehe nicht dahin.»

«Also», sagte Danskin, «da oben sind diese Hippies. Sie haben Dope. Drogen.»

«Sie Polizei?»

«Sie haben etwas, das uns gehört. Sie haben es gestohlen.»

Der Mexikaner nickte. Danskin öffnete die Jeeptür und legte dem Mann die Hand auf die Schulter.

«Sie helfen uns da rauf, und wir kümmern uns um Sie.»

Der Mexikaner kletterte aus dem Wagen. Danskin nahm zwanzig Dollar aus seiner Brieftasche und drückte sie ihm in die Hand. Der Mexikaner besah sie sich einen Moment lang, dann steckte er sie in seine Tasche. Sie stiegen in den Kombi, Danskin und der Mexikaner vorn, Smitty hinten zu Converse.

«Andere Leute hier», sagte der Mexikaner. «In Geländewagen.»

«Das sind unsere Freunde. Die warten auf uns, während wir unser Zeug zurückholen. Sie passen auf, daß wir heil wiederkommen, denn die Hippies da oben sind sehr böse, Sie verstehen, was ich meine?»

«Okay», sagte der Mexikaner.

«Okay ist richtig.»

Sie fuhren um die Grube herum und einen ansteigenden Weg hinauf, der durch ein Espenwäldchen führte. Der Mexikaner blickte starr geradeaus. Bald war der Wald so dicht, daß sie die

Häuser und die Berge um sich herum nicht mehr sehen konnten.

Als die Straße im Gestrüpp endete, wandte Danskin sich mit einem nachsichtigen Seufzer an den Mexikaner.

«Hier müssen wir wohl aussteigen, hm?»

Er kletterte hinter dem Steuerrad hervor und lehnte sich gegen den Schlag. Smitty klappte den Kofferraum auf und nahm eine Mossberg-Flinte heraus. Der Mexikaner sah ausdruckslos zu, wie er sie lud. Danskin blickte mit einem schlechtgelaunten Grinsen den steilen Weg hinauf.

«Wir sollten ihm sagen, daß er den ganzen Scheiß vergessen soll», sagte er.

Smitty öffnete den hinteren Wagenschlag und zerrte Converse heraus.

«Wem?» fragte er. «Antheil? Wie sollen wir Antheil das denn beibringen?»

«Das weiß ich auch nicht», sagte Danskin. «Ich denke drüber nach.»

Auf ihrem Weg zwischen den Bäumen hindurch stießen sie auf eine Kalksteinbrücke, die über einen schäumenden Bach führte. Auf der anderen Seite ging ein Fußpfad sehr steil zu einem Birkenhain hinauf.

Der Mexikaner schritt voran, dann kam Danskin, dann Converse mit Smitty hinter sich.

Seit Beginn des Aufstiegs empfand Converse eine sonderbare Hochstimmung. Während sie sich durch die Birken nach oben kämpften, spürte er sie immer stärker werden.

Der Wind war kalt. Die Birkenblätter waren wunderbar blaß, beinahe zitronenfarben. Wenn er nach oben sah, beruhigten ihn die vollkommenen Muster von Blättern und Zweigen, erregten ihn aber auch auf eine Weise, die er ganz und gar nicht begriff. Ein blinder Optimismus bemächtigte sich seiner wie ein Adrenalinstoß – vielleicht, dachte er, ist es Adrenalin – nichts weiter. So ganz ohne Pläne, Zubehör und Möglichkeiten, fühlte er sich außerstande, keine Hoffnung zu empfinden.

Ihm kam der Gedanke, daß seine Unfähigkeit, Verzweiflung zu spüren, auch nur eine andere Art von Anpassung sein könnte.

Als sie die Birken hinter sich gelassen hatten, vermißte Converse ihre Zweige. Statt dessen gab es jetzt Kiefern, der Untergrund war felsig und ohne Deckung, von harzigen Baumstümpfen abgesehen. Der Pfad verlief steil wie zuvor, mit glitschigen Strecken aus dunklem Fels dazwischen, so daß sie nur langsam vorankamen. Farne wuchsen an den Rändern.

Alle schwitzten heftig. Danskins gequälte Atemzüge markierten die Zeit. Converse wurde immer aufgeregter.

Nach fünfzehn Minuten ließ Danskin sie zu einer Rast anhalten. Sie fläzten sich keuchend auf den Boden und lehnten ihre Körper gegen die Felsen. Das grasbedeckte Tal breitete sich zu ihren Füßen aus; der Abhang, an dem sie rasteten, wirkte so steil, daß man meinte, man könnte einen Stein fallen lassen und damit das Dorf unten treffen.

Converse beobachtete Danskin, wie dieser die Augen schloß und vorsichtig atmete. Er fühlte eine gewisse Nachsicht; in ein paar Stunden wäre er entweder tot oder weg von ihnen.

Seine Gedanken rasten. Im selben Augenblick spekulierte er über das Jenseits und die Wirksamkeit der Reue – und über die Frage, ob sie wohl noch ein Paar Handschellen mitgeschleppt hätten. Angeblich war Marge irgendwo auf demselben Berg, aber er konnte es einfach nicht glauben, und der Gedanke verwirrte ihn lediglich. Er fühlte sich ausgesprochen wach und lebendig, so wie er sich in dem Moment gefühlt hatte, als er beschloß, das Dope für Charmian zu kaufen.

Als sie sich wieder an den Aufstieg machten, mußte er an Ken Grimes denken. Ken Grimes war Arzt beim 101. gewesen. Jill Percy war auf ihrer besessenen Suche nach moralischen Maßstäben auf ihn gestoßen, und Converse hatte ihn in Da Nang besucht.

Grimes war nach Kanada geflohen und bei seiner Rückkehr

als Nichtkombattant eingezogen worden. Er hatte immer Bonbons bei sich, die er den Leuten gab, wenn ihm das Morphium ausging.

Einen Nachmittag hatten sie Bier trinkend in einem Soldatenklub verbracht, und als sie betrunken waren, hatte Grimes mehrmals Converse mit seiner Bemerkung amüsiert, der Mensch müsse seinen Abgang genauso ertragen wie seinen Auftritt. Das sei sein Motto, sagte er. Converse sagte, es sei ein verdammt komisches Motto für jemanden, der erst zwanzig Jahre alt ist.

Irgendwann später erfuhr Converse von Jill, daß Ken Grimes im Ia-Drang-Tal während der Lektüre des *Steppenwolfs* gefallen war. Sein Tod war etwas, worüber Jill weinte. Sie bedaure, ihm begegnet zu sein, sagte sie. Es mache sie lebensüberdrüssig, und das sei ein gefährliches Gefühl.

Converse dachte anders darüber. Grimes hatte ihm den Baustein zu einer Einstellung geliefert, die Converse in der Öffentlichkeit angeblich teilte – die er aber schon jahrelang nicht mehr erfahren und die er nie völlig begriffen hatte. Es war die Einstellung, der zufolge Menschen nach logisch zusammenhängenden ethischen Vorstellungen handelten, die sie als real empfanden. Er hatte beobachtet, wie Menschen unter dem Einfluß dieser Einstellung Dinge taten, die genauso wirr und letzten Endes wirkungslos waren wie das, was andere Leute taten; dennoch empfand er für sie eine gewisse – vielleicht bloß abergläubische – Hochachtung.

Anschließend hatte er über Grimes ein ausführliches Porträt geschrieben, in dem er Schmerz und Wut über die Vergeudung von Leben geäußert hatte. Der Schmerz und die Wut waren durch und durch professionell, vorgetäuscht. Der eigentliche Kern von Converses Reaktion auf Grimes' Leben und Sterben bestand aus einer Reihe von Gefühlen, die weder Schmerz noch Wut waren und ihn auch nicht Lebensüberdruß empfinden ließen – sie setzte sich aus Liebe, Selbstmitleid, ja sogar Stolz auf die Menschheit zusammen. Doch seine Geschichte, so wie er sie niedergeschrieben hatte, war unaufrichtig, oberflächlich, eine Erniedrigung – das war schließlich sein Geschäft. Er hatte mit dem Gedanken gespielt, die Story als einen Akt der Huldigung zu vernichten, aber schließlich hatte er sie doch abgeschickt, sie als moralische Münze unter die Leute gebracht, so daß ihm Grimes' moralische Ausführungen im Angesicht des Massenmords und dessen jugendliches Versinken in Vergessenheit als momentane beruhigende Wärme gedient hatte, wie ein heißes Handtuch beim Friseur.

Während er Danskins schwankenden Hacken folgte, kam ihm der Gedanke, daß es diese Geschichte war, wofür er jetzt bezahlte. Die Vorstellung einer solchen Gerechtigkeit tröstete und entsetzte ihn zugleich.

Der Mensch muß seinen Abgang genauso ertragen wie seinen Auftritt; die Worte hallten in seinem Innern wider, bis ihre Bedeutung verblaßte. Seine hysterische Heiterkeit veranlaßte ihn zu der Überlegung, ob ein Opfer, das vor den Augen des Jägers erstarrte, nicht unmittelbar vor dem tödlichen Schlag eine tiefe, stumme Tiererleuchtung erfuhr. Er bewegte sich wie ein Schlafwandler, fast jenseits der Angst, während er die Erinnerung an Grimes beschwor.

Weiter oben kamen sie in einen Wald aus Harthölzern, und die Steigung des Hanges wurde sanfter. Danskin forderte eine Rast und stolperte an dem Mexikaner vorbei, um den höchsten Punkt einzunehmen. Mit finsterem Blick fuchtelte er mit seiner .38er herum, die er mutwillig auf Converse richtete.

«Leg ihm die Fesseln an.»

Der Mexikaner schien nicht überrascht, als er Danskins Waffe sah.

«Die Handschellen?» fragte Smitty. «Die habe ich unten gelassen.»

Danskin zuckte bedauernd und mit einem tragischen Lächeln die Schultern.

«Mach dir keine Gedanken. Was soll's? Susi Sorglos, das sind wir. Uns kann's ja egal sein.»

«O Mann», sagte Smitty. «Es tut mir leid.»

«Nur weiter so. Wirst schon sehen, was du davon hast.»

Smitty schmollte.

«Weißt du», sagte er, «ich glaube, du hast vielleicht recht. Daß wir ihm sagen, er soll den ganzen Scheiß vergessen.»

Bald ist es soweit, dachte Converse; er empfand die Faszination des Tauchers für immer tiefere Tiefen. Er war froh, am Leben zu sein.

Danskin starrte schlechtgelaunt auf seine Stiefel.

«Wie weit noch, *señor*? Zum Haus.»

Der Mexikaner zeigte auf den Grat genau über ihnen.

«Was, bloß da rauf?»

«Eine Meile», sagte der Mexikaner.

«Wie viele Leute sind da oben?»

Der Mann stülpte die Lippen vor und zeigte seine Handflächen.

Danskin nahm die Achtunddreißiger, packte sie mit beiden Händen und zielte dem Mexikaner ins Gesicht.

«Tut mir leid. Ich habe keine Zeit für Spielchen. Antworten Sie.»

«Unterschiedlich», sagte der Mann. «Vielleicht nicht so viele.»

«Haben die Waffen?»

«Ich glaube, einige von ihnen.»

«Hicks ist ein Waffenfreak», sagte Smitty. «Er hat bestimmt 'nc Knarrc.»

«Gefällt dir das», fragte Danskin. «Mir gefällt's nicht.»

Smitty schüttelte den Kopf.

Danskin stand auf und blickte den Hang hinauf.

«Ich sehe nicht ein, daß wir da alleine hingehen. Ich will zumindest dieses miese Arschloch dabei haben.» Er winkte ihnen mit der Pistole aufzustehen. «Wir gehn rauf und sehn uns mal um.»

Converse und der Mexikaner gingen voraus. Oben war ein Stacheldrahtzaun mit einer eisernen Drehtür. Sie gingen durch die Tür und über eine gelbe Wiese. Während sie die Steigung nahmen, erblickten sie eine Felsspitze, die auf der anderen Seite des Feldes über die Bäume ragte. Smitty guckte durch sein Fernglas zu ihr hoch und zuckte mit den Schultern.

Sie gingen zu zweit nebeneinander über die Wiese und blieben am Waldrand auf der anderen Seite stehen. Danskin probierte sein Funkgerät aus.

«Max eins», sagte er in den Lautsprecher. «Max eins, bitte kommen.»

Sehr schwach hörten sie etwas, das wie «Wolfman Jack» klang.

«Vielleicht sollten wir's von weiter unten versuchen», sagte Smitty.

Danskin stieß die Antenne wieder in den Kasten.

«Das Zeug kauft er garantiert am Times Square. Wenn er die offizielle Ausrüstung benutzen würde, könnte es zur Abwechslung mal funktionieren.» Er drehte sich in gespielt unbeschwerter Fröhlichkeit zu dem Mexikaner um. «Wo ist das Haus, *señor*?»

Der Mann deutete mit dem Kinn in den Wald. Ihm zitterten die Beine. Danskin sah ihn argwöhnisch an, nahm Smitty das Fernglas ab und musterte alles in Sichtweite.

«Kann uns jemand von hier sehen?»

«Es ist unten», sagte der Mexikaner. «Wir gehen jetzt runter.»

Sie folgten ihm in den Wald. Smitty trug die Flinte quer auf den Unterarmen, Danskin hielt die Pistole mit dem Lauf nach unten.

An einer Biegung des Weges erstarrte Smitty und ging in die Hocke. Danskin bückte sich ebenfalls.

«Da ist irgend'n Scheiß im Baum, Mann. Guck mal.»

«Es ist ein Spiegel», sagte Converse. Er ging zu dem Baum und blickte hinauf. Der nächste Baum war mit Lametta behängt, ein dritter mit schwarzen Rosenkranzperlen.

«Da ist noch einer», sagte Danskin. Er und Smitty standen

auf. Der Mexikaner stand reglos da. Converse sah ihn schlukken.

«Was ist denn dieser ganze Quatsch in den Bäumen?» fragte Smitty. «Was soll das?»

«Dekoration», sagte der Mexikaner.

Danskin stand unter einem Baum, auf dem ein kleiner Lautsprecher installiert war; die elektrischen Leitungen liefen am Stamm entlang und verloren sich tiefer im Wald.

«Herrgott noch mal», sagte er.

Smitty sah besorgt nach oben.

«Meinst du, die können uns damit sehen. Oder hören?»

«Sei kein Idiot», sagte Danskin.

Sie gingen vorsichtig unter den Dekorationen weiter; elektrische Leitungen von den auf den Bäumen montierten Lautsprechern verliefen neben dem Pfad und schlängelten sich über einen nackten Felsen, um den der Weg herumführte. Als sie im Schatten des Felsens waren, hörte Converse den Mexikaner Luft holen, dann sah er ihn unmittelbar vor sich in das Buschwerk springen. Danskin schwenkte die Pistole hinter ihm her und schob Converse zur Seite, um hinter ihm her zu setzen. Es entstand ein wildes Getrampel im Dickicht.

Fluchend hob Smitty die Flinte und spähte in das dichte Laub. Einen Moment lang sahen sie den Mexikaner über eine felsige Lichtung rennen. Er lief ausgesprochen komisch, er riß die Knie sehr hoch und pumpte wild mit den Ellbogen. Smitty feuerte einen Schuß ab, was sie beide völlig taub machte. Die Kugel traf auf Fels. Der Mann war verschwunden.

«Hier unten ist ein Weg», rief Danskin ihnen zu. «Auf dem ist er abgezischt.» Sie kletterten den Abhang zu Danskin hinunter und sahen, daß da wirklich ein Weg war, viel schmaler und von Unterholz überwuchert.

«Wieso hast du ihn nicht getroffen?» fragte Danskin.

«Ich weiß nicht», sagte Smitty niedergeschlagen. «Erst wollte ich keinen Krach machen, und dann konnte ich ihn nicht mehr sehen.»

«Verflucht noch mal», sagte Danskin. «Ich wußte, daß er abhauen wollte. Ich dachte, er würd's nicht schaffen.»

«Vielleicht ist er gar nicht zu dem Haus gelaufen», sagte Smitty. «Er ist nicht den Leitungen gefolgt. Sie gehen in die andere Richtung.»

«Schauen wir doch mal, wo er hingelaufen ist», sagte Danskin. «Wir wissen ja, wo's zurückgeht. Wir werden uns schon nicht verlaufen.»

Das Buschwerk war viel dichter, und es war schwierig, vor sich etwas zu erkennen. Smitty lief als erster und zwängte sich durch die Zweige, die in den Pfad hineinragten. An der ersten Biegung schob er sich eben mit der Schulter durch das Geäst, während er die Augen mit dem Ellbogen schützte, als er mit einemmal verschwand. Sie hörten ihn ängstlich rufen.

Plötzlich befanden sie sich auf einem Hang, der vor ihnen abbrach. Smitty rollte direkt unter ihnen einen zweiten grasbewachsenen Hang hinab; die Wiese endete in einem jähen Absturz in den Canyon darunter. Gegenüber, vielleicht fünfhundert Meter entfernt, auf einem anderen Grat möglicherweise desselben Berges, sah man ein steinernes Bauwerk, das wie eine Kirche aussah. Daneben befand sich ein Pferch, in dem ein Pferd graste.

Smitty blieb etwa anderthalb Meter vor dem Abgrund liegen. Er erhob sich auf Hände und Knie, das Gesicht schneeweiß, und starrte hinunter in die Leere.

«Herr, du meine Güte», sagte er. «Hast du das gesehen? Hast du's gesehen?»

«Yeah», sagte Danskin. Er schob Converse auf den Steilhang hinunter und kletterte selber hinterher.

Sie befanden sich an der Schmalseite des Berges. Das Kliff erstreckte sich in beide Richtungen, so weit sie sehen konnten.

«Wo ist er denn verflucht noch mal hin?» fragte Smitty. «Da ist doch kein Weg.»

Sie verbrachten einige Minuten mit der Suche nach einem

Weg, den der Mexikaner eingeschlagen haben konnte, aber sie fanden nichts als den jähen Absturz.

«Lassen wir's», sagte Danskin und sah hinüber zu dem steinernen Bauwerk. «Hauen wir hier ab, bevor auf uns geschossen wird.»

Sie krochen hoch ins Dickicht und blieben an einer Stelle liegen, von der aus sie über den Canyon hinwegblicken konnten.

«Tja, wir sitzen in der Scheiße», sagte Smitty. «Von hier können wir überhaupt nichts machen.»

«Was halten Sie davon?» richtete Danskin die Frage an Converse.

«Ich weiß nicht», sagte Converse.

Danskin lächelte ihn an.

«Sieht so aus, als würden wir Sie nicht mehr brauchen, Freundchen. Sieht so aus, als wär das Spiel vielleicht zu Ende.»

«Ich hoffe nicht», sagte Converse.

«Frag *ihn* doch», sagte Smitty. «Probier mal, ob du ihn kriegst.»

Danskin stellte das Funkgerät vor sich hin und zog die Antenne raus.

«Max eins. Max eins, bitte kommen.»

«Hallo, Max eins», antwortete Antheils Stimme. «Ihr wißt, daß ich euch sehen kann?»

«Echt», sagte Smitty erstaunt.

«Wir brauchen Hilfe, wenn du 'ne Minute Zeit hast», sagte Danskin.

«Es wird schon spät», sagte Antheil. «Wie zum Teufel seid ihr da raufgekommen?»

«Man folgt dem Weg und klettert hoch.»

«Wartet dort», sagte Antheil. «Wir werden für euch tun, was wir können.»

Danskin schob die Antenne wieder rein und drehte sich auf den Rücken.

«Verloren im Weltraum», teilte er ihnen mit.

Marge legte sich zwischen der Matratze und dem Rucksack neben Hicks auf den Fußboden. Als sie aufwachte, war es immer noch hell. Kjell spielte auf der Wiese jenseits des warmen Baches mit seinem Pferd; sie setzte sich ans Ufer und sah ihm eine Weile zu. Dann schlenderte sie in den Wald am Rande der Wiese und besah sich das Flitterzeug in den Zweigen.

Als sie zum Haus zurückkam, begannen die Weite und die Entfernungen sie zu bedrücken. Die Weite war trostlos, die Zeit leer und ohne jede Aussicht auf Frieden; sie war dort, wo sie sich überkreuzten, und das war kein Ort, an dem sie bleiben konnte. Es war Verzweiflung, das Nirgendwo.

Sie ging in das Zimmer zurück, reinigte die Spritze mit Alkohol und kochte in einem fleckigen silbernen Eßlöffel auf, um sich in die Höhlen der Zeitlosigkeit zu flüchten. Der Schuß haute sie fast um; sie ging hinaus und übergab sich neben der Dusche.

Als es besser wurde, kehrte sie in den Hauptraum zurück, um sich hinzulegen. Dieter war an seinem Schaltpult und arbeitete an Drähten herum. Neben ihm lagen in einer mexikanischen Tonschüssel Büschel kleiner grauer Pilze, die hier und dort in einem seltsamen chemischen Blau gesprenkelt waren.

Sie ließ sich auf einem Navajo-Teppich vor dem leeren Kamin nieder.

«Willst du high werden?» fragte Dieter.

«Bin ich schon.»

Er wandte sich von seiner Arbeit ab, um sie anzusehen, und biß umständlich etwas von einem der Pilze ab.

«Das ist doch nicht high – was du bist.»

Er brachte die Schale zu ihr und hielt ihr die Pilze vors Gesicht.

«Früher ging ich während der Saison immer selber runter, um sie zu holen. Es ist ein phantastischer Anblick. Kinder verkaufen sie.» Er knabberte noch ein bißchen davon. «Je besser sie sind, desto blauer sind sie. Die Kinder, die sie verkaufen, nehmen manchmal blaue Farbe und malen sie an.»

Sie schüttelte den Kopf.

«Ich hab eben gekotzt.»

Dieter nahm die Schüssel weg und ging wieder an sein Schaltpult, während ihr Blick an den Ritzen der Decke entlangglitt.

«Was machst du da eigentlich?» fragte sie plötzlich. «Wie kannst du dich konzentrieren, wenn du stoned bist?»

«Ich kann Polo spielen, wenn ich stoned bin», sagte Dieter.

Von irgendwo im Tal hörte man eine Trompete vier zitternde Töne blasen. Das Streichen der Flagge, ein Alarm.

Marge lächelte, als sie es hörte.

«Es ist die Trompete der mexikanischen Infanterie», erklärte ihr Dieter. «Ein sehr trauriger Ton. Er ruft gewaltige Mengen mexikanischer Soldaten zur Schlacht gegen winzige, entschlossene Banden. Die winzigen Banden halten sie drei Monate lang in Atem und töten die Hälfte von ihnen.»

«Heißt das, es kommt jemand?»

Er legte die Drähte beiseite, hob einen Krug Wein vom Steinfußboden und setzte sich zu ihr auf den Rand ihrer Decke.

«Ich weiß nicht, was es bedeutet. Es hat irgendwas mit der Fiesta zu tun.»

«Wie ist diese Fiesta? Ist sie schön?»

«Sie bringen ein Lamm auf die Felsspitze und opfern es.»

Sie blickte ihm in die frommen, lang bewimperten Augen. Sie waren nackt, auf komische Weise blau. Sie lachte.

«Dir?»

«Offenbar willst du unbedingt mißverstehen. Sie opfern es seinem himmlischen Vater. Sie kreuzigen es.»

«Wirklich?»

«Sicher», sagte Dieter.

«Und sie nehmen Psilocybin?»

«Das Psilocybin, das haben sie von mir.» Er wandte den Blick zu den Deckenbalken. «Sie werden high, kreuzigen es und fragen: Kleines Lamm, wer erschuf dich?»

«Und was sagt das Lamm?»

«Das Lamm sagt bäää.»

Marge schüttelte den Kopf.

«Die haben Nerven», sagte sie. «Und du auch.»

Sie streckte sich auf dem Fußboden aus und klemmte ihre gefalteten Hände zwischen die Knie. Dieters rötliches, geschwollenes Gesicht hing über ihr.

«Du bist Jüdin», hörte sie ihn sagen.

Sie erstarrte und sah zu ihm hoch.

«Wirklich? Macht uns das zu Kameraden?»

Dieter beugte sich zu ihr herab, seinen Wein noch immer in der Hand.

«Ich entnehme deinem Verhalten eine gewisse Strenge. Ich dachte, das wär vielleicht jüdisch.»

«Weil Juden was gegen Blödsinn haben?»

«Soviel ich weiß, nein. Sie sind nur kleinlich.»

Sein schwammiges, rotes Gesicht war nahe bei ihrem; sie roch den Wein in seinem Atem. Sie dachte, er wolle sie küssen, aber sie bewegte sich nicht.

Er zog sich zurück, entfernte sich von ihr und kroch von ihrer Decke runter.

«Ich war nicht immer so, wie du mich jetzt siehst», sagte er.

«Ich auch nicht.»

«Ich weiß, was du von ihm willst», sagte sie wenig später, «aber was will er von dir?»

«Er möchte, daß ich drei Kilo Heroin verkaufe. Das ist alles, was er will.»

«Nein», sagte sie, «er hat 'ne Schwäche für dich.»

«Das liegt wohl daran, daß ich ein Teil seiner Vergangenheit bin. Das kommt von seiner Art zu leben – er nimmt seine Vergangenheit ernst. Er nimmt die Menschen ernst.» Dieter fing an zu lachen. «Er nimmt alles ernst. Ein ernster Mensch, wie euer Präsident – *un homme sérieux*. Durch und durch Amerikaner.»

«Du bist gemein.»

«Überhaupt nicht. Ich kenne ihn sehr gut. Ich war sein erster Meister.»

«Es ist komisch, wenn man das jemanden sagen hört», sagte Marge. Sie sah, daß Dieter ihr nicht zuhörte. Er blickte, noch immer ein Lächeln auf dem Gesicht, an ihr vorbei.

«Er war schön. Er war der geborene Zen-Jünger. Du hättest mit dem Burschen alles machen können.»

«Was heißt das?» fragte Marge. «Was meinst du damit, du hättest alles mit ihm machen können?»

«Er war offen. Er war da. Er lebte. Als ich die Sache ‹Die, die sind› nannte, war er es, an den ich dabei dachte.»

«Die, die was sind?»

Dieter starrte sie an, als hätte er sie gerade erst entdeckt.

«Er war unglaublich. Er lebte alles aus. Es gab für ihn absolut keinen Unterschied zwischen Denken und Handeln.» Er schlug die Hände ineinander und preßte sie so zusammen, daß seine Finger weiß wurden. «Es war exakt das gleiche. Eine enorme Selbstachtung. An was er auch glaubte, er mußte es bis ins letzte verkörpern.»

Marge hob eine Hand zu ihrem Gesicht und lachte.

«Wow.»

«Wow», sagte Dieter. «Wow ist richtig.»

Er sah sich liebevoll in seinem Zimmer um.

«Du mußt verstehen, wie es damals hier war. Wir haben nicht getrunken – wir haben keine Drogen genommen. Wir haben das Geschirr im Bach gespült und den Vögeln zugehört. Nur... Erleuchtung.» Er streckte die Hand aus und bildete mit Daumen und Zeigefinger einen Kreis als Zeichen für Erleuchtung. «Das war, ehe Christine durchdrehte. Sie war damals sehr glücklich.»

«Ich wußte gar nicht, daß Glücklichsein dazugehörte. Ich

glaubte, ihr hättet damals nicht in solchen Kategorien gedacht.»

«Seien wir ehrlich», sagte Dieter. «Wir waren glücklich.»

Er trank einen Schluck Wein aus dem Krug und starrte Marge mit seinem Himalaya-Blick an. Sie hatte keine Ahnung, wie viele Pilze er gegessen hatte. Sie schienen keine Wirkung auf ihn zu haben.

«Ich habe alle Wege ausprobiert», erzählte ihr Dieter. «Wie ein Goldsucher. Ich kannte alle Gurus und Poseure. Fuji. Berg Athos.» Er zählte den Fuji und den Berg Athos an seinen Fingern auf. «Aber ich erlag dem Amerikanischen Traum.»

Marge lachte.

«Auf mich wirkst du nicht wie einer», sagte sie, «der dem Amerikanischen Traum erlegen ist. Du scheinst mir eher das Gegenteil zu verkörpern.»

«Absolut nicht», sagte Dieter. «Als ich hierher kam, war ich naiv. Ich glaubte an den ganzen alten Scheiß. Unschuld. Energie. Ich glaubte so sehr dran, daß es für mich eine Zeitlang zur Wirklichkeit wurde. Christine und ich zogen hier rauf – andere kamen nach. Ray und andere. Wunderbare Dinge sind passiert. Wir schwebten, wir phantasierten.»

Er furzte laut und hemmungslos.

«Dann kam mir die Idee, wenn ich die amerikanische Lebensart anwenden würde – die ich eigentlich nicht begriff –, wenn ich alles ein wenig forcierte, die Dinge ein wenig beschleunigte, könnten wir zu was wirklich Kosmischem vorstoßen. Die profane Welt war am Ende. Keiner wußte, was er tat oder was er wollte. Es gab nur noch ein großes offenes Ohr.»

Dieter schloß die Augen und legte die gefalteten Hände auf seinen Kopf.

«Ich saß hier oben und hörte es! Was sie wollten –» mit einer Bewegung seines Kinns deutete er auf die Welt unten – «ich hatte es. Ich wußte! Also dachte ich: ein kleiner Schubs, ein kleiner Stoß, ein kleines bißchen was extra, um es loszurütteln. Und ich endete als Doktor Dope.»

Er öffnete die Augen und zuckte mit den Schultern.

«Es ist eine verdrehte Welt. Man ist nur ein schwaches Werkzeug.»

«Alle kamen wieder runter.»

«Niemand kam runter», schrie er sie an. «Wir sind spurlos verschwunden. Keiner hat uns je wieder gesehen.

Sieh dir Ray an. Er ist einem Samurai-Traum verfallen – einem amerikanischen. Er muß den einsamen Krieger abgeben, den großen Desperado – er muß alle heroischen Schlachten auf eigene Faust gewinnen.» Er erhob sich müde. «Vielleicht ist das keine sehr orginelle Idee, aber er macht sich ganz gut darin.»

Kjell kam von draußen herein, den Arm voll Kleinholz, das er neben den Kamin legte.

«Spielen wir heute abend Go?» fragte er seinen Vater.

«Wir werden sehen. Warum gehst du nicht und weckst Ray?»

«Er ist wach», sagte Kjell. «Er wäscht sich gerade.» Er wandte sich an Marge.

«Spielst du Go?»

«Tut mir leid», sagte Marge. «Ich hab vergessen, wie's geht.»

«Mythen», sagte Dieter eben. «Phantasmagorien. Projektionen.»

Hicks kam herein und trocknete sich sein Gesicht mit einem Handtuch ab.

«Es war alles Scheiße», erklärte er. «Stimmt's nicht, Kjell?»

«Scheiße im Gegensatz zu was?» fragte Dieter. «Wenn's Scheiße war, was war dann das Gute?»

«Es war ein Blitz.»

«Es war unsere Aufgabe. Wir hätten für immer an diesem Blitz festhalten sollen.»

«Egal, was es war, wir haben's nie richtig gepackt. Knapp verfehlt ist auch verfehlt bei diesem Scheiß.»

«Damals hatten wir ein kleines Lied», sagte Dieter zu Marge. «Bitte erlaube, daß ich es dir vortrage.

Mehr zu versprechen, als ich geben kann,
das ist mein Fehler, ich geb es zu.
Doch ich muß mehr versprechen, als ich geben kann,
um das zu geben, was ich tu.»

«Wir haben oft gelacht», sagte Hicks. Er lachte nicht. Er griff in die Schüssel, nahm einen der Pilze heraus und nagte an dessen blauer Kappe.

Dieter streckte die nach oben gedrehten Handflächen aus und schüttelte sie als Zeichen, daß er nicht verstand.

«Warum soll's zu spät sein?» fragte er. «Vielleicht ist es das nicht. Sieh mal, du willst diesen Dreck doch gar nicht, den du mit dir rumschleppst. Er bringt dich nirgendwohin.»

Er trat zu Hicks und hob die Ellbogen, als wolle er seine Hände Hicks auf die Schultern legen, aber dann hielt er sie doch zurück.

«Bleibt», sagte er im Befehlston. «Bleibt, beide. Wir probieren's noch mal.»

Hicks sah von ihm weg und biß noch ein Stückchen von dem Pilz ab.

«Sieh mal», sagte Dieter, «hier sind wir, ja? Die letzte bröckelnde Festung des Geistes. Die Welt versinkt in Entartung und Mord. Wir müssen für uns Inseln gründen wie die Mönche des neunten Jahrhunderts. Wir leben im finsteren Mittelalter.»

Er blickte sich um und sah, daß Kjell neben dem Kamin stand und ihn beobachtete. Sofort ging der Junge wieder nach draußen.

«Wir müssen das alles festhalten, bevor es für immer verschwindet. Vielleicht ist es die letzte Gelegenheit.»

«Vergiß es, Mann», sagte Hicks.

«Vergessen?» fragte Dieter verblüfft. «Du machst Witze. Wer kann vergessen?»

«Ich würde dir ja helfen, es festzuhalten, Dieter, aber ich habe 'n bißchen *smack* zu verhökern.»

Dieter packte Marge am Arm.

«Sag es ihm.»

Sie schüttelte den Kopf.

«Mir hat keiner einen Berg gekauft, Dieter. Ich muß leben, verdammt noch mal.»

«Unsinn! Quatsch! Du mußt dir deinen Lebensunterhalt nicht so verdienen.»

«Entschuldige, Mann», sagte Hicks.

Draußen in den Bergen hallte ein Gewehrschuß wider und wurde von Felswand zu Felswand immer leiser.

Sie sahen sich an.

«Gehört das zur Fiesta?»

«Nein», sagte Dieter.

Kjell war eben mit einem einzelnen Holzklotz hereingekommen. Er stand gerade außerhalb des Sonnenlichts, das hinter ihm hereinströmte, und hob den Kopf zur offenen Tür.

«Hörte sich an wie eine riesengroße Jagdflinte», sagte er.

Hicks ging zur anderen Seite der Tür und blickte auf den gepflasterten Platz hinaus.

«Jäger?»

Dieter zuckte die Achseln.

«Es waren noch nie welche hier.»

«Da schießt nicht etwa irgend jemand auf uns, oder?»

«Vielleicht schickt uns jemand eine Nachricht», sagte Dieter.

Hinter Dieters Altar befand sich ein Raum aus rohem Backstein, in dem eine Leiter gegen den darüber liegenden Balkon des Glockenturms gelehnt war. Hicks stieg nach oben, und Kjell folgte ihm.

Ein weißgestrichenes Holzgeländer lief um die Brüstung des Turmbalkons, und zwischen dem Geländer und der Backsteindeckung der Mauer war ein gezackter Zwischenraum, durch den man, ohne gesehen zu werden, nach draußen blicken konnte.

Hicks lief am Geländer entlang und spähte durch den Spalt; Kjell reichte ihm ein Fernglas. Er ging herum, das Glas gegen das Geländer gepreßt, und beobachtete die umliegenden Hügel.

«Ich glaube, man kann den Kordit noch riechen», sagte Kjell. «Oder ich bilde mir's bloß ein.» Er blieb einen Augenblick mit ausgestrecktem Arm stehen. «Der Wind kommt von Süden, glaube ich.»

Hicks ging zur Südseite des Turms und durchforschte den gegenüberliegenden Hügel. Von allen Hügeln in der Nähe lag dessen Felsspitze ihrem Berg am nächsten und war von allen am dichtesten bewaldet.

Er suchte die Gipfelpunkte immer und immer wieder ab, aber die einzige Bewegung, die er erkennen konnte, war das langsame Schaukeln von Dieters bunten Dekorationen im trägen Wind.

«Sie müssen da drüben sein», sagte er, «wenn's zu uns rübergeweht kommt.»

Er machte eine weitere Runde um den Turm und stellte sich auf die Zehenspitzen, um das Fernglas hinunter ins Tal richten zu können. Weit unten, zwischen den Bäumen an der Straße, konnte er einen gelben Geländewagen erkennen. Er reichte Kjell das Glas.

«Wer ist das?»

«Kenne ich nicht», sagte Kjell, als er durch das Fernglas gesehen hatte. «Könnte sein... nein, ich weiß nicht, wer es sein könnte. Vielleicht Camper.»

«Sie müßten aber verdammt scharf drauf sein, wenn sie hier in der Gegend campen.»

Er rief zu Dieter hinunter, der nach oben kam und zwinkernd und unsicher im Sonnenlicht stand.

«Wem gehört der Geländewagen da?»

Dieter nahm das Fernglas, und Hicks richtete es zur Straße aus.

«Hab ich noch nie gesehen. Aber er blockiert die Straße runter zur Ebene. Und er kann das Haus von dort aus sehen.»

«Das genügt mir», sagte Hicks. «Paß auf», wandte er sich an

Kjell, «du bleibst hier oben. Sag uns Bescheid, wenn das Ding sich rührt oder sonst was passiert.»

Sie stiegen hinunter in den Hauptraum; Hicks nahm die nassen Hemden, die er gerade hatte aufhängen wollen, und warf sie auf den Steinfußboden.

«Wie wär's zu Fuß?» fragte er. «Wie weit war's denn noch über die Ebene?»

«Zwanzig Meilen bis zum Highway», sagte Dieter. «Aber wer immer in dem Wagen sitzt, sieht dich losgehen.»

«Wie ist denn die Ebene?» fragte Marge.

«Nun ja, eben», sagte Hicks. «Und trocken und windig und heiß. Jenseits davon ist ein Highway, der ein paar Meilen vor der mexikanischen Grenze entlang verläuft.»

«Du hast doch nicht etwa vor, das Zeug nach drüben zu bringen?» fragte Dieter. «Das wäre Wahnsinn. Du würdest es bloß wieder zurückschaffen müssen.»

«Ich will damit nicht über die Grenze. Aber mit dem Highway würde ich's vielleicht versuchen, wenn ich glauben würde, ich könnte zwanzig Meilen laufen.»

«Die Illegalen aus Mexiko tun's», sagte Dieter. «Sie folgen den Goldgräberpfaden direkt bis hierher ins Tal.»

«Was ist mit der Grenzpatrouille?»

«Sie fliegen ein paarmal die Woche drüber weg. Nicht jeden Tag.»

«Vielleicht ist das die Grenzpatrouille in dem Wagen dort, Dieter. Vielleicht werfen sie 'n Auge auf deine Fiesta.»

«Die Leute sind amerikanische Bürger», sagte Dieter. «Die Grenzpatrouille weiß das.»

«Sie wollen uns mürbe machen, verdammt noch mal. Sie wollen uns mürbe machen für 'ne Razzia. Dieser Schuß war von irgendeinem Schnüffler, der sich auf den eigenen Schwanz getreten ist.»

«Eins kann ich dir versichern», sagte Dieter, «hier oben können wir nicht überrascht werden. Belagert, umzingelt, aber niemals überrascht. Und wenn sie uns verhaften wollten, müßten sie Hubschrauber und Hunde haben – so wie sie rangehen, ist es ein Witz.»

«Vielleicht warten sie bis zum Dunkelwerden.» Hicks ging an die offene Tür, die auf den Vorplatz führte, und schlug sie zu.

«Wir sind verraten worden, Marge. Wir werden uns beeilen müssen.»

«He», rief Kjell vom Turm. «Galindez kommt.»

Dieter öffnete die Tür und sah hinaus in die schräge Nachmittagssonne. Ungefähr eine Minute später kam ein Mann in einem ausgeblichenen weißen Hemd vorsichtig die Stufen herauf und trat ins Zimmer. Er schaute auf die Leute in dem Raum und auf den leeren Weinkrug in Dieters Hand. Als er wieder bei Atem war, redete er leise mit Dieter auf spanisch.

«Auf dem Hügel gegenüber von uns sind drei Männer», sagte Dieter, als Galindez geendet hatte. «Sie haben Pistolen, und einer von ihnen hat eine Flinte. Beim Geländewagen sind noch zwei. Galindez sagt, einer ist ein mexikanischer Polizist.»

Marge setzte sich auf die Altarstufen und klemmte die Knie unter ihr Kinn.

«Auf was haben sie denn geschossen?» fragte Hicks.

«Auf mich», sagte Galindez.

«Würdet ihr bitte den Jungen vom Dach runterholen?» sagte Marge. «Ehe jemand auf ihn schießt.»

«Ihr werdet verfolgt», sagte Dieter zu Hicks.

«Wir werden nicht verfolgt. Wir wurden verpfiffen.»

«Von wem?» fragte Marge. «Von June?»

Hicks zuckte die Achseln.

«Vielleicht haben sie ausnahmsweise mal richtig geraten. Tut mir leid», sagte er zu Dieter, «wir bringen dich in Schwierigkeiten.»

«Die haben wir ständig», sagte Dieter. Er machte eine Geste philosophischer Resignation; seine Hand zitterte.

«Wenn June uns verpfiffen hat», sagte Marge langsam,

«dann hat sie vielleicht Janey gar nicht zu meinem Vater gebracht.»

«June ist hart im Nehmen», sagte Hicks. «Mach dir keine Sorgen.» Er wandte sich an Galindez und dann an Dieter. «Kommen sie hier rauf? Was werden sie tun?»

«Im Augenblick», sagte Dieter mit leisem Lächeln, «haben sie sich verlaufen. Elpidio brachte sie rauf und ließ sie allein.»

«Was für Bullen sind das denn zum Teufel noch mal? Frag ihn, wie sie aussehen.»

«Einer hat einen Bart», sagte Dieter, als er mit Galindez gesprochen hatte. «Einer hat gebleichte Haare wie ein *maricón*. Einer ist normal.»

Hicks ließ forschend die Augen auf dem Mussorgskij-Porträt ruhen.

«Wißt ihr was?» sagte er. «Vielleicht sind es überhaupt keine Bullen.»

Sie warteten in einer grasbewachsenen Senke, die von dem Haus auf der anderen Seite des Canyons durch einen bloßliegenden blauschwarzen Felsen verdeckt wurde. Smitty beugte sich über den Abgrund, spuckte und sah seiner Spucke nach, wie sie mit dem Wind davonflog und in die darunterliegenden Baumwipfel segelte.

«‹Verloren im Weltraum› stimmt genau», sagte er. «Komisches Zeug im Wald. Überall Wege.»

Converse sah ihm fasziniert beim Spucken zu. Smittys dicke Lippen kräuselten sich, während er von neuem Spucke sammelte. Die rosa Spitze seiner Zunge schlüpfte zwischen die Lippen und ließ die gesammelte Spucke abtropfen, ein unscheinbares kleines Gebilde im Kosmos.

Beim Aufstieg war Converse wieder auf die «Höhere Warte» verfallen. Er hatte den Eindruck, daß Smitty in gewisser Weise

Ken Grimes ähnlich sehe. Was die Dinge doch für einen brutalen Sinn für Humor haben, überlegte er, daß sie sich einmal in Grimes und dann in Smitty materialisieren.

Er blickte zu Danskin rüber und sah, daß er ebenfalls Smitty beim Spucken zusah. Ein liebevolles, besitzerstolzes Lächeln lag auf seinem Gesicht.

Danskin streckte ein Bein aus und trat Smitty gegen den Ellbogen, so daß der einen Moment lang das Gleichgewicht verlor.

«Halt!» schrie Smitty und angelte nach festem Untergrund.

«An was denkst du grade, Blödmann?»

Smitty zog sich von dem Abgrund weg.

«An einen Traum», sagte er.

Danskin versetzte Converse heimlich einen Stoß.

«In dem Scheiß kenn ich mich aus», sagte er zu Smitty. «Erzähl 'n mir, ich deute ihn.»

Smitty wurde rot und entblößte sein Zahnfleisch.

«Ich hatte 'n Typen», erzählte ihnen Smitty, «so ähnlich wie ihn.» Er zeigte auf Converse. «Ich hatte 'n gekidnappt, ja? Aber plötzlich ist er weg. Ich will die Knete von seiner Familie. Aber ich habe ihn nicht. Ich will's wie die Burschen da oben in Kanada machen, ich will ihm 'n Ohr abschneiden und ihnen schicken. Zahlt, oder ich schneide noch mehr ab. Aber er ist weg. Ich muß mir selber ein Ohr abschneiden und es ihnen schicken.»

Danskin klatschte vor Entzücken in die Hände.

«Warte, warte», sagte Smitty. «Es klappt nicht. Ich muß also mehr von mir abschneiden. Sie zahlen immer noch nicht. Ich muß mich in lauter Streifen schneiden und an seine Familie schicken.»

Danskin warf sich auf den Rücken, sein Bauch hüpfte.

Er fuchtelte mit den Händen, die Finger gespreizt wie ein Segnender.

«Sie wundern sich», fragte er Converse, «warum er mein Kumpel ist? Wer sonst könnte so einen Traum haben?»

Als er zu Ende gelacht hatte, starrte er Converse an.

«Was ist mit Ihnen? An was haben Sie gedacht?»

«Ich habe gedacht: ‹Warum ausgerechnet ich?›» sagte Converse.

«Ha!» sagte Danskin.

«Sie ham 'n Fehler gemacht», teilte Smitty ihm mit und leckte sich die Spucke von den Lippen. «Sie müssen's zugeben. Sie sind 'n Gauner.»

«In meinem Herzen bin ich kein Gauner», sagte Converse.

Smitty blickte in das Gebüsch über ihnen. Plötzlich drehten sie sich um und sahen, daß Antheil in ihr Versteck heruntergeklettert kam.

«Ich habe euch total überrascht», sagte er. «Ich hätte sonstwer sein können.» Er sah gereizt auf sie runter. «Was macht ihr eigentlich, daß ihr hier so rumliegt?»

«Ein Kerl hat uns hier raufgebracht», berichtete ihm Danskin, «aber er hat uns sitzenlassen. Ich weiß nicht, wo er hin ist oder wie er's gemacht hat.»

«Habt ihr auf ihn geschossen?»

«Natürlich», sagte Danskin.

«Tja, er ist jetzt oben im Haus – Angel hat ihn gesehen. Irgendwie muß er ja da raufgekommen sein.»

«Wir haben gesucht», sagte Danskin. «Wir können's nicht finden.»

«Was ist mit diesen Leitungen. Seid ihr ihnen nachgegangen?»

«Die Leitungen führen am Felsen runter und in den Wald rein. Da ist kein Weg.»

Antheil lehnte sich gegen den Stein und spähte einen Moment lang zu dem Haus rüber.

«Ich bin den ganzen Tag Leitungsdrähten nachgegangen. Sie sind an Steilwänden hinauf und hinunter gespannt.» Er setzte sich neben sie auf das kurze Gras und nahm wieder eine geologische Übersichtskarte aus der Innentasche seiner Safarijacke. «Nach dieser Karte hier gibt es zwei Wege da rauf. Keiner von beiden existiert. Die Wege, die ich gefunden habe, sind hier nicht drauf und keiner führt irgendwohin.»

«Also», sagte Smitty, «sind sie gar nicht so blöd.»

«Ich kapier das nicht», sagte Danskin. «Ich dachte, du weißt hier Bescheid. Hast du denn überhaupt keine Informationen? Gibt's denn keine Akte über diese Leute?»

«Jeder kleine Dorfpolizist hier unten kennt den Weg dahin», sagte Antheil. «Alle Illegalen kennen den Weg. Natürlich gibt's eine Akte.» Er steckte seine Landkarte weg. «Wir mußten diskret vorgehen. Wir wollten die Sache nicht publik machen, ehe nicht bestimmte Voraussetzungen geschaffen waren. Ich dachte, wir könnten ein bißchen improvisieren.»

Smitty blickte ergeben von Danskin zu Antheil.

«Vielleicht ist es 'n Flop», meinte er schließlich. «Vielleicht sollten wir die Sache einfach fallenlassen.»

Alle drehten sich zu Converse um und sahen ihn an.

«Nein», sagte Antheil.

«Es wird dunkel. Während wir hier rumgammeln und nach einem Weg suchen, kommen sie vielleicht runter und knallen uns ab.»

«Ich gebe euch Deckung», sagte Antheil.

«Ach ja?» Danskin sah Antheil geradezu verächtlich an. «Du bist ja wirklich ganz versessen darauf, hä?»

Antheil erwiderte seinen Blick mit steinerner Miene.

«Wenn sie nicht an einen Wagen kommen, können sie hier nicht raus. Angel hat die Straße gesichert, und er macht seine Sache bestens. Sie können das Haus nicht verlassen, ohne gesehen zu werden. Wenn sie's versuchen, bringen wir sie zur Strecke.»

Danskin nagte schweigend an seinem Finger.

«Ihr begebt euch an eine Stelle, wo ihr freies Schußfeld aufs Haus habt. Redet mit ihnen. Sagt ihnen, ihr macht Mr. Arschloch hier fertig.»

«O Mann», sagte Danskin, «das ist denen doch egal. Die werden bloß über uns lachen.»

«Sagt ihnen, ihr habt die Kleine.»

«Sie wissen verflucht genau, daß wir kein kleines Mädchen hier haben.»

«Versucht's, sag ich euch.» Er wandte sich wütend an Converse. «Du redest, Arschloch. Nutz deinen Einfluß auf deine Frau.»

Smitty lachte.

«Denn verdammt noch mal», sagte Antheil zu Converse, «ich bring dich um, wenn du nicht mitmachst.»

«Ich denke, das weiß er», sagte Danskin.

Sie beobachteten, wie Antheil rasch die Böschung hochkroch und, sich umblickend, im Wald verschwand. Danskins dunkle Augen funkelten vor Wut.

«Es ist ihm peinlich, uns den Rücken zuzuwenden, habt ihr das bemerkt? Er hat ein schlechtes Gewissen.»

«Er dreht durch», sagte Converse. «Er ist besessen.»

«Er flippt aus», sagte Smitty, «und wir können die Scheiße auslöffeln.»

Danskin packte Converse am Ärmel und stieß ihn gegen den Abhang. «Los», sagte er. «Immer eins nach dem anderen.»

Sie gingen in den Wald zurück, liefen eine Weile zwischen den Bäumen entlang und versuchten rauszufinden, welchen Weg der Mexikaner eingeschlagen hatte. Nach ein paar Minuten gaben sie es auf und folgten einem Pfad, der an der Felskuppe entlang durch den Waldrand führte.

«Versuchen wir's hier mal», sagte Danskin, als sie ein kleines Stück gegangen waren. «Es wird sonst dunkel, ehe wir was gefunden haben.»

Sie schlichen gebückt durch das Dickicht; Danskin hatte eine Hand an Converses Arm, und in der anderen hielt er seine Pistole. Smitty kam mit der Flinte hinterher.

Gleich unter ihnen befand sich ein Vorsprung mit einer dunklen Felsklippe, hinter der sie in Deckung gehen konnten. Das Haus lag dem Weg genau gegenüber, und von ihrem neuen Angriffspunkt aus konnten sie die Spitze des Glockenturms sehen und einen Pferch an dessen Mauer, in dem ein weißes Pferd stand.

«Jetzt sind wir am Zug», sagte Danskin, als sie im Schutz des Felsens lagen. «Jetzt spielen wir ‹Dame oder Tiger›.» Er hielt Converse immer noch am Arm fest; er packte fester zu. «Was meinen Sie, Converse? Wird sie auf Sie hören?»

«Ich weiß es nicht», sagte Converse.

Durch das Fernglas beobachtete Smitty eine Zeitlang das gegenüberliegende Plateau und brach in Lachen aus.

«He, Mann», sagte er. «Ich knall das Pferd ab.» Er drehte sich aufgeregt und flehend zu Danskin um. «Darf ich?»

Danskin gluckste nachsichtig. «Was für ein Idiot», sagte er zu Converse.

«Klar», wandte er sich an Smitty, «nur zu.»

Es fielen drei Schüsse, einer nach dem anderen, hartnäckig, zwanghaft. Nach dem zweiten hörten sie ein Grunzen und nach dem dritten ein tiefes Brüllen, laut und explosiv wie der Schuß selbst. Kjell schrie auf dem Glockenturm.

Marge sprang auf.

Hicks war bereits auf der Leiter, als Kjell wankend herunterkam. Sein Blick war verstört, und er war so bleich, daß Hicks zuerst dachte, er sei getroffen. Er drängte sich an Hicks vorbei und lief auf die Eingangstür zu. Marge und Galindez fingen ihn ab.

Hicks spähte durch den Spalt und sah das gescheckte Pferd im Pferch auf der Seite liegen und mit einem Vorderhuf vor sich auf den Boden schlagen wie ein Zirkuspferd, das zur Musik den Takt schlägt. Die Zähne des Pferdes waren entblößt und die Nüstern blutig, seine Flanke troff von hellem Arterienblut.

«Scheiße noch mal», sagte Hicks.

Er warf einen Blick durch das Fernglas und bemerkte, daß der Geländewagen nicht mehr zu sehen war. Auf dem Hügel gegenüber war kein Lebenszeichen zu entdecken, aber es war klar, daß die Schüsse aus der Richtung gefallen waren. Die Sonne war fast hinter der Felsspitze im Westen verschwunden,

Schatten krochen die höheren Hänge hinauf. Er stellte das Fernglas aufs Geländer und ging nach unten.

«Kannst du glauben, daß sie das Pferd erschossen haben?»

«Ich glaub's», schrie Kjell ihn an. «Ich hab's gesehen.»

«Sie sind verrückt», sagte Hicks angeekelt. «Als nächstes werden sie hier noch die Fenster rausschießen. Wir sollten Matratzen dagegen stellen.»

«Bleiben wir hier?» fragte Marge. «Werden sie nicht hier raufkommen?»

«Wenn sie wüßten, wie», sagte Dieter, «wären sie schon da.»

«Wie hast du sie abgehängt?» wollte Hicks von Galindez wissen.

Galindez antwortete ihm auf spanisch irgendwas von einer *galeria*.

«Durch den Indianerunterstand», sagte Dieter. «Er liegt genau unter ihnen.»

«Ich dachte grade», sagte Kjell, «wir könnten uns da drin verstecken. Dazu ist er doch da.»

«Das ist vielleicht der richtige Ort für dich, Kjell. Ich persönlich mach mir nichts aus Verstecken.»

«Hör zu», sagte Dieter, «das ist nicht nötig. Wir können zu Elpidios Haus gelangen, ohne die Straße zu überqueren. Dort sind andere Leute.»

«Vielleicht sind wir hier oben besser aufgehoben, Dieter. Unten im Tal haben sie uns in der Tasche. Irgendwie ist es unser Spiel hier oben.»

«Aber da unten sind all die Leute», sagte Marge. «Sie sind doch deine Freunde, oder? Würden sie uns nicht helfen?»

«Ja und nein», sagte Dieter. «Sie haben eine seltsame Art zu denken. Wenn sie sehen, es gibt Schwierigkeiten, hauen sie ab. Sie sind Pazifisten. Und sie haben eine sehr eigene Ansicht von der Welt.»

Die Stimme eines Mannes hallte über das Tal hinweg.

«*Hallo*», heulte die Stimme. «*Hallo.*»

«Selber hallo», sagte Hicks.

Die Stimme rief wieder.

«Marge! Hier ist John!»

Entsetzt starrte sie Hicks an.

«Ja», sagte sie. «Er ist es.»

Hicks kletterte die Leiter hoch, griff zum Fernglas und spähte zum gegenüberliegenden Hügel. Ihre Köpfe waren über einem Felsgesims zu sehen – Converse und neben ihm ein blonder Mann, der an der Visiereinrichtung eines Jagdgewehrs entlangpeilte. Hicks blickte lange genug auf den Gewehrlauf, um sich daran zu erinnern, daß das Eckchen Sonne links von der Felsspitze noch hell genug war, um sich in den Linsen seines Fernglases zu spiegeln. Er ging vor dem Schuß in die Hocke, und die Kugel traf das Geländer und dröhnte furchterregend gegen die Glocke.

«Sie schlägt für dich, du Arschloch», schrie jemand, dann hörte man ein halb hysterisches Gelächter widerhallen.

Hicks zog sich gebückt zur Falltür zurück und kletterte nach unten.

«Ja, stimmt», sagte er zu Marge. «Sie haben ihn.»

«Oh, mein Gott», sagte Marge. Sie ging auf die Leiter zu.

«Bleib weg da», sagte Hicks zu ihr. «Horch durch die Tür, die haben sie nicht im Schußfeld.»

Er machte die Tür auf und blieb daneben stehen.

«Marge!» rief Converse zu ihnen rüber. *«Gib ihnen das Zeug!»*

«Ich halt's nicht aus», sagte sie.

«Marge! Sie haben Janey!»

Sie hielt sich die Ohren zu.

«Das ist eine Lüge, Marge», sagte Hicks. Er packte sie bei den Handgelenken. «Wenn sie sie hätten, würde man sie sehen.»

«Sie haben Janey!» rief Converse.

«Wer ist Janey?» fragte Kjell.

«Woher soll ich wissen, daß sie sie nicht haben?» fragte Marge verzweifelt. «Woher?»

Hicks schüttelte den Kopf.

«Sag ihnen, sie sollen sie zeigen.»

«Sie zeigen?» schrie Marge. «Sie zeigen? Sie werden sie mit Zigaretten verbrennen.»

«Mein Gott noch mal, sie haben sie nicht. Sie ist bei deinem Vater.»

«*Marge!*» rief Converse.

Marge kniete auf dem Steinfußboden.

«Wie kann er das bloß tun?»

«Du weißt doch, wer sie sind. Wenn ich an seiner Stelle wäre, würde ich's auch tun.»

«*Marge!*»

Galindez fragte, wer der Mann wäre, der da schrie.

«Ihr Mann», erklärte ihm Dieter.

Auf dem fernen Hügel klammerte Converse sich an den Felsen und schrie, was ihm gerade einfiel.

«*Gib ihnen das Zeug!*»

«Deutlich», wies Danskin ihn an. «Damit sie dich verstehen.»

«*Gib es ihnen! Sie lassen uns laufen. Wenn sie's nicht kriegen – bringen sie mich um.*»

«Uns!» sagte Danskin.

«*Bringen sie uns um!*» rief Converse.

«Woher soll denn jemand wissen, von was er redet?» fragte Smitty gereizt.

«Brüll noch mal, du Arschloch. Lauter.»

«*Gib ihnen das Zeug*», rief Converse. «*Sonst bringen sie mich um. Und dich. Sie töten jeden. Aber wenn du's ihnen gibst –*» er hielt inne und holte Atem – «*dann tun sie's nicht!*»

«Findest du das komisch?» fragte Danskin.

«Absolut nicht», erwiderte Converse.

Marge stand mit geschlossenen Augen in der Tür.

«Was war das? Was hat er gesagt?»

Hicks zitterte. «Er ist übergeschnappt. Er sagt, wir sollen's ihnen geben. Was soll er sonst sagen?»

«Und wenn wir's tun?»

«Was meinst du? Glaubst du, sie lassen uns gehen?»

Er ging hinüber zur Hintertür.

«Dieter, dein Mann soll den Jungen in sein Dorf runterbringen. Du kannst auch gehen, wenn du willst. Haltet euch in diesem Winkel zu dem Haus», sagte er zu ihnen, formte mit seiner Hand ein spitzes Dreieck und zeigte nach Süden. «Ich glaube nicht, daß sie euch dann im Visier haben. Aber macht schnell.»

«Ich muß darüber nachdenken», sagte Dieter. Er nickte Galindez zu; Galindez und der Junge gingen durch die Hintertür hinaus.

«Während sie unterwegs sind», sagte Hicks zu Marge, faßte sie beim Arm und führte sie zur Vordertür, «sagst du ihnen okay. Sag: ‹Okay. Bitte, laßt uns gehen. Wir müssen's ausgraben.›»

Marge ging zur Eingangstür und lehnte sich gegen den geschnitzten Rahmen.

«Okay», rief sie. «Bitte, laßt uns gehen. Wir müssen es ausgraben!»

«Beweg deinen Arsch hier runter», rief einer der Männer auf dem Hügel. *«Mach schnell!»*

«Tut mir leid wegen deinem Pferd, Kjell», sagte Hicks. Kjell und Galindez rannten bereits auf der anderen Seite des Baches auf den im Schatten liegenden Wald zu.

«Was wirst du tun, Dieter? Bleiben?»

«Warum bleibst *du* denn, Ray? Was wirst du jetzt tun?»

«Wir könnten die Polizei rufen», sagte Hicks. «Das würde sie total durcheinanderbringen.»

«Ist mir recht», sagte Marge. «Und daß wir's ihnen geben, ist mir auch recht.» Sie drehte der offenen Tür den Rücken zu und schloß ihre Jacke. «Es war mein gottverdammtes Zeug. Meines und seines. Wir sollten auf unsere Weise zahlen.»

«Wovon redest du?» fragte Hicks sie. «Wem willst du was zahlen?»

«Ich hab genug», sagte sie. «Für mich ist die Sache erledigt – es lohnt nicht.»

«Das hängt wohl davon ab, wie man darüber denkt», sagte Hicks.

Marge weinte.

«Was mich betrifft», sagte sie leise, «sie haben sich's verdient. Sie können den Stoff haben und mich dazu.»

«Das ist doch dumm.»

«Hör zu», schrie sie, «da unten sind Millionen Leute. Die können uns nicht vor all diesen Menschen abknallen. Ich kann das Zeug da runterbringen und ihnen übergeben.»

«Das würdest du nie schaffen.»

Er ging in das Zimmer, in dem er geschlafen hatte. Es war so eng wie eine Mönchszelle; das einzige Fenster war klein und quadratisch und saß in einem Backsteinrahmen. Früher einmal war das Zimmer blau gewesen, mit blühenden Bäumen al fresco in jeder Ecke, aber Dieter hatte die Wände inzwischen weiß gestrichen.

Sein Seesack und der Rucksack lagen auf der nackten Matratze. Aus dem einen nahm er einen Cellophanbeutel, in dem er seine Zahnbürste und den Rasierapparat hatte, und schüttete den Inhalt auf den Fußboden. Aus dem anderen nahm er das Paket mit dem Dope und entfernte dessen äußere, aus Zeitungen bestehende Verpackung. Dann ging er leise über den Gang und zur Hintertür hinaus in die immer dunkler werdende Dämmerung. Es war ein klarer, stiller Abend, Eichhörnchen schwatzten in den Bäumen, Spatzen tschilpten.

«Ich bringe es runter», rief Marge zur Vordertür hinaus. «Ich bring's!»

Er konnte nicht verstehen, was sie zurückriefen.

An dem Becken kniend, zu dem der Bach gestaut war, nahm er Hände voll von dem feinen trockenen Sand zwischen den Steinen und schüttete ihn in den Cellophanbeutel. Schließlich stellte er den Beutel hin, hielt die Öffnung auf und schaufelte Erde hinein, Sand, kleine Steine, alles. Den Beutel mit dem Sand trug er ins Haus, wickelte die Zeitung und das Ölzeug darum und packte ihn in den Rucksack, in dem das Dope gewesen war. Ehe er das Heroin unter seine Matratze schob, nahm er eine Prise davon und streute sie zwischen die Zeitung und das Ölzeug, womit der Sandbeutel verpackt war. Dann schleppte er den Rucksack und den Seesack in den vorderen Raum.

«Ich bring's runter», erklärte Marge. «Ich hab's ihnen gesagt.»

«Sobald sie das Zeug haben, pusten sie dir die Rübe weg.»

«Nicht vor all den Leuten. Ich übergebe es ihnen im Dorf. Ich nehme den Weg, den wir raufgekommen sind.»

Hicks holte das Abzugsgehäuse und die Schulterstütze seiner M-16 aus dem Seesack und begann, sie zusammenzusetzen.

«Müssen wir denn noch mehr von diesen Schießereien erleben?»

«Frag die da drüben.»

Dieter stieg vom Turm herunter und sah, wie Hicks sein Gewehr zusammenbaute.

«Was machst du da?»

Hicks kramte in dem Sack nach Magazinen.

«Sieh dir deinen Freund an»,' sagte Dieter. «Der Furor Americanus.»

«Sie will's ihnen bringen», sagte Hicks.

«Sie kann's doch versuchen», sagte Dieter.

«Das ist unser Kumpel John, den sie da drüben haben», sagte Hicks mit einem leeren Lächeln. «Wir wollen ihm da raushelfen.»

«Jetzt sind also Waffen und Opfer angesagt», sagte Dieter zu ihnen. «Der ganze Scheiß.»

«Tja», meinte Hicks, «es kann nicht immer nur Forellenangeln und bunte Lämpchen sein. Es kommen ein paar alte Rechnungen auf uns zu.»

«Wir sind bereits tot», sagte Dieter. «Es sind alles bloß Erscheinungen.»

«Das mag für dich gelten, Dieter. Ich bin nicht tot.»

«Dann nur zu, bring die Sache zwischen euch zu Ende», sagte Dieter. Er ging an den Kühlschrank und nahm noch einen Krug Wein raus. «Ihr seid alle gleich.»

Hicks nahm ihm den Krug ab und trank mit einer Grimasse. «Einige von uns sind gleicher.»

«Ich bring's runter», sagte Marge. Sie öffnete die Lasche des Rucksacks und sah hinein; dann klappte sie ihn zu und preßte ihn gegen ihren Körper. Die Jeansjacke, die sie trug, hing über ihren Schultern, feuchtes Haar klebte an ihren Schläfen. Sie sah bleich und kränklich aus, vom Schicksal gezeichnet.

«Wir haben das gemacht – John und ich. Ich möchte nicht, daß noch jemand deswegen in die Scheiße gerät.»

«Seit wann verschenkst du Stoff? Du brauchst ihn doch.»

Sie warf sich den Sack über die Schulter und ging schnell hinaus. Hicks machte keine Bewegung, um sie aufzuhalten.

Sie trug den Sack zum Rand des Kliffs. Zwanzig Meter vom Haus entfernt setzte sie ihn vor sich hin und rief ins Tal.

«Hier ist es! Kommt runter ins Dorf, und wir übergeben es euch!»

«*Sag das noch mal*», rief jemand.

«Ich hab es hier! Kommt runter ins Dorf und laßt ihn gehen.»

Als sie sich in die Richtung ihrer Stimmen umdrehte, sah sie das Pferd.

Converse, Smitty dicht hinter sich, starrte auf Marges Gestalt auf dem anderen Hügel.

«Sieh sie dir an», sagte Smitty zu ihm. «Ich könnte sie durchpusten. Einfach weg.»

«Sagt ihr, wir sind einverstanden», sagte Antheil.

«Einverstanden!» rief Danskin mit freundlicher Stimme. Er drehte sich zu Antheil um. «Sind wir einverstanden?»

«Klar», sagte Antheil.

Danskin sah ihn finster an.

«Wo ist Hicks?» Er schüttelte den Kopf. «Sie versuchen irgendwelche Tricks. Es wird dunkel, und sie versuchen irgendwelche Tricks.»

«Sie versucht keine Tricks», sagte Converse. «Sie meint's ehrlich.»

«Das hier ist einer der Augenblicke, wo man optimistisch sein muß», erklärte Antheil. Er zog die Sendeantenne raus und teilte Angel mit, er solle den Geländewagen raufbringen.

«Sei lieber vorsichtig», sagte Danskin. «Dieser Hicks bringt dich um… He», rief er zu Marge hinüber, «wo ist dein Kumpel?»

«Er hat sich versteckt.»

«Beeil dich», rief Danskin. «Trag eine Lampe.»

Als sie wieder hineinging, saß er auf den Altarstufen und schraubte die M-70-Teile auf sein Gewehr. Neben ihm lagen ein paar von den kleinen Fünf-Zoll-Patronen.

«Du machst es so, wie's dir am liebsten ist», sagte er zu ihr. «Ich gebe dir Rückendeckung.»

«Ich möchte nicht, daß du mir Deckung gibst», sagte sie. «Ich brauche eine Lampe», sagte sie zu Dieter. Dieter drehte sich zu Hicks um.

«Gib ihr eine Lampe», sagte Hicks.

Dieter holte eine Sturmlampe unter seinem Schaltpult hervor, probierte sie aus und reichte sie Marge.

«Laß sie brennen, solange du runtergehst. Wenn du auf ebener Erde ankommst, machst du sie aus.»

Marge zitterte. Er wich ihrem Blick aus.

«Nur ein mieser Trip nach dem andern», sagte sie. «Das muß aufhören.»

«Tu, was du für richtig hältst.»

«Worüber lachst du?» fragte sie ihn. «Worüber lachst du andauernd?»

«Ich lache nicht.»

«Wenn du auf den Fahrweg kommst», sagte Dieter zu ihr, «lauf los. Achte drauf, daß die Lampe aus ist.»

Beim Hinausgehen drehte sie sich zu Hicks um. Er befestigte den M-70-Granatwerfer auf seinem Gewehr.

Hicks und Dieter traten an die Tür und sahen ihr nach, während sie auf den Eingang des Trampelpfades zuging.

«Sie hat nicht mal auf Wiedersehen gesagt», meinte Hicks. «Was hältst du von ihr?»

«Sie macht genau das Richtige.»

Hicks lachte ihn an.

«Ach, meinst du, ja?»

Er blickte hinaus in die dichter werdenden Schatten.

«Mann, sind sie denn ständig da draußen? Ihre Ohren haben mitgehört. Man spürt den Speichel an ihren Zähnen.» Er drehte sich mit einem bitteren Lächeln zu Dieter um. «Dir ist es total egal, oder? Du willst Marge nur hier weg haben.»

«Natürlich ist es mir nicht egal», sagte Dieter. «Was sie sagt, ist richtig.»

«Sie ist hysterisch. Sie ist lebensmüde.»

Er ging in sein Schlafzimmer zurück und trug ein neues Paket, das er geschnürt hatte, in den vorderen Raum. Ein Rucksack von Kjell hing an einem Haken über den Leitungen des Schaltpults – Hicks schob das Paket hinein.

«Wir machen es nach deiner Art», sagte er, «in der die Dinge nicht sind, was sie zu sein scheinen. Sie ist gerade dabei, Sand nach unten zu schleppen.»

«Du bist ein Idiot.»

«Hast du sie weggehen sehen, Dieter? Verstehst du, daß sie so in ihr Verderben läuft? Einfach Klasse.»

«Du wirst diese Leute nicht schlagen, Hicks.»

«Sie ist meine große Liebe, ohne Scheiß», sagte Hicks. «Läßt Etsuko meilenweit hinter sich. Läßt alle hinter sich.»

«Hicks», sagte Dieter, «sei gewarnt. Sie sind gerissener als du.»

«Das glaube ich keine Sekunde», sagte Hicks. Er hob den Rucksack auf seinen Rücken und schaltete das Gewehr auf Automatik. «Die Wege sind immer noch dieselben?»

Dieter nickte.

«Also, ich probier's. Runter durch den Unterstand, so wie dein Mann raufgekommen ist.»

«Das ist doch Wahnsinn», sagte Dieter. «Du riskierst, daß wir alle wegen nichts umgebracht werden. Das kannst du doch nicht machen.»

«Oh, Mann, mach mich bloß nicht wütend. Natürlich kann ich das. Warum denn nicht?»

Dieter zitterte.

«Kann man deinen Wald immer noch so nett beleuchten?» fragte ihn Hicks.

«Er ist schon lange nicht mehr beleuchtet worden. Aber die meisten Lampen funktionieren, glaube ich.»

«Wenn du eine Salve hörst, machst du Licht. Dreh die Mikros auf – ich will ein richtiges Spektakel haben. Ich will eine Oper.»

«Ja», sagte Dieter, «das merke ich. Aber im wirklichen Leben schaffst du's nicht.»

«Na, dann scheiß aufs wirkliche Leben. Das wirkliche Leben zieht bei mir nicht.» Er nahm ein paar Magazine aus dem Seesack und steckte sie in seine Taschen.

«Glaubst du, sie würden so was für dich tun?»

«Mann», sagte Hicks, «was ist denn das für eine Frage.» Er ging zur Hintertür und horchte einen Augenblick.

«Paß genau auf, Dieter», sagte er, «das hier wird die Revolution sein, bis die wahre Revolution kommt.»

Er hoffte, von der gegenüberliegenden Felsspitze aus nicht gesehen zu werden und rannte mit dem automatischen Gewehr den gestauten Bach entlang. Mit einer Hand hielt er den Gewehrlauf nach unten, und in der anderen trug er das Heroin und eine Lampe.

Der Pfad tauchte steil ins Dunkle, ein kaum sichtbarer Spalt zwischen Fels und Wurzeln. Es war vollkommen windstill im Wald; er schwitzte, rang nach Atem. Ein, zwei Minuten lang konnte er Marges Lampe unter sich erkennen.

Gestalten traten aus dem Dunkel vor sein Auge.

Nicht, daß ich jemals irgendwie gut darin war, dachte er, aber ein Verliebter, genau das bin ich. Das Etwas in jedermanns Versteck, jedermanns Stoß und Stachel, jedermanns Handhaber. Ein Mensch, von dem man sich leicht trennt.

Eine halbe Meile weiter unten war der Eingang zum Indianerunterstand. Deutlich erinnerte er sich an die Felsen, die ihn verdeckten, aber in der fast totalen Finsternis mußte er nahezu zwanzig Minuten lang harten Boden am Fuß der Klippe betasten, ehe er den richtigen Stollen fand. Die Anstrengung machte ihn wütend und verzweifelt. Er schob den Sack und die Lampe in die brusthohe Öffnung und stemmte sich hoch, wobei er mit dem Fuß Spinnweben zerriß. Er wand sich hinein, die Füße voran und auf dem Rücken liegend, während er das umgehängte Gewehr fest umklammerte und den Sack und die Lampe mit den Hacken vor sich herschob, bis er sie fallen hörte. Noch ein Ruck und er konnte sich aufsetzen; der Stollen erweiterte sich zu einer Kammer. Er fand die Lampe und machte sie an.

Die Wände bestanden aus dem massiven Gestein des Berges, erhoben sich zu einem etwa zwölf Meter hohen Gewölbe und waren bis zu einer unwahrscheinlichen Höhe mit den fluoreszierenden Zeugnissen ehemaliger Rauschzustände bedeckt.

«Es gibt keine Metaphern», stand – violett – auf der einen Wand. Wohin er auch die Lampe drehte, überall sah er versteinerte LSD-Eingebungen, eine Orgie von Gedankensplittern, begraben im Innern der Erde. Der Boden war mit Zigarettenfiltern und Filmbüchsen aus Aluminium, mit in Modder zurückverwandelten Matratzen, Tonbandspulen und Pillenfläschchen aus Plastik übersät. Einige Lampengestelle und Lautsprecher waren mit grünspanigen Kupferleitungen an Haken befestigt, die in den Stein geschlagen waren. Die unnatürlichen Farben waren so gut wie überhaupt nicht verblichen.

Er durchquerte die Kammer und betrat einen kleineren Raum, der von jenem durch eine Teilwand aus rohem Backstein abgetrennt war. Die Decke dort war niedriger und wurde durch einen Eichenpfosten gestützt, der durch ein backsteinummauertes Loch im Boden aus einem tiefer liegenden Geschoß ragte. Er prüfte den Pfosten, ließ die brennende Lampe und den Sack durch das Loch fallen und rutschte an dem Pfahl nach unten.

Das Loch war die Mündung eines Backsteinkamins. Der Raum, in den er sich heruntergelassen hatte, war das Dick-Tracy-Zimmer: die Lampe beleuchtete Dicks properen Vertreterschlips und den Ansatz seines mächtigen Kinns – kunstvolle Ikonen, frühe Höhlenpopmalerei. Neben ihm hingen Porträts von Flyface, Flattop und Vitamin Flintheart. Ein Mädchen namens Lightning Webb hatte sie vor Jahren in dem Raum gemalt, weil er der Mittelpunkt eines hohlen Berges war, ein richtiger Dick-Tracy-Raum.

Er ließ das Heroin dort. Die Wände des Dick-Tracy-Zimmers verengten sich zu einem Gang, durch den er gebückt gehen mußte. Er erinnerte sich, daß es in dem Gang Taranteln gab. Mühsam bewegte er sich voran und versuchte, nicht die Wände zu berühren. Es dauerte lange, bis er die Luft von draußen ahnen konnte. In dem Moment löschte er die Lampe, ging langsam weiter und prüfte dabei genau den unsichtbaren Boden vor sich. Als er den leichten Wind spürte, kniete er sich hin und tastete nach dem Rand der Felswand, von dem er wußte, daß er vor ihm war.

Er legte sich auf den Bauch, ließ Kopf und Schultern über den Felsrand hängen und versuchte, in den dunklen Wald zu spähen. Es schien ihm, als höre er weit weg Frauen singen. Ab und zu leuchtete in der Dunkelheit vor ihm ein Fleck purpurn auf, ein kleiner Blitz von dem Pilz, den er gegessen hatte.

Manche Leute behaupteten, im LSD-Rausch an die Front gegangen zu sein, aber er hatte ihnen nie geglaubt.

Er war nicht sehr high, überhaupt nicht high, schien es ihm – aber anfällig für kleine halbbewußte Halluzinationen. Er fühlte sich in der Dunkelheit heimisch.

Nachdem er eine Zeitlang still dagelegen hatte, kam ihm der Gedanke, daß er Zeit verliere; er tastete an der Felskante nach den Haltegriffen, die dort eingemeißelt waren, und als er zwei davon gefunden hatte, schwang er sich über den Rand und begann mit dem Abstieg. Er kam sehr langsam voran, während seine Füße über den Felsen wischten, um den nächsten Halt zu suchen. Es war beschwerlich, und er verlor beinahe das Gleichgewicht. Mit jedem Schritt abwärts lastete sein Gewicht stärker an seinen Händen.

Er hatte den Abstieg zu drei Vierteln hinter sich, als er den ersten Flügelschlag hörte – eine Sekunde später krachte ihm eine enorme Last auf den Rücken, nahm ihm den Atem und riß ihn von seinem Halt los. Er landete gleichzeitig auf beiden Knöcheln, rollte auf seine Schulter und blieb ruhig liegen, bis er wieder Luft holen konnte. Beim Atmen spürte er die Verletzungen an seiner Schulter – an seinem Hemd war Blut. Ein schwarzes Etwas pfiff dicht über seinen Kopf weg und verschwand in den Bäumen; eine Fledermaus, dachte er zuerst, dann wurde ihm klar, daß es eine Eule oder ein Ziegenmelker gewesen sein mußte, ein aufgeschreckter Vogel, ein Ungeheuer, für Japaner das allerschlimmste Vorzeichen.

Wo er war, sah er keinen Weg und kein Licht. Er stolperte abwärts und machte dabei unmäßig viel Lärm.

Er müßte jetzt unterhalb von ihnen sein. Sie würden den Pfad zu seiner Linken runterkommen, Marge von rechts. Wenn sie sich auf ihren Instinkt verließen, würden sie Marge an der Stelle abfangen können, wo der Pfad auf den Fahrweg stieß, ein Punkt, der nach seiner Berechnung fast direkt unter ihm lag. Er tastete sich weiter durch den Wald nach unten, auf der Hut vor Steilhängen und Baumstümpfen, die, wie er wußte, überall um ihn herum waren.

Die Stimmen der Frauen drangen wieder zu ihm – sie waren

leise, aber deutlich genug. Die Frauen der Bruderschaft, die im Dorf sangen.

Ein Stückchen weiter bergab sah er unter sich eine dunkle Masse, aus der er nicht klug wurde. Er ging langsamer und pirschte sich heran, während er das Gewehr hob – als er erkannte, was es war, duckte er sich, huschte nach links und ließ sich in eine steile, mit Farn bewachsene Mulde fallen, die er gerade noch rechtzeitig ausgemacht hatte.

Es war der Geländewagen, und durch dessen Fenster konnte er das glimmende Ende einer brennenden Zigarette sehen. Im Farn versteckt suchte er sich eine höhere Position, dann setzte er sich und lauschte so angestrengt, wie es seine Konzentration zuließ. Seine Knochen schmerzten von dem Sturz, aber so allmählich machte ihm die Sache Spaß. Die Dummheit und Selbstzufriedenheit des Rauchers in dem Wagen erleichterten ihn sehr.

Jetzt bin ich der kleine Mann in der Wildnis, dachte er.

Das Tollste wäre, an einen von ihren Sg-Mörsern zu kommen. Er steigerte sich in einen leidenschaftlichen Haß auf den Wagen – seine Kompaktheit und Masse – und auf den Mann, der drin saß.

Ausnahmsweise mal auf der richtigen Seite.

Marge spiegelte sich selbst vor, sie liefe ins Meer, sie glaubte sich als Badende am Strand, die in die Fluten steigt. Die Vorstellung des Meeres ließ sie fast gelassen bleiben; sie klammerte sich daran.

Im äußersten Fall könnte es sie töten, sagte sie sich – es wäre nicht notwendig, mit ihm zu sprechen. Ab und zu schob sie das Paket von einem Arm auf den anderen.

Als das Gefälle des Weges abnahm, löschte sie ihre Lampe. Der Himmel war mondhell, aber der Mond selbst unsichtbar, durch die nahen Hügel ausgesperrt. Es war hell genug, um Baumsilhouetten und Felsen entlang des Weges auszumachen. Sie hörte Stimmen singen, aber sie hatte vergessen, ob sie Wirklichkeit oder Einbildung waren.

Ein Geräusch im Wald rechts von ihr ließ sie innehalten; es hörte sich an, als ob ein Schuh auf Metall träte und ein Stahlscharnier quietsche. Sie roch Benzin. Während sie sich langsam umdrehte, sah sie über sich auf dem Pfad vor den dunklen Bäumen die Gestalt eines Mannes mit einem breitkrempigen Hut. Die tröstlichen Phantasien vom Meer zerstoben; ihr Körper schmerzte vor Angst.

Ein Stückchen weiter war sie sicher, an einem zweiten Mann vorbeigekommen zu sein, der gleich neben dem Weg stand. Der Mann folgte ihr, indem er sich auf gleicher Höhe mit ihr durch das Buschwerk bewegte.

«Halt», flüsterte eine Stimme. Sie blieb stehen.

«Ich hab es», sagte sie leise.

«Schnauze», flüsterte die Stimme zurück. Ein Flüstern voll Autorität, klar betont.

Alle drei standen in der Dunkelheit; mehrere Minuten schienen zu verstreichen, ohne daß sich einer der Männer rührte oder sprach.

Hände nahmen ihr das Paket ab.

«Wo ist er?» fragte sie.

Die Gestalten vor ihr schwankten, als das Paket zwischen ihnen weitergereicht wurde.

«Gleich da drüben», sagte ein Mann.

«Wo?»

«Gleich da unten», sagte die Männerstimme zu ihr. «Einfach geradeaus. Mach deine Lampe an.»

Sie entfernte sich von ihnen und knipste die Taschenlampe an; der Lichtkegel drang zwischen Felsen und Farne. Es war niemand da.

Einer der Männer, die sie angehalten hatten, verließ den Weg, und einige Sekunden darauf flammten Scheinwerfer aus der Dunkelheit auf, in die er verschwunden war. Er hatte das Paket auf den Kotflügel eines Geländewagens gestellt und zog das Band ab, mit dem es zusammengeschnürt war. Der Mann mit dem Stetson kam hinter ihr her.

Vor sich, an einer freien Stelle, wo der Pfad auf den Fahrweg stieß, auf dem der Geländewagen parkte, sah sie jemanden aus dem Schatten treten. Sie rannte darauf zu.

«John?» rief sie.

Im sumpfigen Dunkel zwischen den Farnen beobachteten sie ihre Lampe.

«Es könnte gut ausgehn», sagte Smitty zu Converse. In kameradschaftlicher Art hatte er seinen Arm lose um Converses Nacken gelegt; in der anderen Hand hielt er eine große eckige Pistole. Das Gewehr hatte er Danskin überlassen, der im Gebüsch hinter ihnen wartete.

«Das hoffe ich», sagte Converse.

Mit der Dunkelheit hatte ihn die Todesangst wieder überkommen, ein blindes Verlangen nach Licht.

Danskin ging mit ihnen in die Hocke, auf einem Knie kauernd.

«Da kommt sie. Sie haben's.»

Er stand auf und überquerte rasch den Pfad.

«Sie hat's gebracht», sagte Converse. «Tut ihr nicht weh.»

«Nein, nein», sagte Smitty ernst zu ihm. «Nicht nötig, Mann.»

Marges Lampe wurde größer; er sah ihre nackten Beine und erkannte die Enseñada-Sandalen an ihren Füßen. Smitty stand langsam auf, während er seine Hand auf Converses Schulter liegen ließ. Er hatte die Pistole entsichert und hielt sie in Marges Richtung.

Converse hörte, wie sie ihn rief.

Er lehnte sich auf seinen Hacken zurück und machte sich zum Sprung bereit. Es kam nicht auf Kraft an, er würde sich auf seine Nerven verlassen müssen, wie immer.

Antheil rief sie von dem Geländewagen an.

«He, Leute! Bloß mal 'n Moment hierher!»

Smitty unterbrach seine Bewegung, und Converse merkte, daß Marge sein Ziel gewesen war. Converse tauchte in die

Richtung, wo er die Waffe und die Hand, die sie hielt, vielleicht packen konnte.

«Lauf, Marge», schrie er.

«Lauf, Marge», rief eine lachende Stimme. Es war Danskin auf der anderen Seite des Weges. In der Nähe fiel ein Gewehrschuß.

Smittys Arm war hart wie Eisen; er konnte ihn nicht umbiegen. Er stellte sein Bein zwischen Smittys Beine, bog die Knie durch und zog. Die Pistole ging zweimal los, als er das Gesicht von Smittys linkshändigen Haken abwandte. Während sie noch miteinander kämpften, hörte Converse zu seinem Erstaunen ein Geräusch, von dem er sicher war, daß man es nur in Vietnam und sonst nirgendwo hören konnte – ein *pwock*, wie wenn ein Stahlkorken aus einer leeren Metallröhre knallt, das Geräusch eines M-70-Granatwerfers, der seine Ladung abfeuerte. Eine Sekunde darauf erhob sich in den Bäumen am Hügel unter ihnen ein gewaltiger Feuerball.

Er hatte Smitty die ganze Zeit für das schwache Glied in der Kette gehalten, und die Kraft des Mannes überraschte ihn. Er war zu Boden gegangen – Smittys Hand war einen Moment lang frei. Smitty drehte sich um und starrte über die Schulter auf das Feuer, dann erneuerte er seinen Griff an der Pistole, während Converse, hilflos auf der Erde liegend, in einem panischen Gefuchtel von Armen und Beinen rückwärts rutschte. Sich an Kiefernnadeln festkrallend und mit jedem Muskel zitternd, duckte er sich in Erwartung der Kugel – als der Wald um sie herum plötzlich in grellweißem Licht erstrahlte, dann dunkel wurde und erneut weiß aufleuchtete. Smitty erstarrte mit entsetztem Blick. Converse rollte herum, versetzte ihm einen Tritt unter das Knie und stürzte sich ein zweites Mal auf die Pistole. Verzweifelt suchten sie die Hände des anderen ab – da war nur Haut.

Sie rollten am Boden des leuchtenden Waldes herum, und in ihrer Umgebung detonierte, was sich wie ein Artillerie-Sperrfeuer anhörte. Smitty versuchte jetzt, sich freizukämpfen; Converse klammerte sich an ihn, voller Angst loszulassen. Marge und ihre Lampe waren verschwunden.

Smitty und Converse kugelten zusammen eine Böschung hinunter und landeten auf dem festgetrampelten Boden des Weges. Das Kampfgetöse über ihnen schwoll an – Bazookas, Mörser, Raketen, Panzerkanonen –, es war Dien Bien Phu, Stalingrad. Sie krochen auf die entgegengesetzten Seiten des Weges zu, Converse robbte auf den Ellbogen in Deckung und auf tiefer liegendes Gelände. Während er sich ins Gebüsch schlängelte, fiel ihm auf, daß an den Artilleriegeräuschen irgendwas nicht stimmte. Atmen. Spucken. Lautsprecher hingen in den Bäumen. Jemand inszenierte das alles, jemand spielte mit einem Mikrophon herum.

Aber die weiße Feuersäule unten am Hügel stieg höher; in ihrem Zentrum sah man die dunkle Silhouette des Geländewagens. Danskin stand ohne sein Gewehr im Feuerschein, er suchte nach etwas in seiner Jackentasche. Ein paar Fuß von ihm entfernt markierte ein brennender Stetson den Pfad.

Der falsche Schlachtenlärm aus den Bäumen ging in betrunkenes Gelächter über – aber ein Maschinengewehr feuerte jetzt, es war echt und ganz nah. Converse kroch weiter weg von dem Pfad – Kugeln schlugen um ihn herum in den Boden, prasselten gegen die Bäume, zerfetzten Blätter und Zweige. Er schob sich ein Stück weiter und versuchte, wenigstens einen Baumstamm zwischen sich und das automatische Feuer zu bringen. Die aufflammenden Lichter blendeten ihn und lähmten sein Denken.

Als er sich gegen die Wurzeln einer großen Eiche drängte, ertönte aus dem Lichtgeflimmer über seinem Kopf eine laute Stimme, lauter als der Waffenlärm.

«Die Form unterscheidet sich nicht vom Nichts», erklärte die Stimme.

Converse schloß die Augen und krümmte sich zusammen.

«Das Nichts unterscheidet sich nicht von der Form.»

«Sie sind dasselbe.»

Converse war gezwungen, darüber nachzudenken, ob das Nichts und die Form tatsächlich dasselbe seien. Er behielt den Kopf unten.

Als die Stimme von neuem erklang, erhob sie sich über das Gewehrfeuer oben am Weg, das von einer Salve aus dem Maschinengewehr erwidert wurde. Converse bemerkte, daß die blinkenden Lichter über ihm seine Position verrieten. Als er gerade weiterkriechen wollte, sah er Smitty auf dem Weg in Richtung aufs Dorf an sich vorbeirennen. Fünf, sechs Meter weiter machte Smitty plötzlich halt, rutschte auf den Hacken weiter, drehte sich um, als hätte er was Wichtiges vergessen, und warf sich kopfüber in eine Anpflanzung von Kiefernschößlingen; seine Füße hoben sich vom Boden, als habe er vor, darüber wegzuspringen.

Ein Geflecht violetter Lichter blitzte an der Flanke eines steilen Felsens auf, der höher am Berg lag, und Converse sah Angel und Antheil Rücken an Rücken an dessen Fuß hocken. Sie hatten Jagdflinten wie die von Danskin. Eine Pistole ging irgendwo in der Nähe des brennenden Geländewagens los, was sich nach den schwereren Waffen dünn und blechern anhörte; sie wandten sich dem Knall zu und feuerten zusammen, gegen ihren beleuchteten Felsen aufgestellt wie Figuren in einem Relieffries zum ewigen Ruhm ihres eigenen Heldenmuts. Angel schoß und lud mit einer Geschwindigkeit, die das Auge verwirrte.

«Sie sind dasselbe», sagte die Stimme.

Das Maschinengewehr feuerte wieder los, erst in die Nähe von Converse, wo es die Erde und das Laub um ihn herum aufspritzen ließ, dann über den Pfad und fand schließlich die Felswand. Die Geschosse trommelten ein irrwitziges Steel-Band-Geschepper auf deren violetter Oberfläche und zerfetzten die Lampen und Leitungen in einem gespenstischen Ausbruch stinkenden Rauchs und elektrischer Flammen.

Converse hob den Kopf und sah für einen kurzen Augenblick Antheil über den Pfad rollen. Aber er war nicht getroffen, seine Bewegungen waren koordiniert und planvoll, so ganz anders – selbst bei kurzem Hinsehen – als das grauenhafte Kreiseln eines Sterbenden. Zwei Gestalten brachen hinter ihm durch das Buschwerk, auf dem Weg nach unten; er sah sie den Fahrweg überqueren und auf ebener Erde am Fuß des Hügels in der Dunkelheit verschwinden. Das Maschinengewehr feuerte weiter hinter ihnen her. Nach den herumfliegenden Ästen und zermahlenen Blättern schätzte Converse, daß der Schußwinkel ein paar Fuß über seinem Kopf lag. Der Schütze wechselte das Magazin und schoß dann weiter, indem er eine Dauerfeuerschneise legte, die den Zugang zum Dorf abschnitt.

«Sie sind dasselbe», erklärte die Stimme in den Bäumen.

Als das Schießen aufhörte, blickte er auf und sah, daß der leere Wald, soweit das Auge reichte, im Licht erstrahlte. Die blinkende Beleuchtung erhellte Reihe um Reihe regloser Kiefern und entlegene stille Felsgrate über ihnen. An den tiefer gelegenen Hängen tanzten und leuchteten Spielsachen. Verwundert konnte er den Blick nicht abwenden.

Dunkelheit sank auf die Stelle herab, wo er sich versteckte, bis das einzige Licht in der Nähe von den Flammen stammte, die an Antheils Geländewagen und an den Zweigen gleich daneben leckten, die Feuer gefangen hatten. Die Luft war voller Rauch.

Converse kroch über Dornengestrüpp weiter. Der Schütze hatte seine Position verändert, aber er schoß noch immer. Die Finsternis, in die Angel und Antheil sich zurückgezogen hatten, flimmerte von kleinen Feuerzungen, wenn das trockene Laub sich entzündete und zischend aufflammte.

Converse rollte sich auf die Seite und pinkelte seitwärts ins Gebüsch. Nach einigen weiteren Salven beschloß er, Kontakt mit dem Schützen zu suchen.

«Chieu hoi», rief er zu ihm rüber.

Das Schießen hörte einen Moment lang auf, dann setzte es wieder ein.

«Wo bist du?» rief Hicks zurück.

«Hier drüben, vor dir.»

«Du bist im Weg, Mann.»

Converse rappelte sich hoch und rannte gebückt auf den Pfad zu. An dessen Rand lief er mehrere Meter weiter, bis er mit dem schwelenden Geländewagen auf gleicher Höhe war. Ein in Plastik eingewickeltes Paket lag direkt vor ihm auf der Erde; er hob es auf.

«Ich komme», rief er in die Richtung, in die er rannte. Er schob sich das Paket wie einen Football unter den Arm und rollte sich in die Kiefernschonung auf der anderen Seite des Weges. Eine schattenhafte Gestalt wich zurück, als er näher kam.

«Marge?»

Sie saß am Fuß eines Felsens auf der Erde; um sie herum war alles voll mit heißen M-16-Patronen und zerplatzten Glühbirnen. Hicks lag quer über den Felsen gefläzt, die rauchende Waffe unter sich. Sein Atem klang tief in seiner Kehle, fast wie ein Stöhnen.

«Er ist getroffen», sagte Marge. «Er wird dauernd ohnmächtig.»

Converse langte hoch und berührte Hicks am Arm. Er fühlte Blut.

«Was ist passiert?»

Hicks' Körper erstarrte in einem plötzlichen Krampf. Er stützte sich auf seinen Ellbogen und hob das Gewehr.

«Mein Gott. Bist du allein?»

«Im Moment ja», sagte Converse. «Wie geht's dir?»

Statt zu antworten, schwenkte er die Waffe herum, schob Converse mit dem Lauf beiseite und feuerte eine Salve auf die Felswand auf der anderen Seite des Canyons ab. Marge und Converse beugten sich weg von dem Lärm und wichen Patronenhülsen aus.

«Zwei von ihnen sind dort drüben», erklärte Hicks. «Ich hab sie eingekeilt. Ich kann sie die ganze Nacht da festhalten.»

Converse hangelte sich auf den Felsen, auf dem Hicks lag;

jenseits von dem ausgebrannten Geländewagen konnte er nichts als dunkle Bäume und die Masse der Felswand erkennen.

«Dieser Scheißkerl», sagte Hicks. «Wer ist er?»

«Irgend so ein Bulle. Er ist nicht lupenrein.»

«Ach, wirklich», sagte Hicks.

«Da sind noch mehr», berichtete ihm Converse. «Noch zwei.»

Hicks schüttelte den Kopf.

«Einen habe ich erwischt. Ich nehme an, er den andern.» Er lehnte den Kopf gegen den Felsen, und seine Schultern zitterten. «Er wollte alle Leute um ihre Kohle bringen, dieser Typ.»

«Sieht ganz danach aus», sagte Converse.

«Wie geht's dir?» wollte Marge von Hicks wissen.

Er holte tief Atem und schluckte.

«Ihr macht jetzt folgendes. Ihr geht ins Dorf runter und holt meinen Jeep. Damit fahrt ihr raus zum Highway, während ich sie hier festhalte. Dann holt ihr mich auf der anderen Seite ab. Ich muß noch mal rauf und den Stoff holen.»

«Den Stoff holen?» fragte Converse. «Bist du wahnsinnig?»

Marge nahm den Sack, den Converse herbeigeschleppt hatte, und schob ihn zwischen sie.

«Das hier? Es ist da. Wer braucht's denn jetzt?»

Hicks griff hinein, nahm eine Handvoll von dem Zeug, das drin war, heraus, und warf es ihnen in den Schoß. Marge und Converse nahmen die Klumpen in die Hand und rochen daran.

«‹Die Kugel mit dem Gift ist in dem Becher mit dem Fächer›», rezitierte Hicks, «‹aber in dem Pokal mit dem Portal ist der Wein klar und rein.›»

Er rollte sich auf seine Schulter und feuerte wieder ein ganzes Magazin in die Bäume.

«Es ist oben am Berg», sagte er zu ihnen. «Ich geh's holen.»

«Nein», sagte Marge.

«Ihr geht ins Dorf und nehmt euch den Wagen. Bei allen anderen Fahrzeugen schlitzt ihr die Reifen auf. Laßt ihnen nichts da. Wenn ihr auf den Highway kommt, fahrt ihr nach Westen, bis ihr über ebene Erde kommt – ihr werdet ausgetrocknete Sümpfe und Salz sehen. Wenn ihr auf Gleise stoßt, die über die Straße führen, biegt ihr ab und fahrt an den Gleisen entlang in Richtung auf die Berge hierher zurück. Ihr werdet mich auf diesen Gleisen finden.»

«Er blutet», sagte Marge zu ihrem Mann.

Hicks beugte sich nach unten und fing an, mit der Faust auf Converses Arm einzuschlagen.

«Geht doch, Herrgott noch mal – solange sie noch da drin sind. Meint ihr, ihr wißt es besser als ich? Macht, was ich euch sage.»

Converse stand auf und zog Marge hinter sich her. Als er auf den Pfad trat, folgte sie ihm. Sie hielt sich beim Gehen an seinem Ärmel fest, und das gab ihm ein merkwürdiges Gefühl. Smitty und Danskin hatten ihn tagelang am Ärmel festgehalten. Aus der Kiefernschonung setzte Hicks sein Feuer Salve auf Salve fort.

«Sind sie wirklich dort drin?» fragte Marge.

«Das wär das beste für sie», sagte Converse.

Im Dorf brannten alle Lichter, aber die erleuchteten Fenster waren leer, die Zelte verschwunden. Das Feld, auf dem die Lkw geparkt hatten, lag verlassen. Vorsichtig gingen sie an Autowracks und dem vermoderten Wigwam vorbei. Am Rand der Müllgrube floh eine Frau vor ihnen, die einen karogemusterten Getränkekühler trug.

In der Mitte der Dorfstraße stand ein einzelner Lkw. Der Fahrer war ein junger Mexikaner; er hatte die Kühlerhaube hochgeklappt und arbeitete verbissen an dem Motor, während seine Familie daneben stand. Drei Kinder starrten noch immer hingerissen zur Flanke des Berges hinauf.

Marge und Converse gingen zu dem Landrover, Converse holte eine Camperaxt unter dem Rücksitz hervor und machte sich daran, damit die Reifen von Danskins Kombi aufzuschlitzen. Die mexikanische Familie sah ihm schweigend zu. Der junge Mann blickte nicht von seinem Motor auf. Hicks' M-16 ratterte weiter.

Converse setzte sich hinter das Steuer des Landrover und starrte es an.

«Schlüssel», sagte er.

Marge fuchtelte mit den Händen in der Luft herum und schüttelte den Kopf.

Er wühlte seine Taschen durch, fand einen Nagelknipser und begann die Schrauben des Armaturenbretts rauszudrehen.

«Sie hatten Janey nicht», sagte Marge.

Er schälte die Isolierung vom Starterkabel.

«Nein, sie hatten sie nicht. Sie ist bei Jay.»

«Gott sei Dank», sagte Marge. «Wenigstens das.»

Als der Motor ansprang, stand der Tankanzeiger auf viertel voll. Converse wechselte mit dem mexikanischen Lkw-Fahrer einen Blick, dann preschte er los, raus auf die Straße. Er fuhr den Landrover so schnell es ging, bis eine heikle Kurve ihm angst machte. Er hatte Schwierigkeiten mit dem Allradantrieb.

«Konntest du das schon immer?» fragte Marge.

«Einen Wagen kurzschließen? Nein, ich hab's drüben gelernt. Von einem Vietnamesen.»

«Das ist was Neues.»

«Ja», sagte Converse. «Das ist es.»

Die Straße lag frei vor ihnen. Fast eine halbe Stunde lang fuhren sie bergauf – bis zur Höhe der Hügelkette, dann fiel die Straße an der Nordseite in Haarnadelkurven ab. Marge steckte den Kopf aus dem Wagenfenster und blickte die Straße auf und ab.

«Jetzt sitzen wir in der Tinte», sagte sie. «Bestimmt sind Bullen da.»

«Daran habe ich noch gar nicht gedacht», sagte Converse. «Wahrscheinlich werden welche da sein.»

«Was sagen wir ihnen, wenn sie uns anhalten?»

Converse seufzte. «Ich weiß nicht. Wenn sie uns zu Antheil

zurückbringen, können wir uns gleich begraben lassen. Antheil», sagte er zu ihr, «ist der Typ da drin im Wald.»

«Er muß ein ganz schön korrupter Bulle sein.»

«Ja», sagte Converse.

«Ich nehme an», sagte Marge, «sie haben die ganze Zeit auf uns gewartet.»

«Ja, stimmt.»

«Ich wußte, daß es so kommen würde.»

«Ich auch», sagte Converse.

Sie beugte sich vor und sah ihm ins Gesicht. Er hielt die Augen auf der Straße.

«Haben sie dich schlecht behandelt?»

«Ziemlich.»

«Das habe ich mir gedacht», sagte Marge, «als du gesagt hast, sie hätten Janey.»

«Tut mir leid.»

«Du konntest doch nicht anders.»

«Verstehst du», erklärte Converse, «sie sagten... entweder – oder.»

«Klar», sagte Marge.

Hinter der nächsten Kurve sahen sie Lichter vor sich – die Schlußlichter einer Lkw-Kolonne, die vor ihnen aus dem Tal fuhr. Sie hatten den Haupttroß der sich zurückziehenden Bruderschaft eingeholt. Mit ungefähr fünfzehn Meilen pro Stunde zuckelten sie hinter dem letzten Wagen her. Kleine braune Finger klammerten sich ans Gitter der hinteren Ladeklappe, verängstigte Augen spähten unter Wolldecken hervor nach ihren Scheinwerfern.

«Er will, daß wir ihn holen», sagte Marge.

«Ich hab's gehört.»

Sie schwieg.

«Selbst wenn wir so weit kommen», sagte Converse zu ihr, «er wird nicht da sein. Das mußt du dir klarmachen.»

Sie hatte das Gesicht in ihren Händen vergraben.

«Mir ist schlecht», sagte sie. Sie krümmte sich.

«Hör zu», sagte sie nach einer Weile, «ich muß es versuchen. Du nicht. Wenn wir hier durchkommen, könntest du ja zu Janey hochfahren.»

«Er wird nicht da sein.»

«Er», sagte sie, «er vielleicht schon.»

«Wenn ja», erwiderte Converse kraftlos, «hat er das Zeug dabei, und der ganze gottverdammte Scheiß geht wieder von vorne los. Er ist nicht normal. Und er ist nicht sehr klug.»

Sie wischte sich mit dem Ärmel übers Gesicht.

«Er ist deinetwegen runtergegangen», sagte sie. «Nur deshalb. Wir hätten entkommen können.»

Die Erschöpfung machte ihn fertig. Er saß nach vorn gebeugt, um durch den Staub und die Finsternis vor sich hindurchzusehen, und seine Muskeln schmerzten.

«Das kann nicht wahr sein.»

«Er ist nicht normal», sagte Marge. «Und er ist nicht sehr klug. Manchmal», sagte sie zu ihm gewandt, «tun Menschen solche primitiven Sachen. Sie nehmen ein Risiko auf sich, um ihren Freunden zu helfen. Kannst du dich denn auf so was überhaupt nicht einlassen?»

«Doch, ich kann mich darauf einlassen», sagte Converse. «Ich lasse mich ja darauf ein. Aber er wird nicht da sein.»

«Hast du nie so etwas gemacht?»

«Ja und nein», antwortete Converse. Als er sich ihr zuwandte, drehte sie ihm den Rücken zu und preßte die Stirn gegen die harte, metallene Sitzlehne. «Was eigentlich?» fragte er. «Ich weiß nicht, was der Kerl getan hat oder warum. Ich weiß nicht, was ich tue oder warum ich's tue und wie es ist.»

«Es ist ganz einfach», sagte Marge. Sie wand sich auf dem Sitz und lehnte den Kopf gegen das Fenster. «Herrgott, ich glaube, mir geht's jetzt richtig schlecht.»

«Niemand weiß was», erklärte Converse mit Überzeugung. «Das ist das Prinzip, das wir da drüben verteidigt haben. Deswegen haben wir den Krieg geführt.»

Als er den Berg ein Stück weit hinaufgestiegen war, ging der Mond über den Bergen auf und zog die Kammlinie mit hartem Silberlicht nach. Im Mondlicht schmerzte die Wunde noch mehr. Er ließ sich auf ein Knie nieder und rollte sich langsam über das lockere Gestein, bis sein Gewicht auf seiner Hüfte und der gesunden Schulter ruhte. Er zog die Knie an, wiegte sich am Boden hin und her und versuchte so, den Schmerz abzuschütteln. Zuerst hatte er ihn für erträglich gehalten und war bisher zu den Liedern und Rhythmen in seinem Innern marschiert.

Als hätte man Windensamen gegessen. Gar nicht übel zunächst; man denkt, man kann mehr und mehr davon essen, aber nach einer Zeit sind sie das Schlimmste auf der Welt. Und anfangs glaubt man noch, na ja, das habe ich alles schon mal gehabt, aber dann kriegen sie einen doch.

Es war ihm vorgekommen, als löse sich ein Stück von ihm und falle ihm in die Hand; er hatte einige Zeit gebraucht, bis ihm klar wurde, daß die blutige Masse, die er in der Hand hatte, ein Leinensäckchen war. Eine Art Dum-Dum-Patrone hatte ihn unter dem Arm getroffen und zu Boden geworfen.

Ein Mann mit Bart hatte sie abgefeuert.

Wieder aufzustehen war sehr schmerzvoll. Er verschloß die Augen vor dem Mondlicht und begann, in der Tiefe seines Schädels ein blaues Dreieck zu errichten. Der Hintergrund war tiefschwarz, und es kostete einige Mühe, die blauen Umgrenzungslinien zu ziehen. Ins Innere des Dreiecks setzte er einen hellroten Kreis, und in diesen Kreis zog er seinen Schmerz zusammen. Der Kreis glühte, beleuchtete das Dreieck von innen und ließ es vor der Schwärze heller erscheinen.

Gib mir ein Dreieck und ein Lied, dachte er, und ich klettere auf diesen verdammten Berg.

Das Lied mußte einfach und angenehm sein, denn man würde es stundenlang immer wieder hören, und es konnte einen um den Verstand bringen, wenn der Schmerz durchdrang.

Er begann mit «Red River Valley». Seine Atemzüge fühlten sich so mechanisch und unergiebig an, daß er fürchtete, seine Lungen füllten sich nicht und irgendwo sei da ein Loch – aber er überzeugte sich, daß sein Brustkorb in Ordnung sei, die lebenswichtigen Organe unverletzt und in Funktion.

Er war froh, daß er allein war. Das Dreieck hielt stand, und mit ihm seine Beine.

Das Schwierigste am Aufstieg war der Regen. Ein leichter Regen, der wärmer und wärmer wurde, ein Dschungelregen, der den Wind aussperrte – er mußte sich sehr konzentrieren, um sich vor Augen zu führen, daß eine der klarsten Mondnächte herrschte, daß der Boden, über den er ging, knochentrocken war, so trocken wie Kreide, so trocken wie sein Mund.

Am Eingang zu dem Unterstand holte er ein paarmal tief Luft, zog den Rucksack hervor und schlang dessen Riemen über den Gewehrgurt an seiner gesunden Schulter.

Die Bäume auf dem Gipfel des Berges waren voller Lichter und Musik; sie störten ihn in seiner Konzentration und brachten ihn in Wut. Das Missionsgebäude leuchtete auf und erlosch wieder. Er ging mit festem Schritt auf die geschnitzte Tür zu; als er die Treppe erstiegen und die Tür passiert hatte, war er enttäuscht, daß der Schmerz nicht nachließ. Er würde ihn mit hineinnehmen müssen.

Dieter hatte im Haus die Lichter ausgemacht. Die einzige Beleuchtung im Raum stammte von dem Geflacker draußen und den Röhren des Schaltpults vor ihm. Als er Hicks erblickte, stand er erschrocken auf.

«Wie wär's mit 'n bißchen Licht», sagte Hicks.

Dieter knipste eine Schreibtischlampe an und löschte das Licht in seinem Wald. Hicks setzte sich auf den harten spanischen Stuhl und warf den kleinen blutigen Beutel, der ihn verwundet hatte, auf den Boden. Er hatte ihn den ganzen Weg rauf fest in seiner rechten Hand gehalten. Er wuchtete das Heroin auf den Fuß von Dieters Altar.

Dieter starrte darauf und dann auf Hicks.

«Was ist los mit dir, Dieter?»

«Du bist verwundet. Du blutest.»

«Hast du gedacht, die machen alle bloß Spaß?» fragte Hicks und versuchte, das blutverklebte Hemd von der Wunde zu lösen. «Du hast den Anschluß verpaßt. Du hast zu lange auf dem Lande gelebt.»

«Was ist passiert?» fragte Dieter atemlos. «Wer ist im Moment da draußen?»

«Ihren scheiß Wagen habe ich mit einer M-70 erledigt», sagte Hicks lachend. «Hast du's gesehen?»

«Nein», sagte Dieter. «Ich hab's gehört.» Er setzte sich langsam auf einen Stuhl neben Hicks. «Ray – hast du einen Polizeiwagen beschossen? Hast du da unten einen Beamten getötet?»

«Sie bringen sich gegenseitig um», sagte Hicks. «Sie sind verrückt, diese habgierigen Arschlöcher. Ich hab einen Wagen erwischt, mehr weiß ich nicht. Gib mir etwas Wasser.»

Dieter brachte ihm in einer Tonschale Wasser aus dem Bach.

«Wo ist deine Freundin?»

«Sie sind weg.» Er stand auf, versuchte, den Arm über der Wunde zu bewegen, und setzte sich wieder.

«Wenn sie durchkommen, holen sie mich ab. Ich muß zur Fernstraße acht, ehe die Hitze losgeht.»

«Ray, das da unten ist ihr Ehemann. Wenn sie am Leben bleiben, werden sie sich nicht um dich kümmern.»

Dieter suchte im Dämmerlicht nach seinem Glas Wein.

«Wir hauen ab», sagte er. «Wir gehen eine Weile von hier weg.» Er fand sein Glas auf dem Kühlschrank und trank es aus. «Vielleicht für immer. Vielleicht ist es Zeit.»

«Ich verschwinde über den Schleichpfad. Sie wird ihn schon dazu bringen, mich zu holen.» Hicks erhob sich schwerfällig, ging zu dem Altar, wo der Rucksack lag, und setzte sich neben ihn.

Dieter blickte auf den Rucksack, das leere Glas in der Hand.

«Als erstes schmeißen wir diese schlechte Medizin weg.»

Hicks wischte sich den Schweiß aus den Augen.

«Du machst jetzt erst mal folgendes, Dieter. Du nimmst mein Besteck, kochst auf und schießt mir's hierhin –» Er klopfte mit der rechten Hand auf seinen schlaffen linken Arm. «Denn hier habe ich Schmerzen. Dann hilfst du mir, dieses Scheißding umzuschnallen.»

Nach dem Schuß döste er weg in den Regen. Dieter hatte ihm etwas Eiskaltes auf die Wunde gegossen und klebte ihm mit Heftpflaster ein Stück Bettlaken drüber.

«Du blutest stark, weißt du das?»

«Du hättest mich letztes Mal sehen sollen.»

Er legte Dieter eine Hand auf die Schulter, um ihn beiseite zu schieben, und kotzte explosionsartig über den Steinfußboden.

«Es sieht schrecklich aus», sagte Dieter, als er mit dem Verband fertig war. «Riesengroß.»

«Wunderbar», sagte Hicks. «Jetzt schnall's mir um.»

Dieter wischte sich die Hände am Rest des Lakens ab.

«Wir gehen ins Dorf runter. Dort holen wir meinen Jungen ab und reiten mit Galindez weg. Kannst du laufen?»

«Ich kann prima laufen», sagte Hicks. «Hilf mir mal mit dem Rucksack.»

«Galindez transportiert kein Dope. Das ist gegen seine Religion.» Dieter nahm den Sack und schüttelte ihn. «Das kommt weg, hast du gehört? Du bist hergekommen, um es loszuwerden, und genau das werden wir tun.»

Hicks streckte die Hand aus und packte den Rucksack an einem Riemen. Dieter wand ihm die Beute aus den Fingern.

«Das nennt sich Habgier, erinnerst du dich? Habgier ist Unwissenheit.» Er trat zurück und hielt den Rucksack so, daß Hicks ihn nicht erreichen konnte. «Habgier zahlt sich nicht aus.»

«Verdammt noch mal, Dieter, mach keinen Quatsch.»

«Unsere Entwicklung befindet sich in einem primitiven Stadium», sagte Dieter. «Aber wir werden aus unseren Fehlern lernen.»

Hicks starrte ihn an, während er dagegen ankämpfte, wieder in den Regen wegzudämmern.

«Kein Quatsch, keine Erniedrigung. Kein Okkultismus, keine Lämmer, kein Dope. Stärke!» schrie Dieter. «Disziplin! Liebe! Völlig abgegriffene Worte – trotzdem wage ich, sie auszusprechen.»

Hicks drehte sich in seinem Stuhl herum, um zu sehen, zu wem Dieter die Worte sagte.

«Du bist betrunken, Dieter. Gib's her.»

«Ich weiß, wie dir zumute ist», sagte Dieter. «Ich verstehe dich besser als jeder andere. Ich liebe dich mehr als jeder andere. Ich kenne deinen Mut und deine Beharrlichkeit.» Sein Gesicht war rot, und er schwankte. Er schüttelte unentwegt den Sack. Hicks streckte die Hände aus und schlug danach, aber seine Finger kamen nicht heran. «Das hier ist keine Stärke, Hicks. Es muß weg.»

Er schritt den Altar hinab. Auf der letzten Stufe stolperte er, und der Sack fiel ihm aus der Hand in die Pfützen von Hicks' Erbrochenem.

Hicks versuchte erfolglos aufzustehen.

Dieter hob den Sack auf.

«Sieh ihn dir an, Hicks! Er ist voller Kotze und Blut! Und drinnen ist er nichts als Illusion und falsche Notwendigkeit. Er ist die leidende Unwissenheit der Menschen. Die Hölle!»

«Klingt gut», sagte Hicks.

«Ja, ja», sagte Dieter, «ich rede zuviel.» Sein schlaffer Mund verzog sich zu einem Lächeln. «Das war vielleicht schon immer das Problem.»

«Einsicht», schrie er. «Augenblick der Erkenntnis! Ich bin ein Plappermaul. Wenn ich meinen Mund gehalten hätte – wer weiß?» Er streckte Hicks den Sack hin. «Damit gehen mein Wein und meine Redseligkeit dahin.» Seine Augen füllten sich mit Tränen. «Oh, Hicks – hör mich an! Wir fangen noch mal an. Wir fangen an. Noch einmal. Aber erst werfe ich es weg.»

«Klingt gut, aber es ist mein Stoff. Bring ihn sofort hierher.»

Dieter sah ihm zu, wie er langsam und schwerfällig die M-16 von seiner gesunden Schulter nahm. Er stellte das Gewehr auf den Schaft und fing es an seinem Abzugsgehäuse auf, als es zur Seite kippte.

«Du bist in den Klauen der Habgier gefangen», sagte Dieter zu ihm. «Du mußt dagegen ankämpfen.»

«Drogen haben dich auf diesen Berg gebracht, Dieter, und du glaubst, Drogen bringen dich auch wieder runter. Drogen sind alles, was du hast, Mann. Glaubst du etwa, ich kenne den Unterschied nicht zwischen dem, was wirklich ist, und dem, was nicht wirklich ist? Glaubst du etwa, du kannst mich um meinen fabelhaften Stoff bringen und dir damit noch einen Berg erschleichen?»

«Scheinbar ist es etwas Böses», versicherte Dieter irgendeinem interessierten Publikum, «tatsächlich aber ist es die bloße Unwissenheit. Ersteres ist in Wirklichkeit nicht existent, und das zweite wird irrtümlich dafür gehalten.»

Er ging auf die Tür zu. Er hatte Angst, und Hicks fand seine Angst äußerst aufreizend. «Was glaubst du, wo du hingehst, Dieter? Ich leg dich um, Mann!»

Dieter drehte sich um, und seine Hand zitterte vor Angst und Abscheu.

«Ich leg dich um, Mann!» schrie er höhnisch zu Hicks zurück. «Das ist das Motto dieses dämlichen Zeitalters! Des Landes der Drogen und des Mords! Du beschuldigst mich, diesen Dreck anzustreben?»

«Du bist die größte Show auf Erden», sagte Hicks. «Aber du knöpfst mir nicht meine Beute ab.»

Dieter schlotterten die Beine.

Hicks neigte seine gesunde Schulter, um sich den Gewehrschaft unter den Arm zu klemmen, und begann, die Stufen herabzusteigen.

«Bring es her, Dieter.»

«Es kommt weg», sagte Dieter. «Du bist stoned, du phantasierst.» Er wich weiter zurück, auf die Tür zu. «Drogen sind nicht mein ein und alles», sagte er. «Ich bin viel stärker als das hier.» Er richtete sich auf und schloß, im Bemühen um augenblickliche Gelassenheit, für einen Moment die Augen. «Es ist ein Kampf, den ich gewinnen muß.»

Er drehte sich um und ging vorsichtig durch die Tür und die Treppe hinunter.

Hicks schlurfte hinter ihm her.

Der Platz vor dem Missionsgebäude wurde von den Scheinwerfern auf dem Turm beleuchtet. Dieter schritt entschlossen über den Platz auf den Felsvorsprung zu. Die Dunkelheit fing etwa zehn Meter vor ihm an, und die Wege nach unten begannen in dieser Dunkelheit. Hicks lächelte über Dieters Gerissenheit.

«He, Dieter. Du schaffst es nicht, Mann.»

Er löste die Verriegelung und schob das Magazin in Feuer-Stellung.

Tja, es war immer wieder das gleiche, dachte er, immer von neuem. Geschütze und Bajonette, Lügen und Tücke und Verschlagenheit, aber keines von ihnen war einen Scheißdreck wert. Nichts davon konnte ihm etwas anhaben.

«Du schaffst es nicht, Dieter.»

Dieter blieb stehen und drehte sich zu ihm um.

Hicks seufzte und setzte sich auf die oberste Stufe.

«Bitte», sagte Dieter. Seine eigenen Scheinwerfer blendeten ihn. Er hob eine Hand schützend über die Augen.

Hicks lachte.

«Nein, Dieter. Nein, Dieter. Bring's einfach wieder hierher zurück, Mann.»

Dieter vollführte einen Fettwanst-Shuffle und rannte auf die Dunkelheit zu.

Hicks spreizte die Beine und beugte sich über sein Gewehr. Er hob den Lauf.

Also gut –

Dieter steuerte aufs Dunkle zu, einen Augenblick war er nicht zu sehen. Eine Sekunde später wurde seine rennende Gestalt vor den Bäumen sichtbar, völlig ungeschützt vor dem mondhellen Himmel.

Du blödes –

Ein kleiner Mann, der auf die Bäume zurennt, dachte Hicks, so einen habe ich schon mal erwischt. Und Dieter war gar nicht so klein, er war dick und langsam.

Arschloch.

Sieh dir bloß seinen blöden Arsch vor diesem schönen Himmel an.

Also gut, du blödes Arschloch.

Eine Salve aus dem Automatikgewehr zersplitterte den Zaun, über den Dieter zu klettern versuchte. Hicks stieg die Stufen durch den Rauch nach unten und über rasselnde Patronenhülsen hinweg. Er ging über den Platz auf das Kliff zu. In Nam hätte er beim Näherkommen noch zwei Streifen ins Dunkel abgefeuert.

Dieter lag unter den Überresten seines Zauns auf dem Bauch. Sein Handgelenk zuckte. Hicks kam heran und versetzte ihm einen Tritt. Der Rucksack lag nicht unter ihm.

Nach einer Weile fand Hicks ihn, ziemlich nahe am Rand der Klippe.

Er hat ihn also doch geworfen, dachte Hicks. Er ist auf den Vorsprung zugerannt und hat ihn weggeschleudert.

«Herrgott noch mal», sagte Hicks.

Dieter hatte ihn nicht betrügen wollen. Natürlich nicht. Nicht Dieter.

Es war eine Geste. Eine Geste – er wollte es in den Abgrund schleudern, weil er kein Feuer hatte, in das er es werfen konnte.

Wirf's weg, das hatte er gesagt. Eine Geste.

«Zum Teufel, Dieter», sagte Hicks. «Ich dachte, du willst mich betrügen.» Diesmal mußte er gewinnen. Er versuchte, es wieder auf die Reihe zu bringen. Er war stärker.

Verdammt, wenn du eine Geste vollbringen willst, mußt du etwas Grazie, etwas Stil, etwas Kraft haben. Du mußt etwas Zen besitzen. Wenn du dich wie ein betrunkener Dieb aufführst und dich die Leute eine Zeitlang nicht gesehen haben, müssen sie dich doch dafür halten.

Seine Geste hatte er jedenfalls verpfuscht.

«Semper fi», sagte Hicks. Die Schmerzen kamen zurück, er setzte sich in dem Regen auf einen noch aufrechten Teil des Zauns.

Verdammt blöde Sache. Wie die Schlacht von Bob Hope. Wie alles andere auch. In der langen und quälenden Zeit, die es dauerte, sich den Packen auf den Rücken zu schnallen, schlug er sich alles aus dem Kopf.

Marsch.

Der erste Teil des Weges führte durch einen fröhlichen Wald; Dieters Spielsachen blinkten im Mondlicht, und die Erde war weich und moosig unter seinen Füßen. Er fiel mehrmals hin, wobei er dankbar die Sanftheit des Bodens registrierte, seine Weigerung zu verletzen. Disneyland. Jedesmal, wenn er wieder aufstehen mußte, spürte er den pochenden Schmerz, und obwohl der diffus war und die Droge ihm die Fangzähne gezogen hatte, bedauerte Hicks, daß es passiert war.

Allmählich kroch eine andere Art Licht an ihm hoch; zuerst schien es aus den Bäumen zu kommen. Der Morgen. Trotz allem, was er verhieß, war Hicks auf unschuldige Weise froh, ihn zu sehen.

In seiner Zufriedenheit mit dem aufkommenden Licht fühlte er sich wie ein normaler Mensch mit kindlichem Herzen, der eines Morgens zum Vergnügen durchs Land wandert. Zorn und Selbstmitleid versuchten ihn.

Das Licht war keine gute Neuigkeit, und die sentimentalen Anwandlungen waren tödlich, der Feind des Kriegers.

Hungrige Eichelhäher kreischten. Er berührte seine Seite und fühlte nasses Blut. Als die Torte angeschnitten war, plapperte das Kind los, die Vögel begannen zu singen. Er fragte sich, ob die kreischenden Häher in ihrem Hunger und ihrer Wildheit nicht durch das Blut und das zerfetzte Fleisch gereizt werden könnten. Es gab Dinge, die in Wunden lebten.

Am Ende des Waldes stand ein mit Draht zugebundenes Viehgatter. Er löste die Drahtschlinge und ging vorsichtig über ein verrostetes Gitter auf eine hohe Wiese, in der das hochgewachsene, mit Tau bedeckte Gras ihm die Hosenbeine durchnäßte. Die Sonne stieg über purpurne Berge hinter ihm auf; der Pfad vor ihm führte abwärts in einen Canyon, der mit gezwirbelten Felsspitzen bestückt war wie die Türme der Pagoden am kambodschanischen Mekong.

Er ging auf den Hacken abwärts, mit krummem Rücken, um das Gewicht des Rucksacks abzufangen, und hielt den Schaft seines übergehängten M-70 fest, damit er ihm nicht gegen den Schenkel schlug.

Der Abstieg hatte seinen ganz eigenen Rhythmus, schlecht für die Disziplin, weil der hinuntersteigende Fuß auf abfallendem, abschüssigem Grund den Körper rucken und aus dem Takt kommen ließ, die Konzentration unterbrach. Man war versucht, dem Schwung zu folgen, die Füße ihren eigenen schnellen Weg hinunter finden zu lassen – ein Knöchelverknackser. Sich zurückhalten und beherrscht hinunterzusteigen war anstrengend. Er lenkte sich ab, dachte an das Wasser, das es im Tal gäbe, achtete auf Klapperschlangen und stellte sich die Schweine vor, deren Hauer den Pfad nach vergrabenen Eicheln durchwühlt hatten. Als die aufgehende Sonne die Spitzen der Pagodentürmchen über dem Canyon traf, war er in den Schatten gelangt. Am Grunde des Canyons war es kühl, aber windstill und stinkig. Es erfüllte ihn mit Argwohn, und er ging angespannt weiter, bereit, sich zu ducken und das Gewehr von der Schulter zu nehmen.

Die Öffnung des Canyons war ein Loch in der Felswand, so eng, daß er sich zur Seite drehen mußte, um hindurchzukommen. Als er draußen war, sah er die Ebene vor sich. In der Nähe lag ihr Rand noch im Schatten; über ihre gelbe, steinige Oberfläche kullerten Steppenläuferkugeln vor einem Wind her, den er an seinem geschützten Platz nicht mehr spürte. An ihrem Ende sah er runde, braune Berge; sie waren unerträglich weit entfernt, aber so weit würde er nicht gehen müssen, um zur Straße zu gelangen. Meilen entfernt wich das Graubraun des Bodens etwas Unirdischem, einer glühenden, blinkenden Substanz ohne Farbe, die heller wurde, als die Sonne an Kraft gewann und ihre Hitze in Wellen aussandte, die die Berge zum Zittern brachten. Eine Spur verrosteter Gleise, die von mumifizierten Schwellen gestützt wurden, schoß schnurgerade über die weite Öde hin.

Zwischen ihm und der Wüste lag schattiges Gras und ein kleiner Bach, der von roten Felsblöcken herabrann, um drei Pappeln und eine einzelne verkrüppelte Eiche zu wässern. Er folgte dem Bach und ruhte sich unter den Bäumen aus, ließ sich das kalte Wasser übers Gesicht laufen und füllte seine Feldflasche. Beim Versuch, aus dem Bach zu trinken, passierte ihm ein Mißgeschick. Als er sein Gesicht zum Wasser hinunterbeugte, rutschte ihm der Rucksack nach vorn über den Nakken, und der Riemen zog sich um seinen verletzten Arm zusammen; durch den Schmerz richtete er sich auf, was den Druck verstärkte. Er ließ sich ins Wasser gleiten und hielt den Sack so, daß er ausbalanciert von dem Gurt an seiner rechten Schulter herabhing. Das Wasser peinigte ihn zuerst, aber nach einigen Augenblicken tat es wirklich sehr gut. Als er rauskletterte, bemerkte er zum erstenmal, wie geschwollen sein linker Arm war und daß er ihn nicht bewegen konnte, absolut nicht. Anlaß zur Beunruhigung.

Er warf die erbeuteten Pistolen und die meisten seiner M-16-Magazine weg. Trotz seines Gewichts brachte er es nicht über sich, das Gewehr zurückzulassen. Konditionierung oder sonst was – er konnte sich einen solchen Weg einfach nicht ohne Waffe vorstellen. Er behielt zwei Magazine, eines im Gewehr, eines als Reserve im Rucksack.

Der Schattenstreifen war schmaler geworden, als er sich auf

den Weg machte. Je weiter er sich von der Canyonwand entfernte, desto heftiger wurde der Wind, und er wehte ihm entgegen. Die Strecke im Schatten war der reine Spaziergang. In dem Moment, als er in die Sonne hinaustrat, begann die Wunde ihn zu quälen.

Ein Dreieck und ein Lied. Erstens, um das gleißende Sonnenlicht aus dem Innern seines Schädels zu verbannen, und dann, um die Figur zu konstruieren – schwarzer Hintergrund, blaues Dreieck, roter Kreis. Der Schmerz in dem Kreis sah aus, als wolle er in der Hitze Feuer fangen. Es war nicht leicht, ihn ganz dort reinzubekommen, es dauerte eine Weile. Das Lied war auch nicht einfach, denn es gab so viele Dinge zu bedenken.

Parade. Parabel. Paragramm. Parasamgate bodhi swaha. Das war klasse, in Ordnung, das war schön, aber man konnte drin verschwinden, bewußtlos werden und verdorren.

Die Form unterscheidet sich nicht vom Nichts. Das Nichts unterscheidet sich nicht von der Form. Sie sind dasselbe.

Versuch es mit einem bißchen Nichts.

Das Nichts war auch klasse, aber man konnte keinen Takt dazu schlagen. Es half beim Dreieck, aber es gab einem ganz und gar nicht den Antrieb zu laufen.

Nun, dachte er, die alten Lieder sind die guten Lieder, hat man früher immer gesagt.

Er sang, während er neben den Gleisen entlanggging. Er hatte versucht, auf den Schwellen zu laufen, und das war natürlich Mord. Nebenher zu laufen war die einzige Möglichkeit.

«Ich weiß es nicht», sang er.

> «Doch eins ich weiß:
> Eskimo-Pussy
> ist kalt wie Eis,
> und links, marsch, marsch.»

Die Philippinen ohne Sandflöhe und noch heißer. Die Philippinen erinnerten ihn an Salz. Er nahm das Salztütchen aus seiner Tasche und leckte dran. Links um. Der Schmerz war eingekreist, es ging voran.

Kann eine Pussy kalt sein? Ja. Nein.

Philosophische Debatte im Kleinen Faß, Yokasuka, F.P.O San Francisco.

Converse, kann eine Pussy kalt sein? Woher sollte er das wissen?

Eine Eskimo-Pussy könnte stinkig sein von winterlichen Pelzschlüpfern, aber sie wäre bei keinem Wetter kalt. Eine Eskimo-Oma – zum Verhungern ins Eis geschickt, ihre Pussy wird nach und nach kalt.

Darüber geht das Lied doch gar nicht. Das Lied ist über das Marschieren – wie man die Füße hochnimmt und wieder absetzt, darüber ist das Lied.

Etsuko war ein anständiges Mädchen. Und klug. Voller Überraschungen, mit ihr passierte immer was. Sehr verläßlicher Kopf, viel gelacht.

Sieh mich an, Etsukee, ich bin mit meinem Gewehr hier draußen an diesem schrecklichen Ort, wie gefallen dir die Äpfel?

Ich mach mir keine Sorgen, denn jetzt ist es egal.

Keine Hank-Williams-Songs, bitte, das stört das Dreieck.

Es schien ihm, als könnte er noch immer die Vögel in Dieters Wald hören. Er widerstand dem Drang, loszurennen und die Entfernung abzumessen, die er zurückgelegt hatte. Es war nicht möglich. Es war zu weit, es gab keine Vögel, wo er war, es war kein Platz, wo sie sich niederlassen konnten, nichts für sie hier draußen. Hoffen wir.

Mehr Blut, und wir wissen im Grunde nicht, wie schlimm es ist. Doch es bleibt nichts weiter übrig, als zu laufen.

Es gab einen wirklich zerstörerischen Gedanken, ein trauriges Beispiel negativen Denkens: Das wirst du nie ein zweites Mal tun. Aus der Schlacht von Bob Hope zurückzukehren war eine Sache, und das hier war was anderes. Dies war das zweite Mal.

Negativität.

Er holte tief Luft und raffte die Schmerzen zusammen. Sie waren schwer zusammenzukriegen. Sie wie Heu stapeln? Sie mit einer Düse aufsaugen? Sie in etwas hineinstopfen.

Wo ist dieses Dreieck?

Aber vielleicht ist es ein Fehler, sie abzuschotten. Vielleicht ist es unklug, sie für sich abzusondern, wo sie nur rasender und rasender werden, an dir herumnagen und darauf warten, hervorzukriechen und dich zu lähmen. Wenn du sie darin eingeschlossen hältst, könntest du sie am Leben erhalten.

Experiment. Probier's, und soweit du weißt, werden sie verschwinden. Sie sind ein Teil von dir – du hast immer was Schlimmes gehabt, verbrannte Lippen, Niednägel, Blasen, Zahnschmerzen. So bist du halt, irgendwas tut immer weh.

Verschmelze damit, sie sind du, du bist sie. Das Dreieck löste sich auf, und er umfing den Schmerz.

Nein, beschloß er sofort. Wirklich nicht!

Das Experiment war so schiefgelaufen, daß er stehenbleiben mußte. Es war nicht auszuhalten.

Er stand da und starrte auf die Gleise. Das heiße Metall glühte durch die Schicht aus Staub und Rost hindurch und blendete ihn.

Geh wieder rein, du Scheißkerl, du bist kein Freund von mir.

Mit diesen Alles-ist-eins-Nummern war in der Praxis schwer umzugehen.

Ich versuch's noch mal, dachte er, wenn ich hundertzehn Jahre alt bin und die Vögel mir Blumen bringen.

Man mußte wissen, was schmerzte und was nicht, und der Unterschied schien sehr wichtig. So sollte es sein. Wenn du keinen Unterschied machen konntest, zwischen dem, was schmerzte und was nicht, hattest du kein Recht, am Leben zu sein. Es kann dir niemals gutgehen, wenn du das nicht entscheiden kannst. Wenn du den Unterschied zwischen Sich-die-Zehen-Brechen und einem Glas Bier nicht kennst, wo stehst du dann? Das war Converses Problem.

Liste von Dingen, die nicht weh tun: Vögel. Berge. Wasser.

Es ist aber doch alles eins, dachte er. Entgegen aller Vernunft, wie es scheinen könnte.

Er trank einen Schluck Wasser, um den Schmerz auszugleichen, und es wurde ihm klar, daß das, was schmerzte, und das, was nicht schmerzte, ganz schnell zusammenfallen konnten, und daß Kotzen ein schönes Beispiel dafür war. Den Gewehrkolben umklammernd beugte er sich vor und erbrach sich über die Gleise.

Schöne Mischung von Gefühlen, aber so verlierst du dein ganzes Wasser.

Mach schneller. Das Dreieck wird sich nach hinten, links vom rechten Ohr unter der Leitung des diensthabenden Unteroffiziers versammeln...

Putz es heraus. Stütz den Rücken in der festgesetzten Haltung und bring die Last mit einer geschickten Drehung hoch.

Er öffnete den Mund vor Überraschung über den plötzlichen Ruck. Schmerz im Schmerz.

Dreh dich nicht zu heftig. Dreh dich nicht plötzlich. Geh entschlossen weiter wie ein Soldat.

Es waren tatsächlich Vögel da, aber er konnte sie unmöglich gehört haben. Falken, drei Stück, weit oben, glitten auf dem Wind dahin. Ein Kondensstreifen war über ihnen.

«Manche von euch Vögeln denken, ich bin hier unten, um die Zeit zu verplempern und rumzuspielen», sagte Hicks zu ihnen. «Laßt mich euch von Anfang an davon in Kenntnis setzen, daß das nicht der Fall ist. Jeder Vogel, der das fälschlicherweise annimmt, wird dem gemeinsten, grausamsten Schwein begegnen, das er sich vorstellen kann. Wenn ich einen Vogel beim Fummeln erwische, kann dieser Vogel seine Seele Jesus schenken, denn sein Arsch gehört mir.

Streich das. Schenk Jesus den Arsch, ich nehme die Seele.

Ich tausche diese Eine-nach-der-andern-Eisenbahnschienen gegen die Seele und fliege von hier weg.

Wozu brauche ich Eisenbahnschienen, ich habe keine Eisenbahn.

Was machst du da unten auf den Schienen, du Winzling?

Ich spiele Eisenbahn, Sir.

Wasser. Geh sparsam damit um, denn es ist so schön. Es ist das einzig Wahre.»

Ohne das Gewehr, ohne den Rucksack wäre alles so viel leichter. Er rief sich in Erinnerung, daß der Rucksack das war, was er wollte, also würde er ihn tragen müssen. Ernsthafte Leute existierten, um Dinge zu wollen und sie zu tragen.

Was das Gewehr angeht, dachte er, ich hab das Ding in der Schlacht von Bob Hope nicht zurückgelassen und schenke ihnen diese Genugtuung auch jetzt nicht.

Die Schlacht von Bob Hope fand im Regen statt. Wie Austerlitz.

Rutschen und Schlittern um den Felshaufen, der warme Regen, der nie aufhört. AK-47er, Charles' mächtiges Getöse.

Scheiße, nein, sie sind's!

Da sind sie, und da sind sie, und nun falle ich auf meinen Arsch. Ja, sie sind's, und sie sind überall. Folge ihnen nicht, dort unten wird man umgelegt.

Ich glaube, es sind NVAS, Tropenhelme.

Er schoß die Raketen dorthin, wo er ihrer Meinung nach rauskäme – rums, rums. Hurra, es ist Football, mit Raketen getarnt, und dann, clever, wie ich bin, mach ich mich wie ein Verrückter durch das übelriechende Grün weg, und, meine Herren, sie werden mich kriegen, aber sie kriegen mich nicht, und dann, du lieber Himmel, tun sie's doch.

Blind durch den Spargel ans Land, wo die befreundeten Truppen sind. Hallo, Freunde, ihr nicht schießen. Ich US-Maline. LBJ ist der Boss.

Schlimmste Zeit, die ich je erlebt habe, schlimmer als jetzt.

Er drehte sich um und blickte hinter sich; eine ermutigende Strecke lag zwischen ihm und dem Canyon. Aber das Land um ihn her war alles andere als ermutigend. Es war schmutzig.

Er bückte sich, berührte die Erde mit dem Finger und kostete sie. Salz. Wie wär's damit!

Als er sich wieder aufrichten wollte, sah er, daß sein linker Arm schlaff runterhing und seine linke Hand den salzigen Boden berührte, am Handgelenk abgewinkelt und ohne Gefühl.

Na ja, etwas tut weh, dachte er.

Während er über das Salz hinwegblickte, begann es zu glühen. Einen Moment lang erfaßte ihn Entsetzen.

Oh, Mama. Was ist das für eine Gegend?

Er holte tief Luft.

Laß deine Mama aus dem Spiel, laß die Fragen aus dem Spiel. Das hier ist die Heimat, wir spazieren hier lang. Es ist auf Schnelligkeit angelegt, nicht auf Bequemlichkeit.

Wenn's dir hier nicht gefällt, geh doch weg. Niemand wird dir helfen.

Er blieb neben den Gleisen stehen und versuchte noch einmal, sich zu übergeben, aber da war nichts zu übergeben. Als er mit dem Würgen fertig war, hatte er Mühe, Atem zu holen.

Was ist das? Regen, Herrgott noch mal? Das Dumme an dem Regen war, trotz seiner Hitze, am Ende machte er dich kalt. Er machte alles glitschig und ließ einem die Füße faulen.

Ich habe keine trockenen Socken, dachte er. Ich habe meine Pistole und meine Schokolade eingepackt, aber meine trockenen Socken vergessen. Oder jemand hat sie geklaut. Wenn einer von euch Arschlöchern mir meine Socken entwendet hat, versenge ich euch den Arsch.

Absolut kein Regen. Er nahm die Feldflasche und goß sich etwas Wasser über das Gesicht.

Es ist so trocken, dachte er, es fühlt sich wie Regen an.

Als er das Dreieck wiederfand, war das Zeug darin erstarrt und nagte. Er könnte sich ein neues Dreieck konstruieren.

Mach dich an das Dreieck. Heißes Wetter, du mußt es bespritzen.

Nichts da, der Doktor sagt, laß es in Ruhe, wenn's nicht wirklich weh tut.

Es tut nicht wirklich weh, es ist eher eine Frage der Einstellung.

Darüber mußte er lachen.

Er hatte sich die Knöchel seiner rechten Hand aufgekratzt, und eine Weile zog sich der Schmerz dort zusammen. Er ließ den unteren Teil des Gewehrs los und schüttelte sie.

Vor einiger Zeit war auf seine Knöchel mit der Kante eines Spielkartenstapels geschlagen worden. Der Adjutant hatte seine Karten genommen und ihm damit auf die Knöchel geschlagen. Bei der Heilsarmee konnte man Karten nicht ausstehen, und er brachte den anderen Kindern im Obdachlosenheim bei, Go zu spielen. Das war das Obdachlosenheim für Frauen in Chicago, North Side, Wisconsin Avenue.

Satansspiel.

Seine Mutter spülte in der Küche die Töpfe. Sie sagte, sie täten Salpeter ins Essen.

Das Salz brannte in seinen Augen, und der Himmel war noch heller. Nirgends etwas Sehenswertes.

Ein Kind war irgendwo in der Nähe, dasselbe Kind, dem er am Morgen im Wald beinahe begegnet war, das Kind, dem man auf die Knöchel geschlagen hatte. Er wußte sofort, daß dieses Kind die größte Gefahr wäre, der er entgegentreten müßte, das, an dem am schwierigsten vorbeizukommen war.

Ein verdrehtes Kind, das sich Geschichten ausdachte – Klugscheißer, Kartenspieler. Alle dachten sie sich in dem Obdachlosenheim Geschichten aus, alle erzählten sie Lügen über sich. Die Jungs wie die Mädchen.

Das Kind lief neben ihm her, es ließ ihn sich mies fühlen, es ließ ihn sich selbst wieder wie ein Kind fühlen.

«Was machste hier?»

«Gehe hier lang.»

«Mein Vater hat genauso ’n Gewehr.»

«Du hast keinen Vater, und wenn, hätte er nicht so ’n Gewehr.»

«Er hat mir ’ne Zweiundzwanziger gekauft und mir gezeigt, wie man damit schießt. Das erste Mal hat mich der Rückstoß fast umgehauen.»

«Eine Zweiundzwanziger hat keinen Rückstoß. Magst du Waffen?»

«Ich liebe sie. Ich mag, wie sie aussehen. Ich bin aus'm Westen. Aus Texas. Ich bin ein halber Komantsche.»

«Du bist aus Bloomington, Indiana, und dann Milwaukee und dann Omaha und dann Chicago. Du hast nie einen Indianer gesehen, außer auf 'ner Münze. Du kannst mir nix vormachen. Wieso erzählst du solche Lügen?»

«Niemand nennt mich Lügner.»

«Doch, sie tun's. Immerfort tun sie's. Warte, bis du groß bist, dann hast du alle Waffen, alles Heroin und alle Frauen.»

«Ich glaube, das könnte mir Spaß machen. Ich möchte später zu den Marines.»

«Da kannste was von halten. Das ist Tradition beim Erziehungsheim, du gehst zu den scheiß Marines, ob du willst oder nicht. Der Kerl von der Fürsorge sorgt dafür, daß du hingehst. Wenn du runter nach Paris Island kommst, erkennst du die anderen aus dem Heim daran, daß sie klauen.»

«Ich kann gut klauen.»

«Nein, nein», sagte Hicks, «das läßt du bleiben, das ist was für Anfänger. Du wäschst den Anfänger von dir ab, wenn du draußen bei der Flotte bist. Halte einfach deinen Mund und guck zu, wie's die Leute machen. Beobachte, wie's die Japse machen, sie sind die coolsten Leute auf der Welt.»

Wie er schon befürchtet hatte, wurde ihm langsam kalt. Seine Seite fing an zu schmerzen, als wäre es das erste Mal.

«Ich kenne dich», sagte Hicks. «Ich wünschte, es wäre nicht so, aber ich kenne dich. Du solltest was ändern an der Art, wie du dich krümmst und jammerst. So will ich dich nicht sehen. Deshalb will ich dich jetzt auch nicht hier in der Nähe haben.»

Er starrte beim Gehen auf die Schienen runter, die Schwellen, eine nach der andern, trieben ihn voran.

«Zum einen macht's dich schwächer. Und dann interessiert's ja keinen. *Wem* jammerst du denn was vor? Menschen? Die kümmert's nicht.

Guck mal, wo wir sind, Kleiner, wir gehen auf Salz, niemand bringt uns hier raus, nur ich. Die Menschen sind da drüben auf der anderen Seite, und wir brauchen keinen einzigen von diesen Scheißkerlen.»

Er blieb stehen und sah die Berge vibrieren.

«Weißt du, was da drüben ist? Jede gottverdammte Art von Scheißkerlen, die sich gegenseitig einen abwichsen. Mom und Dad und Freund und Schwester, zweihundert Millionen rattenherziger Arschlöcher in riesigen Autos. Karnickel und Fische. Sie sind gemein und blöd und habgierig, sie quälen dich aus Spaß, sie wollen deinen Tod. Wenn du nicht besser bist als sie, kannst du genausogut das Gas aufdrehen. Wenn du von ihnen nicht kriegen kannst, was dir gehört, dann steh nicht da und laß dich von ihnen anspucken, gib ihnen nicht diese Genugtuung.»

Ohne den Schmerz zu beachten, nahm er das Gewehr von der Schulter und stemmte den Schaft gegen seine Hüfte.

«Hau mir auf die Knöchel, du verdammtes Schwein, und ich leg dich um. Steig auf eine Brücke und laß sie ihr Fett abkriegen, guck zu, wie die Arschlöcher sterben.»

«Ich leg dich um», schrie Hicks.

«Ray», sagte die Alte, «spiel nicht verrückt. Du mußt sonst nur wieder auf die Gleise kotzen.»

«Ich hab's nicht getan, Mama. Es war ein anderer Junge, ich hab ihn gesehen.»

Oh, Mann, krümm dich nicht. Es ist schrecklich, sich so zu krümmen.

In dem Erziehungsheim pißte er sich mit dreizehn immer noch in die Hose. Er mußte die Unterhose mit sich rumtragen, heimlich, aus Angst, sie in den Wäschesack zu stecken, weil der gekennzeichnet war. Er versteckte sie unter dem Bett, und dann machte er mit dem nächsten Paar dasselbe. Oh, mein Gott, zwei Paar total vollgepißte Unterhosen, sie schlagen mich windelweich.

Schreckliche Sache.

Oder der Nigger, der Schuhe putzte im Keller des riesigen Rasthauses, das bei ihnen in Jacksonville in der Nähe der Altwagenstrecke lag. Der Alte, der zum 00 zurückging. Immer wenn ein Betrunkener die Treppe runterstolperte, grinste er los. Grinste auf Teufel komm raus. Je fieser der Alte war, der runter zum Pinkeln kam, desto breiter wurde dieses Grinsen, große Pferdezähne, die sich unter den dicken Lippen abmühten.

Lächeln ohne Ende. Scheiße, vielleicht hat's ihm Spaß gemacht.

Was ist so komisch, Junge?

Nein – es gibt keine Vergebung dafür, niemand kann jemandem vergeben, ihn *so* geängstigt zu haben. Kein Mensch vergibt einem anderen Menschen, daß er ihm solche Angst eingejagt hat.

Es gab einen dickköpfigen Priester in der deutschen katholischen Kirche auf der Northside, und eines Tages gingen er und seine Mutter dorthin betteln. Der Quadratschädel schmiß ein Fünfzig-Cents-Stück auf den Tisch, und da gingen sie zur North Avenue, aßen Eis mit Früchten und sahen sich Kreuzritter an. Die Eroberung Jerusalems.

Danke für den Film, du teutonisches Arschloch, ich wollte, ich hätte deinen fetten Arsch jetzt hier draußen.

Gott, dachte Hicks, es führt nur dazu, daß es weh tut.

Dieter. Habe ihn da hinten auf dem Berg erledigt. Feuer der befreundeten Verbände. Du konntest ihn nicht hören, du konntest nur beobachten, wie er sich verhielt. Er wollte es so haben. Sich krümmen.

Alle diese Leute. Marge.

Erinnere dich, wofür. Erinnere dich, was genau du willst, oder es wird alles vollkommen gleichgültig. Manchmal ist es mühsam, sich zu erinnern.

Gleichgültigkeit für die Resultate des Handelns – das ist Zen. Das ist was für alte Männer.

Es ist schlimmer. Es schwindet.

Dreieck.

Es hat sich in der Hitze verbogen, es kann seine Form nicht bewahren.

Steh auf da, du Teufel.

Parade Parabel Paragramm Parasamgate bodhi swaha.

Noch mal.

Parade Parabel Paragramm Parasamgate bodhi swaha.

Nein, das nicht. Daran gehst du kaputt.

Absolut nichts hier draußen, dachte er, bloß ich und die Berge und das Salz. Nichts zu regeln, nichts, um damit zu arbeiten, nur die Schienen. Was für eine Verschwendung von Bewußtsein und Koordination.

Er arbeitete an dem Dreieck, feilte an den Kanten, reinigte es vom Salz und tilgte das Bild der Gleise. Es war schwierig, aber eine Zeitlang war der Schmerz eingeschlossen. Als er ihn wieder zum Stehenbleiben zwang, trank er einen Schluck Wasser und besah sich seinen Arm. Sein Arm war unförmig, so geschwollen in seinem Ärmel, daß seine Finger den Stoff nicht festhalten konnten. Vielleicht sollte er versuchen, das Dreieck größer zu machen.

Es funktionierte. Mit außergewöhnlicher Leichtigkeit, wie ihm schien, erweiterten sich die Dimensionen des Dreiecks, der rote Kreis darin schwoll an und vibrierte zum Schlag des Herzens. Er konnte es so groß machen, wie er wollte, es gab keine Grenze.

Den Schmerz beherrschen zu können, wurde ihm plötzlich klar, war die wunderbarste und raffinierteste aller Kriegskünste, eine geistige Disziplin von allerhöchster Raffinesse. Während sein eigener Schmerz nachließ, begriff er langsam, daß er jetzt ungeheure Mengen davon in seinen Geist und seine Seele aufnehmen konnte. Ein Meister in dieser Disziplin, wozu er jetzt allmählich wurde, konnte unendliche Mengen Schmerzen in sich aufnehmen. Viel mehr als den eigenen.

Ein unbedeutenderer Mensch, dachte er, könnte daran denken, Geld damit zu machen. Er wurde aufgeregt, und seine

Aufregung führte fast dazu, daß er hinfiel und das unendliche Dreieck durcheinanderbrachte.

Er konnte es für andere tun, für diejenigen, die mit den Kriegskünsten nicht vertraut waren. Wenn es für all die Leute auf der anderen Seite der dummen Berge eine Möglichkeit gab, ihm ihren Schmerz zu überlassen, konnte er ihn auf sich nehmen und über das Salz tragen.

In seinem Glück fing er an zu weinen, weil Dieter das nicht mehr erfahren konnte.

Das ganze Sichkrümmen, all diese weinenden Frauen, jammernden Kinder – ich möchte das nicht sehen, ich mag es nicht. Gebt den Schmerz her.

Ich möchte euch alle nicht so verängstigt sehen, es treibt mich zum Wahnsinn, es macht mich rasend. Ich nehme es auf mich.

Dieser Junge – irgendein Witzbold schoß ihn von seinem Wasserbüffel runter – ich kümmere mich für dich darum, Kleiner.

Brennendes Napalm, kein Problem – leg es einfach hier drauf.

Richtet euch auf, ihr Alten. Es ist okay, Bruder. Tja, ich kann's euch nicht erklären, aber für mich ist es leicht.

«Ihr alle», rief Hicks, «laßt los! Laßt los, hört ihr! Ich bin jetzt hier draußen. Ich trage den Schmerz.»

Sie müssen wissen, daß ich jetzt hier draußen bin, dachte er, sie müssen es spüren.

«Ihr alle! Überall! Schließt die Augen und laßt ihn los. Ihr könnt ihn nicht tragen – ihr braucht ihn nicht mehr zu tragen. Ich mache das alles.

Seht ihr mich gehen? Seht ihr mich hier draußen laufen? Nein – es quält mich kein bißchen.»

Nein, ich brauche keine Hilfe, du Schöne, das mache ich alles selbst. Dazu bin ich hier.

Habe ihn. Habe ihn nun ganz.

Es gab also immer einen Grund, dachte er. Es hatte immer

einen Grund gegeben. Man weiß es nie, bis der Augenblick gekommen ist, und hier ist er.

Er lief weiter, und das Dreieck löste sich auf. Es war nicht mehr nötig.

Am Ende würde Marge da sein; er freute sich, daß er sie nicht vergessen hatte. Er wollte auch Converse dabei haben, Converse hatte ihn immer kleingemacht, immer ein bißchen gedemütigt. Aber er würde es verstehen.

Er liebte sie beide – sie würden es verstehen, und so einsam diese Angelegenheit nun mal sein mußte, manchmal wollte man Leute dabei haben, Leute, die es verstehen würden.

Ich weiß nicht, wie es funktioniert, erzählte er ihnen, ich tu's, weil ich es kann – so einfach ist das.

Was trägst du denn da? fragte jemand.

«Schmerzen, Mann. Jedermanns Schmerz. Auch deinen, wenn du es nur wüßtest.»

Warum trägst du die Waffe? Was ist in dem Rucksack?

Der Rucksack.

«Er gehört mir», sagte Hicks. «Ihn trage ich auch.»

Er ist jetzt nicht mehr nötig.

Er ist nicht nötig, aber er gehört mir.

Na, gut. Vielleicht ist es nicht so einfach.

Er tastete nach dem Gurt.

Krieg ihn nicht runter. Macht nichts. Sagen wir einfach, ich trage, was ich trage, und dabei laß ich's.

So einfach ist es nicht, denn es gibt so viele Illusionen wie Sandkörner in den dummen Bergen, und jede einzelne ist liebenswert. Der Geist ist ein Affe.

Die Scheißkerle, dachte er, jetzt holen sie es sich zurück.

Dann laß sie es sich eben zurückholen. Sollen sie doch alle Illusionen wiederhaben. Schnall es ab, wir machen es konsequent. Die Antwort ist die Sache selbst.

Soviel zu dem Schmerzensträger.

Soviel zu dem Liebenden, dem Samurai, dem Zen-Wanderer. Dem Nietzscheaner.

Holt euch alles zurück.

Seht, sagte er zu ihnen, ich kann diese Vögel da oben genauso lieben wie alles im Leben. Ich brauche eure Barmherzigkeit nicht.

Nach einer Weile konnte er die Vögel nicht mehr sehen, und er fing wieder an, sich zu ängstigen.

Ich bin nicht bei Trost, dachte er.

Ich bin nicht dieser Gedanke.

Und wandelte ich auch durch das finstere Tal... Streich das.

Schließlich gab es nur noch die Gleise. Das reicht, sagte er sich, Gleise kann ich verstehen.

Aus Trotz, aus Stolz zählte er laut die Schwellen. Er zählte Hunderte und aber Hunderte von ihnen. Als er stehenbleiben mußte, lehnte er den Kopf auf das Gewehr und hielt sich mit seiner starken rechten Hand an der glühenden Schiene fest.

Die Straße nach Süden und Westen führte zwischen gelben Hügeln entlang, die mit Gruppen immergrüner Eichen getüpfelt waren wie Märchenfestungen.

Eine Stunde nach Sonnenaufgang kamen sie zu einem Imbißstand mit heruntergezogenen schwarzen Jalousien an den Fenstern und drei staubigen Zapfsäulen davor. Converse fuhr ran und hupte. Etwa nach einer Minute kam ein alter Mann raus, der am Gürtel eine Pistole im Holster trug, füllte ihren Tank und sah zu, wie Converse die Reifen aufpumpte.

«Hier ist alles anders», sagte Converse, als sie weiterfuhren. «Man würde nie darauf kommen, daß es den Ort dort überhaupt gibt.»

Marge putzte sich die Nase mit der Decke, die sie um sich geschlungen hatte.

«Geht's dir nicht gut?» fragte Converse.

«Ich weiß nicht.»

«Na», sagte er, «dann kann's ja nicht so schlimm sein.»

Er war so müde, daß er die Hände kaum am Steuer halten konnte. Er redete, um sich wach zu halten.

«Wir könnten versuchen, nach Süden zu fahren», sagte er, «wir sind schon so nahe an der Grenze.»

Aber die Grenze war nicht der richtige Weg. Sie würden sich auf dem Weg über Land in der Wüste verfahren, und wenn sie südlich der Grenzzone ankämen, würden die Mexikaner alle möglichen Wagenpapiere verlangen und überall Aufkleber anbringen.

«Vielleicht nach Osten», sagte er. Aber in Richtung Osten war es trostlos, anderthalb Tage dürres Ödland, das man überwinden mußte.

«Kennen wir jemanden in San Diego?» fragte er Marge.

«Ich nicht.»

«Der Gedanke an San Diego gefällt mir. Wenn wir so weit kommen.»

«Er möchte, daß wir ihn abholen.»

Converse war sicher, es würde keine Ebene, keine Stelle kommen, wo Schienen die Straße kreuzten. Die klare Frische der Morgendämmerung hatte ihn darin bestärkt, sich eine Wirklichkeit zu erträumen, in der es keinen Platz für solche Gegenden gab.

«Warum passiert mir diese Scheiße?» fragte er Marge. «Gefällt mir das?»

«Du kannst damit umgehen», sagte sie.

«Damit umgehen?» Er war außer sich.

«Wenn ich eins hasse», sagte er zu ihr, «ist es dieses sture Realitätsdenken. Es widert mich an.»

«Entschuldigung», sagte sie.

«Als die Bombe auf Hiroshima fiel, arbeitete mein Vater im Twenty-One.» Marge wand sich gequält und drehte ihr Gesicht zum Fenster. Sie hatte das alles schon gehört.

«Er versteckte die Zeitung vor mir, als er nach Hause kam.

Er hat mir nie davon erzählt. Er meinte, es würde mich umhauen.»

«Er war ein netter Kerl», sagte Marge.

«Ja, das war er. Er war ein sehr feinfühliger Mensch. Er hat nie ein abgeschiedenes Tal in Flammen oder eine Elefantenbombe zu Gesicht bekommen. Und sein Vater auch nicht. Er hätte sich solche Dinge nie vorstellen können.»

«Er hat Glück, daß er tot ist», sagte Marge.

«Es heißt, die Welt geht ihrem Ende entgegen. Es heißt, deshalb ist sie so kaputt.»

«Reines Wunschdenken», sagte Marge. «Die Erde dreht sich noch eine Million Jahre weiter.»

Bei der Erwähnung von einer Million Jahren wäre Converse fast am Steuer eingeschlafen. Er fing sich rechtzeitig und hielt den Wagen auf der Straße.

Während sie weiterfuhren, wurden die Hügel flacher und trockener – bald sah man keine Eichen mehr und kein gelbes Gras. Schließlich war das Land zu beiden Seiten der Straße flach, und sie kamen auf eine graslose Ebene, die sich nordwärts bis zu den braunen Ausläufen der Berge erstreckte. Die äußeren Bergketten waren steil und spitz, mit windzerzausten Phantasiegebilden bekrönt, die die Horizontlinie mit gezackten Rändern versahen. Nach mehreren Meilen stießen sie auf schmale Gleise, die über die Straße liefen. Die Schienen führten nach Norden ins Leere, auf das Gebirge zu.

Converse hielt an und stieg aus. Es war niemand zu sehen, in beiden Richtungen keine anderen Wagen auf der Straße. Er stützte die verschränkten Arme auf die eckige Kühlerhaube und legte seinen Kopf drauf.

«Hör dir das an», sagte er, als er den Kopf wieder gehoben hatte, «es ist unglaublich.»

Marge schüttelte ungeduldig den Kopf.

«Was denn?» fragte sie, fast flehentlich.

«Die Stille hier», sagte er. «Sie reicht vom Nichts bis zum Nirgendwo.»

Marge stieg aus und sah auf die Schienen hinunter.

«Da draußen ist er.»

«Das glaube ich nicht, du etwa?»

«Ja», sagte sie.

Converse stieg wieder in den Landrover.

«Also, okay. Holen wir ihn.»

Sie kam zu dem Wagen zurück und sah mitleidig auf Converse runter.

«Hör zu», sagte sie. «Du hättest aussteigen können. Du bist gefahren – du hättest zu einer Bushaltestelle fahren können. Du hättest vorhin bei der Tankstelle bleiben können.»

«Rede nicht dumm rum», sagte er. «Wir sehen nach, ob er da ist. Wir haben sowieso nichts Besseres vor.»

Sie stieg ein.

«Er hat bestimmt das Heroin.»

«Das glaube ich auch. Und das würde dir gefallen, stimmt's? Weil du es brauchst.»

«Ich weiß nicht.»

«Das ist doch lächerlich», sagte Converse. «Du mußt doch wissen, ob du davon abhängig bist oder nicht. Jeder Mensch weiß das.»

«Ich möchte davon loskommen.»

«Gib mir nur eine kleine Bestätigung», sagte er, «das ist alles, was ich verlange.»

Er steuerte den Landrover so dicht wie möglich an den Gleisen entlang. Furchen und Senken, zu unbedeutend, um auf sie zu achten, schleuderten sie von ihren Sitzen hoch. Die Straße hinter ihnen verschwand; sie wichen schwarzen, erzhaltigen Felsen und Ocatillabüschen mit peitschenartigen Zweigen aus.

«Du willst davon loskommen, und du willst ihn abholen.»

«Ich muß», sagte sie.

«Willst du's etwa nicht?»

«Es geht nicht darum, was ich will. Ich muß.»

«Wir haben also die Stufe unvollständiger Notwendigkeit

erreicht», sagte er. «Das ist die Stufe, von der wir ausgehen. So stehen die Dinge.»

Marge sah ihn ungeduldig an.

«Ich habe dir gesagt, du hättest nicht mitzukommen brauchen. Was ist los mit dir?»

«Ich bin müde.»

Es war in dem Landrover sehr heiß geworden. Converse knöpfte sich das Hemd auf.

«Mein Gott, bist du langweilig», sagte sie. «So wie du jetzt bist.»

Converse war nicht gekränkt. Er steigerte das Tempo, so wie seine Vertrautheit mit der Strecke zunahm. Er fragte sich, wie er jetzt wohl war.

Kurze Zeit später bedeckte Marge ihr Gesicht mit den Händen.

«Es ist Wahnsinn. Hier draußen schnappen sie uns todsicher.»

«Hier draußen gibt's nichts», sagte Converse. Er war nicht sicher, was er damit meinte. Es gab Sand und Wind, der über die Kreosotbüsche und die Radkappen des Jeeps hinwegpeitschte. Es gab die Gefahr, liegenzubleiben. Alles real. Er hatte das Gefühl, er sei aus dem Schlaf erwacht und stelle fest, daß er in seinem eigenen Kopf herumfahre.

«Eine lausige Gegend», sagte er zu Marge. «Hier kann man einfach nicht sein.»

«Ich hab noch nie solche Angst gehabt», sagte sie.

«Wahrscheinlich physisch. Das erweiterte Seele-Körper-Problem.»

«Bitte hör auf, Scheiße zu reden», bat sie ihn.

Die grimmige braune Wand des Gebirges vor ihnen wurde größer.

«Ich sehe etwas», sagte Marge.

Wegen der Unebenheiten hielt Converse den Blick auf den Boden vor ihnen geheftet. Dann erspähte er einen Moment lang etwas Blaues neben den Gleisen. Es war zum Teil aus Metall, auf dem die Sonne funkelte. Er nahm das Tempo zurück, als sie näherkamen.

Sie stiegen aus, und Marge rannte los. Converse ließ den Motor laufen. Als er ihr folgte, erkannte er, daß es Hicks war, der neben den Schienen lag. Er trug ein Gewehr über der Schulter und einen Rucksack auf dem Rücken. Eine Seite seines Körpers war mit getrocknetem Blut bedeckt; eine seiner Hände ruhte auf dem Gleis. Ein paar Schmeißfliegen saßen auf der Wunde unter seinem Arm.

Marge stand da und blickte auf ihn runter, dann rannte sie zu dem Jeep zurück. Sie kam mit einer Feldflasche voll Wasser wieder.

«Er hat einen Schock», sagte sie leise.

«Nein», sagte Converse, «er ist tot.»

Er ging hin, blickte auf Hicks und dann zu den Bergen hinüber. Sie waren etliche Meilen entfernt. Es erschien Converse unglaublich, daß Hicks eine solche Last so weit getragen hatte. Er hob die Klappe des Rucksacks und sah, daß das Heroin darin war.

Marge wollte sich auf das Gleis setzen, aber es war zu heiß, und sie stand rasch wieder auf. Sie ließ sich auf den weißen Staub nieder, scheuchte die Schmeißfliegen von Hicks' Seite und weinte.

Converse beobachtete sie. Bei allem Verfall sah sie doch in ihren Tränen recht schön aus. Wenn die Dinge anders lägen, dachte er, könnte er sich an Ort und Stelle wieder in sie verlieben. Er war nicht ohne Gefühle, und es war sehr bewegend. Real. Vielleicht lohnte es sogar, dafür hier rauszukommen.

Er blickte um sich auf das bleiche, leere Land, um sich darüber klar zu werden, was er fühlte. Furcht. Sie funkelte auf dem Gewehrmetall, blitzte in den Mesquitbüschen auf. Ein Dauerzustand.

Marge taumelte in ihrem Schmerz; der Wind, der den Staub aufwirbelte, blies ihr ins Haar und preßte ihr den Rock an den Körper. Als sie zu weinen aufhörte, öffnete sie die Klappe des

Rucksacks und schaufelte mit der Hand etwas von dem Dope heraus. Sie griff zu der Feldflasche, die sie hergebracht hatte, und ging zum Landrover zurück.

Converse trat näher und beugte sich über Hicks – im gleichen Moment sah er sich versucht, die Fliegen wegzuscheuchen. Er hatte soviel mehr Blut gesehen, dachte er, als er jemals für möglich gehalten hätte.

Marge maß mit tränengefülltem Auge die Flüssigkeit in ihrer Spritze ab. Converse beobachtete, wie das Blut pulsierend in der Glasröhre hochstieg.

«Wir haben ihn verloren», sagte er zu Marge.

Sie saß gekrümmt; ihre Stirn ruhte auf dem Sitz neben ihr.

«Er war nicht der einzige. *Sauve qui peut.*»

Als sie sich nicht aufrichtete, machte er sich langsam Sorgen.

«Marge?»

Sie kam langsam daraus hoch.

«Marge, kannst du mich sehen? Kannst du mich hören?»

«Ja, natürlich», sagte sie.

«Wir müssen los, Baby. Wir können nicht bleiben und trauern, sonst sind wir in Kürze so tot wie er.»

Sie erschien weniger blaß, ihre Augen weniger teilnahmslos. Sie machte ein Geräusch in ihrem Hals.

«Marge?»

«Macht es was?» fragte sie mit einem Lächeln.

Converse dachte über diese Frage nach.

«Ich weiß nicht. Aber niemand ist zu ersetzen.»

«John», sagte sie, «du strotzt von blödsinnigem Scheiß. Ehrlich – du bist ein mieser Typ.»

Er hatte begonnen, neben dem Jeep hin und her zu laufen, und drehte sich auf dem Absatz um.

«Wir sind ihm nachgefahren, Herrgott noch mal. Ich will wirklich versuchen, das nicht zu bedauern.»

«Auch in den schlimmsten Zeiten», begann er, «gibt es irgend etwas.»

«Ha», sagte Marge. «Es gibt *smack.*» Sie beobachtete, wie er aufgescheucht herumstolperte. «In den schlimmsten Zeiten gibt's was? Was denn?»

«Es gibt uns.»

Marge lachte.

«Uns? Dich und mich? Das soll was sein?»

«Alle Menschen», sagte Converse. «Du weißt schon.»

«Klar», sagte Marge, «darum ist es ja so beschissen.»

Converse schüttelte den Kopf und ging zurück zu der Stelle, wo Hicks lag. Die Frage war unter den gegebenen Umständen schwierig zu erörtern. Er hockte sich neben Hicks nieder und überlegte, ob dieser begriffen hätte, was er hatte sagen wollen.

Ihm kam der Gedanke, wenn sie, Jahre früher, im Marineklub in Yokasuka gewußt hätten, wie alles enden würde, dann würden sie wahrscheinlich trotzdem alles so gemacht haben. Spaß und Spiele, amor fati. Semper fi.

«Friede», sagte er zu Hicks.

Als er sich umwandte, blickte er zu den Bergen hinüber und sah eine Staubsäule, die sich vom Grund des Tales entlang der Gleislinie erhob. Sie stieg hinter etwas auf, das sich bewegte; der Wind trug sie nach oben und wirbelte sie herum.

Er stand einen Augenblick da und kämpfte gegen die aufkommende Panik; dann dachte er daran, daß er unbedingt die Rucksackklappe zuschnallen mußte, so daß das Heroin nicht davonwehen konnte – so daß es da wäre für sie. Als er die Klappe geschlossen hatte, nahm er ein zusammengefaltetes Papiertaschentuch aus seiner Tasche und band es an den Gurt des Rucksacks. Dann rannte er zu dem Jeep und legte den Gang ein.

«Wir müssen uns beeilen, Baby», sagte er zu ihr. «Die Scheißkerle sind wieder hinter uns her.»

Er konnte nicht erkennen, was das Ding im Innern der Wolke war, aber es kam nur langsam voran; in wenigen Minuten hatte er ein beruhigendes Stück Ödland zwischen sich und das näherrückende Gebilde gebracht.

«Wenn sie uns einholen», sagte Marge, «wenn sie Pistolen

haben – wenn sie Halt sagen – dann halten wir nicht an. Wir fahren einfach weiter.»

«In Ordnung», sagte Converse. Er beobachtete im Rückspiegel, wie die Wolke herankam.

«Wer ist das?» fragte Marge.

Als er wieder hinsah, begann er zu lachen, während er den Gashebel fester durchtrat. Die Säule erhob sich, ein wirbelnder weißer Turm mit einem dunklen Zentrum, der neblige Strudel aus seinem Maul entließ und dessen Schlot sich entsprechend den wechselnden Richtungen des Windes krümmte – die plumpe und unschuldige Bewegung irgendeines betäubten, unberechenbaren Vorgangs. Im Rückspiegel schien es den Himmel zu füllen.

«Sieh dir das an», sagte er zu Marge. «Sieh es dir im Spiegel an.»

Marge beugte sich herüber, so daß sie in den Spiegel schauen konnte, drehte sich um und blickte zurück, dann wandte sie sich wieder zu dem Spiegel um. Ihr Gesicht wurde von einer Röte überzogen, ihre Augen weiteten sich.

«O Gott», schrie sie. Ein Schwall speichelsprühenden Gelächters brach über ihre Lippen. «O mein Gott, sieh dir das an.»

Sie lehnte sich aus dem Fenster und schrie zu der Säule zurück.

«Zum Teufel mit dir», schrie sie. «Zum Teufel mit dir – zum Teufel mit dir.»

Als sie wieder auf die Straße kamen, hatte sich die Säule verflüchtigt, das Ding hatte angehalten. Noch immer waren keine anderen Wagen in Sicht.

«Laß es gut sein», sagte Converse.

Antheil und sein Kollege Angel fuhren mit einem schweren Michigan-Raupenschlepper über die Ebene. Er gehörte Galindez, der damit mehrere von Dieters Trampelpfaden angelegt hatte.

Der Schlepper war bei unwegsamem Gelände ein verläßliches Fahrzeug und sehr teuer, aber er fuhr noch nicht einmal zwanzig Meilen pro Stunde. Man konnte damit niemanden verfolgen, es sei denn, einen Fußgänger.

Antheil durchforschte die Ebene mit seinem Fernglas, wie Rommel auf der Haube der Maschine sitzend. Als er den geparkten Landrover sah, griff er zu seiner Mossberg und spannte den Hahn, aber er schoß nicht – in der Hoffnung, die Insassen schliefen oder seien stoned.

«Wie ich's gesagt habe», erklärte Angel.

Angel war es gewesen, der gemeint hatte, Hicks könnte fliehen und den Schlepper aufgetrieben hatte.

Während Antheil ihn noch beobachtete, fuhr der Landrover los und raste mit einem Schweif aus weißem Staub hinter sich nach Süden auf die Straße zu. Bei dieser Entfernung lohnte es sich nicht einmal zu schießen. Antheil wurde ungeheuer sauer, aber er beherrschte sich, weil er vor Angel nicht würdelos erscheinen wollte. Es hatte schon allzu viele Entgleisungen gegeben.

Er ließ das Fernglas runterbaumeln und wandte seinen Blick zum Himmel, um zu sehen, ob irgendein Flugzeug in Sicht wäre – aber der Morgenhimmel war unberührt. Als er erneut die Ebene absuchte, entdeckte er Hicks' Leiche neben den Gleisen.

Er sprang herab vom Schlepper, noch ehe Angel angehalten hatte, und lief zu der Stelle, wo Hicks lag. Am Rücken der Leiche hing ein Rucksack, an den ein kleiner weißer Fetzen gebunden war. Er hob die Rucksackklappe und sah, daß das Heroin drin war.

Er erhob sich mit einem verkrampften Lächeln.

Der Anblick von Angel, der über ihm auf dem Fahrersitz saß, war ihm unangenehm.

«Ist es da?» fragte Angel.

«Ja», sagte er nach einem kurzen Zögern.

«Tja, du Scheißkerl», sagte er zu Hicks, «du hast uns ja 'ne lustige, gottverdammte Jagd geliefert.» Er trat mit dem Fuß gegen die Schulter des Leichnams. Angel nickte teilnahmsvoll.

Er stand einen Augenblick da und starrte dem Staub des Landrovers hinterher, dann blickte er wieder auf den Sack. Er langte nach unten und riß das Taschentuch vom Gurt.

«Was, zum Teufel, ist das denn?»

«Kapitulation», sagte Angel.

Antheil wischte sich den Schweiß aus den Augen.

«Meinst du wirklich?» Er knüllte das Taschentuch zusammen und warf es weg.

«Diese Leute sind so kaputt, es macht einen irre im Kopf. Sie sind total unberechenbar – absolute Geistesamputierte. Du hast keine Ahnung, was dir das einbringen kann, wenn du dich mit ihnen einläßt.»

Er machte sich nicht die Mühe, es für Angel zu übersetzen.

Es war ein Tollhaus, das reine Chaos. Er würde seinen Ruf, tüchtig und korrekt zu sein, ganz schön strapazieren müssen und dann bei der ersten günstigen Gelegenheit das Land verlassen. Es war alles ein bißchen unsauber, aber es gab keine kompromittierenden Beweise, und selbst wenn jemand Zweifel hegte, die Agentur würde sicher zulassen, daß er sich elegant zurückzöge. Auch andere hatten den Dienst unter möglicherweise ebenso kompromittierenden Umständen quittiert. An dem Ort, an den er sich mit Charmian begeben wollte, könnte er ihnen ab und zu ein paar Gefälligkeiten erweisen, sollten sie ihm auf die Spur kommen. Er hatte dort viele Freunde, und keiner würde ihn belästigen. Es war ein Land, in dem das jeder tat.

In vieler Hinsicht, dachte er, war das Abenteuer lehrreich gewesen. Sein Herz füllte sich mit angeborenem Optimismus.

Wenn du an einer Sache dran bliebst, lehrte das Abenteuer, wenn du jedem Druck die Stirn botest, dich weigertest, den Laden dichtzumachen, falls die Sache schwierig wurde, wenn du allen Gegnern überlegen warst und dich auf deine Entschlossenheit und Stärke verließest, dann würde der Goldtopf am Ende des Regenbogens schließlich doch dir gehören.

Die Converses störten, ein lästiges Jucken – aber er würde mit ihnen leben müssen. Sie machten nicht den Eindruck, daß sie ihm noch mal in die Quere kommen würden.

Er zog das Paket mit dem Heroin aus dem Rucksack, zeigte es Angel und legte es in den Werkzeugkasten des Schleppers.

«Das Gold», sagte er.

«Gold?» fragte Angel.

Angel bereitete ihm ziemliche Sorgen. Die Gegend war einsam, und das Dope war sehr wertvoll; er würde auf der Hut sein müssen. Bei Mexikanern, erinnerte er sich, und bei Leuten ihres Schlages waren Kommandostimme und selbstsicheres Auftreten die entscheidenden Kriterien.

«Wir begraben ihn», sagte er zu Angel.

«Wir können ihn über die Grenze schaffen», sagte Angel.

Antheil verzog sein Gesicht über die Trägheit und Schwäche, auf die ein solcher Vorschlag hindeutete. Die *mañana*-Haltung.

«Nein, *hombre*. Wir können ihn in den Bergen begraben. Wir haben die richtige Maschine dafür.» Er sah auf seine Uhr. «Dann rufen wir Hilfe herbei.»

Er lehnte einen Arm gegen den Schlepperreifen und blickte zum Himmel.

«Wir haben das Gebiet beobachtet», informierte er Angel. «Du und ich – alte Freunde aus benachbarten Ländern, aus eigenem Antrieb heraus. Ein Verdacht. Im Laufe unserer Überwachung gab es einen Überfall, ein Streit unter Rauschgiftschmugglern. Einige wurden getötet, andere entkamen.»

«Mit dem Rauschgift», sagte Angel.

«Genau», sagte Antheil. *«Precisamente.»*

Sie wuchteten Hicks auf den Schlepper, und Angel suchte den Horizont nach einer geeigneten Stelle ab. Der Wind spielte mit den Fährten, und sehr bald würden selbst die Spuren einer kräftigen Erdbewegung verwischt sein. Sie könnten dreißig Tonnen Wüste über ihn häufen.

Auf dem Weg zu den Bergen legte sich Antheils Sorge über Angel. Er versetzte ihm einen Schlag auf den Rücken, und Angel lächelte dankbar.

Angel, dachte Antheil, war die Sorte Beamter, die aus Prinzip korrupt war, um nicht für einen Dummkopf gehalten zu werden. Es war nicht Bestechlichkeit, was ihn zum Gauner machte, sondern bloße Tradition. Antheil überlegte, daß sein Dienst ihn mit vielen Völkern und Kulturen in Berührung gebracht hatte, die anders als seine waren.

Ihm fiel eine Anekdote ein, und er dachte, daß Angel besonderen Gefallen an ihr finden könnte.

«Jemand hat mir mal was erzählt», sagte er, «was mir immer in Erinnerung geblieben ist. Dieser Bursche sagte zu mir – wenn du meinst, jemand tut dir unrecht, ist es nicht deine Sache, ein Urteil zu fällen. Töte ihn erst mal, dann kann Gott das Urteil fällen.»

Er begann, die Geschichte für Angel zu übersetzen, aber dann überlegte er es sich anders.

Abenteuer

Mario Puzo
Der Pate *Roman*
(rororo 1442)
Ein atemberaubender Gangsterroman aus der New Yorker Unterwelt, der zum aufsehenerregenden Bestseller wurde. Ein Presseurteil: «Ein Roman wie ein Vulkan. Ein einziger Ausbruch von Vitalität, Intelligenz und Gewalttätigkeit, von Freundschaft, Treue und Verrat, von grausamen Morden, großen Geschäften, Sex und Liebe.»

Mamma Lucia *Roman*
(rororo 1528)
Animalisch in ihrer Sanftmut, aufopfernd in ihrer Fürsorge, streng und wachsam in ihrer Liebe – das ist Lucia Santa Angeluzzi-Corbo, Mamma Lucia, die im italienischen Viertel von New York um das tägliche Brot ihrer sechs Kinder kämpft.

Rudolf Braunburg
Hongkong International *Roman*
(rororo12820)
Ein aufregender Roman aus der Welt der Flieger und Passagiere vom Bestsellerautor und früheren Flugkapitän Rudolf Braunburg.

Rückenflug *Roman*
rororo 12333)
Während der Trainingstage beim internationalen Kunstfliegertreffen stimmt sich der bekannte Journalist Achim Reimers auf die spannungsgeladene Atmosphäre ein und macht auf seinen Streifzügen merkwürdige Beobachungen. Bald muß er erkennen, daß er sich ahnungslos in einem gefährlichen Spionagenetz verfangen hat.

rororo Unterhaltung

Josef Martin Bauer
So weit die Füße tragen
(rororo 1667)
Ein Kriegsgefangener auf der Flucht von Sibirien durch den Ural und Kaukasas bis nach Persien. «Diese Odyssee durch Steppe und Eis, durch die Maschen der Wächter und Häscher dauerte volle drei Jahre – wohl einer der aufregendsten und zugleich einsamsten Alleingänge, die die Geschichte des individuellen Abenteuers kennt.»
Saarländischer Rundfunk

James Dickey
Flußfahrt *Roman*
(rororo 12722)
Harmols wie ein Pfadfinderunternehmen beginnt der Wochenendausflug von vier gutsituierten Duchschnittsbürgern - schon am nächsten Tag jedoch verwandelt sich die Kanufahrt in einen Alptraum...
Unter dem Titel «Beim Sterben ist jeder der erste» verfilmt mit Burt Reynolds.

3293/2

P. D. James

Adam Dalgliesh ist Lyriker von Passion, vor allem aber ist er einer der besten Polizisten von Scotland Yard. Und er ist die Erfindung von **P. D. James.** «Im Reich der Krimis regieren die Damen», schrieb die Sunday Times und spielte auf Agatha Christie und Dorothy L.Sayers an, «ihre Königin aber ist P. D. James.» In Wirklichkeit heißt sie Phyllis White, ist 1920 in Oxford geboren, und hat selbst lange Jahre in der Kriminalabteilung des britischen Innenministeriums gearbeitet.

Ein reizender Job für eine Frau
Kriminalroman
(rororo 5298)
Der Sohn eines berühmten Wissenschaftlers in Cambridge hat sich angeblich umgebracht. Aber die ehrfürchtig bewunderte Idylle der Gelehrsamkeit trügt.

Der schwarze Turm *Kriminalroman*
(rororo 5371)
Ein Kommissar entkommt mit knapper Not dem Tod und muß im Pflegeheim schon wieder unnatürliche Todesfälle aufdecken.

Eine Seele von Mörder
Kriminalroman
(rororo 4306)
Als in einer vornehmen Nervenklinik die bestgehaßte Frau ermordet wird, scheint der Fall klar – aber die Lösung stellt alle Prognosen über den Schuldigen auf den Kopf.

rororo Unterhaltung

Tod eines Sachverständigen
Kriminalroman
(rororo 4923)
Wie mit einem Seziermesser untersucht P. D. James die Lebensverhältnisse eines verhaßten Kriminologen und zieht den Leser in ein kunstvolles Netz von Spannung und psychologischer Raffinesse.

Tod im weißen Häubchen
Kriminalroman
(rororo 4698)
In der Schwesternschule soll ein Fall künstlicher Ernährung demonstriert werden. Tatsächlich ereignet sich ein gräßlicher Tod... Für Kriminalrat Adam Dalgliesh von Scotland Yard wird es einer der bittersten Fälle seiner Laufbahn.

Ein unverhofftes Geständnis
Kriminalroman
(rororo 5509)
«P. D. James versteht es, detektivischen Scharfsinn mit der präzisen Analyse eines Milieus zu verbinden.»
Abendzeitung, München

3241/2

William Kennedy

«Ein herausragendes Buch. Kennedys Sprache ist kraftvoll, voller Energie. Er ist sehr talentiert; einfach ein Vollblutschriftsteller.» (Saul Bellow) Der Ruhm für **William Kennedy** kam spät. In Albany, einer vormals stolzen, heute abgetakelten Industriestadt, ist er großgeworden. Er arbeitete als Journalist und schrieb an seiner «Albany-Trilogie». Es ist die Welt der zwanziger und dreißiger Jahre in den USA, von der Kennedy erzählt, die Welt der Geschäfte, des Alkoholschmuggels, der Korruption.
Seit 1961 lebt William Kennedy wieder als freier Schriftsteller in Albany.

Wolfsmilch *Roman*
(rororo 12483)
Nach zweiundzwanzig Jahren kehrt der zum Tramp gewordene Francis Phelan in seine Heimatstadt Albany zurück. Für «Wolfsmilch» erhielt William Kennedy den Pulitzer-Preis für Literatur. Der Roman wurde mit Meryl Streep und Jack Nicholson verfilmt.

Der Lange *Roman*
(rororo 12142)
«Eines der besten Porträts eines Gangsters jener Tage, die wir kennen, fesselnd, voller Tempo, mit allerlei Raffinessen gestrickt und von Anfang bis Ende spannend.»
Buchjournal

Billy Phelans höchster Einsatz
Roman
(rororo 12775)
Um seine Unabhängigkeit zu bewahren, wagt der berühmte Spieler Billy Phelan in der

rororo Literatur

schummrigen Halbwelt von Gangstern und Stadtstreichern, von korrupten Politikern und Glücksrittern in Albany den höchsten Einsatz seines Lebens.
«Man unterhält sich glänzend und wird trotzdem nie unterfordert. Was kann man schon Besseres sagen über ein Buch?»
Westermanns Monatshefte

Im Rowohlt Verlag sind außerdem erschienen:

Druck *Roman*
Deutsch von Walter Hartmann
320 Seiten. Gebunden.

Quinns Buch *Roman*
Deutsch von Walter Hartmann

3243/1

Paul Auster

Paul Auster, geboren 1947 in Newark / New Jersey, gilt in Amerika als eine der großen literarischen Entdeckungen der letzten Jahre. Er studierte Anglistik und vergleichende Literaturwissenschaft an der Columbia University und verbrachte danach einige Jahre in Paris. Heute lebt er in New York.

Die New-York-Trilogie *Roman*
Deutsch von J. A. Frank
(rororo 12548)
Die «New-York-Trilogie» machte Paul Auster mit einem Schlage berühmt. Zunächst wirkt sie wie eine klassische, spannungsgeladene Kriminalgeschichte, die den Leser raffiniert in ihren Bann zieht. Aber bald scheinen die vordergründig logischen Zusammenhänge nicht mehr zu stimmen. Die Rollen der Täter und Opfer, der Verfolger und Verfolgten verschieben sich auf rätselhafte Weise ...
«Eine literarische Sensation!»
Sunday Times

Mond über Manhattan *Roman*
Deutsch von Werner Schmitz
(rororo 13154)
«Paul Auster ist der vielleicht bedeutendste amerikanische Autor der letzten Jahre; seine literarischen Qualitäten suchen auch hierzulande ihresgleichen.»
Deutschlandfunk

Die Erfindung der Einsamkeit
Deutsch von Werner Schmitz
256 Seiten. Gebunden
Paul Auster erzählt in zwei aufrichtigen autobiographischen Texten von der Einsamkeit und dem Sterben seines ihm bis zu-letzt fremdgebliebenen Vaters.

3201/3

Die Musik des Zufalls *Roman*
Deutsch von Werner Schmitz
256 Seiten. Gebunden
Jim Nashe, ein Feuerwehrmann aus Boston, kündigt Job und Wohnung und begibt sich auf eine ziellose Reise, nachdem er unerwartet zweihunderttausend Dollar geerbt hat. Eines Tages liest er einen Anhalter auf: Jack ("Jackpot") Pozzi, einen bankrotten Zocker. Die beiden haben nichts zu verlieren und riskieren alles ...

Im Land der letzten Dinge
Roman
Deutsch von Werner Schmitz
(rororo 13043 und als gebundene Ausgabe)
«Ein ausgezeichnetes, höchst lesbares Buch. Paul Auster hat sowohl der modernen Literatur als auch unserer Sicht der Welt eine Dimension hinzugefügt.»
The Boston Globe

Literatur

Upton Sinclair

Einen «Muckraker», Staubaufwirbler nannte ihn Präsident Roosevelt. Und zugleich war **Upton Sinclair** (1878 –1968) zu seinen Lebzeiten ein internationaler Bestseller-Autor. Er schrieb 29 Theaterstücke, etwa 80 Bücher und kandidierte mehrmals für die Socialist Party bei den Gouverneurswahlen in Kalifornien. Sinclair stammte aus einer ehemals reichen Südstaatenfamilie, schlug sich als Autor mit Frau und Kind mühsam durch – bis ihn ein Auftrag der damals größten sozialistischen Wochenzeitung Amerikas über Nacht weltberühmt machte: Er arbeitete 1905 wochenlang in den Schlachthöfen Chicagos, recherchierte über die elende Situation der Arbeiter und verfaßte den aufrüttelnden Roman *Der Dschungel.*

Der Dschungel *Roman*
(rororo 5491)
«Ich zielte auf das Herz der Menschen», schrieb Upton Sinclair über die Wirkung seines Romans, «aber ich traf sie nur in den Bauch.»

Am Fließband *Mr. Ford und sein Knecht Shutt Roman*
(rororo 5654)
Am Beispiel der Karriere des Selfmademan Henry Ford schildert Upton Sinclair die verhängnisvollen Auswirkungen des Geldes auf den Charakter – «dem moralischen Niedergang des Kapitalisten wird in alternierenden Kapiteln das erwachende Klassenbewußtsein der Arbeiterfamilie Shutt gegenübergestellt». *Frankfurter Allgemeine Zeitung*

3276/2

rororo Literatur

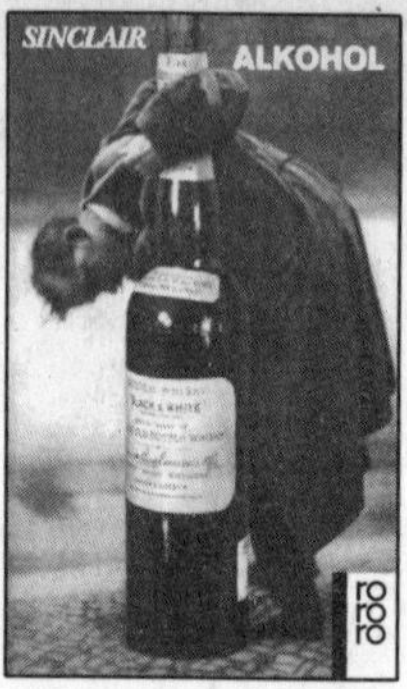

Öl! *Roman*
(rororo 5810)
«Es ist das umfangreichste meiner Bücher und ist besonders sorgfältig recherchiert. Es ist voller Abenteuer und sozialer Gegensätze, keine Geschichte könnte wahrer sein.» *Upton Sinclair*

So macht man Dollars *Roman*
(rowohlt jahrhundert 24)
Jed Rusher, ein Habenichts aus dem Mittelwesten steigt zum «Napoleon des Erdöls auf» - ein sarkastischer Roman über die klassische amerikanische Karriere.

Alkohol *Roman*
(rororo 12959)
Dieser bestürzende Roman wurde zu einer Sensation - und war in Deutschland unter einem Vorwand vorübergehend verboten. Er hat seine Aktualität bis heute bewahrt.

«Sagen Sie Sinclair, er soll Ruhe geben und mir die Regierung des Landes für eine Weile überlassen!» Theodore Roosevelt an Sinclairs Verleger.